DUMONT

Sharon Gosling

FORGOTTEN GARDEN

Roman

Aus dem Englischen
von Sibylle Schmidt

DUMONT

Von Sharon Gosling sind bei DuMont außerdem erschienen:
Fishergirl's Luck
Lighthouse Bookshop

Das bei der Produktion dieses Buches entstandene CO_2 wurde durch die Finanzierung von Klimaschutzprojekten kompensiert:
climate-id.com/17531-2110-1001/de

Juni 2024
DuMont Buchverlag, Köln

Die englische Originalausgabe erschien 2023 unter dem Titel
›The Forgotten Garden‹ bei Simon & Schuster UK Ltd, London

Übersetzung: Sibylle Schmidt
Lektorat: Robin Hermenau
Umschlaggestaltung: Lübbeke Naumann Thoben, Köln
Umschlagabbildung außen: © Gisela Goppel
Umschlagabbildung innen: Apfel, Schmetterling, Sonnenblumen:
© channarongsds/istockphoto; Tulpe, Gießkanne, Kürbis:
© ilbusca/istockphoto; Tomaten: © Epine_art/istockphoto
Satz: Angelika Kudella, Köln
Gesetzt aus der Meridien
Druck und Verarbeitung: CPI books GmbH, Leck
Gedruckt auf säurefreiem und chlorfrei gebleichtem Papier
Printed in Germany
ISBN 978-3-8321-6719-6

www.dumont-buchverlag.de

Für alle, von denen ich gelernt habe,
aber vor allem im Gedenken an Penny Sampson

1

Das prachtvolle Herrenhaus aus gelbem Sandstein ragte imposant unter dem düsteren, wolkigen Februarhimmel auf. *Wie in einem Buch von Jane Austen,* dachte Luisa. Von hier aus waren keinerlei Anzeichen von modernem Leben zu erkennen, und sie konnte sich leicht vorstellen, auf magische Weise in der Vergangenheit gelandet zu sein. Vielleicht würde gleich eine der Romanfiguren aus dem neunzehnten Jahrhundert um die Ecke biegen.

Luisa hatte sich im Hintergrund aufgehalten und Aufzeichnungen gemacht, während ihre Chefin, Marianne Boswell, und die Herrin des Anwesens, Lady Caroline, das Gelände besichtigten. Aber als Marianne begann, wortreich mit ihren Leistungen anzugeben, um den Auftrag an Land zu ziehen, verdrückte Luisa sich unauffällig, um die Gärten in Ruhe zu inspizieren.

Sie kam selten genug aus ihrem Büro heraus, und Feldspar Hall war auf jeden Fall das beeindruckendste Anwesen, das sie beruflich jemals zu Gesicht bekommen hatte. Dass es sich noch immer in Privathand befand, war erstaunlich, aber den Percivants war es auf wundersame Weise gelungen, den Familiensitz von Generation zu Generation weiterzuvererben. Lady Caroline, eine temperamentvolle Frau Anfang Dreißig mit glänzendem schwarzem Pferdeschwanz, hatte nun beschlossen, dass mit den Gärten »irgendetwas passieren« sollte. Sie waren schön, müssten aber unbedingt modernisiert werden, fand sie. Während der Besichtigung hatte Luisa den Eindruck gewonnen, dass Lady Caroline vor allem daran gelegen war, eigene Spuren zu hinterlassen. Luisa konnte das gut verstehen. Wenn man hier lebte, kam man sich angesichts von so viel Historie vielleicht bedeutungslos vor.

Die Gelegenheit, die Gärten eines so hochherrschaftlichen Anwesens wie Feldspar Hall umzugestalten, war eine Chance, die sie bestimmt nur einmal im Leben bekommen würde, sagte sich Luisa. In all den Jahren, in denen sie als Assistentin von Marianne Boswell arbeitete, war so etwas noch nie vorgekommen. Deshalb hatte sich Marianne, sobald die Ausschreibung bekannt geworden war, mächtig ins Zeug gelegt, um die Konkurrenzfirmen aus dem Feld zu schlagen. Luisa hatte monatelang sorgfältig recherchiert und jede Menge Material vorbereitet. Nach der Begehung von Feldspar Hall hegte sie allerdings Zweifel, ob Marianne die Unterlagen überhaupt angeschaut hatte, da sie keinerlei Fragen dazu gestellt hatte. Aber sie war ohnehin der Meinung, dass ihr in Sachen Gartenarchitektur niemand das Wasser reichen konnte. Die Materialmappe war wie Luisas Begleitung nur als Showeffekt gedacht.

Luisa jedoch hatte sich durch die Recherchen mit den Gärten so vertraut gemacht, dass dabei etwas fast Vergessenes in ihr wieder zum Leben erwacht war. Seit vielen Jahren hatte sie keinen Garten mehr selbst entworfen, doch die großen Dimensionen hatten ihre Kreativität angeregt. Wie konnte man einen modernen Garten gestalten, der eine harmonische Einheit mit einem solchen historischen Gebäude bilden würde? Das war eine echte Herausforderung.

Luisa lehnte sich an die Steinbalustrade, holte das iPad heraus und öffnete ihre Entwürfe. Als sie einen davon mit der Gartenlandschaft verglich, stellte sie begeistert fest, dass er gut gelungen war. Während der Begehung hatte sie weitere Ideen gehabt, und jetzt zückte sie ihren Eingabestift und ergänzte die Skizze. Lady Caroline hatte erwähnt, dass sie eine leidenschaftliche Leserin war – da würde sich doch ein geschütztes Leseplätzchen im Freien geradezu anbieten. Weil Naturschutz ihr auch sehr am Herzen lag, könnte man Lebensräume für Wildtiere in den Gärten einrichten. Und auch die drei Kinder der Percivants in unterschiedlichem Alter sollten bei der Umgestaltung bedacht werden.

Luisa war so in ihre Skizzen vertieft, dass sie die beiden Frauen erst bemerkte, als Marianne sich räusperte. Luisa drehte sich rasch um und wurde von ihrer Chefin mit einem finsteren Blick bedacht, während Lady Caroline erfreut lächelte.

»Sind das Skizzen?«, fragte sie interessiert. »Entschuldigen Sie bitte, ich wusste nicht, dass Sie die Gestaltung übernehmen. Darf ich mal sehen?«

Noch bevor Luisa antworten konnte, wurde ihr das iPad von Marianne aus der Hand gerissen.

»Luisa ist meine Sekretärin«, sagte sie knapp. »Diese Entwürfe sind auf Basis meiner frühen Ideen und Recherchen entstanden. Ich hatte Ihnen ja bereits gesagt, dass in meiner Firma auf präzise Vorbereitung von Projekten ebenso viel Wert gelegt wird wie auf die Umsetzung. Es handelt sich hier nur um erste Skizzen, aber natürlich, verschaffen Sie sich gerne einen Eindruck.«

Die Hausherrin warf Luisa einen Blick zu, und sie nickte lächelnd. Es war nichts Neues für sie, in Mariannes Schatten zu stehen, und sie *war* nun mal wirklich ihre Sekretärin.

»Aber … das sieht ja wunderschön aus«, bemerkte Lady Caroline staunend. »Wunderbare Farbgestaltung – woher kannten Sie denn meine Lieblingsfarben? Und diese Laube hier ist ja entzückend!«

Auf dem Weg zum Ausgang quasselte Marianne irgendwelchen Blödsinn über »Intuition« und ihr großes Talent, »eine ideale Harmonie zwischen Kunde und Projekt herzustellen«, um Lady Caroline von Luisa abzulenken. Weil es nichts mehr festzuhalten gab, schaltete sie den Rekorder aus, wobei eine Stimme in ihr raunte, es könne vielleicht nicht schaden, die Lügen ihrer Chefin einmal auf Band zu haben … Aber nein, das war einfach nicht ihr Stil.

Auf der breiten Freitreppe zum Eingangsportal des Herrenhauses gab Lady Caroline Marianne das iPad zurück.

»Herzlichen Dank Ihnen beiden fürs Herkommen«, sagte die Herrin von Feldspar Hall. »Ich weiß das wirklich sehr zu schätzen, es ist ja eine weite Fahrt hierher.«

»Es war mir ein Vergnügen«, erwiderte Marianne. »Und

ich hoffe wirklich sehr, dass Sie dieses großartige Projekt in meine Hände legen werden, Lady Caroline. Ich denke, meine Pläne würden die Schönheit Ihres prachtvollen Anwesens hervorragend zur Geltung bringen. Sagen Sie mir Bescheid, ja? Man müsste die Pflanzsaison in Betracht ziehen, und die Zeit vergeht rasch. Der Frühling kommt immer schneller, als man denkt.«

»Selbstverständlich.« Lady Caroline lächelte. »Ich möchte noch Gespräche mit einigen anderen Firmen führen, aber ich muss sagen, die Entwürfe, die ich gerade gesehen habe, waren sehr überzeugend.«

»Schön«, sagte Marianne. »Ich freue mich, bald von Ihnen zu hören.«

»Und ich habe mich gefreut, Sie kennenzulernen. Und Sie, Luisa«, sagte sie so betont, dass Luisas Lächeln diesmal strahlender ausfiel.

»Was führst du im Schilde?«, zischte Marianne, nachdem sie sich verabschiedet hatten.

»Ich habe nur ein bisschen gekritzelt«, sagte Luisa.

»Nun, ich darf dich daran erinnern, dass das iPad, auf dem du diese *Kritzeleien* gemacht hast, Firmeneigentum ist. Und damit gehören diese Entwürfe dem Unternehmen Boswell Gardens, damit das klar ist.« Marianne schnalzte verärgert mit der Zunge, als ihr Blick auf das Auto fiel, mit dem Luisa hergekommen war. »Und mit *so einer Kutsche* hier aufzukreuzen. Ich bezahle dir offenbar zu viel. Du bist nur Sekretärin, um Himmels willen, wie kannst du dir einen nagelneuen BMW leisten?«

Luisa warf einen Blick auf das schimmernde schwarze Auto. »Gar nicht«, antwortete sie. »Das ist der Firmenwagen meiner Schwester. Der alte Land Rover von meinem Vater musste in die Werkstatt, deshalb …«

»Ich muss los«, unterbrach Marianne sie schroff. »Wir sehen uns Montag.«

»Aber ich dachte, da hätte ich frei? Weil ich doch heute gearbeitet habe?«

Marianne setzte sich in ihren Wagen. »Okay. Aber das hättest du früher mit mir absprechen sollen.«

»Danke«, sagte Luisa, obwohl ihre Chefin bereits die Fahrertür ihres kleinen Cabrios zugeknallt hatte. »Nett von dir.«

Marianne startete den Motor, und erst als sie losfuhr, fiel Luisa auf, dass sie das iPad nicht zurückbekommen hatte. Mit einem Seufzer stieg sie in den BMW. Sie musste es sich eben nächste Woche zurückholen. Dann würden die Entwürfe für Feldspar Hall zwar garantiert verschwunden sein, aber daran war nun mal nichts zu ändern.

2

Es war noch nicht einmal vier Uhr nachmittags, aber während der Rückfahrt nach Carlisle ging die Sonne schon unter. Luisa verabscheute die kurzen Tage im Februar, der Winter zog sich immer endlos lange hin. Sie warf einen skeptischen Blick auf die bleigrauen Wolken, die nach drohendem Schauer aussahen, und trommelte mit den Fingern aufs Lenkrad, weil ihre Hände eiskalt waren. Die stundenlange Autofahrt wäre Luisa weniger lästig gewesen, wäre sie nicht von ihrer Chefin wie eine Handlangerin behandelt worden. Die Aufzeichnungen in Feldspar Hall hätte Marianne nämlich problemlos selbst machen können. Andererseits, sagte sich Luisa, hätte sie dann dieses fantastische Anwesen nicht erlebt.

Ihr Handy klingelte, und Luisa warf einen Blick aufs Display. Der Name, der dort erschien, ließ sie einen Moment lang stutzen. Sie schaltete ihr Bluetooth-Headset ein und sagte etwas zögernd: »Owen. Wie schön, wir haben uns ja ewig nicht mehr gehört. Wie geht es dir?«

»Gleich besser, wenn ich deine Stimme höre, meine Liebe«, ertönte die kraftvolle Baritonstimme von Owen Lawrence. »Und wie geht es *dir*, liebe Luisa?«

»Ach, weißt du«, sagte sie leichthin, während sie überlegte, warum der Patenonkel ihres verstorbenen Mannes sie anrief. »Alles in Ordnung soweit, danke.«

»Gut, gut.« Owen war grundsätzlich in Eile. »Hör mal, ich komme gleich zur Sache. Ich habe gestern etwas erfahren, das ich dir mitteilen möchte. Ein Projekt, bei dem ich sofort an dich gedacht habe.«

»Ach ja?«, sagte Luisa überrascht. Owen war einer der größten Grundstücksentwickler im Norden von England. Er arbeitete seit Jahren mit dem gleichen Team, zu dem auch eine ihm treu ergebene Sekretärin gehörte. Luisa konnte sich nicht vorstellen, was er ihr anbieten wollte.

»Ich habe im Zuge eines Ankaufs ein Stück Land erworben«, verkündete Owen jetzt. »Genauer gesagt: Ich habe ein Immobilienunternehmen aufgekauft, zu dessen Beständen dieses Grundstück gehört, für das ich keinerlei Verwendung habe. Es lässt sich nicht verkaufen, weil es für eine Bebauung vollkommen ungeeignet ist. Einer meiner gewieften Berater hat mir deshalb geraten, es einem Wohltätigkeitsprojekt zu spenden, um es steuerlich absetzen zu können.«

»Aha«, sagte Luisa, der noch immer keine einleuchtende Erklärung einfallen wollte, was das mit ihr zu tun hatte.

»Anfänglich hatte ich, ehrlich gesagt, keine Idee, was man mit so einem Grundstück anfangen könnte«, fügte Owen hinzu. »Aber dann fiel mir plötzlich der Gemeinschaftsgarten wieder ein, den ihr damals gründen wolltet, Reuben und du.«

Reuben. Luisa sog scharf die Luft ein und umklammerte

das Lenkrad fester. Sie wollte sich von seinem Namen nicht mehr so verstören lassen, brachte aber dennoch kein Wort hervor.

»Luisa? Bist du noch dran?«

Sie schluckte zweimal. »Ja, Owen. Bin ich.«

»Tut mir leid, dass ich euch damals nicht bei diesem Vorhaben unterstützen konnte«, sagte Owen jetzt. »Ich weiß, wie viel dem Jungen daran gelegen hätte.«

»Es ist lange her«, erwiderte Luisa leise, während sie mit ihrer verblüffend heftigen körperlichen Reaktion rang. *Das ist nur, weil ich nicht darauf vorbereitet war,* versuchte sie sich einzureden. *Weiter nichts. Es geht dir gut. Alles ist gut.*

»Ja.« Owens Stimme hörte sich jetzt weicher an. »Hör mal, Luisa ... Es tut mir leid, wenn das jetzt zu viel aufwühlt. Sag ruhig, wenn es nicht infrage kommt für dich, dann erwähne ich das Grundstück nie wieder. Aber andererseits ... Falls du das Projekt noch verwirklichen willst, warum dann nicht mit diesem Stück Land? Du könntest damit beweisen, dass eure Idee funktioniert. Und ich würde dich bei der Suche nach weiteren Geldgebern gern unterstützen.«

»Das ist lieb von dir, Owen«, erwiderte Luisa, während sie versuchte, einen klaren Gedanken zu fassen. »Aber es ist leider wirklich ausgeschlossen. Ich wüsste nicht mal mehr, wie ich so etwas anfangen soll.«

»Und das ist ein weiterer Grund, warum ich es für eine tolle Chance halte«, entgegnete Owen. »Du bist so eine talentierte Gartenarchitektin, Luisa, das hat sogar ein alter Banause wie ich erkannt. Deine Ideen waren immer großartig.

Mir ist klar, dass sich nach dem Unfall dein Leben komplett verändert hat, und ich verstehe, dass du nicht mehr an der Vergangenheit rühren willst. Aber es stimmt mich traurig, dass du deinen Beruf aufgegeben hast. Willst du dir das nicht noch mal überlegen? Ich würde dir mit allem, was mir möglich ist, zur Seite stehen. Und … es wäre auch ein wundervolles Gedenken an Reuben, meinst du nicht?«

Luisas Augen brannten, und sie spürte einen stechenden Schmerz in der Brust. Sie blieb stumm, während sich plötzlich eine Szene aus der Vergangenheit vor ihren Augen abspielte. Reubens strahlendes Gesicht an dem Tag, als sie beide ihren Bachelor geschafft hatten. Er hatte sie hochgehoben und herumgewirbelt, jubelnd und glücklich. Sie hatten nicht ahnen können, was kurz darauf geschehen würde. Die Trauer traf Luisa mit solcher Wucht, als hätte sie Reuben erst gestern und nicht vor vielen Jahren verloren.

»Tut mir leid«, sagte Owen in die Stille hinein. »Ich wollte dich zu nichts drängen. Du weißt selbst am besten, was gut für dich ist. War nur so eine Idee.«

»Danke«, krächzte Luisa. Ihr Hals fühlte sich schrecklich trocken an. »Wirklich, Owen, ich danke dir. Das ist ein sehr großzügiges Angebot, aber ich kann es nicht annehmen.«

»Das verstehe ich«, erwiderte Owen. »Aber ich schicke dir für alle Fälle trotzdem eine E-Mail mit den Details. Wenn dir danach ist, schau sie dir an. Und übrigens würden Emilia und ich uns freuen, wenn du uns mal besuchen kommst, du bist jederzeit zum Essen eingeladen. Ruf einfach an, wenn es passt.«

»Danke«, sagte Luisa mechanisch. Das Gespräch hatte sie so angestrengt, dass sie zu mehr Worten nicht mehr imstande war.

Nachdem sie sich verabschiedet hatten, versuchte Luisa die Schatten aus ihrem Kopf zu vertreiben, die den Winternachmittag noch trister erscheinen ließen. Reuben und sie hatten sich während des Studiums kennengelernt. Sie hatten beide Gartenbau studiert, aber mit unterschiedlichen Spezialgebieten. Luisa fühlte sich zum Design hingezogen, wohingegen Reuben während seines Studiums eine Faszination für Pilze entwickelte, die in ein Forschungsprojekt mündete. Beide waren davon überzeugt, dass man mit Pflanzen die Welt verändern konnte, und als die beiden ein Paar wurden, geschah sowohl beruflich als auch privat etwas Magisches. Sie heirateten (zu jung, hätte man vielleicht denken können, aber das sahen sie anders) und waren unendlich glücklich, blickten freudig in die gemeinsame Zukunft, bis …

Nein, daran durfte sie nicht denken, und schon gar nicht beim Autofahren. Zu allem Überfluss kam zu dem trüben Zwielicht jetzt auch noch starker Schneeregen, der die Sicht behinderte.

Luisa holte tief Luft und versuchte sich zu konzentrieren. Als sie endlich Carlisle erreichte, hatten die Schauer nachgelassen, und sie fühlte sich wieder stabiler. In den Fenstern des Reihenhauses, das sie mit ihrer jüngeren Schwester bewohnte, leuchtete warmes gelbes Licht, und Luisa fragte sich, ob Joannas Verlobter Neil da war. Einen Moment lang hoffte sie, es sei nicht so, und fühlte sich deshalb prompt schlecht. Sie konnte sich gar keinen passenderen Partner für ihre temperamentvolle Schwester vorstellen und betrachtete ihn nicht nur als künftigen Schwager, sondern auch als Freund. Heute stand ihr nach dem anstrengenden Tag zwar nicht der Sinn danach, den Abend mit den beiden Turteltauben zu verbringen, aber das Haus gehörte eben auch Jo. Nach der Hochzeit Ende August wollte sie mit Neil dort leben, und Luisa würde ihren Anteil ausgezahlt bekommen und sich eine neue Bleibe suchen.

Es wurde höchste Zeit für eine Veränderung, darüber war Luisa sich im Klaren. Sie war sechsunddreißig, lebte mit ihrer Schwester zusammen und schleppte sich durch die Tage, gebunden an einen Job, der sie im Herzen völlig kaltließ. Sie musste sich eine Wohnung suchen, ein neues Leben beginnen, allein …

Vielleicht sollte ich mir einen Hund zulegen, dachte Luisa, während sie den BMW auf der Zufahrt parkte. Aber sogar die Vorstellung, sich um ein Haustier kümmern zu müssen, war ihr zurzeit zu anstrengend. Meistens aß sie nicht einmal zu Abend, wenn Jo sie nicht daran erinnerte. Beim Aussteigen stellte Luisa bedauernd fest, dass ihr getreuer alter Land Rover Defender immer noch nicht aus der Reparatur zurück war.

Als Luisa das Haus betrat, hörte sie aus der Küche am anderen Ende des Flurs einen heiteren Popsong. Sie zog ihren Mantel aus und blickte in den Spiegel der alten Kommode, die sie von ihrem Vater geerbt hatten. Sie war viel zu wuchtig für den schmalen Flur und zu altmodisch für

Joannas modernen und Luisas minimalistischen Einrichtungsstil. Aber die Schwestern hatten sich nicht davon trennen können, auch wenn das Ungetüm nun hauptsächlich Stolperfalle und Ablage für allerlei Plunder war.

Luisa strich sich das kastanienbraune Haar aus der Stirn, das dringend einen Schnitt benötigte. Ihr Bob war so weit herausgewachsen, dass ihr die Haare bis weit über die Schultern reichten. Sie stellte ihre Stiefel zu dem ungeordneten Haufen vor dem vollgestopften Schuhregal. Aus der Küche waren schnelle Schneidegeräusche zu vernehmen, aber keine Stimmen.

»Hallo?«, rief Luisa.

»Hey!«, rief Jo zurück, ohne das Schneiden zu unterbrechen. »Ich dachte schon, du bist mit dem Zirkus durchgebrannt.«

Als Luisa die Küche betrat, war ihre Schwester gerade mit dem Zerteilen einer Zwiebel beschäftigt. Die Arbeitsflächen sahen aus, als hätte Jo den gesamten Inhalt des Kühlschranks und des Gewürzbords darauf verstreut. Das Tohuwabohu wurde ergänzt durch ein aufgeklapptes Kochbuch, eine Flasche Rotwein und ein halb volles Glas. Luisa fand es immer wieder erstaunlich, dass ihre kluge Schwester, die mit dreißig als Anwältin schon große Erfolge vorweisen konnte, zu Hause so extrem unordentlich war.

»Danke fürs Auto.« Luisa hängte die Schlüssel an den Haken neben dem Wasserkocher. »Hatte einen kleinen Blechschaden, aber keine Sorge, ich hab alles mit Paketstift übermalt, kein Mensch wird was merken.«

Jo gab ein künstliches Wiehern von sich, schien diese

Bemerkung also gar nicht witzig zu finden. »Und, wie war dein Ausflug?«

Luisa verzog das Gesicht und deutete auf die Weinflasche. »Für mich bitte auch eine.«

»So lustig, wie?«

»Na ja, zumindest war ich mal einen Tag nicht im Büro.«

Jo seufzte. »Ich wünschte, du würdest diese Stelle endlich kündigen. Ich finde es unerträglich, wie diese Frau dich behandelt.«

Luisa nahm ein Weinglas aus dem Schrank und schenkte sich ein. »Schon okay. Ist nur ein Job. Könnte schlimmer sein.«

Jo schüttelte den Kopf und hackte wortlos weiter. Zum Glück wollte sie heute offenbar nicht darüber debattieren, dass Luisa etwas Besseres mit ihrem Leben anfangen sollte.

Sie warf einen Blick auf das Kochbuch. Indisches Streetfood. Das klang verlockend. »Wo steckt Neil?«

»Ist mit Freunden unterwegs.« Jo grinste Luisa vergnügt an und sah einen Moment lang wieder wie die übermütige Fünfjährige aus, die ihre große Schwester gerne piesackte. »Nur wir zwei heute, Schwesterchen. Ich dachte, ich koche mal was Feines für dich.«

Luisa trank rasch einen Schluck Wein, um sich ihre Erleichterung nicht anmerken zu lassen. »Ach ja? Wieso glaubt die Zynikerin in mir, dass es für diese Nettigkeit ein niedriges Motiv gibt?«

Jo gab ein gequältes Stöhnen von sich. »Ich muss bis zum Lunch morgen die gesamte Tischwäsche und die Hussen ausgesucht haben. Und wenn du mir nicht dabei hilfst, sterbe ich entweder vor Langeweile oder sage die Hochzeit komplett ab.«

»Hussen?«, wiederholte Luisa verständnislos.

Ihre Schwester drehte sich um und holte mit dem Messer gefährlich weit aus, um einen Halbkreis in der Luft zu beschreiben. »Na, diese Überzüge. Für die Stühle im Festzelt.«

»Ach so. Verstehe.«

Jos Haltung zu ihrem »großen Tag« war bislang erstaunlich lustlos, und Luisa fragte sich immer wieder, ob das etwas mit ihr zu tun hatte. Wollte Jo vielleicht die Vorfreude vor ihrer Schwester verbergen, weil deren Ehe so tragisch geendet hatte? Dieser Gedanke erinnerte Luisa wieder an den überraschenden Anruf von Owen.

»Was ist?«, fragte Jo, während sie die geschnittene Zwiebel in eine Pfanne mit heißem Öl warf, aus der es bereits köstlich nach Gewürzen duftete: Kumin und Fenchel, Senfsamen und Schwarzkümmel. »Dich beschäftigt doch irgendwas, das spüre ich.«

Luisa lehnte sich an die Arbeitsfläche. »Ich habe auf der Rückfahrt einen ziemlich seltsamen Anruf von Owen bekommen.«

»Von *Reubens* Owen?«, fragte Jo überrascht. »Owen Lawrence?«

»Ja.« Luisa schilderte das Gespräch so knapp wie möglich und war stolz, dass es ihr gelang, Reubens Namen ohne Zögern auszusprechen.

Jo hörte aufmerksam zu, runzelte dabei leicht die Stirn. »Das ist ein interessantes Angebot, oder nicht?«, sagte sie dann.

Luisa trank einen Schluck Wein. »Na ja, ich habe es natürlich abgelehnt.«

»Wirklich? Einfach so?«

»Ja. Das ist für mich Vergangenheit.«

Jo legte den Kochlöffel beiseite, griff nach ihrem Glas und beäugte ihre Schwester nachdenklich.

»Was?«, fragte Luisa.

Jo öffnete gerade den Mund, um zu antworten, als Luisas Handy klingelte. Sie zog es aus der Tasche, und beide sahen Mariannes Namen auf dem Display.

»Geh nicht ran«, befahl Jo. »Es ist Samstagabend. Sie hat dir schon das halbe Wochenende gestohlen.«

Luisa ignorierte ihre Schwester. »Marianne?«

»Ich brauche deine Notizen von heute per Mail, bis Montagfrüh«, verkündete ihre Chefin ohne Grußformel oder Entschuldigung.

»Aber …«

»Und lass mich nicht darauf warten«, sagte Marianne brüsk. »Ich habe gleich morgens ein Treffen mit Duke.«

Sie beendete das Gespräch abrupt. Luisa schaute auf die Uhr. Es war schon nach acht.

»Mach das nicht«, sagte Jo. »Wenn sie dich feuert, kannst du sie verklagen. Grässliche Hexe.«

Luisa steckte ihr Handy ein und studierte das Kochrezept. »Na klar«, sagte sie und begann die geschälten Kartoffeln zu würfeln. »Und währenddessen lasse ich dich kurz vor deiner Hochzeit mit den Hypothekenzahlungen hängen, oder wie?«

Eine Weile arbeiteten sie schweigend Seite an Seite,

während die Playlist auf Spotify weiterlief. Luisa sah vor ihrem inneren Auge, wie junge Frauen irgendwo vergnügt durchs Zimmer tanzten und ihre Outfits für den Samstagabend planten. Plötzlich fühlte sie sich sehr alt. Und ein Teil von ihr raunte, dass sie vielleicht etwas dagegen unternehmen sollte.

3

Später saßen die Schwestern im Wohnzimmer vor Jos Laptop, der auf dem Couchtisch stand, und suchten Deko für die Hochzeitsfeier aus. Inzwischen waren die beiden bei der zweiten Flasche Wein angelangt, und im Hintergrund lief ein Film. Eine romantische Komödie wäre passender gewesen, aber sie hatten sich für einen Actionthriller mit Liam Neeson entschieden.

»Wo ist das denn überhaupt?«, fragte Jo, als ihr Interesse für Tischwäsche und Liam Neeson aufgebraucht war.

Luisa runzelte die Stirn. »Was meinst du?«

»Dieses Grundstück, das Owen dir überlassen will.«

»Weiß ich nicht. Irgendwo bei ihm in Durham wahrscheinlich.«

»Hat er nichts Genaueres gesagt?«

»Ich habe nicht gefragt. Er meinte, er würde mir eine Mail mit Details schicken, aber ich habe nicht nachgeschaut.«

Jo beäugte sie von der Seite. »Warum nicht?«

»Wozu denn? Ich habe doch ohnehin abgelehnt«, antwortete Luisa schulterzuckend.

Ihre Schwester schnaubte frustriert. »Na und? Ich bin trotzdem neugierig – lass uns mal nachgucken!«

Luisa wies auf Laptop und Fernseher, aber Jo ließ sich nicht ablenken. Mit einem ergebenen Seufzer zog Luisa ihr Handy heraus, rief die Mail auf und überflog sie. »Es ist ein altes Fabrikgelände. In Collaton, also doch nicht in Durham. Er schreibt, das Gebäude existiere schon lange nicht mehr, das Gelände sei verwildert.«

»Collaton?«, wiederholte Jo. »Wo wir früher oft am Strand waren? In West Cumbria?«

»Glaube schon.«

Jo zog den Laptop zu sich heran und gab ein paar Wörter ein. »Collaton«, las sie dann vor. »Eine kleine Ortschaft an der Küste, entstanden während der industriellen Blütezeit der Region, als dort Eisenerz verhüttet und Kohle verschifft wurde.« Sie hielt einen Moment inne, fügte dann langsam hinzu: »Luisa … bist du sicher, dass du dir das nicht zumindest mal überlegen möchtest? Es ist nicht weit weg, oder? Das könnte doch was für dich sein.«

»Was? Was redest du da?«

Jo schob den Laptop weg, griff nach ihrem Weinglas und lehnte sich zurück. »Ich meine, wäre das nicht eine großartige Gelegenheit, endlich wieder das zu machen, was du liebst – und was du tatsächlich *tun solltest*, anstatt für dieses Ungeheuer zu arbeiten?«

Luisa schüttelte den Kopf. »Aber das wäre kein Job, Jo. Das ist nur ein Stück Brachland in einem gottverlassenen Kaff.«

Jo blickte auf ihre Hände, strich mit dem perfekt lackierten Daumennagel am Glas entlang.

»Na, komm schon«, sagte Luisa. »Raus mit der Sprache.«

Ihre Schwester warf einen Blick auf den Fernseher und schaltete ihn aus. »Na ja«, sagte sie, »da ist ja immer auch noch das Geld von der Lebensversicherung, das nur herumliegt.«

Luisa sog scharf die Luft ein. »Jo. *Bitte nicht.*«

»Ich weiß, dass du nicht darüber reden willst. Und ich weiß auch, dass du das Gefühl hast, es war nicht richtig, es überhaupt anzunehmen …«

»Jo …«

»Luisa, bitte hör mir jetzt zu. Nur kurz. Du würdest es ja nicht für dich selbst ausgeben, sondern für einen guten Zweck. Etwas, das Reuben selbst ins Leben gerufen hätte. Wäre das nicht die ideale Möglichkeit dafür?«

»Wenn Marianne den Auftrag für Feldspar Hall bekommt, was denkst du, wie viel Zeit ich dann noch habe? Die Pflanzsaison steht vor der Tür«, wandte Luisa ein. »Es ist erst Februar, und ich habe jedes Wochenende gearbeitet. Selbst wenn ich mich so einem Projekt widmen wollte, hätte ich gar keine Zeit dafür.«

»Dann kündige«, sagte ihre Schwester unverblümt. »Tritt dieser abscheulichen Marianne Boswell in den Arsch, und lass sie sitzen. Die hat es nicht anders verdient.« Bevor Luisa protestieren konnte, ergriff Jo ihre Hand. »Das Geld liegt *seit Jahren* nur herum.«

Luisa stellte ihr Glas ab und befreite sich von Jos Hand. »Du hast zu viel getrunken«, sagte sie in schärferem Tonfall als beabsichtigt. »Du redest Unsinn. Ich gehe jetzt ins Bett.«

»Luisa …«

»Nein, Jo. Es reicht.«

»Das war immer dein Lebenstraum, Lu. Gärten zu gestalten. Den du jetzt verwirklichen könntest, wenn du …«

»Reuben war mein Traum«, erwiderte Luisa schroff. Ihre Gefühle drohten, sie zu überwältigen, und das wollte sie auf keinen Fall zulassen.

Das brachte ihre Schwester zum Schweigen, was Luisas Absicht gewesen war. Doch dann fügte Jo mit mitfühlendem und zugleich eindringlichem Blick hinzu: »Reuben war *ein Teil* davon. Nicht alles.«

»Ich gehe schlafen«, sagte Luisa und stand auf. Dieses Gespräch war viel zu aufwühlend. »Danke fürs Kochen.«

»Luisa!«, rief Jo ihrer Schwester nach. Als sie sich halb umdrehte, sagte Jo seufzend: »Tut mir leid. Ich mach mir einfach nur Sorgen um dich.«

Trotz ihres Ärgers lächelte Luisa. »Das weiß ich. Aber das musst du nicht.« Sie wies mit dem Kopf auf den Laptop. »Kümmer du dich lieber um deine Hussen. Gute Nacht.«

Übertrieben kläglich, um Luisa zum Lachen zu bringen, rief Jo ihr hinterher: «Und wenn ich gar keine Hussen *will*?«

Es war schon spät, aber Luisa wusste, dass sie noch nicht schlafen konnte. Sie setzte sich an ihren Schreibtisch am Fenster und holte den Rekorder heraus. Wenn sie die Aufzeichnungen von Feldspar Hall jetzt schon abtippte, würde sie zumindest ihren Sonntag mit etwas Angenehmerem verbringen können.

Luisa begann die Aufnahme abzuhören, konnte sich aber kaum konzentrieren, weil sie immer wieder Reuben vor sich sah – sein Gesicht, seine Augen, sein Lachen. Seufzend hörte sie schließlich auf zu schreiben und rieb sich die Augen. Dann öffnete sie die oberste Schublade des Schreibtischs und kramte darin herum, bis sie gefunden hatte, was sie suchte – ein altes verblasstes Foto in einem Silberrahmen. Jahrelang hatte sie es in ihrer Brieftasche herumgetragen, aber vor einem Jahr herausgenommen, was sie als Fortschritt empfunden hatte.

Das Foto von ihr und Reuben war an einem dieser bezaubernd sorglosen Nachmittage gemacht, die sie während ihrer Studienzeit auf dem Fluss in Durham verbracht hatten. Luisa ruderte – oder versuchte es zumindest, denn sie schüttete sich gerade aus vor Lachen, weil Reuben sie von hinten umschlungen und gekitzelt hatte. Die Sonne glitzerte auf dem Wasser und den Sonnenbrillen, alles schien von einem wundervollen Strahlen erhellt, das Luisa als glückselige Freude in Erinnerung hatte. Nachdem Reuben ihre Welt verlassen hatte, war dieses Licht erloschen, und die Helligkeit im Leben schien für immer verschwunden zu sein.

Luisa blinzelte und wischte die Tränen weg, die ihr über die Wangen rannen. Es war sinnlos, einer Vergangenheit nachzuhängen, die es nicht mehr gab.

Der Streit mit ihrer Schwester ging Luisa jetzt ebenso durch den Kopf wie weitere Erinnerungen. Es war ein regelrechter Schock gewesen, als sie von der Lebensversicherung erfahren hatte. Reuben stammte aus einer wohlhabenden Familie, bei der gesellschaftliches Ansehen eine große Rolle spielte. In dieser Welt hatte Luisa sich nie richtig wohlgefühlt, aber das Geld gehörte jetzt ihr, ob sie wollte oder nicht.

Jo hatte ihre Schwester dazu überredet, die Lebensversicherung nicht sofort für wohltätige Zwecke zu spenden, und das Geld angelegt. Luisa selbst hatte nicht daran denken wollen und es im Lauf der Zeit tatsächlich fast vergessen. Deshalb wusste sie auch gar nicht, wie hoch die Summe inzwischen war. Manchmal hatte sie überlegt, den gesamten Betrag Reubens Nichten zu vermachen, die ihren Onkel nie kennengelernt hatten. Denn die Vorstellung, in irgendeiner Weise von Reubens Tod zu profitieren, war absolut unerträglich.

Luisa schaute noch einmal auf das Foto und stellte es auf ihren Schreibtisch, anstatt es in die Schublade zurückzulegen. Was hätte Reuben wohl zu dem Angebot gesagt? Er war ein enorm lebhafter Mann mit mitreißender Energie gewesen und hatte Menschen dazu inspiriert, etwas zu verbessern, *sich selbst* zu verbessern. Dabei hatte er ihnen gleichzeitig das Gefühl vollständiger Akzeptanz vermittelt. Je länger Luisa darüber nachdachte, desto deutlicher spürte sie, dass Reuben auf jeden Fall zugesagt hätte, so widrig die Umstände auch sein mochten.

Ein Stück Land, das wir gestalten können, wie wir wollen!, hörte Luisa ihn förmlich ausrufen, mit diesem hinreißenden Grinsen, das sie so sehr geliebt hatte. *Was für ein wundervolles Geschenk des Lebens!*

Als Luisa sich schließlich schlafen legte, träumte sie von Reuben. Er kniete in einem üppigen Garten, die Hände in dunkler fruchtbarer Erde, und schaute strahlend auf: glücklich und frei. Im Einklang mit sich und der Welt.

4

Als Luisa am nächsten Morgen in die Küche kam, hatte Jo schon Kaffee gemacht. Sie trug ihre Joggingsachen und schien gerade vom Laufen gekommen zu sein. Wegen der unruhigen Nacht hatte Luisa verschlafen, es war schon nach zehn.

»Entschuldige«, sagte sie, als Jo ihr einen dampfenden Becher Kaffee reichte. »Für gestern Abend, meine ich. Ich hätte nicht so schroff sein sollen. Aber Owens Anruf kam so unerwartet – ich glaube, es war alles ein bisschen viel.«

Jo umarmte ihre Schwester. »Das verstehe ich. Mir tut es auch leid, dass ich dich gedrängt habe.«

»Alles gut, macht nichts«, sagte Luisa ernsthaft, als sie sich voneinander lösten. »Und … ich habe inzwischen ein bisschen nachgedacht.«

»Ach ja?« Jo wandte sich dem Teller mit Toast auf dem Küchentresen zu.

»Könnte ich mir heute noch mal deinen Wagen leihen? Ich wollte eine Tour an der Küste machen.«

Jo sah sie mit großen Augen an und sagte mit vollem Mund: »Du nimmst Owens Angebot an?«

Luisa schüttelte den Kopf. »Nichts überstürzen. Aber …

es ist wirklich großzügig. Die Höflichkeit gebietet es, dass ich mir das Gelände zumindest mal anschaue, oder?«

Ihre Schwester lächelte. »Soll ich mitkommen?«

»Bist du nicht mit deinen künftigen Schwiegereltern zum Mittagessen verabredet?«

»Doch«, gab Jo zu. »Aber sie haben bestimmt Verständnis, wenn ich das verschiebe.«

»Nicht nötig«, sagte Luisa. »Ich will es mir ja nur mal anschauen.«

Als Carlisle, die letzte Stadt vor der schottischen Grenze, in Luisas Rückspiegel verschwand, wurde das Wetter schlechter. Die matte Wintersonne verschwand hinter tiefhängenden düsteren Wolken, Schneeregen klatschte auf die Windschutzscheibe. Während sie am Meeresarm Solway Firth entlangfuhr, sah sie in der Ferne die grüne Küste von Dumfries and Galloway. Weiße Windräder ragten über dem Moorland zwischen den Bergrücken und dem Meer auf. Sie kam durch riesige Industriegebiete mit gigantischen Fabrikhallen, in denen alles von Papier bis Sportkleidung hergestellt wurde. Dazwischen lagen kleinere Ortschaften; Silloth mit seiner vom Wind gepeitschten Strandpromenade, Maryport mit dem malerischen Hafen.

Hinter Whitehaven ging der Firth in die Irische See über, und die schmalen gewundenen Straßen wurden aufgrund des trüben Wetters und der nahenden Dämmerung zusehends unübersichtlicher. Im nächsten Ort, Sellafield, erinnerte sich Luisa an die Familienausflüge zu dem einsamen Strand dort, an dem Jo und sie zusammen Sandburgen gebaut hatten, die dem nahe gelegenen Atomkraftwerk ähnelten. Bald darauf starb ihre Mutter, was das erste einschneidende Verlusterlebnis in Luisas Leben gewesen war. Darum kreisten noch ihre Gedanken, als sie kurz darauf Collaton erreichte, verhangen von düsteren Regenwolken.

Sie fuhr langsamer. Entlang der Küste, wo andere Städte eine Strandpromenade angelegt hätten, verlief die Eisenbahnstrecke, dahinter befand sich ein Gewerbegebiet. Trotz der Nähe zum Lake District – bei klarerem Wetter hätte man den grünen Gipfel des Red Pike in der Ferne erkennen können – war Collaton noch nie ein Ort für Tourismus gewesen. Seine Hochzeit während der Industrialisierung im viktorianischen Zeitalter lag lange zurück. Heutzutage war Collaton nur noch eine Durchgangsstadt, für Touristen gänzlich unattraktiv.

Als Luisa ins Zentrum einbog, sah sie schmale, von der Meeresluft verwitterte Reihenhäuser in Pastellfarben. Die meisten hatten nur einen Vorplatz, keinen Garten, waren kostengünstige und simpel angelegte Wohnstätten für die Arbeiter, die früher in den Werften und Ölraffinerien geschuftet hatten. Fast alle Häuser wirkten verlassen, die Fenster waren dunkel, die Eingänge von Unkraut überwuchert.

Luisa folgte dem blauen Punkt von Google Maps durch das Gewirr der Straßen, vorbei an einem Schrottplatz, auf dem sich Autowracks türmten. Als sie an einer Kreuzung abbog, hörte sie ein knirschendes Geräusch vom linken Hinterrad. Sie fluchte, sah aber im Rückspiegel keine Gegenstände auf der Straße – hoffentlich war es nur eine Plastikpackung gewesen. Der teure BMW, den Jo ihr so großzügig überlassen hatte, durfte auf keinen Fall Schaden nehmen.

Eine weitere Häuserreihe endete an einem verlassenen Gelände, auf dem sich früher offenbar ein Gebäude aus rotem Sandstein befunden hatte. Davon stand jedoch nur noch eine verfallende Giebelwand am Rande des Grundstücks, das mit Geröll, Schutt und Brombeerranken bedeckt war. Aus aufgeplatztem Asphalt wucherten Brennnesseln. Was Luisa hier gerade vor sich sah, war das Stück Land, das Owen ihr angeboten hatte.

Sie parkte und spähte aus dem Fenster. Rund um das Gelände befanden sich einige Wohnhäuser und leer stehende Gewerbegebäude. Drei ehemalige Geschäfte waren mit Brettern vernagelt. An einer Ecke verwies ein verwittertes Holzschild, schwankend im Wind, auf einen Pub, der vermutlich schon im letzten Jahrhundert geschlossen worden war. Das einzige Gebäude, das bewohnt aussah, befand sich auf der gegenüberliegenden Seite. Aus einer offen stehenden Doppeltür drang gelbes Licht.

Inzwischen war es so finster geworden, dass Luisa die Taschenlampe aus dem Handschuhfach mitnehmen musste. Als die Autotür zufiel, hörte sich der Knall in der bedrückenden Stille wie ein Schuss an. Sie inspizierte die Reifen, die unversehrt zu sein schienen. Ein eisiger Wind vom Ufer fegte durch den Ort, und Luisa ärgerte sich, dass sie vor der Fahrt die Wettervorhersage nicht angeschaut hatte. Sie trug hellblaue Jeans und ihre treue Steppweste über einem blauen Wollpulli, keinen Mantel, und fröstelte jetzt heftig. Im Land Rover hätte sie ihre alte Barbour-Jacke gehabt, aber der luxuriöse Firmenwagen enthielt nur das Nötigste.

Macht nichts, sagte sich Luisa. *Ich bleibe ja nicht lang.*

Als Erstes umrundete sie das Grundstück, das etwa die Größe eines Fußballfelds hatte und von einem Maschendrahtzaun mit einem verschlossenen Tor und einem Gehweg umgeben war. Dann betrat sie das Gelände durch eine der Lücken in dem löchrigen Zaun.

Eine Asphaltfläche nahm die eine Hälfte ein, der andere Teil war verwildert. Die Überreste der Fabrikruine lagen offenbar noch genau dort, wo sie ursprünglich hingefallen waren. Luisa fragte sich, wie lange das Grundstück wohl schon verlassen war. Sie bemühte sich, Reubens Sichtweise nachzuvollziehen, der immer in allem das Beste erkennen konnte. Aber selbst er hätte wohl angesichts dieses Verfalls seine Mühe gehabt.

Luisa wurde klar, dass sie von Anfang an recht gehabt hatte – sie wusste gar nicht, wie sie so etwas anfangen sollte. Diese riesige Fläche konnte unmöglich von ihr allein bearbeitet werden, das wäre ein vollkommen aussichtsloses Unterfangen. *Du hast es dir angeschaut, jetzt fahr wieder nach Hause,* sagte sie sich. *Marianne braucht morgen deine Notizen.*

Luisa kehrte zu dem Loch im Zaun zurück und zwängte sich hindurch. Sie fühlte sich seltsam niedergeschlagen. Aber was hatte sie denn erwartet? Ihr war doch von Anfang an klar gewesen, dass sie sich nicht auf dieses verrückte Projekt einlassen würde.

Jetzt schlug ihr auch noch Schneeregen ins Gesicht, so eiskalt, dass ihr fast der Atem stockte, und sie hastete zum

Auto zurück. Als sie sich näherte, kam ihr etwas sonderbar vor, und sie hoffte, es läge nur am Zwielicht. Doch dann sah sie im Licht der Taschenlampe, dass der linke Hinterreifen platt wie eine Flunder war.

Luisa fluchte vor sich hin. Es gab nur zwei Optionen: entweder den Reifen selbst reparieren oder für wer weiß wie lange im Auto auf einen Notdienst warten. Und wenn sie die Türen der Edelkarosse nicht offen lassen wollte (Jos Meinung dazu mochte Luisa sich lieber nicht vorstellen), musste sie die Reparatur notgedrungen im Licht der Taschenlampe vornehmen. Luisa öffnete den Kofferraum und verharrte einen Moment unter der schützenden Klappe, um sich zu sortieren.

Plötzlich hörte sie in der Nähe laute Stimmen und Gelächter. Sie drehte sich um und sah schattenhafte Gestalten aus der beleuchteten Tür des Gebäudes gegenüber treten, Jugendliche offenbar. Sie eilten die Straße entlang, die Jacken über den Kopf gezogen, und beklagten sich lautstark über das Wetter. Kurz darauf schloss jemand, der sogar aus der Entfernung sehr groß und wuchtig aussah, die Tür von außen ab. Nun bestand die einzig verbliebene Lichtquelle weit und breit aus Jos Taschenlampe.

Luisa wurde klar, dass sie jetzt wirklich mutterseelenallein war und loslegen musste, bevor sie sich vor Kälte nicht mehr rühren konnte. Entschlossen klemmte sie sich die Taschenlampe zwischen die Zähne und hob die Klappe im Kofferraum an, unter der sich Wagenheber und Werkzeug befanden.

»Alles in Ordnung bei Ihnen?«

Luisa wirbelte so erschrocken herum, dass ihr die Lampe aus dem Mund fiel und wegrollte. Wilde Lichtmuster blitzten auf, und ein paar Schritte entfernt konnte Luisa die Silhouette des wuchtigen Mannes erkennen, der die Tür des Gebäudes abgeschlossen hatte. Er bückte sich und hob die Taschenlampe auf, die auf ihn zugerollt kam.

»Tut mir leid«, sagte er und hielt sie Luisa hin. »Ich hoffe, ich habe Sie nicht erschreckt.«

Luisa hätte das gerne verneint, was aber eine Lüge gewesen wäre. Sie stand hier immerhin mit einem wildfremden Mann in der Finsternis. Er war groß und breitschultrig, hatte dunkle kurz geschnittene Haare, und seine Nase sah aus, als sei sie schon einmal gebrochen worden. Luisa tastete zur Sicherheit mit einer Hand nach dem Griff des Wagenhebers.

Inzwischen beäugte der Mann den Reifen. »Kein idealer Zeitpunkt für einen Platten, was?«

»Ach, der ist schnell geflickt«, erwiderte Luisa abwehrend, obwohl ihr inzwischen vor Kälte die Zähne klapperten.

Der Mann warf ihr einen zweifelnden Blick zu, und Luisa lief vor Ärger rot an. Sie befand sich zweifellos in einer unangenehmen Lage, hatte aber deshalb noch lange nicht die Absicht, auf männliche Hilfe angewiesen zu sein.

»Da würde ich mich an Ihrer Stelle aber beeilen«, sagte jetzt eine andere, viel jüngere Stimme, die Luisa erneut zusammenzucken ließ. »Sonst sterben Sie an Unterkühlung, bevor Sie den Schlitten nach Hause fahren können. Wer läuft denn schon im Februar ohne Jacke rum?«

Neben dem Mann erschien ein Mädchen. Es mochte

um die sechzehn sein, hatte kurze dunkle Haare und trug schwarze Kleidung. Der Blick war finster, das Gesicht hart, die Arme hatte das Mädchen trotzig vor der Brust verschränkt. Es wirkte auf Luisa ebenso wenig vertrauenerweckend wie dieser Mann – war er ihr Vater?

»Danke für Ihre Fürsorge«, sagte Luisa so leichthin wie möglich, »aber ich komme zurecht. Sie müssen nicht meinetwegen hier herumstehen. Ich bekomme das schon hin.«

Daraufhin wandte das Mädchen sich ab und schlenderte lässig davon.

»Wir können Sie doch nicht einfach hier allein lassen«, sagte der Mann zu Luisa und rief: »Harper, warte!«

Als das Mädchen widerstrebend zurückkam, zog er einen Schlüsselbund aus der Tasche. »Hier, bring die Dame in den Club rüber. Mach ihr einen Kaffee, und schalte das Heizgerät ein. Ich kümmere mich inzwischen um den Reifen.«

Das Mädchen starrte ihn entgeistert an. »Was?«

»Nein, nein, das ist wirklich nicht nötig«, sagte Luisa hastig.

Der Mann warf ihr einen stoischen Blick zu, der Luisa erneut auf die Palme brachte, und schüttelte den Schlüsselbund vor den Augen des Mädchens. »Los doch.«

»Ich muss nach Hause«, sagte Harper mürrisch. »Max braucht sein Abendessen.«

»Halbe Stunde, länger nicht.«

»Ich sag Ihnen was, Mr P. *Ich* mach den Reifen, und *Sie* kümmern sich um die Lady, okay? Sonst sind wir um Mitternacht noch hier.»

»Augenblick mal«, sagte Luisa so entschieden, dass die

beiden sie nicht weiter ignorieren konnten. »Wirklich sehr nett von Ihnen, aber wie gesagt, ich komme zurecht.«

»Ach ja?« Harper trat näher und beäugte den Wagen. »Schon mal den Reifen von einem BMW X5 geflickt?«

Luisa machte den Mund auf, um die Frage zu bejahen, aber das wäre gelogen gewesen. Sie hätte dieser überheblichen Jugendlichen gerne erklärt, dass sie in ihrem Leben schon viele Reifen geflickt hatte, der BMW aber nicht ihr eigenes Auto war. Und dass sie immer robustere Autos fuhr. Aber mit dieser langen Rede hätte sie ihre Position auch nicht verbessert. Deshalb machte sie den Mund einfach wieder zu.

Das Mädchen grinste überlegen. »Dachte ich mir.«

»Hören Sie«, machte Luisa noch einen Versuch, »es ist wirklich nicht …«

Harper beugte sich neben ihr über den Kofferraum und hob schwungvoll den Wagenheber heraus. »Keine Sorge, ich klau die Kutsche schon nicht, nicht mal für eine kurze Spritzfahrt. Versprochen.«

»Na, kommen Sie«, sagte der Mann namens Mr P jetzt aufmunternd. »Harper ist spitze mit Autos, und sie hat völlig recht. Sie schafft das wesentlich schneller als ich, Sie können ganz beruhigt sein. Lassen Sie uns lieber ins Warme gehen.«

5

Auf dem Weg zurück warf Cas einen verstohlenen Blick auf die Frau neben ihm. Er hatte nicht damit gerechnet, dass sie auf sein Angebot eingehen würde. Sie hatte eher verärgert gewirkt, weil er sich eingemischt hatte. Was ihn daran erinnerte, dass seine Partnerin Annika ihm immer wieder vorwarf, er würde sie behandeln wie »seine gescheiterten Jugendlichen«, wenn er eigentlich nur helfen wollte.

Zum zweiten Mal an diesem Abend schloss Cas die Doppeltür des großen Gebäudes auf und schaltete das Licht ein. Das Echo ihrer Schritte hallte in dem Flur mit den weiß getünchten Wänden und dem zerschrammten grauen Betonboden, dann bog Cas nach rechts in den Hauptraum ab, durchquerte ihn und öffnete die Tür zu seinem kleinen Büro, die er nie abschloss. Dort stellte er den Ölradiator an und rückte einen braunen Plastikstuhl für die Besucherin zurecht. Als er sich dem kleinen Tisch in der Ecke zuwandte, auf dem Wasserkocher und Becher standen, bemerkte Cas plötzlich, dass er keine Schritte mehr hinter sich hörte. Er drehte sich um und sah durch das große Fenster zum Trainingssaal, dass die Frau dort im Eingang stehen geblieben war und sich umschaute.

Viel zu sehen gab es da allerdings nicht. Das Herzstück des riesigen rechteckigen Raums, den Cas für den Club gemietet hatte, war der Boxring in der Mitte. Doch obwohl Cas sich immer bemühte, alles auszubessern, bröselte der Schaumstoff an den Ringseilen schon wieder. Er hatte das kostspielige Stück überhaupt nur anschaffen können, weil jemand ihm einen Gefallen geschuldet hatte. Und es war Cas auch gelungen, hie und da weiteres Zubehör abzustauben: Boxsäcke, ein Regal für Handschuhe, Helme und andere Schutzausrüstung, ein paar Schließfächer. An einer Wand lagen zusammengerollte Matten, die einen durchdringenden Geruch nach altem Gummi verströmten, den Cas schon lange nicht mehr bemerkte.

Er sah, wie die Frau auf das große Banner blickte, das er gleich nach dem Streichen als Erstes aufgehängt hatte: »RESPEKTIERST DU ANDERE, RESPEKTIERST DU DICH SELBST«. Cas versuchte nicht nur selbst nach dieser Maxime zu leben, sondern sie auch unermüdlich den Jugendlichen nahezubringen, die sich hier einfanden. Allerdings war das eine schwierige Aufgabe, weil diese Kids oft zu Hause rausgeflogen waren und es ihnen schwerfiel, überhaupt irgendetwas zu respektieren – vor allem aber sich selbst.

Cas strich sich müde übers Gesicht. Seit einigen Wochen kämpfte er mit dem Gefühl von Aussichtslosigkeit. Er hatte sich so sehr gewünscht, hier einen Zufluchtsort schaffen zu können, der Jugendlichen Kraft und Hoffnung gab. Aber bisher hatte er mehr Fehlschläge als Erfolge zu verzeichnen. Und in zwei Monaten würde er nicht einmal mehr genug Finanzmittel haben, um die niedrige Miete für die Räume zu bezahlen.

Das Wasser kochte schon, als die Frau das Büro betrat.

»Ich kann Ihnen leider nur Rührkaffee anbieten«, sagte Cas.

Ihr strahlendes Lächeln traf ihn so unerwartet, dass es Cas einen Moment lang vorkam, als sei ein weiteres Licht im Raum angegangen. Er blinzelte verdattert, und die Frau sagte: »Spielt keine Rolle. Hauptsache, er ist heiß. Gerne schwarz, ohne Zucker.«

Als Cas ihr den Becher reichte, fühlte er sich seltsam befangen.

»Danke, sehr nett von Ihnen.« Sie ließ sich auf dem Stuhl nieder und sagte dann: »Mr … *P*?«

Cas nahm seinen Kaffeebecher und setzte sich an den Schreibtisch. »So nennen mich die Kids. Als Abkürzung für Pattanyús. Sie können mich aber gerne Cas nennen.«

»Cas«, wiederholte sie. »Ist das auch eine Abkürzung?«

»Ja, für Casimir«, antwortete er und fügte hinzu: »Kommt bei mir aus dem Ungarischen. Und Sie sind …?«

Sie lächelte wieder, aber diesmal war er nicht mehr ganz so geblendet wie beim ersten Mal. »Ich bin Luisa. Luisa MacGregor.« Sie schaute zum Trainingsraum hinüber. »Was ist das hier?«

»Eine Boxschule. Zumindest soll es das sein. Aber manchmal kommt es mir vor, als wäre ich nur mit Schadensbegrenzung beschäftigt.«

»Sie sind Boxer.« Das hörte sich an, als hätte sie sich das ohnehin schon gedacht.

»Nein. Na ja, früher mal ein bisschen, als ich jünger war. Der Boxclub ist nur an ein paar Tagen nachmittags geöffnet, am Wochenende etwas früher. Ich wollte einen Ort schaffen, wo Jugendliche nach der Schule hinkommen können. Eigentlich bin ich Lehrer an der Oberschule.«

Die Frau wirkte überrascht, aber auch beeindruckt. »Also ist das hier ein gemeinnütziges Projekt?«

Cas lachte. »Kann man so sagen, ja. Aber um dem Wohl der Allgemeinheit zu dienen, wie es so heißt, fehlen uns an allen Ecken und Enden die Finanzmittel.« Er deutete auf den angeschlagenen Kaffeebecher in Luisas Händen. »Falls Sie das nicht ohnehin schon bemerkt haben.«

Sie trank lächelnd einen Schluck, sagte aber nichts. Cas fand sie ein wenig rätselhaft.

»Was haben Sie eigentlich hier gemacht?«, fragte er.

Sie zögerte einen Moment, antwortete dann: »Ich habe mir das brachliegende Grundstück da draußen angesehen. Jemand möchte es mir überlassen.«

Cas runzelte die Stirn. »Im Ernst? Sie sind … Grundstücksentwicklerin?« Ihm wollte beim besten Willen kein Grund einfallen, warum man auf diesem Gelände irgendetwas bauen sollte. Es gab in Collaton schon genügend leer stehende Häuser. Und garantiert keine Abnehmer für irgendwelche Luxusbauten.

»Nein, ich bin Sekretärin«, antwortete Luisa.

»Aha«, sagte Cas, dem das alles jetzt noch schleierhafter war.

Sie seufzte, nagte einen Moment an ihrer Unterlippe und erklärte dann: »Ich arbeite zurzeit als Sekretärin, bin aber eigentlich Gartenarchitektin. Vor einigen Jahren hatte ich eine Idee für ein Projekt. Mit jemandem zusammen …« Sie brach ab, zuckte mit den Schultern. »Wir wollten ungenutzte Grundstücke in benachteiligten Wohngebieten übernehmen und sie zu Orten machen, an denen Menschen zusammenkommen können.«

»Gentrifizierung also«, sagte Cas stirnrunzelnd.

»Nein, ganz im Gegenteil. Uns ging es eher um … Quartiersmanagement, könnte man sagen. Wir wollten den Menschen, die bereits in diesen Vierteln leben, etwas bieten. Eine Art Gemeinschaftsgarten. Wir haben geglaubt«, fügte sie mit leicht wehmütigem Lächeln hinzu, »dass Pflanzen Leben verändern können.«

Cas war noch immer am Rätseln. »Sie wollen einen *Garten* anlegen? Hier draußen?«

»Viele Menschen haben keinen Garten, oder?«

»Na ja, wir haben einen ziemlich fantastischen direkt vor der Tür«, erwiderte Cas. »Den Lake District.«

»Es ist aber ein großer Unterschied, ob man die vorhandene Natur nutzt oder selbst einen Garten anlegt«, wandte Luisa ein. »Obwohl natürlich beides auf seine Art heilsam sein kann.«

»Heilsame Energien können wir hier auf jeden Fall gut gebrauchen«, bemerkte Cas. »Aber ich verstehe immer noch nicht so richtig, was genau Sie erreichen wollen.«

Luisa schaute auf den schäbigen Boxring in dem kahlen Raum nebenan. »Die Frage könnte ich Ihnen auch stellen«, erwiderte sie ernsthaft. »Was wollen Sie denn mit Ihrem Boxclub erreichen?«

Nicht zum ersten Mal betrachtete Cas den Club mit dem Blick eines Außenstehenden. Diese Frage war ihm schon des Öfteren gestellt worden. Durchaus auch von ihm selbst, wenn er seinen Kontostand sah und sich überlegen musste, ob er Annika vor Monatsende noch zum Essen ausführen konnte. Dass sein Leben mit vierzig so aussehen würde, hätte Cas sich früher nicht ausgemalt.

»Ich will den Jugendlichen eine neue Perspektive bieten«, sagte er schließlich. »Hier können sie lernen, mit ihrer Wut und ihren Gefühlen umzugehen. Ich versuche ihnen beizubringen, nicht nur andere, sondern auch sich selbst wertzuschätzen. Sie können neue Freunde kennenlernen, Teil einer Gemeinschaft werden, in der man sich gegenseitig hilft. Nicht nur hier, sondern auch draußen in der Welt. Ihre Zeit hier hat also nachhaltige Wirkung. Und außerdem ist es ein sicherer Ort für sie.«

Luisa nickte. »Genau das wollten wir mit unserem Gartenprojekt auch erreichen. Das war unser Plan.«

»War?«, fragte Cas.

Sie zuckte mit den Schultern. »Wie gesagt: Wir haben das Projekt nie verwirklicht. Gestern hat mir jemand noch eine Chance gegeben, es umzusetzen. Aber es ist zu spät. Ich bin inzwischen jemand anders, mein Leben ist anders. Die Welt ist anders.«

»Trotzdem haben Sie den weiten Weg hierher gemacht«, gab Cas zu bedenken.

Während Luisa MacGregor ihren Kaffee austrank, schien sie sich in Erinnerungen zu verlieren, wirkte ein wenig melancholisch dabei. Dann blinzelte sie und lächelte leicht.

»Ich dachte einfach, ich schaue mir das Gelände zumindest mal an, bevor ich das Angebot ablehne«, sagte sie mit einem Schulterzucken. »Nur deshalb bin ich hier.«

Jetzt hörten sie, wie die Eingangstür aufging und zufiel, dann ertönten schnelle Schritte, und Harper erschien in der Tür. Sie war völlig durchnässt, das schwarze Haar klebte ihr am Kopf.

»Auto ist fertig«, rief sie Luisa zu und wandte sich sofort wieder zum Gehen. »Ich muss jetzt los.«

»Oh – warte!« Luisa sprang auf. »Eine Sekunde, bitte!« Cas folgte ihr.

Harper blieb stehen, und Luisa zog ihre Brieftasche hervor und nahm mehrere Geldscheine heraus: »Als Dankeschön.«

Harper hob abwehrend die Hand. »Sie müssen mich nicht bezahlen.«

»Bitte nimm es«, sagte Luisa. »Wenn du das Geld wirklich nicht haben willst, kannst du es dem Boxclub spenden.«

Harper warf einen Blick auf Cas, der hinter Luisa stand und leicht nickte. Noch immer zögernd nahm Harper die Scheine und steckte sie ein.

»Danke. Aber ich muss jetzt wirklich los.«

»Und vergiss nicht«, sagte Cas, »was wir vorhin besprochen haben.«

Harper verdrehte die Augen. »Ja, ja, schon gut, Mr P.«

»Ich musste mich dafür mächtig ins Zeug legen, Harper. Vermassel das bitte nicht.«

»Ich hab doch gesagt, *ich weiß*!«, erwiderte sie und lief

hinaus. Dann waren nur noch ihre eiligen Schritte draußen im Gang zu hören.

»Sie ist tough«, bemerkte Cas. »Hat kein einfaches Leben, ist aber wirklich schlau. Könnte eine vielversprechende Zukunft haben.«

Luisa nickte lächelnd. »Das glaube ich Ihnen.«

»Ich wünschte nur, *sie* würde es mir auch glauben», erwiderte Cas seufzend. «Jedenfalls wollte ich Ihnen noch sagen, dass ich Ihre Idee großartig finde. Die Menschen hier könnten jede Menge solcher Projekte brauchen, ehrlich gesagt. Und ich meine ... Ich selbst habe immer geglaubt, dass dieses klägliche Boxstudio für die Kids die Welt verändern könnte. Warum also nicht auch Pflanzen?»

Er geleitete Luisa MacGregor hinaus und sah ihr nach, als sie mit diesem Auto davonfuhr, das so viel gekostet hatte, wie er in zwei Jahren verdiente. *Quartiersmanagement*, dachte er. Schöne Idee, aber nicht weiter verwunderlich, dass sie nach einem Blick auf das Gelände das Weite suchte. So ging es den meisten Menschen mit Collaton.

Cas warf einen Blick auf seine Uhr und fluchte leise. Er war schon wieder zu spät dran, obwohl er fest versprochen hatte, diesmal pünktlich zu sein. Erst als ihm draußen der Schneeregen ins Gesicht peitschte, fiel ihm ein, dass er Luisa hätte bitten können, ihn mitzunehmen.

Schon als er die Wohnung betrat, spürte er, dass etwas im Argen war. Irgendetwas stimmte atmosphärisch nicht in den eleganten weiß gestrichenen Räumen, die er noch immer als Annikas Wohnung ansah, obwohl er seit drei Jahren die Hälfte der Miete bezahlte. Sie hatten überlegt, gemeinsam etwas zu kaufen, aber Annika weigerte sich, an »so einem Ort« Wurzeln zu schlagen, und Cas weigerte sich, aus Collaton wegzuziehen. Was letztlich alles über den Zustand ihrer Beziehung aussagte, aber irgendwie waren sie eben immer noch zusammen.

»Annika?« Aus dem Schlafzimmer war Musik zu hören. Cas wischte sich das Gesicht trocken und zog seine Sneakers aus. »Tut mir leid«, rief er. »Ich bin in fünf Minuten fertig.«

Sie erschien in der Tür, in einem silbernen Kleid, in dem sie aussah wie ein Supermodel. Haare und Make-up waren makellos, nur die Schuhe fehlten noch. Cas dagegen, verschwitzt und tropfnass, bot wohl eher keinen attraktiven Anblick.

»Du kommst zu spät«, sagte Annika.

»Ich weiß, tut mir leid.«

»Du hattest es versprochen ...«

»Ich weiß«, wiederholte er. »Mir ist was dazwischengekommen.«

Sie verschwand im Zimmer. Als sie zurückkam, trug sie Schuhe. »Irgendetwas kommt *immer* dazwischen, Cas. Was war es diesmal? Hat einer von deiner Truppe eine alte Frau überfallen? Einen Laden ausgeraubt? Ich habe es satt, auf dich zu warten. Du kannst deine Zeit von mir aus gerne für irgendwelche aussichtslosen Unterfangen verschwenden. Aber bei mir ist damit jetzt Schluss.«

»Ich verschwende meine Zeit nicht. Wie kannst du so etwas überhaupt sagen?« Über Harpers jüngstes Fehlverhalten verlor er kein Wort, diese Lektion hatte er schon vor langer Zeit gelernt.

Annika breitete die Arme aus. Sie sah wirklich umwerfend aus. »Ach, ich weiß nicht, Cas. Vielleicht, weil ich wieder mal allein ausgehen muss, weil du dich für ein zum Scheitern verurteiltes Projekt verausgabst, anstatt dir ein Leben mit Menschen aufzubauen, das Perspektive hat?«

»Was soll ich denn noch sagen?«, erwiderte er. »Ich habe mich doch schon entschuldigt. Und ich wäre auch pünktlich gewesen, wenn nichts dazwischengekommen wäre.«

»Wenn du mir auch nur die Hälfte der Aufmerksamkeit schenken würdest, die diese Jugendlichen von dir bekommen, wäre das schon mal ein Anfang«, sagte Annika. »Ich wollte mich an einem einzigen Abend nicht für meinen Partner entschuldigen müssen. Aber offenbar bin ich so unwichtig, dass du nicht mal pünktlich sein kannst.«

»Fünf Minuten, mehr nicht. Bin sofort fertig.«

Doch als Cas aus der Dusche kam, war Annika verschwunden.

6

Harper rannte die zwei Straßen nach Hause. Die durchnässte Jeans haftete unangenehm an ihren Beinen. Wäre es nach ihr gegangen, hätte sie die Frau mit ihrem Reifenproblem im Regen stehen lassen. Sie hatte keine Zeit für Leute, die sich eine Luxuskarosse leisten, aber nicht mal die einfachsten Sachen daran selbst erledigen konnten. Hätte Ihrer Hoheit bestimmt gutgetan, sich den einen oder anderen Fingernagel abzubrechen.

Was natürlich schon deshalb nicht passiert wäre, weil Mr P die Frau nie und nimmer sich selbst überlassen hätte. Dabei hatte er echt nichts drauf, was Autos anging. Aber er konnte es einfach nicht lassen, ständig guter Samariter spielen zu wollen.

Idiot, dachte Harper, die nicht einmal vor sich selbst zugegeben hätte, dass sie Mr P ziemlich gernhatte.

Aber weil er dauernd helfen wollte, war sie jetzt nicht nur klatschnass, sondern auch viel zu spät dran. Immerhin hatte sie ein paar Geldscheine in der Tasche, die vorher noch nicht da gewesen waren. Sie hatte noch nicht nachgesehen, wie viel die Frau ihr gegeben hatte, aber jedes kleine bisschen half. Erst heute früh hatte Harper ihren letzten Zwanziger auf dem Küchentisch zurückgelassen, mitsamt der klaren Ansage, damit ausschließlich die Prepaidkarte für den Stromzähler aufzuladen.

Die Straßen waren an diesem Sonntagabend menschenleer, aber man hörte Geräusche aus den Häusern: Musik, Lachen, Streitereien, die übliche Geräuschkulisse von Menschen, die auf engem Raum zusammenlebten.

Harper wohnte in einem zweistöckigen Ziegelhaus, das genauso aussah wie alle anderen in dieser Straße, aber im Gegensatz zu den anderen hinten an den Schrottplatz angrenzte. Deshalb gab es hinter ihrem Haus keine weiteren Nachbarn, sondern lediglich eine Terrasse, von der aus man auf eine schmale Gasse blickte. Und mehr Licht, wovon Harpers kleiner Bruder Max profitierte, dessen Zimmer nach hinten hinausging. Er hatte schon sein Leben lang Aussicht auf Schrotthaufen, was ihn aber nicht zu stören schien. Wie seine Schwester erledigte Max nur die Dinge, die unbedingt gemacht werden mussten, und hielt sich von allem anderen fern.

Harper machte sich oft Sorgen, weil ein Neunjähriger eigentlich Freunde haben sollte, sagte sie sich. Aber immerhin wurde Max von den anderen Kindern in Ruhe gelassen, weil sie wussten, dass sie es mit seiner Schwester zu tun bekommen würden, wenn sie ihm etwas antaten. Andererseits war es vielleicht auch besser, wenn er mit den Leuten hier so wenig Kontakt wie möglich hatte. Denn Harper plante, so bald wie möglich mit Max aus Collaton abzuhauen. Wie sie das anstellen sollte, war ihr noch ein Rätsel, aber sie war felsenfest davon überzeugt, dass es ihr gelingen würde.

Jetzt schob sie das Tor auf und ging über den betonierten Vorplatz. Noch bevor sie den Schlüssel ins Schloss steckte, hörte sie von drinnen laute Musik. Was das zu bedeuten hatte, war klar. Harper runzelte finster die Stirn und betrat das Haus. Von einem winzigen Eingangsbereich aus führte ein kurzer Flur zur Küche im hinteren Teil. Rechterhand befand sich das Wohnzimmer, aus dem die Musik dröhnte.

»Max?«, rief Harper nach oben, bekam aber keine Antwort. Flur und Küche waren dunkel.

Nachdem Harper ihre nasse Jacke und die Sneakers ausgezogen hatte, ging sie ins Wohnzimmer. Sofort stieg ihr der Gestank von Zigaretten und anderen Substanzen in die Nase. Ihr Vater lag auf einem der zwei durchgesessenen grauen Sofas. Den leeren Bierdosen auf dem Boden nach zu schließen, hatte er sich die Kante gegeben und war eingeschlafen. Auf dem fleckigen Couchtisch standen zwei Aluschalen mit Resten von chinesischem Essen, ein süß-säuerlicher Geruch hing in der Luft.

Harper bahnte sich einen Weg durch die Dosen am Boden und schaltete die ohrenbetäubende Musik aus.

»Hey!«, schrie sie ihren Erzeuger an. »Hast du für Max Abendessen gemacht?«

Die Antwort bestand aus einem Grunzen. Harper wusste aus Erfahrung, dass sie nicht mehr aus ihm herauskriegen würde. Einen Moment lang erwog sie, ihren Vater in die Rippen zu boxen, sah aber sofort Mr Ps missbilligendes Gesicht vor sich. Der Mann war wie ein nerviger Engel, der ihr ständig auf der Schulter hockte.

Harper ging nach oben und rief auf dem Treppenabsatz

erneut nach Max, aber nichts rührte sich. Wahrscheinlich hörte ihr Bruder nichts wegen der Kopfhörer, die Harper ihm letztes Jahr geschenkt hatte. Mit neun hätte er sich selbst etwas zu essen machen können – sie hatte ihm für alle Fälle den Umgang mit der Kochplatte gezeigt –, tat es aber nie. Er interessierte sich nicht für Essen, sondern nur für sein jeweils neuestes Hobby. Und mit seiner Besessenheit brachte er Harper immer wieder in Schwierigkeiten. Erst letzte Woche hatte sie versucht, ihm klarzumachen, dass er doch bestimmt keine weiteren Filzstifte brauche, wenn er bereits vier ungeöffnete Packungen unter seinem Bett gestapelt hatte. Aber er hatte darauf bestanden, und weil ihm ohnehin zu wenig im Leben vergönnt war, hatte sie ihm diesen Wunsch nicht abschlagen können. Dabei hatte sie allerdings den Eifer der Angestellten im Kaufhaus ebenso unterschätzt wie die Schnelligkeit des Detektivs, der sie gestellt hatte.

Weshalb sie nun noch tiefer in Mr Ps Schuld stand. Er hatte die Geschäftsführerin davon überzeugt, dass es besser für Harper wäre, ihre Reue in Form von Sozialstunden zu zeigen, anstatt verurteilt zu werden. Wie er das hinbekommen hatte, war ihr ein Rätsel – vermutlich stand die Frau auf Mr P. Zu welcher Art von Strafe er Harper verdonnern wollte, hatte er noch nicht gesagt, sondern ihr nur die Ohren vollgelabert mit Bemerkungen wie »Es ist keine Strafe, sondern eine Chance zu begreifen, wie wichtig Gemeinschaft ist«, die ihr kolossal auf die Nerven gingen. Und garantiert würde er sich etwas furchtbar Langweiliges ausdenken. Aber da musste sie nun durch.

Harper hoffte, dass Max sich eines Tages auch für den Boxclub begeistern würde, aber bislang konnte er ihn nicht ausstehen. Als sie ihn einmal mitnahm, machte ihm das Echo in den Räumen solche Angst, dass er danach nie wieder einen Fuß über die Schwelle setzen wollte. Und Harper hatte nicht vor, ihn zu zwingen, obwohl sie ihn dort viel besser im Auge behalten konnte.

Jetzt hielt er sich jedenfalls nicht in seinem Zimmer auf – was bedeutete, dass er nicht zu Hause war.

Harper raste wieder nach unten ins Wohnzimmer, wo ihr einziges existierendes Elternteil noch immer weggetreten zwischen Kissen lag. Sie quetschte sich am Couchtisch vorbei und holte gerade aus, um ihrem Vater gegen die Schulter zu boxen, als das Licht ausging.

Harper fluchte laut und landete ihren Treffer dennoch.

»Du hast die Stromkarte nicht geladen, oder?«, schrie sie. »Wo ist Max? Wie kann man nur so nutzlos sein wie du?«

Wieder keine Reaktion, aber Harper war ohnehin schon auf dem Weg zur Tür. Im Flur nahm sie die Karte vom Stromzähler, riss die einzige trockene Jacke vom Garderobenständer und lief fröstelnd hinaus. Unterwegs holte sie ihr Handy heraus, aber wen sollte sie anrufen? Max hatte kein eigenes Handy, weil sie noch nicht genügend Geld dafür hatte ansparen können. Und da er nicht mehr in der Schule, aber auch nicht zu Hause war, irrte er wohl allein herum, und das auch noch bei diesem scheußlichen Wetter und mit leerem Magen. In ihrem eigenen Bauch brodelte es vor Wut auf ihren Vater, ihr Leben, diesen Ort, die ganze Welt. Diese blöde Kuh, die sich nicht um ihr Auto kümmern konnte. Wenn die nicht ...

Harper lief zu dem Laden an der Ecke, um die Karte aufzuladen. Dort herrschte allerdings ein solcher Tumult wie ansonsten nur bei ihr zu Hause.

»Du kannst die nicht einfach mitnehmen, das ist Diebstahl!«, brüllte eine Männerstimme.

»Da steht aber ›Gratis‹ drauf! Ganz groß!«

»Ja, aber erst wenn man die Zeitschrift *kauft*, du elender Bengel! Du musst sie zuerst *bezahlen*, bevor du das Ding gratis kriegst!«

Eine der beiden Stimmen erkannte Harper auf Anhieb.

»Max?«

Ihr kleiner Bruder spähte an dem Mann vorbei, der über ihm aufragte. Die beiden standen neben dem Zeitschriftenregal, und Max drückte irgendetwas an die Brust, an dem der Ladenbesitzer zerrte. Drei Zeitschriften mit zerknittertem Titelblatt lagen auf dem Linoleumboden.

»Harper!«, schrie Max.

Der Mann fuhr herum.

»Komm zu mir«, befahl Harper.

Max drängte sich hastig an dem Mann vorbei und rannte zu ihr.

»Sie sind gratis«, sagte er ängstlich. »Das steht da drauf!«

»Alles okay«, erwiderte Harper und schob ihn hinter sich, um ihn zu decken. »Nur die Ruhe, wir regeln das schon.«

»Da kannst du Gift drauf nehmen!«, schrie der Ladenbesitzer und steuerte zur Theke. »Ich rufe jetzt die Polizei!«

»Nein, bitte tun Sie das nicht! Es tut mir leid. Ich werde den gesamten Schaden bezahlen, den er angerichtet hat.«

»Das reicht nicht. Ich hab die Schnauze voll von den ganzen Kindern hier, die ständig nur Mist machen.«

Harper bückte sich und hob die zerknitterten Zeitschriften auf. Wenigstens waren es keine Pornos. Aber was Max mit Gartenmagazinen anfangen wollte, war ihr ein Rätsel.

»Mein Bruder hat etwas falsch verstanden«, sagte sie. »Er wollte nicht stehlen. Er hat in seinem ganzen Leben noch nie etwas gestohlen.« Aber seine Schwester, dachte Harper schuldbewusst. Sie hatte geglaubt, dass Max das nicht bemerkt hätte, doch er war schlau. Hatte er sich zusammengereimt, wie sie die Dinge beschaffte, die sie ihm schenkte? Vermutlich war sie selbst an dieser Situation schuld. »Hören Sie, ich bezahle das alles, ja? Er ist doch noch ein Kind. Ich sorge dafür, dass das nie wieder vorkommt. Bitte.«

Harper zog die Geldscheine, die sie von der Frau bekommen hatte, aus der Tasche und warf zum ersten Mal einen Blick darauf. Es waren vier Zwanziger.

Der Ladenbesitzer, der schon sein Handy gezückt hatte, musterte sie einen Moment von Kopf bis Fuß, schaute dann zu Max hinüber. Als Harper das Mitleid in den Augen des Mannes sah, hätten sie am liebsten jeden Gegenstand in diesem blöden Laden zertrümmert und ihn anschließend niedergebrannt. Aber das kam nicht infrage, das würde Max nicht helfen. Stattdessen schluckte Harper ihre Wut hinunter und setzte eine reumütige Miene auf.

Der Ladenbesitzer legte das Handy weg.

»Okay«, sagte er. »Aber ich will ihn hier nie wieder sehen, ist das klar?«

Harper nickte. »Das verspreche ich Ihnen. Danke.« Sie schob die Zeitschriften und die Stromkarte über die Theke. »Und die hier bitte aufladen, für dreißig.«

Als alles bezahlt war, hielt der Mann ihr die Zeitschriften hin. »Wollen Sie die jetzt auch mitnehmen?«

Harper, so erschöpft, wie sich keine Siebzehnjährige fühlen sollte, sagte nur: »Klar, warum nicht.«

Als sie durch den Regen nach Hause gingen, murmelte Max: »Ich wollte das nicht. Ich wollte das wirklich nicht, Harper.«

Sie strich sich mit der Hand übers Gesicht. »Alles okay. Aber du darfst nicht mehr in den Laden gehen, ist das klar?«

»Ich verstehe einfach nicht, warum Leute Dinge schreiben, die nicht wahr sind«, sagte Max mit so kläglicher Stimme, dass Harper am liebsten irgendjemanden kurz und klein geschlagen hätte. Er drückte noch immer etwas an die Brust, das sie nicht erkennen konnte. Sie hatte nicht vor, danach zu fragen. Max lebte in einer vollkommen anderen Welt als sie, und Harper fürchtete, dass sie nie Zugang dazu finden würde.

»Na komm«, sagte sie. Von dem Geld war noch etwas übrig, und sie war durchgefroren und hungrig. »Wir holen uns Würstchen mit Pommes.«

»Und Erbsenpüree.«

»Na klar. Erbsenpüree auch.«

7

Auf der Heimfahrt dachte Luisa über das Gespräch mit Casimir Pattanyús und seine Erklärung nach, weshalb ihm der Boxclub so sehr am Herzen lag. Er war zwar spärlich ausgestattet, aber das Lachen der Jugendlichen war ihr in Erinnerung geblieben. Wo wären sie an diesem Abend gewesen, wenn es den Club nicht geben würde? Angesichts des Zustands der Räume war Luisa klar, dass dieses Projekt nicht subventioniert wurde. Mr Pattanyús investierte also wohl nicht nur seine Zeit, sondern auch sein eigenes Geld. Nicht viele Menschen würden nur aus sozialem Engagement heraus so einen Aufwand betreiben.

Plötzlich fiel Luisa eine Szene wieder ein: Reuben vor einer Gruppe von Investoren, die er von ihrer gemeinsamen Idee überzeugen wollte. Seine Begeisterung und Überzeugungskraft waren immer ansteckend gewesen. Und Luisa hatte ihn dafür geliebt, dass er seine Ziele auch dann noch zäh verfolgt hatte, wenn andere längst aufgegeben hätten.

Sie atmete tief ein. Die Bedrücktheit, die sie angesichts des verwahrlosten Grundstücks empfunden hatte, ließ nach und machte etwas anderem Platz: einem kühnen Gedanken, gepaart mit einem Funken Abenteuerlust.

Du schaffst das, hätte Reuben garantiert gesagt, wenn er jetzt bei ihr gewesen wäre. *Du musst das machen. Dieses Stück Land ist perfekt, und es wird dir auch noch auf dem Silbertablett serviert!*

Zu Hause gestand Luisa beklommen den Schaden am BMW und war erleichtert, als Jo völlig unbekümmert reagierte.

»Ist ja nur der Reifen«, sagte sie. »Den können wir auswechseln lassen, bevor irgendwer was merkt. Und was für ein Glück, dass dieser Mann zur Stelle war. Scheint ein sympathischer Typ zu sein.«

»Ja, den Eindruck hatte ich auch«, erwiderte Luisa. »Ich muss mich jetzt dringend an die Texte für Marianne machen, sonst ist die Hölle los. Ich rufe gleich morgen früh wegen des Reifens in der Werkstatt an, ja?«

Doch als Luisa an ihrem Schreibtisch saß, wanderte ihr Blick immer wieder zu dem Foto, das sie am Abend vorher aufgestellt hatte.

Reuben würde zusagen, dachte sie. *Er würde dieses Projekt unter allen Umständen verwirklichen.*

Irgendwann nach Mitternacht, als die Aufnahme endlich abgetippt war und Luisa wieder einmal nicht einschlafen konnte, sah sie sich die Unterlagen des Kontos an, das sie so lange vorsätzlich ignoriert hatte. Die Summe war nicht unermesslich, aber auch nicht gering. Als Luisa sich vorstellte, wie viel dieses Geld bewirken könnte – zum Beispiel für den Boxclub von »Mr P« –, bekam sie ein schlechtes Gewissen. Hier lag ein kleines Vermögen herum, mit dem man so viel Sinnvolles anfangen könnte.

Am nächsten Morgen rief sie, hundemüde und mit einem Becher Kaffee in der Hand, Owen an. Es war ihr unangenehm, dass sie ihn so brüsk abgewiesen hatte, obwohl er es nur gut gemeint hatte.

»Ah, Luisa«, sagte er, als sie ihn zwischen seinen Sitzungen endlich erreichte. »Ich bin froh, dass du anrufst. Ich wollte mich bei dir entschuldigen. Als ich Emilia von unserem Gespräch erzählt habe, hat sie mir fast den Kopf abgerissen. Mir war wohl nicht ganz klar, dass ich mich wie ein unsensibler Vollidiot benommen habe.«

Luisa schmunzelte. »Du brauchst dich nicht zu entschuldigen, Owen. Es war lieb von dir, dass du an mich gedacht hast, und ich bin diejenige, die um Verzeihung bitten sollte. Ich wollte nicht so abweisend reagieren, das Angebot kam nur so überraschend. Und wenn du ein paar Minuten Zeit hast, würde ich gerne etwas mit dir besprechen. Ich habe mir gestern das Grundstück angeschaut.«

Luisa schilderte ihre Erlebnisse, die Begegnung mit Casimir Pattanyús und seine Bemühungen, den Jugendlichen zu helfen.

»Ich weiß, dass dir etwas anderes vorgeschwebt hat«, sagte Luisa, »aber vielleicht könntest du in Erwägung ziehen, das Land dem Boxclub zu überschreiben? Wenn ich außerdem Reubens Lebensversicherung spende, können wir den Menschen dort wirklich etwas Gutes tun.«

Ein kurzes Schweigen entstand.

Schließlich sagte Owen: »Damit hast du sicher recht. Aber, Luisa …« Er unterbrach sich und seufzte. »Verzeih mir bitte, wenn ich schon wieder dränge, ich möchte dir wirklich nicht zu nahe treten – aber gibt es einen bestimmten Grund, warum du nicht selbst an dem Projekt beteiligt sein möchtest? Du hörst dich schon viel munterer an als am Samstag. Fast wie die lebhafte junge Frau, die meinen wunderbaren Patensohn vor all den Jahren so begeistert hat. Wieso willst du denn nicht selbst einen Versuch wagen? Vor allem, wenn du ohnehin bereit bist, Reubens Geld zu investieren?«

Unwillkürlich wanderte Luisas Blick wieder zu dem Foto. Owen hatte recht. Sie spürte tatsächlich einen Anflug von freudiger Aufregung bei der Vorstellung.

»Na ja«, sagte sie dann, »weil es ein Vollzeitjob wäre, und ich habe bereits einen. Es sieht ganz danach aus, als könnte Boswell Gardens einen großen Auftrag an Land ziehen, und dann hätte ich alle Hände voll zu tun, vor allem im Sommer.«

»Ah, richtig … Feldspar Hall, oder?«

»Woher weißt du das?«

»Die Percivants sind alte Freunde meiner Familie.«

Wie könnte es auch anders sein, dachte Luisa und sagte: »Dann kennst du ja die Dimensionen.«

Owen seufzte erneut. »Es ist mir ein Gräuel, dass du dein Talent für Boswell vergeudest, diese grässliche Schreckschraube.«

Luisa kicherte. »Aber diese Schreckschraube bezahlt mich.«

Wieder versank Owen einen Moment in Schweigen. Dann sagte er: »Gib dem Projekt ein halbes Jahr, Luisa. Bitte. Wenn in dieser Zeit nichts daraus wird, helfe ich dir dabei, einen anderen Job zu finden, versprochen. Was meinst du?«

»Du willst nicht lockerlassen, oder?«, erwiderte Luisa erstaunt. »Aber ich verstehe nicht recht, warum …«

Ein paar Augenblicke verstrichen, dann sagte Owen: »Ich werde alt, Luisa. All die Dinge, die ich tun wollte, aber versäumt habe, lassen mir keine Ruhe. Reuben glaubte an dich, und er glaubte an dieses Projekt. Ich hatte dir schon gesagt, dass ich bereue, mich damals nicht mehr dafür eingesetzt zu haben. Das hier könnte meine letzte Chance sein, und …« Er verstummte.

»Und?«, hakte Luisa nach.

»Ich hätte einfach gerne, dass noch mehr von mir bleibt als nur Geld«, antwortete Owen trocken. »Versuch es, Luisa. Sollte es mit dem Garten aus irgendwelchen Gründen nicht funktionieren, lassen wir beide los, okay? Aber dann können wir uns sagen, dass wir es zumindest probiert haben.«

Luisa holte tief Luft. Sie konnte nicht fassen, dass sie wirklich anfing, über diese verrückte Idee nachzudenken. Vor zwei Tagen wäre das noch unvorstellbar gewesen. Und dennoch …

»Ich muss mir das in Ruhe überlegen«, erwiderte sie zögernd.

»Natürlich«, sagte Owen. »Das verstehe ich vollkommen.«

»Mach es«, sagte Jo prompt. »Mach es einfach, Lu. Owen hat absolut recht. Und du weißt, dass er immer Wort hält – in einem halben Jahr hast du dann so oder so einen neuen Job. Und wer weiß, was sich da auftut? Solange es weit weg von der unerträglichen Boswell ist, stimmt auf jeden Fall die Richtung.«

Luisa schloss die Augen. »Ich kann nicht fassen, dass ich mir das ernsthaft überlege. Du hast das Grundstück nicht gesehen, Jo. Es ist riesig. Und komplett verwahrlost.«

Jo ergriff ihre Hand und drückte sie fest. »Rede dir das nicht schlecht. Du willst es doch, oder? Und lüg jetzt bloß nicht, das merke ich sofort.«

Eine Weile verlor Luisa sich in Gedanken, erinnerte sich zurück an den Moment, als sie die Gärten von Feldspar Hall betrachtet und in ihrer Vorstellung umgestaltet hatte.

»Ja, schon«, gab sie schließlich zu und merkte dabei, wie sich ihr Zögern verflüchtigte. »So eine Chance bekomme ich sicher kein zweites Mal.«

Jo boxte triumphierend in die Luft und fiel ihrer Schwester um den Hals. *»Juhu!«*

Nachdem die große Entscheidung getroffen war, musste natürlich Marianne informiert werden. Einerseits graute Luisa davor, andererseits empfand sie aber auch klammheimliche Freude bei der vorhersehbaren Entrüstung ihrer Chefin.

»Ich schicke dir die offizielle Kündigung gleich per Mail«, verkündete Luisa, als sie den Anruf machte. »Ich wollte mich vorher nur noch mal per Telefon melden.«

»Tja, selbst schuld«, fauchte Marianne. »Heute Morgen habe ich den Vertrag mit Caroline Percivant abgeschlossen. Mein Name wird in den Geschichtsbüchern stehen.«

»Das freut mich für dich, Marianne«, erwiderte Luisa.

»Na klar«, versetzte Marianne schnippisch. »Weil du mir

gerade dann Schwierigkeiten machst, wenn ich dich ausnahmsweise mal brauchen könnte.«

»Ich versuche, während meiner Kündigungsfrist eine neue Assistentin für dich zu finden«, sagte Luisa. »Es gibt bestimmt jede Menge Leute, die …«

»Die Mühe kannst du dir sparen«, fiel Marianne ihr ins Wort. »Ich will dich hier nicht mehr sehen. Gib bis Ende der Woche sämtliches Eigentum der Firma und alle Dokumente ab. Diese Unterhaltung ist das offizielle Ende unserer Zusammenarbeit.«

»Ah. Nun, dann …«

Marianne legte auf, und von einer Sekunde auf die nächste war Luisa zum ersten Mal in ihrem gesamten Erwachsenenleben erwerbslos.

8

Am Dienstagmorgen stand Luisa um die gewohnte Zeit auf und hatte schon die Hälfte ihrer üblichen Morgenroutine absolviert, als ihr plötzlich einfiel, dass sie keinen Arbeitsplatz mehr hatte. Sie hielt abrupt inne, mitten im Zähneputzen, und starrte schockiert in den Spiegel. Was um alles in der Welt hatte sie getan?

»Das ist eine wunderbare Chance für etwas Neues, Luisa«, hatte Owen gesagt, als sie ihn am Montagabend noch angerufen hatte, um ihm von ihrer Entscheidung zu berichten. »Ich wusste es. Reuben wäre so stolz auf dich.«

Seine Begeisterung war ebenso ansteckend gewesen wie die von Joanna, und es hatte sich wie der einzig richtige Schritt angefühlt. Aber jetzt, am ersten Morgen als ihre eigene Chefin, dachte sie entsetzt: *Oh Gott, was habe ich mir nur dabei gedacht?*

Die Kündigung kam ihr vor wie der reinste Irrsinn, aber es gab keinen Weg zurück. Luisa hatte sich um Höflichkeit gegenüber Marianne bemüht, aber alle Brücken hinter sich abgebrochen. Jetzt half nur die Flucht nach vorn.

»Ich habe mein Anwaltsteam schon darauf angesetzt«, hatte Owen gesagt, als Luisa mit ihm telefonierte, bemüht, sich ihren Zustand nicht anmerken zu lassen. »Die melden sich bei mir, wenn sie weitere Details über das Wohltätigkeitsprojekt brauchen. Du kannst dich jetzt erst mal in Ruhe auf das konzentrieren, worin du super bist. Mach dir keinerlei Gedanken um das Organisatorische, sondern stell diesen Garten auf die Beine.«

Luisa starrte aus dem Küchenfenster, während ihr Kaffee kalt wurde. *Stell diesen Garten auf die Beine.* Als ob das so einfach wäre. Der Gedanke an das verwahrloste Stück Ödland, für das sie jetzt verantwortlich war, versetzte sie erneut in Panik, und gleichzeitig erfasste sie eine überwältigende Trauer. Wenn Reuben doch nur hier wäre …

Wenn Reuben hier wäre, würde er durchstarten.

Ich kann das, rief Luisa sich in Erinnerung. *Ich bin dafür ausgebildet.* Ihr Abschluss lag zwar zehn Jahre zurück, aber sie hatte ihren Beruf nicht verlernt. Außerdem hatte sie acht Jahre lang Marianne Boswell dabei beobachtet, wie sie Gärten gestaltete. Und war Lady Caroline nicht äußerst angetan gewesen von den Entwürfen für Feldspar Hall? Luisa war absolut dazu imstande, dieses Projekt zu verwirklichen. Sie musste nur Schritt für Schritt vorgehen. Es war immer ihr Traum gewesen, als Gartendesignerin ihren Lebensunterhalt zu verdienen. Dieser Wunsch war doch bestimmt noch irgendwo in ihr lebendig?

Den Rest des Vormittags brachte Luisa damit zu, Listen zu schreiben und sich die ersten Eindrücke des Grundstücks wieder in Erinnerung zu rufen. Sie betrachtete es auf Google Earth, um sich genauer zu orientieren. Die verbliebene Wand der einstigen Fabrik würde man abreißen müssen, sie erzeugte zu viel Schatten und sah außerdem brüchig aus. Der Rest des Geländes war von Schutt und Unkraut bedeckt. Damit war klar, dass man zunächst einmal die Wand einreißen und auf der gesamten Fläche die Erde zum Vorschein bringen musste. Und damit wäre der erste Schritt schon getan.

Sie sah sich die umstehenden Gebäude an. Es gab ein paar Reihenhäuser, weitere brachliegende Grundstücke, die aufgegebenen Läden und den Pub. Der Boxclub war das größte Gebäude im Umfeld. Als ihr Blick auf die Uhr am Bildschirm fiel, dachte Luisa unwillkürlich an Cas und Harper. Beide waren jetzt sicher in der Schule. Sich Cas als Lehrer in einem Klassenzimmer vorzustellen, fiel Luisa schwer. Er schien ihr viel besser in seinen Boxclub zu passen, für den er sich mit so viel Leidenschaft engagierte.

Um die Mittagszeit bekam Luisa einen Anruf von ihrem Automechaniker, der ihr kurz darauf den reparierten Land Rover zurückbrachte. Er hatte ihrem Vater gehört, der vor einem Jahr verstorben war – ein weiterer überraschender Verlust in ihrem Leben. In seinem Auto fühlte Luisa sich ihrem Vater nahe, sogar noch näher, als wenn sie sich Fotos von ihm ansah.

Nachdem sie rasch in der Küche ein Sandwich zu sich genommen hatte, brach Luisa zu ihrer zweiten Fahrt nach Collaton innerhalb von drei Tagen auf. Und dieser Ausflug fand bei vollkommen anderem Wetter statt. Der Regen hatte sich verzogen, die tiefstehende Wintersonne zwischen den Wolken glitzerte auf den Wellen des Firth. Auf den Bergen lag Schnee, und Luisa öffnete das Fenster, um die klare, frische Luft zu genießen. Nach etwa einer Stunde Fahrt erreichte sie Collaton und parkte den Wagen an derselben Stelle wie bei ihrem letzten Besuch hier. Heute war sie aber wesentlich besser gerüstet – mit Arbeitshandschuhen, ihrem verlässlichen alten Mehrzweckwerkzeug, Maßband und ihrem eigenen iPad, das allerdings etwas betagter war als das ihrer Ex-Chefin.

Luisa begann, Skizzen vom gesamten Gelände zu machen. Einen Teil der Asphaltfläche wollte sie erhalten als Abstellplatz für die Container zum Abtransport des Schutts, und der Zaun musste so schnell wie möglich ausgebessert und gesichert werden. Während ihrer Bestandsaufnahme überlegte Luisa, wie sie am besten Kontakt zu den Einheimischen bekommen könnte. Bislang hatte sie keine Idee, aber dann fiel ihr auf, dass sie immerhin schon zwei Leute kannte.

Als sie an Cas und Harper dachte, schaute Luisa unwillkürlich zum Boxclub hinüber und stellte erstaunt fest, dass er schon geöffnet hatte. In ihrem Eifer hatte sie gar nicht auf die Zeit geachtet, und jetzt war es schon kurz vor vier. Einige Jugendliche tauchten vermutlich direkt nach Schulschluss hier auf. Und während Luisa sich weiter auf dem Grundstück umsah, kam ihr ein Gedanke.

9

Luisa war auf Lärm und Radau gefasst, als sie durch die Tür trat, doch im Inneren des Gebäudes war es eigenartig still. Kein Geschrei, kein lautes Gelächter von Jugendlichen, nur das dumpfe Knallen von Lederhandschuhen auf dem Boxsack. Am Trainingssaal blieb sie wie angewurzelt stehen.

Casimir Pattanyús war allein. Er trug eine weiße Weste, schwarze Shorts und weiße Turnschuhe und bearbeitete einen der Boxsäcke, den Rücken zum Eingang gewandt. Die Schläge prasselten nur so auf das verblasste rote Leder, und Luisa konnte nicht einschätzen, ob Cas gerade Dampf abließ oder ob das sein üblicher Trainingsstil war. Sie blieb in der Tür stehen, weil sie nicht stören wollte. Die Kraft und Schnelligkeit, mit der Cas zuschlug, waren verblüffend und auch irgendwie faszinierend, musste Luisa sich eingestehen. Sie hätte vielleicht zwei solcher Schläge hinbekommen und wäre danach für den Rest des Tages erledigt gewesen. Aber Cas schien nicht einmal Luft holen zu müssen. Sein Nacken und seine Arme glänzten vom Schweiß.

Eine Sekunde später brach er ab und drehte sich ruckartig zu Luisa um, während der Sandsack mit Karacho auf ihn zuschwang.

»Oh!«, rief Luisa erschrocken aus.

Im letzten Moment hob Cas die Hände, stoppte den Sack, bevor er ihm ins Gesicht prallte, und trat dann keuchend auf Luisa zu.

»Luisa MacGregor«, sagte er atemlos.

»Tut mir leid. Ich wollte nicht stören.«

Cas löste den Klettverschluss an den Handschuhen. »Kein Problem. Ich hatte nur nicht damit gerechnet, dass jemand reinkommt. Normalerweise schließe ich die Tür ab, wenn ich allein bin. Habe ich offenbar vergessen.«

»Ist heute denn nicht geöffnet?«, fragte Luisa und sah sich in der leeren Halle um. »Ich hatte erwartet, hier sei mächtig was los.«

Luisa stellte etwas schockiert fest, dass es ihr schwerfiel, nur in sein Gesicht zu schauen. Ihr Blick wanderte unwillkürlich zu seinen muskulösen schweißglänzenden Armen, was ihr fast die Röte ins Gesicht trieb. Normalerweise nahm sie Männer nicht auf diese Art wahr, zumindest nicht mehr seit …

»Der Club ist von halb sechs bis acht geöffnet«, erklärte Cas, der ihren inneren Konflikt nicht zu bemerken schien. Er zog die Handschuhe aus und griff nach einer Wasserflasche, die neben einer Sporttasche am Boden stand.

»Oh, ist das nicht ziemlich spät, wenn die Jugendlichen nach der Schule herkommen sollen?«

Cas leerte die Flasche mit zwei großen Zügen und sagte dann trocken: »Je länger sie abends hier sind, desto besser. Dann haben sie weniger Zeit, irgendwelchen Unsinn zu treiben. Außerdem müssen sie zwischendurch mal was essen.

Anfangs habe ich versucht, das hier auch anzubieten, konnte aber keinen Sponsor dafür finden, und …« Er brach ab und zuckte mit den Schultern. »Ehrlich gesagt ist es schon schwierig genug, die monatliche Miete aufzutreiben, von Finanzmitteln für Zubehör ganz zu schweigen. Na ja, jedenfalls«, er wies mit dem Kopf auf den Boxsack, »kann ich hier den Ärger des Tages loswerden. Dann bin ich auch in besserer Verfassung, um mit den Kids umzugehen. Die können nämlich ganz schön herausfordernd sein.« Cas nahm ein Handtuch aus der Tasche und trocknete sich damit Gesicht und Nacken ab. »Jedenfalls … Freut mich, Sie wiederzusehen, aber warum sind Sie hier? Kann ich irgendwas für Sie tun?«

Luisa warf einen Blick auf die Trennscheibe zu seinem Büro. »Könnten wir uns vielleicht kurz setzen und unterhalten?«

Cas legte sich das Handtuch um die Schultern. »Na klar.«

Als sie sich auf den gleichen Stühlen wie beim ersten Mal niedergelassen hatten, begann Luisa: »Also, es ist so – ich habe tatsächlich beschlossen, dieses Gartenprojekt in die Tat umzusetzen. Von dem ich Ihnen erzählt hatte.«

»Verstehe«, sagte Cas, sichtlich überrascht. »Dann … wären jetzt Glückwünsche angebracht?«

»Also …« Luisa wandte den Blick ab, zögerte einen Moment. Das Ganze einem Fremden zu erklären, fühlte sich noch gewichtiger an, als Familie und Freunden davon zu berichten. »Es ist eine große Sache für mich«, sagte sie schließlich. »Ich habe meinen Job gekündigt und werde mich in den nächsten Monaten nur auf das Projekt konzentrieren. Ich möchte, dass es richtig gut wird.«

Cas lächelte. »Schön. Ich wünsche Ihnen viel Glück damit.«

Luisa gab ein kleines Lachen von sich. »Danke. Kann ich gut gebrauchen. Jedenfalls, warum ich mit Ihnen reden wollte … Ich brauche ein Büro. Ich hatte schon überlegt, einen Container zu mieten, aber der würde auf dem Gelände Platz wegnehmen. Es wäre besser, hier vor Ort ein Büro zu haben.«

Cas lehnte sich zurück. »Hier in der Nähe? Da haben Sie quasi freie Wahl. Vielleicht einer der Läden drüben? Oder den Pub?«

»Offen gestanden hatte ich an dieses Gebäude gedacht«, sagte Luisa.

Cas starrte sie fassungslos an. »Was, den Club?«

Sie nickte. »Er wäre perfekt. Nahe am Grundstück, lässt sich abschließen und reicht vollkommen aus für das, was ich bräuchte.«

»Aber Ihnen ist ja wohl klar, dass dieses Gebäude bereits genutzt wird?«

»Natürlich. Aber für wie lange? Sie haben selbst gesagt, dass es schwierig ist, die Miete aufzubringen.«

In Cas' Augen blitzte Zorn auf, und er schien sich nur mit Mühe zu beherrschen.

»So ist das also«, sagte er aufgebracht. »Sie spazieren hier rein, schauen sich einmal um, und dann heißt es: Super, nehm ich, das war's mit dem Boxclub, oder wie?« Er holte tief Luft. »Sie denken wohl, Sie könnten mit Geld alles kaufen. Der Vermieter würde Sie bestimmt mit Kusshand nehmen, aber meine Antwort lautet eindeutig: Nein. Und jetzt muss ich noch jede Menge vorbereiten, bevor die Kids kommen …« Er stand auf und wies zur Tür.

»Nein, nein«, sagte Luisa erschrocken. Wie immer hatte sie das völlig falsch angepackt. *Deshalb hat Reuben so was immer gemacht, er konnte das viel besser …*

»Nein, nein?«

»Bitte hören Sie mir noch kurz zu. Es dauert wirklich nicht lange.«

Zögernd setzte Cas sich wieder und starrte sie einen Moment lang an. Luisa hielt dem Blick tapfer stand, aber ihr Herz schlug schneller.

Dann nickte Cas kurz.

»Ich will Ihnen diesen Ort auf gar keinen Fall wegnehmen«, begann Luisa. »Ganz im Gegenteil: Ich will Ihnen etwas anbieten. Was ich vorschlagen möchte, ist eine Art … Teilnutzung.«

»Was meinen Sie damit?«

Luisa schaute durch das Fenster in die leere Halle. »Sie haben vorhin gesagt, dass die Jugendlichen erst um halb sechs herkommen. Das heißt, dass das Gebäude einen großen Teil des Tages leer steht. In dieser Zeit könnte ich es für mein Projekt nutzen. Das ist meine Idee. Der Club findet wie gewohnt abends und an den Wochenenden statt. Für Sie würde sich nichts ändern, die meiste Zeit werden Sie meine Anwesenheit nicht mal bemerken. Es gibt höchstens mal eine kurze Überschneidung oder eine Lieferung, die ich für ein paar Tage hier abstellen muss, aber«, sie wies mit dem Kopf auf die Halle, »dafür lässt sich bestimmt ein freies Eckchen finden, oder?«

Cas rieb sich das Kinn, wirkte leicht beschämt. »Teilnutzung also …«

Luisa lächelte. »Was denken Sie?«

»Offen gestanden«, antwortete Cas mit einem Seufzer, »wäre es ein Segen, sich die Miete zu teilen.«

»Wenn Sie einverstanden sind«, erwiderte Luisa, »würde ich die gesamte Miete für ein Jahr im Voraus bezahlen.«

Cas blinzelte so verwirrt, als habe er sich verhört. »Wie … Wir würden so weitermachen wie bisher, aber keine Miete bezahlen?«

»Genau.«

»Aber wieso sollten Sie das tun?«

»Wieso nicht?«, antwortete Luisa. »Wie gesagt: Ich glaube, dass wir beide ähnliche Dinge erreichen wollen, nur auf unterschiedlichen Wegen. Ich brauche einen Raum, und dieser Ort hier ist in jeder Hinsicht perfekt. Und wenn die Gelder, die für das Gartenprojekt zur Verfügung stehen, Ihnen auch nutzen, umso besser.«

Cas starrte sie erneut an. »Mir fehlen die Worte.«

Luisa legte den Kopf schräg. »Sagen Sie einfach Ja.«

»Ich hab nur das Gefühl, dass es irgendwo einen …«

»… Haken geben muss?«

»Ja, genau. Ich meine, Sie sagen mir gerade, dass Sie mit Ihrem Geld die Existenz des Clubs für ein Jahr lang garantieren wollen, einfach so. Und Sie erwarten nichts im Gegenzug?«

»Na ja, vielleicht nicht *nichts* …«

Cas schien sich innerlich zu wappnen, als sei er auf das Schlimmste gefasst. »Okay …«, sagte er zögernd.

Luisa lächelte. »Ich brauche Ihre Hilfe, Cas. Und die von Ihren Jugendlichen. Das ist ein riesiges Projekt, und ohne Unterstützung beim Anlegen des Gartens kann ich das nicht schaffen. Und da kommen Sie ins Spiel. Sie kennen sich hier viel besser aus als ich. *Und* Sie kennen die Anwohner.«

Cas atmete langsam aus, wirkte sichtlich entspannter. Dann runzelte er die Stirn.

»Das dürfte kein Problem sein«, sagte er und fügte nach einer kurzen Pause hinzu: »Ihnen ist sicher klar, dass ich Ihr Angebot gar nicht ausschlagen kann. Dennoch erlaube ich mir, eine Bedingung zu stellen.«

10

Wenig später lehnte Harper in der Tür zum Büro und sah Cas dabei zu, wie er allerlei Zeug aus dem Schreibtisch in einen Karton warf. Sie war zu spät gekommen. Der Motorölfleck in ihrem Gesicht verriet, dass sie in der Autowerkstatt gewesen war, obwohl sie versprochen hatte, ihre Schularbeiten zu machen. Hatte sie überhaupt etwas gegessen, bevor sie hergekommen war? Als Teil ihrer Sozialstunden sollte sie sich um die Jüngeren im Boxclub kümmern, aber Cas brachte es nicht übers Herz, sie wegen ihrer Verspätung zurechtzuweisen. Vor allem nicht heute, wo die Zukunft plötzlich viel rosiger aussah, als er es sich hätte träumen lassen.

»Ich fass es einfach nicht! Sie lassen diese Tante einfach hier reinspazieren und uns den Club wegnehmen?« Harper klang bitter und aggressiv.

»Sie nimmt uns gar nichts weg«, erwiderte Cas, zog eine Schublade auf und beäugte das Chaos darin. »Ganz im Gegenteil.«

»Aber wieso müssen Sie dann aus Ihrem Büro ausziehen?«

»Weil Luisa MacGregor es besser gebrauchen kann als ich.« Cas beschloss, kurzerhand den gesamten Inhalt der

Schublade in den Karton zu kippen und sich später damit zu befassen.

»Ich will die nicht hier haben«, verkündete Harper trotzig. »Wir brauchen die doch überhaupt nicht!«

»Doch, wir brauchen sie.« Cas faltete den nächsten Karton. »Harper, in zwei Monaten hätte ich die Miete für das Gebäude nicht mehr zahlen können. Luisa tut uns einen Gefallen. Mehr noch: Ohne sie würde der Club in Kürze nicht mehr existieren.«

Harper schnaubte erbost. »Ach, Sie hätten bestimmt eine Lösung gefunden. Haben Sie doch immer.«

Cas schmunzelte über dieses Vertrauen in seine Fähigkeiten, von dem er nicht wusste, ob es gerechtfertigt war. Was Harper sagen würde, wenn sie von seinem drastisch überzogenen Konto wüsste, wollte er sich lieber nicht vorstellen.

Sie schaute durchs Fenster in den Trainingssaal. Zwei Kids boxten im Ring, andere trainierten paarweise an den Boxsäcken. »Jetzt wird alles anders«, sagte sie verdrossen.

»Veränderungen sind immer unvermeidlich«, erwiderte Cas freundlich. »Wie wir damit zurechtkommen, bestimmt unser Leben.«

Harper verdrehte die Augen. »Wer sind Sie, Yoda?«

»Nein, dann hätte sich das so angehört …« Cas wollte gerade eine Darstellung des kleinen außerirdischen Wesens zum Besten geben, als Harper hastig die Hände hochhielt.

»Lassen Sie's«, sagte sie. »Lassen Sie's einfach, ja?«

Ein kurzes amüsiertes Schweigen entstand zwischen ihnen, doch dann verfinsterte sich Harpers Miene erneut.

»Und da ist noch etwas«, fügte Cas hinzu. »Was deine Sozialstunden betrifft.«

»Was ist damit?«, erwiderte Harper aufgebracht. »Ich helfe doch schon hier aus. Und ich soll demnächst im Altersheim Wände streichen, oder nicht?«

Cas seufzte. »Ich hatte das dort vorgeschlagen, aber …«

»Lassen Sie mich raten«, sagte Harper grimmig. »Die wollen keine Kriminelle in die Nähe der alten Leute und ihrer Brieftaschen lassen, oder? Dabei hab ich gar kein Geld gestohlen, sondern nur *Stifte* in …«

»Harper«, fiel Cas ihr ins Wort. »Was und warum du gestohlen hast, spielt keine Rolle.«

Harper verdrehte die Augen. »Jaja.«

»Deine Einstellung ist nicht hilfreich, und das weißt du auch.«

Das Mädchen seufzte. »Sind wir jetzt fertig? Ich muss den Kleinen neue Grundschläge beibringen. Hab's versprochen.«

»Einen Moment noch. Ich habe nämlich eine andere Möglichkeit gefunden, wie du deine Sozialstunden abarbeiten kannst. Eine bessere. Ich möchte, dass du Luisa MacGregor bei ihrem Gartenprojekt hilfst.«

Harper funkelte ihn wütend an. »Das soll ein Witz sein, oder?«

»Nein, ganz und gar nicht. Wir haben abgemacht, dass du der Gemeinde hundert Sozialstunden schuldig bist. Und Luisa kann jede Hilfe gebrauchen. Das ist die beste Lösung.«

Harper verzog angewidert das Gesicht. »Nee, das mach ich nicht.«

»Wieso nicht?«, fragte Cas. »Denk darüber nach. Es ist ganz nah bei eurer Wohnung. Du tust etwas Gutes für die Gegend hier, also auch für deine Nachbarn, und kannst bestimmt einiges lernen. Das ist eine perfekte Gelegenheit …«

»Vergessen Sie's«, wiederholte Harper störrisch. »Ich arbeite nicht für diese reiche Kuh. Da geh ich lieber in den Knast.«

»Bisschen sehr dramatisch. Und sprich nicht so über andere Menschen«, bemerkte Cas und deutete auf den Spruch, der durchs Fenster zu sehen war. »Respekt.« Er sah das Mädchen eindringlich an und fügte dann hinzu: »Ich verstehe deine Ablehnung nicht. Selbst wenn du Luisa nicht magst – und ich wüsste nicht, weshalb –, würdest du ja nicht für sie persönlich arbeiten, sondern für das Wohltätigkeitsprojekt.«

»Und wie, bitte schön, soll ich auch noch Zeit für Gartenarbeit finden?«, wandte Harper ein. »Soll ich die Schule abbrechen, oder was? Oder aufs Schlafen verzichten? Ich habe mit der Werkstatt, den Schularbeiten und dem Einsatz hier nicht mal mehr Zeit, einen klaren Gedanken zu fassen!«

»Die Zeit musst du doch ohnehin aufwenden, Harper, wo auch immer du die Stunden abarbeitest. Und ganz ehrlich: Wie du das organisiert bekommst, ist dein Problem. Handlungen haben Konsequenzen. Das zu lernen, ist Sinn und Zweck der gemeinnützigen Arbeit.«

Harper schüttelte widerspenstig den Kopf.

»Ich rede mit der Schule«, schlug Cas vor. »Du könntest in den Freistunden hier im Garten arbeiten. Und in den Ferien kannst du öfter hier sein.«

»Ich könnte die Schule auch abbrechen«, sagte Harper. »Ein höherer Schulabschluss ist eh nur Zeitverschwendung, ich will mir lieber einen Job suchen. Wenn ich Geld verdienen würde, müsste ich auch nicht stehlen.«

»Aber du arbeitest doch schon in der Autowerkstatt, oder nicht?«

»Ja, aber nur wenn Carl mehr Leute braucht. Und wegen der Schule kann er mich nicht voll einplanen – auf der bin ich sowieso nur noch, weil *Sie* mir das ständig einreden wollen«, antwortete Harper mürrisch.

»Ich weiß, dass du die Schule als Zeitverschwendung empfindest«, sagte Cas. Diese anstrengende Debatte führten sie seit einem Jahr mindestens einmal pro Woche. »Aber es sind nur noch zwei Jahre, und das erste hast du schon fast geschafft. Du könntest so viel mehr erreichen im Leben, wenn …«

»… ich nicht in diesem gottverlassenen Nest leben würde?«, vollendete Harper den Satz.

»Wenn du dich ein bisschen mehr *engagieren* würdest.«

Harper schüttelte genervt den Kopf. »Jetzt hören Sie sich wie ein Lehrer an.«

»Was ich auch bin.«

»Ach ja?« Ihre Stimme klang schrill. »Nur mal angenommen, ich schaffe einen Spitzenabschluss, was dann? Glauben Sie vielleicht, das Leben verwandelt sich dann wie durch Zauberei in ein Einhorn, das Regenbögen und Pfundmünzen kackt?«

»Harper …«, sagte Cas warnend.

»Wissen Sie, was stattdessen passieren wird, Mr P? Das Leben wird mir weiter Sch…«, Harper geriet bei seinem Blick kurz ins Stocken, »Scheibenkleister servieren.«

»Harper«, erwiderte Cas jetzt in schärferem Tonfall. Zumindest versuchte sie, Kraftausdrücke zu vermeiden, sagte er sich. Das wäre vor einem Jahr noch undenkbar gewesen. Immerhin ein kleiner Fortschritt.

»Ist doch wahr«, fuhr sie aufgebracht fort. »In den zwei Jahren suchen die sich in der Werkstatt bestimmt jemand anderen, weil ich nie richtig Zeit habe. Und dann säße ich hier fest *und* wäre arbeitslos. Was soll ich mit einem Schulabschluss, wenn ich dann doch keinen Job kriege?»

»Wenn ich einen besseren Weg wüsste, würde ich ihn dir sofort empfehlen«, sagte Cas. »Und du hast recht, ein Job in der Autowerkstatt wäre wirklich nicht das Schlechteste. Aber du hast so viel Potenzial, Harper, das weiß ich einfach. Gib deine Zukunft nicht zu früh auf, lass dir ein paar Türen offen, anstatt sie zu verschließen. Und dafür brauchst du nun mal einen höheren Schulabschluss.«

Harper machte ein verbissenes Gesicht. Cas wusste, dass es eine Gratwanderung war, das Mädchen zu mehr Leistung anzuspornen, ohne dass es sich komplett von ihm abwendete. Aber von allen Jugendlichen, die den Boxclub bisher betreten hatten, hatte Harper Dixon die größten Chancen auf eine gute Zukunft. Wenn sie nur die richtigen Entscheidungen treffen würde.

»Hör mal zu«, sagte er in das Schweigen hinein. »Da ich jetzt erst mal nichts für das Gebäude bezahlen muss, kann ich das Geld für andere Dinge nutzen.«

Harper pustete sich eine Strähne aus der Stirn. »Schön für Sie.«

Cas legte den Stapel Bücher ab, den er gerade in Händen

hielt, und lehnte sich an den Schreibtisch. »Wenn du Luisa bei dem Gartenprojekt hilfst, habe ich was für dich.«

»Ach ja? Was denn?«

»Deine Fahrprüfung hast du bestanden, oder?«

Harper grinste. »Das fragen Sie noch? Theorie und Praxis bestanden, etwa fünf Minuten, nachdem ich mich angemeldet hatte.«

Cas nickte. »Mein altes Auto steht immer noch bei meinen Eltern herum. Es ist eine rostige Schüssel, seit Jahren nicht gefahren worden, man muss sicher viel daran machen. Aber wir wissen beide, dass du das hinkriegst, mit links vermutlich. Hier ist mein Angebot: Wenn du dich verpflichtest, Luisa zu helfen, kriegst du das Auto.«

Harper starrte ihn mit großen Augen an. »Was?«

»Du bekommst den Wagen und kannst ihn dir zurechtbasteln. Und wenn er wieder TÜV hat – dabei kann dir sicher jemand von der Werkstatt helfen –, übernehme ich sogar die Versicherung«, erklärte Cas. »Was ich nur tun kann dank Luisas Großzügigkeit. Also überleg es dir.« Cas konnte sich lebhaft vorstellen, was Annika von dieser Idee halten würde. Weshalb sie auch nie davon erfahren würde.

Harper sah noch immer aus wie vom Donner gerührt. »Warum tun Sie das?«

»Weil ich an dich glaube, Harper. Und, ehrlich gesagt, meine Eltern sind auch allmählich gestresst über die Rostlaube vor ihrem Haus. Sie denken, das Ding macht einen schlechten Eindruck bei den Nachbarn. Dir den Wagen zu schenken ist billiger, als ihn abschleppen und verschrotten zu lassen.«

Harper sah plötzlich argwöhnisch aus. »Was für eine Marke ist es?«

»Ein Mini Cooper.«

»Ein *Mini*?«, wiederholte sie entgeistert.

»Einer der alten, ein echter Klassiker.«

»So kann man es auch nennen ...«

»Hey, wenn du ihn nicht willst ...«

»Nein, nein«, unterbrach Harper ihn hastig. »Ich will ihn. Natürlich.«

Cas lächelte. »Schön. Also abgemacht?«

Harpers Wangen waren leicht gerötet, obwohl sie ihre Aufregung hinter ihrer üblichen grantigen Miene zu verbergen versuchte. Cas hatte einen Anflug von schlechtem Gewissen, weil dieses uralte Auto für sie so eine Verheißung darstellte.

»Ja, abgemacht«, antwortete Harper jetzt ernsthaft.

Cas nickte und wandte sich wieder dem Schreibtisch zu. »Prima. Und jetzt hilf mir mal mit den Kartons, ja?«

Aber das Mädchen blieb reglos stehen und beäugte ihn mit zusammengekniffenen Augen.

»Harper?«

»Ja, schon am Start«, sagte sie. »Ich hab nur gerade versucht, mir vorzustellen, wie Sie wohl hinterm Steuer von einem Mini ausgesehen haben.«

11

Als Harper an diesem Abend nach Hause ging, konnte sie es noch immer kaum glauben. Ein eigenes Auto. Das zwar lange nicht gefahren worden war und Mr Ps Beschreibung nach eine alte Kutsche war, die ansonsten auf dem Schrottplatz gelandet wäre. Aber dennoch: ein Auto. Harper musste es nicht einmal gesehen haben, um zu wissen, dass sie es wieder zum Laufen bringen konnte, und wenn sie es komplett zerlegen musste. Carl von der Werkstatt sagte, sie sei eine geborene Ingenieurin. Ihr eigenes Skelett hätte aus Autoteilen bestehen können, so vertraut fühlte sie sich mit diesen Fahrzeugen – als sei sie mit Autos verwandt, als hätten sie die gleiche Herkunft. Wenn Harper Autos reparierte, fühlte sie sich zu Hause. Deshalb verflog die Zeit in der Werkstatt auch immer im Nu. Von den wenigen Orten, die sie in ihrem Leben bisher kennengelernt hatte, gab es nur zwei, an denen sie sein wollte: der Boxclub und die Werkstatt.

Am liebsten waren Harper Autos, die so alt waren, dass man sie nicht mit einem Computer verbinden konnte, um festzustellen, was ihnen fehlte. Autos, in deren Inneres man sich vorarbeiten musste, denen man zuhören musste, um herauszufinden, wie man sie ausbessern konnte. Vielleicht hatte sie auch einfach ein intuitives Gefühl dafür, wie ein Auto funktionieren sollte, weil in ihrer Welt so vieles ganz und gar nicht gut funktionierte. Da war es beruhigend zu wissen, wie man etwas reparieren konnte.

Als Harper das Haus betrat, rief sie eine kurze Begrüßung nach oben, die ihr Bruder erfreulicherweise sofort beantwortete. Seit dem Vorfall im Eckladen war Max noch etwas stiller als sonst, was allerdings bei ihm kaum auffiel. Harper war jedenfalls dankbar, dass es keinen weiteren Ärger gegeben hatte.

»Ich mache jetzt Abendessen!«, rief sie die Treppe hinauf. Max kam am besten zurecht, wenn er klare Ansagen bekam. »Ist in einer halben Stunde fertig!«

Harper machte sich nicht die Mühe, ins Wohnzimmer zu schauen, ihr Vater war ohnehin nicht zu Hause. Sie hatte keine Ahnung, wo er steckte, und es war ihr auch egal. Es lebte sich hier wesentlich besser, wenn er nicht da war.

Als sie nach oben ins Badezimmer ging, entdeckte sie auf dem Fensterbrett ordentlich aufgereihte mit Erde gefüllte Plastikbecher. Keine Pflanzgefäße, sondern hauptsächlich Becher von Max' Lieblingsspeise, Joghurt mit Zitronengeschmack. Max aß quasi nur Zitronenjoghurt. Vor einiger Zeit hatte Harper ihren Bruder davon überzeugen wollen, dass es nicht gesund war, zu jeder Mahlzeit nur Zitronenjoghurt zu sich zu nehmen, was erfolglos gewesen war. In ihrer Not hatte sie schließlich begonnen, eine pulverisierte Vitaminpille in seinen Frühstücksjoghurt zu rühren. Irgendwann war ihr aufgefallen, dass es Max um die Konsistenz ging, und sie begann ihm pürierte Erbsen und Brokkoli zu servieren, wovon er zumindest ein bisschen aß, vor allem wenn er sich etwas Zitrone darauf träufeln durfte. Nach einer Weile hatte sie einen Vorstoß mit Kartoffelpüree gemacht, der auch geglückt war. Seither aß Harper sehr häufig pürierte Erbsen mit Kartoffelpüree. Und Joghurt. Aber niemals mit Zitronengeschmack.

Harper berührte mit dem Finger die dunkle Erde in einem der Töpfe. In dem Becher am Ende der Reihe steckte ein säuberlich beschriftetes Schild, auf dem *Cosmos bipinnatus* stand.

Sie ging nach unten und begann zu kochen. Max mochte kein Fleisch, was praktisch war, weil sie ohnehin kein Geld dafür hatten. Außerdem lehnte Harper Massentierhaltung ab, weshalb sie hauptsächlich vegetarisch lebten. Sie spähte in den Kühlschrank, in der Hoffnung, dass ihr Vater nicht alles leer gefressen hatte. Sie hatte Glück: Die Reste vom Makkaroni-Käse-Auflauf von gestern waren noch vorhanden, und die Milchflasche war auch voll. Eine Zeitlang hatte Harper überlegt, einen Kühlschrank in ihrem eigenen Zimmer aufzustellen – an dem sie schon vor Jahren ein Schloss angebracht hatte –, damit der Mistkerl nicht dauernd alles wegaß. Aber sie hatte es dann doch nicht gemacht, um die Stromrechnung nicht noch weiter in die Höhe zu treiben.

Max kam in die Küche, und Harper wusste, ohne auf die Uhr zu schauen, dass seit ihrer Ansage exakt dreißig Minuten vergangen waren. Genauigkeit war für Max enorm wichtig.

»Wie war's heute in der Schule?«, erkundigte sich Harper, während sie Makkaroni-Käse-Auflauf und Erbsenpüree aßen.

»Okay.«

»Was hast du in der Mittagspause gemacht?«

»War in der Bücherei.«

Harper hatte bereits gewusst, was er antworten würde, es war eine Art Ritual zwischen ihnen. Dafür fiel die Antwort auf die nächste Frage jedes Mal anders aus, denn ihr Bruder verschlang Bücher: »Und was hast du heute gelesen?«

Er war gerade damit beschäftigt, die Nudeln sorgfältig von der Käsesoße zu trennen, und hatte bereits einen kleinen Makkaroniberg ordentlich am Tellerrand aufgehäuft. Das Abendessen verlief immer gleich, und Max durfte in seinen Gewohnheiten nicht gestört werden. Er hielt einen Moment inne. Da Harper wusste, dass er gleich antworten würde, drängte sie ihn nicht, sondern aß schweigend weiter.

»Ein Buch über Pflanzen«, sagte Max schließlich.

»Ich hab die Becher im Badezimmer gesehen«, sagte Harper. »Was ist das?«

»Blumen«, antwortete ihr Bruder, der die gesamten Makkaroni inzwischen erfolgreich vom Käse getrennt hatte und zu essen begann.

Harper fragte nicht weiter, was er mit den Pflanzen vorhatte, wenn sie wuchsen. Sie hatte ihre eigenen Strategien entwickelt und wusste, wann Kämpfe sinnvoll waren und wann nicht.

»Kannst du ein paar von den Nudeln essen?«, sagte sie

und wies mit dem Kopf auf Max' Teller. »Wie gestern Abend? Zwei Löffel voll wären schon super.«

Max rümpfte die Nase. Aber dann aß er tatsächlich zwei Löffel voll. Harper wusste, dass er das nur für sie machte.

Sie räumten gerade den Tisch ab, als es plötzlich laut an der Haustür klopfte. Beide erstarrten und sahen sich an. Sie bekamen nie Besuch.

»Stell die Teller in die Spüle, und iss deinen Joghurt«, sagte Harper. »Bin gleich wieder da.«

Sie schloss die Küchentür hinter sich und ging in den Flur. Als Harper öffnete, stand eine Frau in einem langen burgunderroten Steppmantel vor ihr, in den Händen die Scherben eines Terrakotta-Pflanzentopfs. Harper kannte die Frau vom Sehen, sie musste etwa Mitte Sechzig sein und hatte ein von Kummer gezeichnetes Gesicht, das im Moment allerdings wutverzerrt war. Beim Anblick der Scherben beschlich Harper ein mulmiges Gefühl.

»Hör mir bitte zu«, sagte die Frau, bevor Harper etwas äußern konnte. »Ich weiß, dass der Junge nichts Böses im Sinn hat. Aber ich habe ihn schon zum zweiten Mal beim Klauen in meinem Garten ertappt. Und jetzt«, sie klapperte bedeutungsvoll mit den Scherben, »macht er auch noch Sachen kaputt.«

»Das tut mir sehr leid«, sagte Harper, »ich wusste nichts von …«

»Hätte er mich einfach gefragt, hätte ich ihm Ableger gegeben«, fiel ihr die Frau ins Wort. »Oder ihm sogar erlaubt, sie sich selbst abzuschneiden, und ihm gezeigt, wie man das macht. Aber er spricht ja nicht, sondern schleicht nur herum und hinterlässt Chaos. Ich habe ihn dabei ertappt, wie er sich mit Schaufel und Eimer an meiner Komposterde bedient hat!«

Harper dachte an die dunkle Erde in den Joghurtbechern auf dem Fenstersims. Sie war gar nicht die Idee gekommen, sich zu fragen, wo Max die Erde herbekommen hatte. Erde war doch einfach nur Erde und kam überall vor, oder nicht? Doch als sie auf die Straße blickte, wurde Harper klar, dass es hier nur Asphalt, Ziegel und Beton gab.

»Tut mir leid«, wiederholte sie, die Hand an der Türklinke. »Ich bezahle Ihnen den Schaden.«

Die Frau blinzelte unvermittelt und runzelte die Stirn. »Entschuldige, Liebes. Ich wollte dich nicht erschrecken. Es ist einfach nur frustrierend. Und du bist natürlich nicht dafür verantwortlich. Sondern dein Vater.«

Von ihrer Mutter war nicht die Rede, bemerkte Harper. In diesem Ort wusste jeder alles und hatte doch nicht die geringste Ahnung.

»Er ist nicht zu Hause, oder?«, mutmaßte die Frau mit einem Blick auf das dunkle Wohnzimmerfenster.

»Ist bei der Arbeit«, antwortete Harper, vielleicht sogar wahrheitsgemäß. Sie hatte mitbekommen, dass er irgendwie einen Schichtarbeitsjob im Industriegebiet bekommen hatte. Was allerdings schon ein paar Wochen zurücklag, das konnte sich inzwischen wieder geändert haben.

Die Frau seufzte. »Na, ich dachte mir jedenfalls, du solltest das wissen. Ich möchte euch das Leben nicht noch schwerer machen, aber wir haben es alle nicht leicht.«

»Wir ersetzen Ihnen alles«, versprach Harper. »Sagen Sie

mir, was mein Bruder gestohlen oder kaputtgemacht hat, dann sorge ich dafür, dass Sie alles wiederbekommen.«

Die Frau lächelte so erschöpft, als habe sie ihre gesamte Energie dafür verbraucht, hierherzukommen und ihre Rede zu halten. »Das ist nicht nötig. Aber ich glaube, dass der Junge professionelle Hilfe braucht.«

Harper lief es kalt den Rücken hinunter. *Hilfe.* Wieder etwas, das nicht gut funktionierte in ihrer Welt. Ein Wort, das Hoffnung versprach, aber oft genau das Gegenteil bedeutete.

»Nicht nötig«, erwiderte sie. »Er hat mich.«

Erneut blickte die Frau zum Wohnzimmerfenster. »Ja«, sagte sie. »Aber wen hast du, Harper?«

Sie merkte, wie ihre Angst sich in Wut verwandelte. Wie konnte es diese Person wagen, sich wegen eines zerbrochenen Pflanzentopfs und ein bisschen entwendeter Erde in Harpers Leben einzumischen?

»Ich muss mir nicht von irgendeiner Schnüfflerin sagen lassen, wie ich leben soll«, erwiderte sie schroff. »Lassen Sie uns in Ruhe. Ich habe mich entschuldigt. Ich habe angeboten, für den Schaden aufzukommen. Ist nicht mein Problem, wenn Ihr Leben so uninteressant ist, dass Sie zum Spaß Kinder drangsalieren müssen.«

Schlagartig verschloss sich das Gesicht der Frau, und sie sah empört aus. »Ich versuche nur zu helfen. Glaub mir, andere Leute sind nicht so verständnisvoll wie ich. Mein Garten ist nämlich nicht der Einzige, in dem der Junge sich herumtreibt.« Damit wandte sie sich ab.

Harper wartete, bis die Frau auf der Straße angekommen

war, knallte dann lautstark die Haustür zu, lehnte von innen die Stirn daran und versuchte, tief einzuatmen. *Einen guten Tag,* dachte sie. *Können wir nicht mal einen einzigen guten Tag haben?*

Als Harper sich umdrehte, stand Max in der offenen Küchentür. Das Geschirr hatte er schon abgespült und in den Trockenständer gestellt. Ihr Bruder hielt den Kopf gesenkt, und sie wusste sofort, dass er alles mit angehört hatte. Beide sagten nichts zu dem Vorfall. Was hätte es auch für einen Sinn gehabt?

Stattdessen fragte sie: »Hast du Hausaufgaben?«

Max nickte.

»Dann mach sie jetzt mal, okay?«

Er flitzte wortlos die Treppe hinauf, und Harper hörte, wie er oben ganz leise seine Zimmertür schloss.

Es war schon nach Mitternacht, als ihr Vater sturzbetrunken nach Hause kam, was Harper nur deshalb merkte, weil sie selbst noch mit ihren Schularbeiten beschäftigt war. Sie hörte ihn unten herumtrampeln, achtete aber nicht weiter darauf, bis sie hörte, dass er die Treppe hinaufstapfte. Normalerweise schlief er einfach unten auf dem Sofa ein. Sie legte den Stift beiseite und horchte, während die schwankenden Schritte immer näher kamen. Ihr Vater war eindeutig wütend. Aber erst als er anfing, an Max' Zimmertür zu hämmern, reagierte Harper.

Sie sprang blitzschnell auf und war in der nächsten Sekunde auf dem Treppenabsatz. Eine Zeitlang hatte sie erwogen, auch an Max' Tür einen Riegel anbringen zu lassen. Sie war nur davon abgekommen, weil es vielleicht mehr Nachteile als Vorteile haben würde, wenn ihr Bruder sich einschließen konnte.

»Hör auf«, sagte sie scharf. »Sofort.«

Ihr Vater sah sie mit rot unterlaufenen Augen an. Sie wusste, dass er sie nicht angreifen würde. Das hatte er einmal probiert, worauf Harper ihm einen so harten Uppercut verpasst hatte, dass sie danach in Ruhe gelassen wurde. Und sie hatte ihrem Vater unmissverständlich klargemacht, dass er nicht so glimpflich davonkommen würde, sollte er sich jemals an Max vergreifen.

»Gerede im Pub«, lallte ihr Vater jetzt, offenbar noch klar genug im Kopf, um zu reden. »Was der Junge ausgefressen hat. Sag ihm, wenn er noch mal irgendwo Pflanzen klaut, dann werd ich …«

»Dann wirst du *was*?«, sagte Harper gefährlich leise.

Ihr Vater verzog höhnisch das Gesicht, bevor er Richtung Badezimmer wankte. Harper wusste, was als Nächstes passieren würde, konnte aber nichts dagegen tun. Die Badezimmertür wurde geschlossen, sie blieb im Flur stehen und wartete ab. Hörte das wütende Gebrüll und das Knallen, als ein Pflanztopf nach dem anderen an die Wand geworfen wurde. Nachdem ihr Vater sich ausgetobt hatte, ging Harper in ihr Zimmer zurück, konnte sich aber erst wieder auf ihre Hausaufgaben konzentrieren, als sie ihren Vater nach unten torkeln hörte. Einen kurzen Moment lang gab sie sich der Hoffnung hin, dass er vielleicht stürzen und sich das Genick brechen könnte. Was aber nicht passierte.

Harper versuchte gar nicht erst, bei Max zu klopfen, weil sie wusste, dass er nicht öffnen würde. Sie erwog, das verwüstete Badezimmer aufzuräumen, musste aber noch diesen Aufsatz fertigschreiben, um ihre Absprache mit Mr P einzuhalten. Denn wenn sie erst mal ein Auto hatten, würden sie überallhin fahren können. Das Chaos im Bad würde bis morgen warten müssen.

12

»Als Erstes«, erklärte Luisa, »müssen wir die Flächen vorbereiten. Das heißt, die Wand muss verschwinden, Unkraut und Gestrüpp müssen entfernt und ein Großteil der Asphaltfläche weggerissen werden.«

Sie stand mit Harper am Rande des Grundstücks. Das Mädchen hatte die Arme vor der Brust verschränkt und machte ein betont missmutiges Gesicht, um keinen Zweifel daran zu lassen, dass ihre Anwesenheit unfreiwillig war.

»Ach ja?«, sagte Harper aufsässig. »Und wie soll ich das anstellen? Mit bloßen Händen?«

»Selbstverständlich nicht«, antwortete Luisa. »Morgen Vormittag kommen ein Bagger und zwei Container. Deshalb müssten wir heute einen Teil der Asphaltfläche so weit von Unkraut und Schutt befreien, dass zumindest die Container darauf abgestellt werden können. Schau, ich hab schon mal angefangen.« Luisa zeigte auf einen Haufen.

Sie war bereits vor sieben in Carlisle aufgebrochen und hatte an ihrem neuen Arbeitsplatz im Boxclub eine handschriftliche Nachricht von Cas vorgefunden. *Willkommen in Collaton. Gib mir Bescheid, wenn du etwas brauchst. Harper hat morgens noch Unterricht, ist aber um 10.30 bei dir. Um 13.00 muss sie wieder in der Schule sein. Lass mich wissen, wie es gelaufen ist. Viele Grüße, Cas.*

Gerade war sich Luisa allerdings nicht sicher, ob es eine gute Idee gewesen war, diese schwierige Jugendliche zu engagieren. Eine zusätzliche Arbeitskraft war nötig für das Mammutprojekt, und durch Harper konnte vielleicht auch Kontakt zu Einheimischen entstehen. Aber sie strahlte nur Abwehr und Trotz aus, hatte offenbar nicht die geringste Lust, hier zu sein, und konnte scheinbar auch Luisa selbst nicht leiden.

»Hier, ich habe Arbeitshandschuhe für dich besorgt«, sagte Luisa jetzt und hielt sie dem Mädchen hin. »Und ich habe in meinem iPad ein Arbeitszeitkonto für dich angelegt, damit die Abrechnung deiner Stunden korrekt abläuft.«

Falls Harper dafür dankbar war, ließ sie es sich nicht anmerken. Sie zog nur ihr Handy heraus und checkte die Zeit. »Ich bin seit zehn Minuten hier und soll zwei Stunden arbeiten. Ich stell jetzt den Timer und fang an.«

Und damit marschierte sie los und begann so wütend Brombeerranken auszureißen, als hätten die ihr persönlich etwas angetan. Mit einem Seufzer folgte ihr Luisa. Sie hatte gehofft, sich während der Arbeit unterhalten und mehr über Collaton erfahren zu können. Aber Harper schwieg entweder hartnäckig oder war mürrisch und einsilbig. Und als die Frage, ob sie einen Kaffee wolle, nur mit einem grimmigen Kopfschütteln beantwortet wurde, gab Luisa auf. Doch als schließlich der Timer piepte, hatten sie immerhin so viel Asphaltfläche bereinigt, dass zwei Container darauf Platz finden würden.

»Morgen mach ich dann wieder zwei Stunden«, sagte Harper ausdruckslos. »Zur gleichen Zeit.«

»Ich bräuchte deine Hilfe noch bei etwas anderem«, wagte Luisa einen Vorstoß.

Harper sah sie finster an. »Ich hab doch heute schon zwei Stunden hier geschuftet. Hab Besseres zu tun, als mich hier für Ihren Arme-Leute-Garten fertigzumachen.«

Luisa zuckte mit den Schultern. »Na schön. Ich hatte nur gedacht, du würdest deine Sozialstunden gern mit leichter Arbeit von zu Hause abarbeiten. Aber wenn du kein Interesse hast …«

Sie wandte sich ab und sammelte weiter Steine auf. Der Schutthaufen war schon so groß, dass er einen halben Container füllen würde.

»Schon gut, schon gut«, knurrte Harper. »Also, worum geht's?«

Luisa drehte sich zu ihr um. »Hast du einen Computer zu Hause?«

»Ja«, antwortete das Mädchen argwöhnisch. »Leihgabe von der Schule für die Hausausgaben. Uraltes Ding, funktioniert aber. Grade so. Warum?«

»Mr Pattanyús hat mir gestattet, am Samstagabend im Boxclub einen Infoabend für den Garten zu veranstalten. Ich hoffe, die Einheimischen dafür begeistern zu können. Und dafür brauche ich einen Flyer. Könntest du einen anfertigen?«

Harper runzelte die Stirn. »Kommt drauf an, was Sie sich vorgestellt haben.«

»Er kann ganz schlicht sein. DIN A5, schwarz-weiß, keine

Bilder. Nur ein paar Infos zu der Veranstaltung, Datum und Zeit.«

Harper überlegte. »Wie viele Stunden kann ich dafür abrechnen?«

»Zwei?«

»Geht's noch? Wie wär's mit vier?«

»Drei, und das ist mein letztes Angebot. Oder ich mache es selbst.« Luisa hätte dafür wahrscheinlich nicht einmal eine Stunde gebraucht, aber es musste ihr irgendwie gelingen, Harpers Stimmung zu verbessern, sonst würde die weitere Zusammenarbeit die reinste Qual sein.

Harper seufzte genervt. »Einverstanden. Ich brauch dann aber noch den Text und so.«

Danach arbeitete Luisa allein weiter, bis es gegen vier Uhr zu dämmern begann. Auf den Schreibtisch, den Cas für sich selbst im Trainingsraum aufgestellt hatte, legte sie eine Nachricht. *Harper hat gut gearbeitet und mir sehr geholfen. Danke. Viele Grüße, Luisa.*

Am Donnerstagvormittag sahen Luisa und Harper zu, wie der Bagger loslegte. Die erste Ladung Schutt prasselte mit einem Höllengetöse in den Container, was Luisa sehr berührte. Das war bereits ein erster Fortschritt, der Hoffnung machte. Unwillkürlich musste sie an ihr erstes Gespräch mit Reuben über die Idee eines Gemeinschaftsgartens denken. Sie war wie ein zartes Pflänzchen gewesen, das durch seinen schrecklichen vorzeitigen Tod nicht mehr gedeihen konnte, und Luisa hätte sich niemals vorstellen können, es wieder zum Leben zu erwecken. *Wenn Reuben das nur sehen könnte,* dachte sie. *Wenn er doch nur …*

»Wir haben Publikum«, rief Harper ihr plötzlich über das Getöse hinweg zu und wies mit dem Kopf auf den Zaun.

Luisa schaute hinüber und lächelte, als sie die Leute sah, die neugierig das Geschehen betrachteten. Genau diesen Effekt hatte sie sich erhofft.

»Und jetzt schnell verteilen«, sagte sie, holte rasch aus ihrer Tasche die Flyer, die sie morgens ausgedruckt hatte, und drückte Harper den Stapel in die Hand.

Das Mädchen gab ein unwilliges Grunzen von sich, stapfte aber mit den Flyern zu den Schaulustigen hinüber. Luisa bemerkte, dass eine weitere Person am Tor erschienen war. Auch auf Distanz war die große Gestalt unverkennbar. Luisa winkte und empfand einen unerklärlichen Anflug von heller Freude, als Cas das Winken erwiderte. Seit der Abmachung über die Büronutzung waren sie sich nicht mehr begegnet. Luisa hielt sich an die Absprache und war immer bereits verschwunden, wenn der Boxclub begann.

Stattdessen hatten sie ihre Unterhaltung per Notizzettel fortgesetzt. Auch an diesem Morgen hatte sie eine freundliche handschriftliche Nachricht vorgefunden, sich darüber gefreut und sich vorgenommen, später zu antworten. Dieser Austausch gefiel ihr auf eine Weise, die sie selbst nicht genau benennen konnte.

Mit schnellen Schritten überquerte sie das Gelände und sagte etwas atemlos »Hi«, als sie schließlich vor Cas stand.

»Auch hi«, erwiderte er lächelnd.

Heute trug er einen gut sitzenden graphitgrauen Anzug mit weißem Hemd und dunkelblauer Krawatte. Er war glatt rasiert, und Luisa witterte den Duft eines Aftershaves. Cas so zu erleben war ungewohnt, und sie merkte, dass sie ihn noch immer vor sich sah, wie er in seinem Sportoutfit den Boxsack bearbeitete. Und auch seine glänzenden muskulösen Arme hatte sie plötzlich wieder vor Augen.

Hastig räusperte sie sich. »Müsstest du nicht in der Schule sein?«

Er nickte und hielt einen Stapel Blätter hoch. »Allerdings, aber ich hatte die Materialien blöderweise gestern Abend hier liegen lassen und musste sie mir rasch holen.« Er schaute über Luisas Schulter auf den Bagger. »Hier wird ja schon mächtig was bewegt.«

»Was auch daraus wird – aufräumen müssen wir auf jeden Fall zuerst mal«, sagte Luisa. »Aber gut, dass ich dich gerade treffe, ich hätte nämlich eine Bitte für Samstag. Könnte ich dich vielleicht überreden, auch an dem Infoabend teilzunehmen? Ich weiß, es ist Wochenende, und du hast wahrscheinlich andere Pläne …«

»Nein, das geht schon«, erwiderte Cas lächelnd. »Außerdem bin ich ja ohnehin vor Ort wegen des Boxclubs. Samstags bin ich bis drei da, dann kann ich gleich bleiben und bei den Vorbereitungen helfen.«

»Ach, das wäre toll, danke«, sagte Luisa erleichtert. »Du kennst sicher ein paar von den Leuten. Wenn ich ganz ehrlich bin, hoffe ich, dass deine Anwesenheit ein bisschen das Eis bricht …«

»Stets zu Diensten für alles, was in meinen Kräften steht. Aber jetzt muss ich los, bin schon zu spät dran. Viel Glück noch heute.«

»Danke!«, rief Luisa Cas noch nach, als er bereits losmarschierte. Er wandte sich kurz um und machte eine etwas misslungene Geste, die aussah wie eine Mischung zwischen militärischem Gruß und munterem Winken und Luisa zum Grinsen brachte.

Im nächsten Moment fuhr sie erschrocken herum, als mit ohrenbetäubendem Krachen die alte Fabrikwand in sich zusammenbrach und eine riesige Staubwolke aufstieg.

Harper brach um halb eins wieder auf, aber Luisa und der Baggerführer, Nick, arbeiteten weiter. Immer wieder fanden sich Schaulustige ein, und als eine Gruppe länger am Zaun stand und etwas zu diskutieren schien, steuerte Luisa auf sie zu, um weitere Flyer zu verteilen. Doch die Leute entfernten sich rasch, schienen keinen Wert auf Kontakt zu legen.

Luisa hatte beschlossen, die unbeschädigten Ziegel aufzubewahren, um sie vielleicht irgendwo zu verwenden. Während Nick mit dem Bagger weiter Asphalt aufriss, begann sie, die Ziegel einzusammeln und neben den Containern aufzustapeln. Binnen Kurzem beklagte sich ihr Rücken, und sie wünschte sich ein Team von Helfern herbei (oder auch den kraftvollen Cas an ihre Seite, wie sie sich eingestand). Doch da beides nicht im Angebot war, blieb ihr nichts anderes übrig, als allein weiterzuschuften.

Als es nachmittags langsam dunkel wurde, war Luisa völlig erschöpft. Sie näherte sich dem Bagger und bedeutete Nick, dass sie mit ihm sprechen wolle.

»Für heute reicht es, lassen Sie uns morgen Früh weitermachen«, sagte sie. »Meinen Sie, wir bekommen morgen die Asphaltfläche fertig?«

Nick ließ den Blick übers Gelände schweifen und nickte. »Na klar, das ist zu schaffen.«

Während er eine letzte Ladung in den Container fallen ließ, sah Luisa zwischen den Ziegeln der Fabrikwand etwas Gelbes leuchten. Sie ging zu der Stelle hinüber und bückte sich. Ein Strauß gelber Chrysanthemen in einer Zellophanhülle lag dort inmitten des Schutts. Die Blumen waren zerdrückt, aber nicht vertrocknet, konnten also noch nicht lange hier sein. Sie hob den Strauß auf und sah sich um. Hatte jemand ihn an der Wand abgelegt? Und wenn ja, wer und warum?

Ein seltsames Unbehagen erfasste Luisa, und sie legte die zerdrückten Blumen rasch wieder zwischen die zerbrochenen Steine zurück.

13

An den nächsten beiden Abenden stürzte Luisa sich in eine Recherche über die Vorgeschichte des Fabrikgebäudes. Sie war unzufrieden mit sich selbst, weil sie nicht schon früher daran gedacht hatte. Hatte sich auf dem Grundstück womöglich irgendwann eine Tragödie ereignet? Diese Idee lag nahe, wenn jemand dort offenbar ein Gedenkritual abgehalten hatte. Aber die Suche blieb ergebnislos.

Luisa hatte auch Cas eine Nachricht hinterlassen mit der Frage, wer wohl an der alten Mauer Blumen abgelegt haben könnte. Aber er schien keine Ahnung zu haben. Und auch Harper zuckte nur wortlos mit den Schultern, als sie gefragt wurde – was bedeuten konnte, dass sie nichts wusste, oder dass sie nicht bereit war, darüber zu reden. So oder so tappte Luisa komplett im Dunkeln, als sie am Samstagnachmittag zu ihrem Infoabend nach Collaton aufbrach.

Als sie mit einer Kiste voller Utensilien den Trainingssaal betrat, fand sie dort zu ihrem Erstaunen Cas mit einer Gruppe Jugendlicher vor, die eifrig damit beschäftigt waren, alte Plastikstühle abzustauben. Aus einem kleinen Audioplayer auf Cas' Tisch ertönte Popmusik, und der Raum war erfüllt von lebhaftem Geplänkel und Gelächter.

»Hallo allerseits«, sagte Luisa und lächelte erfreut, als ihr Gruß mit einem begeisterten Chor beantwortet wurde. »Mit so viel Unterstützung hatte ich gar nicht gerechnet, ich danke euch!«

Cas, der am Boden kniete, richtete sich auf. »Ja, so sieht das dann aus, wenn man in Collaton um Hilfe bittet«, sagte er freundlich.

»Na, dann passt das ja, dass ich Stärkung mitgebracht habe«, erwiderte Luisa und förderte aus der Kiste zweierlei Kekssorten zutage, wofür sie mit enthusiastischem Jubel belohnt wurde. Die Kekse waren eigentlich für die Versammlung geplant gewesen, aber sie stammten aus einem kleinen Eckladen in Collaton, wo Luisa noch schnell Nachschub besorgen konnte.

Da so viele Hände mit anpackten, waren bald alle Stühle aufgestellt und gesäubert. Währenddessen versuchte Luisa sich die Namen der Jugendlichen einzuprägen. Da war JC, der durch seine Größe viel älter als dreizehn wirkte; Sally, die ungefähr zehn sein mochte; Siddig, der Schüchternste aus der Gruppe (»Ganz schwierige Familienverhältnisse«, erklärte Cas später. »Stilles Wasser, schlägt aber einen fantastischen linken Haken«) und Mo, ein großer, finster blickender Fünfzehnjähriger, der fleißiger und schneller arbeitete als alle anderen.

»Harper kommt später wieder«, erklärte Cas. »Sie hat Verpflichtungen heute Nachmittag, will aber da sein, bevor es losgeht.«

»Super«, sagte Luisa. »Hättest du etwas dagegen, wenn ich einiges an die Wände hänge?«

»Was, an diese Edeltapete?«, witzelte Cas.

»Ich verspreche, danach den Urzustand wiederherzustellen.«

»Bitte nicht!«, antwortete Cas lachend. »Komm, ich helfe dir. Was hast du denn zum Aufhängen?«

»Mr P?« Mo war zu ihnen getreten. »Ich muss jetzt los, ist das okay?«

»Na klar, Mo. Vielen Dank fürs Helfen. Euch allen!«

»Ja, lieben Dank«, verkündete auch Luisa. »Das war echt toll. Ich würde mich freuen, wenn ihr zum Infoabend kommt und eure Eltern mitbringt. Ich bin gespannt darauf, was ihr euch in dem Gemeinschaftsgarten wünscht.«

Die Kids schauten zu Boden, scharrten mit den Füßen und murmelten etwas Unverständliches, bevor sie sich verdrückten.

»Habe ich was Falsches gesagt?«, fragte Luisa bestürzt, als sie mit Cas allein war.

Er lächelte bedauernd. »Nein. Aber die Kids haben allesamt keine gute Beziehung zu ihren Eltern. Mo lebt bei seiner Großmutter, weil er letztes Jahr zu Hause rausgeflogen ist. Sally versteht sich nicht mit ihrem Stiefvater und versucht ihn zu meiden. Und Siddig ist mit sechs anderen Kindern, mit denen er nicht klarkommt, in einer Pflegefamilie untergebracht.« Cas zuckte mit den Schultern. »Wenn sie sich zu Hause wohler fühlen würden, wären sie wahrscheinlich nicht regelmäßig hier.«

»Verstehe«, sagte Luisa betroffen. »Ich bin also mal wieder voll ins Fettnäpfchen getreten. Wie blöd von mir, tut mir leid.«

Cas boxte sie sachte auf den Oberarm, eine spielerische Geste, die Luisa überraschte. »Sei doch nicht so hart mit dir selbst. Härte ist hier mein Job. Na los, MacGregor, keine Schwächelei. Oder glaubst du, ich hab Lust, die ganze Arbeit allein zu erledigen?«

Sein Humor brachte Luisa zum Lächeln, und sie fragte sich, ob diese herzliche, lockere Art von Cas auch dafür sorgte, dass er so gut mit den Jugendlichen zurechtkam.

Sie griff nach einer der langen Papphülsen in der Kiste und ließ eine Papierrolle herausgleiten. »Ich dachte mir, es wäre eine gute Idee, zu illustrieren, wie der Gemeinschaftsgarten aussehen könnte«, erklärte Luisa, während sie die erste von vier großen Buntstiftskizzen ausrollte, auf denen ein Garten in allen vier Jahreszeiten dargestellt war.

»Wow«, sagte Cas, als sie den Zeichenkarton an der Wand befestigt hatten und er zurücktrat, um ihn genauer zu studieren. »Hast du das für heute Abend angefertigt? Sieht großartig aus.«

»Nein, dafür war nicht genug Zeit«, antwortete Luisa. »Ich habe nur digital ein paar Skizzen für das Projekt gemacht. Diese Entwürfe hier sind ehrlich gesagt schon ziemlich alt, sie waren Teil meiner Bachelorarbeit.«

Cas sah sie an. »Also du hast die gezeichnet?«

»Wieso findest du das so überraschend?«

»Überraschend nicht, beeindruckend«, antwortete er.

14

Als sie mit den Vorbereitungen fertig wurden, war es schon fast fünf, und Luisa schaute immer wieder nervös zur Tür. Auf dem Flyer war diese Uhrzeit als Beginn der Veranstaltung angegeben, aber niemand erschien. Nicht einmal Harper ließ sich blicken.

»Vielleicht kommt überhaupt keiner«, sagte Luisa bedrückt und nippte an dem frischen Rührkaffee, den Cas ihr gemacht hatte.

»Doch, ganz bestimmt«, erwiderte er beruhigend.

Prompt waren im Gang Schritte zu hören. Kurz darauf erschien Harper und sah sich mit hochgezogenen Augenbrauen in dem menschenleeren Trainingssaal um.

»Gut, dass ich hier bin«, bemerkte sie trocken. »Bei dem Menschenauflauf wärt ihr ohne mich gar nicht klargekommen.«

»Harper«, sagte Cas mit warnendem Unterton.

Sie stellte ihren schwarzen Rucksack, den sie überall mit sich herumtrug, neben den Getränketisch und wies mit dem Kopf auf die Keksteller. »Kann ich mir was nehmen?«

»Na klar«, antwortete Luisa, der die dunklen Schatten unter den Augen des Mädchens nicht entgangen waren.

Sie war endgültig überzeugt, dass niemand mehr auftauchen würde, als draußen Stimmen und Schritte weitere Gäste ankündigten. Kurz darauf kamen vier Personen herein, allen voran eine Frau in einem langen burgunderroten Steppmantel. Luisa bemerkte eine vage Reaktion von Harper und fragte sich, ob die beiden einander kannten.

»Guten Abend«, begann Luisa. »Herzlich willkommen, wie schön, dass Sie gekommen sind. Mein Name ist Luisa MacGregor, ich freue mich darauf, Sie kennenzulernen …«

»Ich will nur was klarstellen«, verkündete die Frau in dem Steppmantel brüsk, während sie sich in der vordersten Reihe niederließ. »Aber ich bin trotzdem höflich genug, Ihnen kurz zuzuhören. Ich habe fünf Minuten Zeit, dann muss ich wieder los.«

Die anderen suchten sich auch Plätze, Harper und Cas setzten sich in eine der hinteren Reihen.

»Ah«, sagte Luisa, etwas schockiert über die schroffe Äußerung der Frau. »Also, ich möchte die Wünsche der Einwohner von Collaton und Umgebung in das Gartenprojekt miteinbeziehen und es Ihnen bei diesem Infoabend gern vorstellen. Es soll zum Wohle der …«

In diesem Moment waren schwere Schritte und laute Stimmen im Gang zu hören, und kurz darauf kamen fünf junge Männer mit Imponiergehabe hereingestapft. Sie trugen weite Hosen und Jacken und wurden angeführt von einem hageren jungen Mann um die Zwanzig mit dünnem Schnurrbart und zottigen dunklen Haaren. Er grinste Cas herausfordernd an, und die gesamte Bande ließ sich so lärmend nieder, dass die anderen Anwesenden sich umdrehten. Luisa war zwar bemüht, Menschen nicht nach ihrem Äußeren zu beurteilen, konnte sich aber kaum vorstellen, dass diese Jugendlichen Interesse an einem Garten hatten. Aber man kann sich ja auch irren, sagte sie sich.

»Danke, dass Sie gekommen sind«, sagte sie mit freundlichem Lächeln zu den jungen Männern. »Es freut mich, dass Sie an dem Projekt interessiert sind.«

»Oh ja, wir sind total interessiert«, verkündete der Anführer, der breitbeinig auf seinem Stuhl lümmelte. Die anderen aus der Bande lachten prustend.

Luisa versuchte sich auf ihre Rede zu konzentrieren, die fünf Minuten waren sicher bald um, aber die Jugendlichen machten weiterhin Krach und führten lautstark Gespräche.

»Ziel dieses Projekts ist«, sagte Luisa mit erhobener Stimme und deutete auf die Skizzen an der Wand, »einen Garten anzulegen, der für alle Einwohner der Stadt …«

»Hätte nichts dagegen, mit der mal *privat* zu plaudern«, raunte der Anführer jetzt so laut, dass alle es hören mussten. »Bisschen was Älteres kann nicht schaden, oder?«

Cas stand auf und ging langsam auf den Anführer zu, der aufgesprungen war und die Hände an den Seiten spreizte.

»Was gibt's, großer Mann?«, sagte er herausfordernd. »Glaubst du im Ernst, du kannst es mit uns allen aufnehmen?«

»Du hast hier im Club Hausverbot, Darren«, sagte Cas. »Verschwinde, bevor ich die Polizei rufe.«

Der Anführer grinste höhnisch. Seine Kumpel umringten den Lehrer jetzt drohend, sie waren aber alle deutlich kleiner als er.

»Du solltest jetzt wirklich lieber abhauen«, sagte Cas ruhig. »Ich sage es nicht noch mal. Was meinst du, wie dein Bewährungshelfer das findet, wenn die Polizei einen Anruf von mir kriegt?«

Darren blieb ungerührt stehen, als wolle er demonstrieren, dass er sich von Cas nicht einschüchtern ließ. Dann sog er grinsend Luft durch die Zähne und blickte über Cas' Schulter auf Harper, die auf ihrem Platz geblieben war, den Blick zu Boden gerichtet.

»Alles klar, Harps?«, rief Darren. »Lange nicht gesehen.«

»Verschwinde jetzt«, wiederholte Cas. »Das war die letzte Warnung.«

»Sieh dich lieber vor, großer Mann«, versetzte Darren drohend. »Hier wird sich jetzt einiges ändern, kapiert? Geh lieber dahin zurück, wo du herkommst.«

Cas ließ sich keinerlei Emotion anmerken, sondern stand so reglos da wie ein Monolith. Mit einem letzten herausfordernden Blick sagte Darren: »Na dann los, Jungs, wir haben Besseres zu tun«, und die Truppe verzog sich mit dem gleichen Radau wie beim Hereinkommen. Auch die anderen Anwesenden standen auf und wandten sich zum Gehen.

»Diese Störung tut mir sehr leid«, rief Luisa laut, um das Scharren der Stühle zu übertönen. »Bleiben Sie doch noch ein paar Minuten …«

Doch es war vergeblich. Der Infoabend war vorbei, bevor er begonnen hatte. Binnen zwei Minuten waren Luisa, Cas und Harper allein. Und niemand hatte den Fragebogen mitgenommen, den Luisa auf jeden Stuhl gelegt hatte.

Harper bewegte sich zum ersten Mal, seit die Gang hereingeplatzt war. »Ich muss los.«

»Harper«, rief Cas ihr nach, als sie ihren Rucksack umhängte und zur Tür steuerte. »Wäre schön, wenn du noch beim Aufräumen …«

Doch das Mädchen war in der nächsten Sekunde verschwunden.

Verstört versuchte Luisa zu begreifen, was gerade passiert war. Wie hatte es zu so einem Desaster kommen können?

»Wer *war* das?«, fragte sie Cas. »Du kanntest den, oder?«

Cas strich sich mit der Hand über die Augen. »Das war Darren Dixon. Ehemaliger Schüler von mir, der … schon lange ein Problem mit mir hat.«

»Was für ein Problem?«

Cas schüttelte den Kopf. »Das spielt jetzt keine Rolle. Bitte versteh das nicht falsch, diese Szene hier gerade hatte nichts mit dir, sondern mit mir zu tun. Es tut mir wirklich leid. Das war nur Säbelrasseln von Darren. Der wollte mir demonstrieren, dass er wieder da ist, und das vor Publikum. Er muss den Flyer gesehen haben.«

»Wieso ›wieder da‹?«

»Er war eine Weile im Knast. Ich wusste nicht, dass er wieder draußen ist. Offenbar erst seit Kurzem.«

Luisa ließ den Blick durch den Raum streifen. Wie sollte sie dieses Projekt jemals in die Tat umsetzen, wenn ihr sogar ein Infoabend missglückte? Reuben hätte binnen Minuten alle Leute um den Finger gewickelt, so ablehnend und aggressiv sie auch sein mochten. Aber ihr gelang das natürlich nicht.

»Ich kann das nicht«, sagte sie so niedergeschmettert, als sei sie von den Trümmern der Fabrikmauer getroffen worden. »Nie und nimmer werde ich das schaffen.«

Cas trat langsam auf sie zu und legte ihr die Hand auf die Schulter. Drückte ganz leicht, worauf sich ein Muskel entspannte, der schon seit Tagen schmerzte. Luisa atmete ruckartig ein, verstört durch das überraschend angenehme Gefühl.

»Sag so was nicht«, erwiderte Cas. »Das wird schon. Ist einfach nur ein erstes Hindernis, mehr nicht. Hör mal, fahr doch einfach nach Hause. Ich räume hier auf. Wir packen deine Sachen ein, und ich bringe sie dir zum Auto. Morgen ist ein neuer Tag.«

»Nein«, widersprach Luisa, als Cas seine Hand von ihrer Schulter löste. »Nur wegen mir sieht es hier überhaupt so aus. Natürlich räume ich selbst auf.«

Cas lächelte. »Okay, dann machen wir es zusammen. Aber ich bin der Meinung, die hier sollten hängen bleiben.« Er deutete auf die Skizzen an der Wand. »Vielleicht kommen ja noch andere Leute, die es heute Abend nicht geschafft haben, um mit dir über das Projekt zu reden. Und so oder so verschönern die Bilder den Raum.«

15

Als sie schließlich den Boxclub verließen und Cas Luisa zum Auto brachte, war es längst dunkel geworden.

»Kann ich dich nach Hause fahren?«, fragte sie.

»Danke, ich hab's nicht weit.«

»Was meinte dieser Darren«, fragte Luisa unvermittelt, »als er sagte, du sollst dahin zurückgehen, wo du herkommst? Stammst du nicht von hier?«

»Doch. Ich bin im County Cumbria geboren und aufgewachsen, in Whitehaven. Meine Eltern leben heute noch dort.«

»Aber was hat er dann gemeint?«

»Meinen Namen. Das reicht heutzutage ja schon für solche Kommentare.«

»Casimir Pattanyús«, sagte Luisa nachdenklich. Cas gefiel es, wie sein Name aus ihrem Mund klang. »Als wir uns kennengelernt haben, hast du gesagt, er sei ungarisch.«

»Ja, genau. Meine Eltern sind 1956 aus Ungarn geflüchtet, als die Sowjetunion den Aufstand niederschlug. Viele Ungarn kamen damals nach Cumbria, auch meine Großeltern. Die Familien blieben hier, und mein Vater und meine Mutter haben sich später in der Schule kennengelernt.«

»Es war sicher schwierig, hier noch mal neu anzufangen«, sagte Luisa. »Auf der Flucht mussten sie ja alles Vertraute zurücklassen, auch die Menschen.«

»Ja, natürlich«, bestätigte Cas, »aber die Leute in der Region waren sehr hilfsbereit. Selbst die entlegensten Dörfer haben Familien aufgenommen, die dann in der Landwirtschaft oder in den Kohlebergwerken gearbeitet haben. Als die Situation in Ungarn besser wurde, gingen einige zurück, aber andere blieben, zogen ihre Kinder hier groß und wurden Teil der Gemeinschaft.«

»Davon hab ich noch nie gehört, dabei bin ich in Carlisle aufgewachsen«, sagte Luisa. »Man vergisst immer leicht, dass es an jedem Ort so viel Geschichte gibt. Die alte Fabrik auf dem Grundstück zum Beispiel. Ich habe absolut nichts herausgefunden, was erklären könnte, warum dort jemand Blumen abgelegt hat. Aber für irgendjemanden hat der Ort offenbar eine besondere Bedeutung.«

»Tut mir echt leid«, sagte Cas betreten. »Wäre Darren nicht aufgekreuzt, hättest du deine Antwort vielleicht bekommen.«

»Aber dafür kannst du doch nichts«, erwiderte Luisa und fügte in einem Anflug von Sorge hinzu: »Ich finde es beunruhigend, dass dir jemand Böses will.»

Cas schmunzelte. »Du musst dir keine Sorgen um mich machen. Obwohl es mir gefällt, dass du es tust.«

Die Worte waren aus seinem Mund, bevor Cas sich bremsen konnte. Luisa wirkte ein wenig überrascht, und sie sahen sich einen Moment lang schweigend an.

»Also, ich fahr mal besser los«, sagte Luisa schließlich.

Cas nickte. »Wir sehen uns nächste Woche, oder?«

Luisa seufzte. »Bin mir nicht sicher. Vielleicht sollte ich das Projekt doch lieber aufgeben.«

Cas steckte die Hände in die Hosentaschen. »Das wirst du nicht tun.«

»Nein?«

»Nein. Das hoffe ich zumindest.«

Luisa lächelte bedrückt. »Gute Nacht, Cas. Komm gut nach Hause.«

»Du auch.«

Sie stieg in den Land Rover und fuhr los. Cas sah noch, wie Luisa im Rückspiegel einen letzten Blick auf ihn warf. Das orange Licht der wenigen Straßenlaternen spiegelte sich auf dem Wagen, bis er schließlich um eine Ecke bog und verschwand.

Cas fühlte sich plötzlich seltsam schwermütig. Er sagte sich, dass er nur müde war und das neuerliche Erscheinen von Darren Dixon in seinem Leben verarbeiten musste. Ob Darren für Luisa und ihr Projekt eine Bedrohung darstellen könnte? Er bezweifelte es. Darren trat zwar noch großspuriger auf als vor seiner Haftstrafe, aber mit dem Gartenprojekt hatte sein Benehmen sicher nichts zu tun. Er hatte Cas lediglich vor Publikum provozieren wollen, um sich als Boss aufzuführen. Deshalb hatte er sich von Anfang an mit Cas angelegt. Das passierte ihm bei jungen Männern häufiger; Cas vermutete, dass es etwas mit seiner Statur zu tun hatte. Den Jugendlichen war klar, dass sie es nicht mit ihm aufnehmen konnten, und das missfiel ihnen. Dass Cas keinerlei Neigung zu Gewalt hatte und sich eher bemühte, gelassen zu wirken – vor allem in der Schule –, war diesen Jugendlichen einerlei.

Auf dem Heimweg versuchte Cas sich vorzustellen, wie Luisa dieses Stück Ödland in den Garten verwandeln wollte, den sie auf ihren Skizzen dargestellt hatte, aber es wollte ihm beim besten Willen nicht gelingen. Dabei lag Cas ungeheuer viel daran, dass dieses Projekt ins Leben gerufen wurde. Er wünschte sich ein lebenswertes Collaton anstelle dieses gottverlassenen Flecks, der niemandem etwas zu bieten hatte. Die Geschichte von Darren war typisch für den sozialen Verfall in Collaton. Der Junge war klug, hatte allerlei Begabungen. Aber irgendwann war er so weit abgerutscht, dass auch Cas nichts mehr daran ändern konnte.

Dennoch, dachte er. *Wenn jemand hier ein zukunftweisendes Projekt verwirklich kann, dann ist es Luisa MacGregor.*

Er rief sich zur Ordnung, bevor er sich zu viele Hoffnungen machte. Es war viel wahrscheinlicher, dass in Kürze das Unkraut wieder da und Luisa weg sein würde. Falls sie nach heute Abend überhaupt noch einmal zurückkam.

Die Nachtluft war eisig, obwohl der März bereits begonnen hatte. Cas überlegte, ob Darren ihm vielleicht irgendwo auflauerte, und beschloss, wachsam zu bleiben. Vor allem in Begleitung seiner Gang könnte sich der Junge zu Dummheiten hinreißen lassen.

Als Cas an den Reihenhäusern entlanglief, nahm er aus dem Augenwinkel eine Bewegung wahr. Auf der anderen Straßenseite stand jemand, aber es war weder Darren Dixon noch eines seiner Gangmitglieder, sondern eine wesentlich kleinere Gestalt, die Cas vage bekannt vorkam: Harpers jüngerer Bruder Max. Cas war dem Jungen nur zweimal begegnet. Einmal hatte Harper ihn in den Club mitgebracht, beim zweiten Mal hatte Max nach dem Ende des Boxunterrichts vor dem Gebäude auf seine Schwester gewartet. Beide Male hatte der Junge kein einziges Wort mit Cas gesprochen, was er sich mit Schüchternheit gegenüber Fremden erklärt hatte. Er wusste, dass Max nur von seiner Schwester versorgt wurde, und hatte das Thema schon mehrmals angesprochen, bei Harper aber auf Granit gebissen. Und mehr konnte Cas gegenwärtig nicht tun. Das würde sich ändern, wenn Max auf die Oberschule kam – aber bis dahin würde Harper bereits ihren Abschluss gemacht haben.

»Max?«, rief Cas jetzt über die Straße. »Hallo!«

Der Junge starrte ihn erschrocken an.

»Ich bin Mr Pattanyús«, erklärte Cas. »Der Lehrer aus Harpers Schule. Und der Leiter vom Boxclub.«

Max sah sich hastig um, als dürfe er nicht bei diesem Gespräch ertappt werden. Dann huschte er davon und verschwand im Dunkeln. Cas konnte nicht erkennen, ob der Junge sich noch irgendwo in der Nähe aufhielt.

Einen Moment lang blieb Cas stehen und versuchte zu begreifen, was sich hier gerade abgespielt hatte. Dann ging er weiter. Am Ende der Straße standen zwei junge Männer außerhalb des Lichtkegels einer Straßenlaterne und schienen sich zu unterhalten. Im ersten Augenblick vermutete Cas, dass es sich um zwei Freunde handelte, die sich in einer Stadt, in der es viel zu wenige Aufenthaltsorte für junge Menschen gab, draußen getroffen hatten. Doch dann eilte einer der beiden plötzlich davon, die Kapuze ins Gesicht gezogen, während der andere zurückblieb, an eine Hauswand gelehnt, als erwarte er jemanden.

Cas setzte seinen Weg fort, aber die Szene ließ ihm keine Ruhe, ohne dass er sich erklären konnte, warum. Und er musste unwillkürlich wieder an Darren denken, der kaum älter als Max gewesen war, als Cas ihn kennengelernt hatte. So unangenehm und bedrohlich Darren nun auch auftrat – er war selbst einmal ein Kind gewesen. Und Cas beschäftigte die Frage, an welchem Punkt es vielleicht noch möglich gewesen wäre, Darrens Lebensweg zum Guten hin zu verändern.

Immer noch in Sorge um Max Dixon betrat Cas Annikas Wohnung, in der es außergewöhnlich still war. Bevor er aufgebrochen war, hatte er Annika gefragt, ob sie vielleicht zum Infoabend kommen und sich an dem Gartenprojekt beteiligen wolle. Sie hatte ihm einen seltsamen Blick zugeworfen, als sei ihr gerade etwas eingefallen. Cas hatte keine Zeit mehr gehabt, nachzufragen, und angenommen, dass sie später darüber reden würden.

Was sich jetzt in gewisser Weise als richtige Vermutung erwies.

Annika erschien am Ende des Flurs, ungeschminkt und mit außergewöhnlich ernster Miene.

»Wir müssen reden«, sagte sie.

16

Die letzten Wochen waren für Harper der reinste Albtraum gewesen. Seit ihr Vater die Pflanzen im Badezimmer zerstört hatte, war Max in einen Zustand extremer Verschlossenheit geraten. Harper hatte alles Mögliche unternommen, um ihn da herauszuholen. Sie hatte versprochen, mit ihrem nächsten Lohn von der Werkstatt richtige Blumentöpfe, Komposterde und Samen zu kaufen, die ihr Bruder sich wünschte. Und hatte erklärt, er könne die Töpfe in seinem eigenen Zimmer und in ihrem auf dem Fensterbrett abstellen.

Aber Max reagierte auf alles gar nicht richtig, ganz als hätte er sich in einer eigenen Welt eingekapselt, zu der niemand außer ihm einen Schlüssel besaß. Sogar wenn sie sich gemeinsam in einem Zimmer aufhielten, war er irgendwie abwesend. Außerdem verschwand er immer wieder, ohne dass Harper wusste, wohin. Um das zu ändern, war es nicht gerade hilfreich, dass sie Carl darum gebeten hatte, ihr mehr Arbeit in der Werkstatt zu geben, auch wenn sie dann nur Ölflecken vom Boden entfernte. Aber Harper brauchte Geld, um Mr Ps Mini aufzumöbeln und den Parkplatz an der Werkstatt zu bezahlen, wo der Wagen gegenwärtig stand. Sie überlegte immer wieder, ob sie ihn aufgeben sollte, um sich mehr um Max kümmern zu können und häufiger bei ihm zu sein. Aber wie sollten sie ohne das Auto jemals aus Collaton wegkommen?

Als Harper an diesem Abend nach Hause kam, war es eigenartig still. Und als sie ihre Jacke an den Garderobenhaken hängte, bemerkte sie etwas Eigenartiges auf der Treppe: verstreute Erdkrumen. Sie folgte der Spur nach oben bis zu Max' Zimmer und klopfte an, aber nichts regte sich. Harper hatte hoch und heilig versprochen, dass sie niemals ohne Max' Einwilligung sein Zimmer betreten würde. Das war sein Reich, und sie wusste, dass ihm diese Sicherheit guttat.

Aber irgendetwas stimmte hier nicht, und Harpers Beklommenheit wurde stärker. Hatte Max wieder die Nachbarn bestohlen? Beim Gedanken daran wurde ihr regelrecht übel, denn ein einziger Anruf bei der Polizei oder beim Jugendamt würde hier alles zerstören. Harper kam es ohnehin schon so vor, als könne sie ihr Leben nur mit Mühe und Not zusammenhalten.

Sie nagte einen Moment an ihrer Lippe und schaute die Treppe hinunter, dann öffnete sie kurz entschlossen die Tür. Max' Zimmer war viel ordentlicher, als man es von einem Neunjährigen erwarten würde. Auf dem Schreibtisch sah sie einen Stapel Schulbücher und einen Henkelbecher mit Stiften, in den Regalen sorgfältig aufgereihte Bücher. Das Bett war gemacht, die Decke glatt gestrichen. Und am Fenster entdeckte Harper dann die Quelle der Erdspur: vier übereinanderliegende Säcke mit Komposterde. Daneben standen diverse unbenutzte Plastikpflanztöpfe. An den Etiketten konnte Harper erkennen, dass sie aus dem Haushaltswarenladen in der Stadtmitte stammten, der im Frühling auch Gartenbedarf verkaufte.

Harper konnte sich das nicht erklären. Hatte Max die Säcke gestohlen? Aber wie? Sie waren schwer, er konnte mit keinem einfach weggerannt sein, geschweige denn viermal. Andererseits hatte er kein Geld, was Harper deshalb ganz genau wusste, weil sie ihm letzte Woche kein Taschengeld gegeben hatte – in der Hoffnung, dass er dann mit ihr reden würde, um zu fragen, wo es blieb.

»Was machst du da?«

Max' Stimme war schrill. Harper hatte nicht gehört, dass er nach Hause gekommen war, und jetzt stand er in der Tür.

»Was machst du in meinem Zimmer? Du darfst hier nicht rein, das weißt du!«

»Max …«

»Raus hier!«, schrie er. »Raus, raus, raus!«

»Max …« Harper streckte ihm die Hände entgegen, aber er schlug sie weg und begann seine Schwester zur Tür zu schieben. »Warte, Max … Woher hast du die Komposterde? Wie bist du da rangekommen?«

»Raus!«

»Nein.« Harper hatte sich an die Tür gelehnt und blockierte sie mit dem Rücken. Ihr kleiner Bruder war natürlich nicht so stark wie sie, aber sie hatte sich ihm noch nie körperlich widersetzt. »Du musst mit mir reden, Max. Du musst mir sagen, woher du diese Sachen hast. Wem gehören sie?«

»Geh *weg*!«

»Max, das ist wichtig. Hast du das alles gestohlen?«

»Es gehört mir!«

»Max, bitte.«

»Es gehört mir!«, schrie er. »Ich habe das Geld dafür verdient, und ein Freund hat mir geholfen, sie aus dem Laden zu holen, weil du sogar für so was zu gemein bist und nicht willst, dass ich ein eigenes Leben habe, und ich hasse dich, ich hasse dich, *ich hasse dich*! Verschwinde aus meinem Zimmer, *jetzt sofort*!«

Harper war so schockiert, dass sie es zuließ, nach draußen geschoben zu werden. In der nächsten Sekunde knallte Max so heftig die Tür zu, dass die Wände wackelten. Dann war von drinnen zu hören, wie er den Tisch über den Teppichboden zog, um sich zu verbarrikadieren.

Harper stand stocksteif da und starrte auf die Tür. Sie hatte Max selten so viel auf einmal reden hören. Er war schon oft wütend auf sie gewesen, hatte aber noch nie gesagt, dass er sie hasse. Und Harper hatte immer geglaubt, dass sie beide trotz ihrer Streitereien ein Team waren. Harper und Max gegen die Welt. Er musste doch wissen, dass seine Schwester alles für ihn tun würde. Oder nicht?

»Max?«, rief sie und wartete ab. Keine Reaktion. Schließlich gab Harper auf und ging in ihr Zimmer, während sie zu verstehen versuchte, was ihr Bruder gerade gesagt hatte. Er hatte das Geld selbst verdient? Aber wie? Mit welcher Arbeit und für wen? Und wer hatte ihm geholfen, die Sachen nach Hause zu bringen? Jemand aus seiner Klasse? Selbst wenn sie zu zweit gewesen wären, hätten sie ewig dafür gebraucht. Das Ganze ergab keinen Sinn.

Harper sank auf ihren Schreibtischstuhl und rieb sich das Gesicht. Sie fühlte sich leer und erschöpft, viel zu erledigt für die Wut, die in ihr brodelte.

In dieser Nacht fand Harper kaum Schlaf. Am nächsten Morgen versuchte sie, mit Max zu reden, aber daraus wurde nichts. Er würdigte sie nicht einmal eines Blickes, als er um halb neun die Treppe herunterkam und sich sofort Schuhe und Jacke anzog.

»Wo gehst du hin?«, fragte Harper.

Max sah sie weiterhin nicht an.

»Magst du vielleicht was frühstücken, bevor du rausgehst?«, fragte sie. »Ich hab gestern neuen Joghurt gekauft und hatte eine Idee – du könntest ihn doch über eine zerdrückte Banane gießen. Vielleicht mit ein bisschen Honig drüber?«

Jetzt warf Max ihr einen vernichtenden Blick zu. »Ich bin doch kein Baby.«

Harper schluckte. »Ich weiß. Aber ich dachte nur …«

»Ich geh jetzt raus.«

»Wohin?«

»Ich muss dir nicht alles erzählen. Du bist meine Schwester, nicht meine Mutter.«

»Max.«

»Lass mich in Ruhe, Harper. Kümmere dich zur Abwechslung mal um dein eigenes Leben.«

Er knallte die Haustür hinter sich zu. Harper hörte seine Schritte draußen auf den Steinplatten, das Quietschen des Tors, dann herrschte Stille.

Einen Moment lang stand Harper reglos da und versuchte zu begreifen, was da gerade passiert war. Aus dem Wohnzimmer war lautes Schnarchen zu hören; ihr Vater, der seinen Rausch ausschlief und den Streit zwischen seinen Kindern nicht gehört hatte. Hastig zog Harper Schuhe und Jacke an und eilte hinaus. Sie musste herausfinden, wo ihr Bruder hinging und wer ihm diese Worte in den Mund gelegt hatte. Denn der Junge, den sie da gerade erlebt hatte, war auf keinen Fall ihr Bruder.

Sie sprintete los, um ihn nicht aus den Augen zu verlieren. Als sie zur nächsten Ecke kam, war Max bereits am anderen Ende der schmalen Straße angelangt, in die er abgebogen war. Er stand am Rand und wartete, bis ein Junge auf einem Fahrrad auf ihn zukam. War das der Freund, von dem Max gesprochen hatte? Sie wünschte sich wirklich, dass er Freunde hatte, sogar wenn das der Auslöser für sein seltsames Verhalten sein sollte.

Harper ging auf Max zu, als ein Wagen in die Straße einbog und neben ihr zum Halten kam. Musik dröhnte aus dem offenen Fenster.

»Na, wenn das nicht die kleine Harper ist«, sagte eine Stimme. »Nur ist sie inzwischen groß geworden, hat sogar schon Rundungen, wie man sieht.«

Harper lief es kalt den Rücken hinunter. Als sie zur Seite blickte, sah sie Darren, der aus dem Fenster auf der Beifahrerseite schaute, einen Arm lässig auf den Rand gelegt. Harper hätte allerhand dafür getan, wenn sie diesen widerlichen Mistkerl, der leider ihr Cousin war, nie mehr hätte wiedersehen müssen. Er trug Sonnenbrille und Basecap, als wäre er ein hartgesottener Gangster. Als Harper dreizehn war, hatte Darren einmal versucht, sie zu betatschen, worauf sie ihm drei Finger gebrochen hatte. Er hatte die Sache heruntergespielt und seither nichts Derartiges mehr versucht. Aber Harper war nicht so naiv zu glauben, dass er den Vorfall vergessen hätte – genauso wenig, wie Darren bereit war, seine Fehde mit Mr P aufzugeben.

Als Darren noch zur Schule ging, war er mehrere Klassen über ihr gewesen, aber die Geschichte von der Attacke auf Mr P hatte sich wie ein Lauffeuer herumgesprochen. Manchmal fragte sich Harper, welche der Narben auf den Armen ihres Boxlehrers von dem Messer stammte. Ihr Cousin hatte damals behauptet, Mr P habe versucht, ihn anzugrabschen, aber die Überwachungsvideos der Schule erzählten eine vollkommen andere Geschichte. Außerdem wussten alle, dass Darren seit jeher einen Hass auf Mr P hatte. Während der also von jedem Verdacht freigesprochen wurde, war Darrens Laufbahn weiter bergab gegangen, bis er schließlich im Knast landete. Und leider war er viel zu früh wieder entlassen worden, wie Harper fand. Warum war er hierher zurückgekehrt? Warum war er nicht einfach verschwunden? Und warum konnte *sie selbst* nicht aus Collaton verschwinden?

»Hau ab, Darren«, sagte sie.

»Ach, nun sei bloß nicht so. Kannst einem Mann doch nicht vorwerfen, wenn er mal einen Blick riskiert. Ich hatte lange keine Gelegenheit dazu, wie du weißt.«

Harper schauderte innerlich. Ihr Cousin gehörte zu der Sorte, die es als Auszeichnung ansah, dass er gesessen hatte. Als hätte er sich damit Ehre verdient und sei mehr wert. Sie ging mit schnellen Schritten weiter, aber der Wagen folgte ihr. Am Steuer saß einer der bescheuerten Handlanger von Darren, auch so ein widerwärtiger Typ.

»Das war dein kleiner Bruder, oder?«, fragte Darren beiläufig. »Ich erinnere mich an ihn. Niedliches Kerlchen. Und schlau, oder?«

Harper blieb stehen, das Auto auch. »Du lässt die Finger von ihm«, fauchte sie.

Blitzschnell sprang Darren aus dem Wagen, baute sich vor ihr auf. Er war dürr, aber groß, und im nächsten Moment gesellte sich sein Kumpan zu ihm, ein schmächtiger Kerl mit fiesem Blick.

»Ach, du meinst jetzt, du könntest mir Befehle geben, oder wie?«, knurrte Darren.

Harper beschloss, sich von diesem Kerl keine Angst einjagen zu lassen. Jetzt nicht und nie wieder.

»Das ist kein Befehl, sondern eine Warnung«, sagte sie. »Und zwar die einzige und letzte. Halt dich von meinem Bruder fern, sonst kommst du nicht mehr so einfach davon. Weißt du noch, Arschgesicht? Als dir von einer Dreizehnjährigen deine schwächlichen Fingerchen gebrochen wurden?«

Das schien Darren nicht im Mindesten zu beeindrucken. In seinen Augen glitzerte etwas. »Ist an der Zeit, dass du mir gegenüber Respekt zeigst, Harps«, sagte er gefährlich leise.

Harper lachte laut. »Ja, mach ich, wenn die Hölle zufriert«, versetzte sie.

Sie blickte die Straße hinunter, aber Max war inzwischen verschwunden. Harper drehte sich abrupt um und ließ Darren einfach stehen, der ihr wutentbrannt hinterherstarrte.

17

»Du siehst wunderschön darin aus, Jo«, sagte Luisa. »Ehrlich.«

Jo verzog das Gesicht, während sie sich in der luxuriösen Hochzeitsboutique im Spiegel betrachtete, umgeben von üppigen Seidenblumen und edlen Roben. Das schulterfreie Kleid aus weißem Satin war tailliert und hatte einen bodenlangen Rock.

»Ich würde hier noch ein wenig abnähen«, erklärte die Ladenbesitzerin, während sie seitlich etwas Stoff zusammenraffte. »Sie haben ja so eine schlanke Taille. Dieser Stil steht Ihnen hervorragend.«

»Okay«, sagte Jo. »Ich kaufe es. Erledigt. Hurra!«

Nachdem die Maße genommen und weitere Termine vereinbart waren, steuerten die beiden Schwestern das nächstbeste Café an und ließen sich dort so aufseufzend nieder, als wären sie soeben einen Marathon gelaufen und hätten nicht stundenlang Hochzeitskleider begutachtet.

»Ich bin ja so erleichtert, dass ich diesen Teil hinter mir habe«, sagte Jo, als sie sich begierig eine Tasse Tee eingoss.

»Sag das nicht, das soll doch Spaß machen«, bemerkte ihre Schwester.

»Weiß ich«, sagte Jo seufzend, »aber ehrlich gesagt werde ich froh sein, wenn der ganze Hochzeitszirkus vorbei ist. So ein Riesenaufwand, und wofür das alles? Für einen einzigen Tag?«

Luisa blieb stumm, während sie sich Tee einschenkte.

»Was ist?«, fragte Jo.

Luisa sah sie an. »Ich mache mir einfach Sorgen, dass du deine Hochzeitsvorbereitungen nicht genießt, weil du glaubst, du dürftest das wegen mir nicht«, sagte sie und offenbarte damit endlich, was sie seit Wochen umtrieb. »Und das möchte ich wirklich nicht, Jo. Ich freue mich so für dich, dass du Neil gefunden hast, ihr beide passt perfekt zusammen, und …« Sie brach ab, als sie den Gesichtsausdruck ihrer Schwester bemerkte. »Was ist los?«

Jo pustete Luft aus. »Glaubst du wirklich, dass wir perfekt füreinander sind?«

Luisa blinzelte verblüfft. »Ähm … ja, weil … es so ist. Oder jedenfalls habe ich diesen Eindruck. Wieso, hast du Zweifel?«

»Ich weiß nicht, ob ich es Zweifel nennen würde«, antwortete Jo und starrte in ihre Tasse. »Ich liebe Neil, wirklich. Du hast schon recht, er ist toll und witzig, und wir teilen viele Werte und Interessen …« Sie verstummte.

»Und?«, hakte Luisa behutsam nach.

Jo lehnte sich zurück, hob beide Hände und seufzte. »Weiß nicht … *schicksalhaft*?«

»Ich verstehe nicht ganz, was du meinst«, sagte Luisa stirnrunzelnd.

Ihre Schwester schüttelte den Kopf. »Ich weiß es selbst

nicht. Wie gesagt: Ich liebe Neil. Aufrichtig. Aber manchmal frage ich mich einfach, ob es die falsche Art von Liebe ist. Wir waren Ewigkeiten nur Freunde, bevor wir zusammengekommen sind, das weißt du. Und jetzt sind wir schon seit Ewigkeiten ein Paar, und ich bin dreißig, und er ist zweiunddreißig, und ich kaufe ein idiotisch überteuertes Hochzeitskleid und blöde *Hussen,* und ... Ach, ich weiß nicht, manchmal kommt es mir eben vor, als sei das alles nur ein weiterer Schritt in einem komplett durchgeplanten Leben.«

»Findest du das zu bürgerlich?«, fragte Luisa.

Jo schaute zum Fenster hinaus, wo ein Regenschauer niederging. »Ja, mag sein. Vielleicht auch zu geordnet. Es ist alles so ... bequem. Zu sehr Komfortzone.«

Luisa strich mit einem Fingernagel über den Teelöffel. Unwillkürlich musste sie daran denken, wie es wohl gewesen wäre, wenn Reuben lange genug gelebt hätte, um diese Art von Komfortzone zu erreichen.

»Tut mir leid.« Jo seufzte erneut, als hätte sie Luisas Gedanken erraten. »Das ist selbstsüchtig, ich weiß. Aber ich glaube ...« Sie zögerte.

»Was glaubst du?«, fragte Luisa vorsichtig.

Jo trank einen Schluck Tee. »Ich glaube, dass ich immer noch dich und Reuben vor Augen habe«, gestand sie. »Meine ältere Schwester und ihr perfekter Mann. Ich habe ja erlebt, wie verliebt ihr wart, wie gut ihr euch verstanden habt. Es war noch schöner als in den Teenie-Liebesromanen, die ich damals reihenweise verschlungen habe. So eine Beziehung, wie ihr sie hattet, habe ich mir auch gewünscht. Und wahrscheinlich habe ich jetzt einfach Angst. Ich dachte, ich hätte das mit Neil gefunden. Aber was ist, wenn ich mich irre?«

Der vertraute Schmerz brach mit voller Wucht über Luisa herein, diesmal verbunden mit nagendem Neid, den sie noch nie zuvor empfunden hatte, und ganz gewiss nicht ihrer eigenen Schwester gegenüber. Neid, weil Jo hier sitzen und solche Gedanken äußern konnte. Weil sie eine *Wahl* hatte.

»Die Liebe ist kein ständiges Feuerwerk, Jo«, erwiderte Luisa, bemüht, sich nichts von ihren Gefühlen anmerken zu lassen. Jo hatte ein Recht auf ihre Nervosität vor diesem großen Schritt. Aber dennoch … »Das zu glauben, wäre naiv und töricht. Ich beneide dich jedenfalls um das, was du mit Neil hast. Du darfst den Rest deines Lebens mit einem Menschen verbringen, der dich liebt und den du liebst, und«, sie hielt kurz inne, »das würde ich an deiner Stelle nicht vergeuden.«

Jo ergriff Luisas Hand und drückte sie fest. »Ich weiß. Ich krieg nur ein bisschen kalte Füße. Was superdumm ist, und ich weiß auch genau, wie viel Glück ich habe – wirklich! Vergiss es. Ich bin einfach blöd. Tut mir leid.«

Einen Moment später zog Luisa ihre Hand zurück und griff nach ihrer Tasse, aber der Tee war inzwischen kalt geworden. Auch das Licht im Raum erschien ihr plötzlich trüber, und sie spürte eine Beklemmung in der Brust, einen unterdrückten Zorn. Nicht gegen ihre Schwester, sondern gegen das Leben. Die Welt war ein gnadenloser Ort. Aber das hatte Luisa schon davor allzu genau gewusst.

»Ich wünschte, ich könnte jemanden für dich finden«,

sagte Jo jetzt. »Es macht mir einfach Sorgen, dass du immer noch allein bist, Lu. Das finde ich gar nicht gut.«

Dieses Thema war nichts Neues. Luisa hatte ihre Gefühle schon oft erläutert, hatte ihrer Schwester schon oft erklärt, dass sie eine Beziehung wie mit Reuben nie wieder finden würde und dass die Vorstellung, einen Neuanfang zu wagen, ihr trotz jahrelanger Therapie Angst machte. Das Leben war so flüchtig und unberechenbar, und Liebe konnte so zerstörerisch sein. »Mir geht es gut«, erwiderte sie jetzt nur.

»Aber wie kannst du das sagen, du bist doch nicht glücklich«, widersprach Jo.

»Manchmal schon. Und wenn ich es nicht bin, geht es mir trotzdem okay. So ist das, glaube ich, bei den meisten Menschen, Jo.«

»Du überlebst, mehr nicht. Und das reicht nicht.«

»Willst du damit sagen, dass ein alleinlebender Mensch nicht glücklich und zufrieden sein kann?«, erwiderte Luisa mit einer gewissen Schärfe. »Da lehnst du dich etwas weit aus dem Fenster, würde ich sagen.«

»Natürlich nicht«, antwortete Jo. »Ich rede nicht von der gesamten Menschheit, Luisa, sondern von *dir*. Und du bist immens *liebesfähig*. Ich wünsche mir, dass du mit einem Mann zusammen bist, der deine Nerven zum Flattern bringt. Bei dem dir der Atem stockt und die Knie weich werden.«

Luisa konnte das Bild von Reuben, das ihr jetzt vor Augen stand, nicht schnell genug verdrängen, ebenso wenig wie den stechenden Schmerz, der damit einherging. Nachdem es ihr schließlich mit Mühe doch gelang, war sie wütend auf sich selbst. Und auf ihre Schwester.

»Das hatte ich bereits einmal im Leben«, sagte sie schroff. »Und es war wunderbar, aber ich erwarte das kein zweites Mal und brauche es auch nicht.«

»Hörst du dich überhaupt selbst reden?« Jo blieb hartnäckig. »Du bist noch nicht mal vierzig! Willst du nicht noch mal bis über beide Ohren verliebt sein?«

»Ich sage es doch: Mir geht es gut so, wie ich lebe«, entgegnete Luisa. »Und außerdem hat das nichts mit echter Liebe zu tun.«

»Das war früher aber mal anders, und ich wünsche mir, dass du das wieder erleben kannst, Luisa. Ich fände es schrecklich, wenn du dich für den Rest deines Lebens zurückziehst, nur aus Angst, noch einmal so einen Schmerz aushalten zu müssen.«

Luisa starrte ihre Schwester aufgebracht an. »›*Nur* aus Angst‹?«

Jo schüttelte gequält den Kopf. »Entschuldige, so habe ich das nicht gemeint. Ich wollte nur …«

»Ich weiß genau, was du gemeint hast, Joanna«, erwiderte Luisa. »Und du hast keinen blassen Schimmer, wovon du redest.« Sie stand auf, immens dankbar dafür, dass sie mit zwei Autos hergekommen waren. »Ich gehe jetzt.«

»Luisa, bitte …«

Aber Luisa marschierte hinaus, während ihre Schwester hastig nach der Bedienung rief, um zu bezahlen. Im Auto merkte Luisa, dass sie am ganzen Körper zitterte. Tränen drohten, was sie um jeden Preis verhindern wollte. Lieber die Wut aufrechterhalten als einen Weinkrampf bekommen, der ebenso sinnlos wie anstrengend war. Vor einigen Jahren noch hätte sie den Rest des Tages eingerollt auf der Couch verbracht oder sogar einen Großteil der Woche. Aber das war inzwischen nicht mehr nötig. Sie musste sich nur gezielt ablenken.

Nach dem Desaster mit dem Infoabend hatte Luisa beschlossen, ein paar Tage Auszeit zu nehmen, um sich zu sortieren. Den heutigen Tag hatte sie gänzlich Jo und der Hochzeit widmen wollen, doch das war gerade gescheitert, und unter keinen Umständen wollte Luisa den Nachmittag allein zu Hause verbringen. Sie startete den Wagen und fuhr Richtung Collaton. Auch wenn sie dort vielleicht nicht willkommen war und das Gartenprojekt sich als monströser Fehler erwies, würde es ihr für heute genug Ablenkung verschaffen.

Als sie zum Grundstück kam, sah sie, dass Nick in der Zwischenzeit bereits die Hälfte der Asphaltfläche entfernt hatte. Darunter war rissige vertrocknete Erde zum Vorschein gekommen, die Luisa an die Oberfläche des Mondes erinnerte.

Die Arbeitshandschuhe hatte sie aus dem Auto mitgenommen, aber der Rest von Luisas Kleidung war alles andere als dafür geeignet, hier zu ackern – cremefarbene Seidenbluse, Skinny Jeans und hellbraune Wildlederstiefel. Dieses Outfit würde nach der Exkursion auf dem Gelände wahrscheinlich ruiniert sein, aber das war Luisa gerade vollkommen gleichgültig. Sie zog die Handschuhe an und begann Asphaltbrocken aufzuheben, schleppte sie zu den Containern und feuerte sie hinein. Das machte sie so besinnungslos, dass sie binnen Kurzem völlig außer Atem war: aufheben, rübertragen, reinschmeißen, immer wieder aufs Neue.

»Hey«, hörte sie irgendwann eine Stimme. »Luisa? Alles okay?«

Cas stand in seinem Sportzeug bei den Containern und beobachtete sie forschend.

»Ich hab von draußen gerufen«, erklärte er. »Aber du hast mich offenbar nicht gehört.«

Luisa keuchte so heftig, dass sie nicht gleich antworten konnte. Sie ging zum Container, schleuderte den Asphaltbrocken hinein und versuchte dann zu Atem zu kommen.

»Entschuldige«, sagte sie schließlich und warf einen Blick auf ihre Armbanduhr. Es war erst drei Uhr. »Ich war in Gedanken versunken. Was machst du hier? Die Schule ist doch noch gar nicht aus, oder?«

»Meine letzte Klasse heute hat diese Woche Berufspraktikum, deshalb konnte ich früher weg.« Er sah sich um. »Du hast ja hier noch eine Menge Arbeit, wie es scheint. Ich kann dir helfen.«

»Musst du nicht«, erwiderte Luisa. »Willst du nicht lieber deinen Boxsack traktieren, bevor die Kids kommen?«

Cas schnappte sich prompt einen dicken Asphaltbrocken und warf Luisa einen amüsierten Blick zu. »Ach, hiermit kann man sich bestimmt auch gut abreagieren.«

Luisa pustete sich eine Haarsträhne aus der Stirn. »Ja, das habe ich mir auch gedacht.«

»Oh. Möchtest du darüber reden?«

»Nein«, antwortete Luisa entschieden und fügte hinzu: »Los doch, Pattanyús, bist du etwa am Schwächeln?«

Cas grinste breit und schleuderte das Asphaltstück dann schwungvoll in den Container. »Ist es so recht, MacGregor?«

Luisa erwiderte das Grinsen. »Man sollte nicht austeilen, wenn man nicht einstecken kann, oder?«

Gemeinsam machten sie sich ans Werk. Die Sonne schien jetzt schon etwas länger, und Luisa war durchaus bewusst, dass im März die Pflanzsaison begann. Sie hätte bereits anfangen müssen, Setzlinge in geschlossenen Räumen vorzuziehen.

»Ich freue mich«, sagte Cas nach einer Weile, als sie sich wieder einmal beim Container begegneten.

»Worüber?«, fragte Luisa.

Er deutete auf das Gelände. »Dass du nicht aufgegeben hast. Muss gestehen, dass ich nach Samstagabend befürchtet hatte, du würdest nicht wiederkommen.«

Luisa blickte auf ihre dicken Arbeitshandschuhe und stellte dabei fest, dass ihre Jeans und ihre Bluse bereits komplett verdreckt waren. »Ich bin immer noch nicht sicher, ob es wirklich sinnvoll ist«, sagte sie mit einem Seufzer. »Hier ist eindeutig niemand an dem Projekt interessiert.«

»Niemand?«, wiederholte Cas. »Das stimmt nicht.«

Sie schaute zu ihm auf, nahm sein Gesicht deutlicher wahr als bisher: den Knick in der Nase, die dunklen Augen, deren Ausdruck sie gerade nicht deuten konnte. Cas blickte plötzlich über sie hinweg zur Straße und hob die Hand, um durch die Finger zu pfeifen. Luisa zuckte zusammen, weil ihr der schrille Ton durch Mark und Bein ging.

»Autsch«, sagte sie anklagend.

»Entschuldigung«, erwiderte Cas ohne das geringste Anzeichen von Reue. »Aber hier ist Verstärkung eingetroffen.«

Die ersten Kids vom Boxclub hatten sich draußen am Zaun versammelt.

»Mr P?«, rief Mo. »Was machen Sie da?«

»Kommt mal rum, Leute«, rief Cas zurück. »Ms MacGregor könnte Hilfe gebrauchen. Packt mit an.«

»Na klar, Mr P«, schrie Mo, und auch von den anderen waren zustimmende Rufe zu vernehmen. »Wird gemacht.«

Cas sah Luisa lächelnd an. »Siehst du? Geht weiter. Aus Eicheln werden Bäume.«

Als Luisa nach getaner Arbeit noch einmal auf ihr Handy schaute, fand sie eine Nachricht von Jo vor. *Tut mir total leid. Hab dich sehr lieb. Wird alles wieder gut zwischen uns?*

Ich hab dich auch sehr lieb, schrieb Luisa zurück. *Und natürlich wird alles wieder gut.*

18

Als der April begann und es allmählich wärmer wurde, ließ Luisa zwanzig Tonnen Muttererde und zehn Tonnen Biodünger zum Grundstück liefern. Nachdem beides auf dem Gelände verteilt war, sah es schon nicht mehr wie Ödland, sondern eher wie ein gepflügtes Feld aus, bereit für Pflanzen. Harper hatte gelegentlich geholfen, aber hauptsächlich hatte Luisa allein die schwere Fräse über das Grundstück geschoben, um Erde und Dünger zu vermischen.

Die Beziehung zu den Einheimischen hatte sich mittlerweile kein bisschen verbessert. Luisa hatte gezielt E-Mails verschickt, eine Website eingerichtet und eigenhändig Flyer in Briefkästen gesteckt, wenn Harper wieder einmal behauptete, keine Zeit zu haben. Sogar auf der Straße sprach Luisa Passanten an, aber all ihre Bemühungen waren vergeblich. Die Reaktionen waren im besten Fall desinteressiert und gleichgültig, im schlechtesten unterschwellig feindselig. Cas hatte die Kids ausgefragt und dabei herausgefunden, dass der Unmut wohl etwas mit der alten Fabrikwand zu tun hatte.

»Es heißt, sie hätte nicht abgerissen werden sollen«, berichtete Cas eines Nachmittags, als er im Boxclub ankam und Luisa an der Fräse vorfand. »Sondern als Zeichen der Achtung stehen bleiben sollen.«

»Aber Achtung wovor?«, fragte Luisa. »Ich habe nichts dazu finden können. Ich hatte mich sogar mit dem ortsansässigen Heimatverein in Verbindung gesetzt, der sich mit der Geschichte von Collaton auskennt. Auch dort wusste niemand etwas. Und die Wand war total baufällig, die wäre über kurz oder lang von allein eingebrochen. Wäre es denn besser, das Gelände verwahrlosen zu lassen, als einen Garten für die Gemeinschaft daraus zu machen?«

Cas schüttelte den Kopf. »Mehr weiß ich auch nicht, tut mir leid. Das ist alles, was ich aus den Kids rauskriegen konnte, mehr scheinen sie selbst nicht zu wissen. Vielleicht haben die Menschen auch einfach etwas gegen Veränderungen.«

»Oder gegen Auswärtige mit großen Ideen?«, mutmaßte Luisa.

Cas lachte bedauernd. »Das wäre auch möglich, ja.«

»Ich muss jetzt dranbleiben«, sagte Luisa. »Ich kann nicht warten, bis die Leute hier sich mit dem Projekt anfreunden, sonst versäume ich die Pflanzsaison, dafür bleibt mir nicht mehr viel Zeit. Mit voller Kraft voraus, wie man so sagt.«

Cas warf ihr ein ermutigendes Lächeln zu, das ihr Herz erwärmte. »Super«, sagte er. »Das ist genau die richtige Haltung. Weißt du schon, was du als Nächstes machen willst?«

Luisa erwiderte das Lächeln. »Oh ja, das weiß ich.«

»Bäume?«, sagte Harper, als Luisa ein paar Tage später mit einem kleinen Wald aus dreijährigen Baumsetzlingen auf dem Anhänger des Land Rover eintraf.

»Obstbäume, genauer gesagt«, erklärte Luisa. »Jeweils viermal Apfel, Birne, Pflaume und Kirsche.«

»Das ist dein großer Plan?«, fragte das Mädchen. »Du willst einen Obstgarten anlegen?«

»Zum Teil. Wenn wir sie am Spalier wachsen lassen, können wir den Zaun damit verdecken und haben viel Platz für die weitere Gartengestaltung.«

Harper sah sie verständnislos an. »Spalier?«

Luisa hob die Hände und spreizte die Finger, um das zu demonstrieren. »Dabei werden die Äste an einem Gitter befestigt, an dem sie entlangwachsen. Der Zaun eignet sich gut dafür. Hilf mir bitte beim Abladen, ja?«

Sie öffnete die Klappe des Anhängers, kletterte hinauf und reichte Harper den ersten Setzling hinunter. Die Bäumchen reichten Luisa bereits bis zur Brust, und die Zweige waren an dreieckigen Bambusstäben befestigt. Das ganze Arrangement erinnerte ein wenig an das gespreizte Gefieder eines Pfaus.

Harper hievte den Topf zu Boden, den Luisa ihr reichte, und betrachtete das Gewächs zweifelnd. »Sieht ja ziemlich tot aus. Könnte es sein, dass man dich übers Ohr gehauen hat?«

»Du wirst sehen, die treiben bald aus«, erwiderte Luisa. »Deshalb ist es wichtig, sie möglichst schnell zu setzen. Eigentlich hätte man das schon Ende der letzten Saison machen müssen.«

Kurz darauf begannen die beiden entlang des Zauns tiefe Löcher zu graben, in ausreichendem Abstand für das geplante Wachstum der Bäume.

»Okay«, sagte Harper und steckte ihren Spaten schwungvoll in die Erde, nachdem das letzte Loch gegraben war. »Und was jetzt?«

Luisa schaute auf ihre Uhr. »Deine zwei Stunden sind gleich um. Den Rest schaffe ich auch allein.«

»Ich kann noch ein bisschen länger bleiben«, erklärte Harper. »Hab in der Schule gesagt, dass ich mit meinem kleinen Bruder zum Zahnarzt muss.«

»Und das stimmt gar nicht?«

»Nee.«

»Warum hast du das gesagt?«, fragte Luisa erstaunt.

Das Mädchen zuckte mit den Schultern. »Kann dir doch egal sein, oder? Soll ich dir jetzt helfen? Wenn nicht, arbeite ich in der Werkstatt an meinem Auto weiter.«

Luisa seufzte. »Ich glaube, Mr P wäre gar nicht zufrieden mit mir, wenn ich dich beim Schuleschwänzen unterstütze.«

Harper grinste verschmitzt. »Da wär ich an deiner Stelle nicht so sicher. Der sieht jedes Mal *total glücklich* aus, wenn ich euch beide zusammen sehe.«

Bei dieser flapsigen Bemerkung wurde Luisa plötzlich mulmig, und zu ihrem Entsetzen merkte sie, dass sie errötete. »Was meinst du damit?«

Doch der kurze Moment des Friedens war verflogen, Harper wurde wieder so schroff und ungeduldig wie gewohnt. »Also, sollen wir jetzt irgendwas mit diesen Stöcken in Töpfen hier machen, oder willst du weiter rumstehen und labern? Fürs eine hab ich Zeit, fürs andere nicht.«

Luisa seufzte erneut. »Doch, Hilfe wäre schön.«

Harper nickte. »Dann mal los. Sollen die jetzt in die Erde gesteckt werden?«

»Erst müssen die Pflanzlöcher ausgiebig gewässert werden. Wir füllen sie und warten ab, bis alles versickert ist, damit genügend Feuchtigkeit im Boden ist.«

Harper blickte um sich. »Und wo nehmen wir das Wasser her?«

Luisa machte ein ergebenes Gesicht, weil sie schon ahnte, wie die Reaktion des Mädchens ausfallen würde. »Ich habe zwei Regenwassertanks bestellt, aber die können nicht vor nächster Woche geliefert werden. Vorerst müssen wir behelfsmäßig arbeiten.«

»Und wie? Hast du einen Gartenschlauch?«

»Schön wär's.« Luisa deutete auf vier Blecheimer neben den Containern. »Der nächste Wasserhahn ist im Boxclub.«

Harper starrte sie fassungslos an. »Nicht dein Ernst, oder?«

Luisa zuckte mit den Schultern. »Du kannst gerne in die Schule zurückgehen und sagen, der Termin beim Zahnarzt sei abgesagt worden.«

Harper fluchte leise und griff sich zwei von den Eimern.

»Ist ja nur vorübergehend«, versprach Luisa, als sie ihr mit den beiden anderen folgte. »Künftig haben wir dann das Regenwasser.«

»Nützt jetzt auch nichts«, murmelte Harper mürrisch. »Müssen wir eben durch.«

Nachdem sie das letzte Pflanzloch gefüllt hatten, war das Wasser in der ersten Kuhle bereits versickert. Luisa hatte alle Bäumchen gut gewässert, bevor sie aus der Gärtnerei losgefahren war, allerdings war noch ein letzter Arbeitsschritt vonnöten. Sie gingen zum Land Rover zurück, wuchteten einen Plastiksack aus dem Kofferraum, und Luisa erklärte: »Davon müssen wir eine Kelle voll in jedes Pflanzloch geben.«

»Noch mehr Dünger?«, erwiderte das Mädchen. »Du hast doch schon überall Scheiße verteilt, oder nicht?«

Luisa ging nicht auf ihre Provokation ein. »Das ist eine direktere Unterstützung für das Wachstum.« Sie öffnete den Sack und zeigte Harper den Inhalt, der aussah wie besonders feines weißes Katzenstreu.

»Was ist das?«

»Sogenannte Mykorrhiza«, erklärte Luisa. »Das ist eine Art zusätzlicher Dünger aus Pilzen. Er unterstützt die Wurzeln dabei, die Nährstoffe aus der Erde aufzunehmen, und fördert damit ein gesundes Wachstum.«

»Pilze?«, fragte Harper verblüfft.

»Ganz genau. Der Boden hier wird noch Jahre brauchen, um sich zu erholen, trotz Muttererde und Dünger. Mithilfe dieser Pilze werden die Bäume besser anwachsen.«

»Wenn du meinst«, murmelte Harper und nahm die Kelle entgegen, die Luisa ihr hinhielt.

Als alle Setzlinge in ihrem Pflanzloch saßen, zeigte Luisa dem Mädchen, wie man die Bambusstöcke an den Zweigen am Zaun festbinden musste, damit genügend Raum für das Wachstum blieb. Neben den kahlen Bäumchen steckten die beiden die Namensschilder in den Boden: *Der Schöne aus Bath, Egremont Russet, Beurré Superfin, Fondante d'Automne, Excalibur, Mirabelle von Nancy, Große Prinzessin.*

»Hört sich an wie Namen von Rennpferden«, bemerkte Harper.

»Stimmt«, sagte Luisa lachend.

Nachdem alle Bäumchen gesetzt waren, traten die beiden zurück, um ihr Werk zu bewundern. Es machte allerdings nicht viel her für all die Arbeit, die dafür nötig gewesen war, die Setzlinge sahen aus wie kahle Stöcke. Luisa spürte Harpers Unzufriedenheit, während das Mädchen mit verschränkten Armen neben ihr stand.

»Sie werden gedeihen, du wirst schon sehen«, sagte Luisa. »Wir müssen sie nur regelmäßig wässern, bis sie angewachsen sind. Dann werden sie rasant wachsen…«

»Was, die brauchen noch mehr Wasser? Das ist doch verrückt. Was du, glaube ich, auch bist.«

»Wenn die Tanks gefüllt sind, macht das nicht mehr so viel Mühe«, entgegnete Luisa ungerührt. »Und außerdem sind wir im Lake District, hier regnet es doch viel. Wenn die Bäumchen erst mal gut angewachsen sind, müssen sie nur in Trockenperioden zusätzlich gewässert werden.«

Harper schüttelte den Kopf. »Ja, weil Klimawandel und globale Erwärmung auch gar kein Thema sind, wie? Weißt du nicht mehr, wie das letzte Jahr ausgesehen hat? Rekordhitzewelle, wochenlange Trockenheit … Das wird für dieses Jahr auch schon wieder vorausgesagt. Zwei Tanks werden bei solchen Temperaturen nicht ausreichen, vor allem, wenn du da noch mehr Zeug in die Erde stecken willst. Wie stellst du dir das vor? Dass die Leute das Wasser von Hand anschleppen, um deinen Garten zu wässern? Wer soll das machen? Und wer hat schon *Zeit* für so was, von Lust ganz zu schweigen? Und inwiefern soll das für die Umwelt gut sein?«

Luisa versank in Schweigen. Sie musste sich eingestehen, dass sie so weit nicht vorausgedacht hatte. Harper hatte durchaus recht, Wasser konnte langfristig wirklich zum Problem werden.

»Das muss ich mir tatsächlich noch genauer überlegen«, gab sie zu. »Als Erstes werde ich noch mehr Wassertanks bestellen, was meinst du?«

Harper hob ihre zwei Blecheimer hoch. »Tu das. Noch sechzig Stunden, dann ist das eh nicht mehr mein Problem. Ich mach noch zwei Touren, um deine kostbaren Stöcke zu gießen, danach musst du allein klarkommen.«

19

»So, jetzt können wir endlich anfangen«, verkündete Luisa schwungvoll.

»Ach ja? Was haben wir denn dann bisher gemacht?«, wandte Harper ein.

Sie standen gemeinsam am Rande des Grundstücks und blickten auf die mit Erde bedeckte Fläche. Am Tag zuvor hatte Luisa sie noch einmal gründlich durchgepflügt, nun konnte etwas Neues auf ihr entstehen.

»Vorbereitungen getroffen«, sagte Luisa. »Aber jetzt wird der Garten nach und nach Gestalt annehmen.«

»Mhm«, machte Harper betont gelangweilt. »Gestalt hin oder her, können wir loslegen? Ich hab nicht den ganzen Tag Zeit. Carl hat mir eine neue Kupplung für den Mini besorgt, die will ich nachher noch einbauen.«

Luisa zog ihr iPad heraus, klappte es auf und zeigte Harper die Skizze vom Garten. In der Mitte verlief ein Weg von einem Ende der Fläche bis zum anderen.

»Was soll das denn sein, der gelbe Ziegelsteinweg zum Zauberer von Oz?«, kommentierte das Mädchen.

Luisa lachte. »So was Ähnliches. Nur dass unserer hier rot wird.« Sie wies mit dem Kopf auf die gestapelten Ziegel der einstigen Fabrikwand. »Ich dachte, wir könnten die Materialien benutzen, die schon vorrätig sind.«

»Aber wofür denn?«, fragte Harper. »Der Weg führt doch nirgends hin.«

»Der Garten soll in verschiedene Bereiche unterteilt werden«, erklärte Luisa. »Auf einer Seite des Wegs Blumenrabatte, auf der anderen Gemüse. Eine Rasenfläche ist auch geplant, siehst du? Und dann ist immer noch genug Platz für Vorschläge von den Einheimischen, falls da noch etwas kommen sollte.«

»Okay«, sagte Harper gleichgültig. »Sag mir, was ich machen soll, damit ich anfangen kann.«

»Das Allerwichtigste«, sagte Luisa, während sie Geräte und Zubehör aus dem Wagen holten, »ist, mehr Freiwillige zu engagieren. Wir schaffen das nicht im Alleingang.«

»Na, das ist ja bald nicht mehr mein Problem«, bemerkte Harper lediglich. Luisa seufzte und merkte, wie sie die Geduld verlor. »Ich weiß wirklich nicht, was du gegen mich hast, Harper. Was habe ich falsch gemacht?«

»Nichts, nichts.«

»Irgendetwas muss doch da sein«, beharrte Luisa. »Unsere Gespräche sind wie Zahnziehen. Was hast du gegen mich?«

Harper zuckte mit den Schultern. »Wieso willst du das wissen? Kann dir doch egal sein.«

»Weil ich dich mag«, antwortete Luisa energisch. »Trotz deines Benehmens. Du arbeitest hart, auch wenn du eigentlich keine Lust hast. Und du bist intelligent. Ich kann gut verstehen, warum Mr Pattanyús glaubt, dass du für Größeres bestimmt bist. Wenn ich also irgendetwas Falsches getan habe, sag mir bitte, was es ist, vielleicht kann ich es besser machen. Oder liegt es nur daran, dass dir der Garten nicht gefällt? Falls ja, würde ich gern mit dir darüber reden, warum. Dann verstehe ich vielleicht auch endlich, warum ich von allen Leuten hier gemieden werde.«

Harper schaute vorsätzlich zur Seite, aber Luisa hatte den Eindruck, dass ihre Worte irgendetwas bewirkt hatten. Das Mädchen blieb so lange stumm, dass Luisa nicht sicher war, ob sie heute noch irgendetwas äußern würde. Doch als Luisa sich gerade abwenden wollte, um mit der Arbeit fortzufahren, sagte Harper: »Ich glaube, die Leute hier verstehen nicht, wieso sie umsonst arbeiten sollen. Aber so ist das mit reichen Leuten, oder? Warum für etwas bezahlen, wenn man es umsonst kriegen kann?«

Luisa runzelte die Stirn. »Und du? Denkst du das auch?«

Harper zuckte nur verdrossen mit den Schultern.

»Hör zu, ich bin nicht reich«, sagte Luisa.

»Na klar. Wir fahren ja auch alle mit 'nem fetten nagelneuen Schlitten durch die Gegend, haben die Taschen voller Geld und kaufen für unser neues Hobby mal schnell ein Stück Land.«

Luisa dachte angestrengt nach und erinnerte sich dann an ihre erste Begegnung mit dem Mädchen. »Meinst du den BMW?«, fragte sie. »Der gehört mir nicht, Harper. Hast du mich seither noch mal damit gesehen? Das ist der Firmenwagen meiner Schwester, ich hatte ihn mir ausgeliehen, weil mein Land Rover an dem Wochenende in der Werkstatt war. Und nicht mal den habe ich mir gekauft, sondern von meinem verstorbenen Vater geerbt. Dieses Grundstück hier wurde mir von jemandem für das Wohltätigkeitsprojekt gestiftet. Ein Projekt, das ich anfänglich überhaupt nicht übernehmen wollte. Man hat mich ziemlich hartnäckig dazu überreden müssen, hier einzusteigen. Und das Geld, das ich dir fürs Flicken des Reifens gegeben habe …« Luisa gab ein etwas peinlich berührtes Lachen von sich.

Harper beäugte sie argwöhnisch. »Was ist damit?«

Luisa schüttelte den Kopf. »Ehrlich gesagt, habe ich erst gemerkt, wie viel ich dir gegeben hatte, als ich auf dem Heimweg getankt habe«, gestand sie. »Ich hatte an vierzig Pfund gedacht, aber meine Finger waren noch steif von der Kälte, und ich hatte nicht gemerkt, dass ich zu viele Scheine rausgezogen hatte. Auch für mich sind achtzig Pfund eine Menge Geld, Harper. Vor allem zurzeit. Ich habe meinen Job gekündigt, um dieses Projekt zu verwirklichen. Das Geld dafür gehört mir nicht, und es wird auch nicht ewig reichen. Jedenfalls nicht, um Leute für all die Arbeit zu bezahlen, die noch nötig ist.«

Ein Schweigen entstand, während Harper eingehend ihre Schuhspitzen betrachtete. »Das wusste ich nicht«, sagte sie schließlich. »Dass dir jemand das Gelände überlassen hat, meine ich.«

Luisa seufzte. »Woher sollst du das auch wissen? Genau dafür hatte ich den Infoabend geplant. Um das publik zu machen und zu verdeutlichen, dass ich alle miteinbeziehen möchte. Dass es darum geht, einen Garten für die hier lebenden Menschen anzulegen, nicht für mich.«

Harper zuckte mit den Schultern. »Du hast mich gefragt.

Mehr Antworten hab ich nicht. Ich meine, schau dir das doch an. Ich kann hier nichts erkennen außer einem Matschfeld und endlos viel Arbeit.«

Luisa wurde plötzlich klar, dass Harper recht hatte. Man konnte nicht erwarten, dass die Leute das Potenzial des Geländes erkannten. Luisa war Gartenprofi, und für sie war der Umgang mit Erde und Pflanzen immer ein heilsamer Segen in ihrem Leben gewesen. Aber das galt nicht für jeden. Sie musste sich etwas einfallen lassen, um die Einheimischen in das Projekt miteinzubinden. Ihnen zeigen, dass der Prozess selbst Freude machte, nicht nur das Endergebnis, das sie sich jetzt noch nicht vorstellen konnten. Aber wie? Dafür müssten die Leute erst einmal herkommen. Es war ein Teufelskreis. Und unterdessen verstrich das halbe Jahr, das für das Projekt geplant war.

Luisa blinzelte, als ihr plötzlich eine Idee durch den Kopf schoss. Sie zog wieder ihr iPad heraus und rief den Kalender auf.

»Ostern!«, rief sie dann aus.

Harper sah sie stirnrunzelnd an. »Was ist damit?«

»Ostern ist in zwei Wochen.«

»Ja, und?«

»Wir brauchen Pflanzkartoffeln.«

Harper sah Luisa an, als hätte sie den Verstand verloren. »Wenn du meinst …«

»Kartoffeln pflanzt man traditionell an Ostern«, erklärte Luisa. »Am Karfreitag, genauer gesagt. Und das können wir nutzen, um die Leute für das Projekt zu gewinnen. Ein Tag der offenen Tür, eine Pflanzparty! Alle, die kommen, kriegen eine Kartoffel, können sie selbst eingraben und ihren Namen auf ein kleines Schild schreiben. Dann kann man immer wieder nachschauen, wie weit die Pflanze gediehen ist, und am Ende selbst ernten. So würden wir Leute ermuntern, im Garten mitzuhelfen, vor allem Kinder und Eltern. Was meinst du?«

Harpers Miene schien etwas wie zögernde Zustimmung auszudrücken. »Ja«, sagte sie schließlich. »Könnte klappen.«

Luisa nagte an ihrer Unterlippe. »Aber ich bin spät dran, die Kartoffeln müssen schon gekeimt haben. Ich werde rumtelefonieren müssen, um welche zu finden.«

Harper warf ihr einen skeptischen Blick zu. »Ganz ehrlich: Ich versteh nur die Hälfte von dem, was du da redest.«

»Aha!«, sagte Luisa. »Bleibst du bei mir, junge Padawan, wird die Schülerin bald die Meisterin sein.«

Das brachte ihr erneut einen seltsamen Blick von Harper ein. »War das etwa aus Star Wars? Kein Wunder steht Mr P auf dich.«

Luisa musste abrupt husten. »Bitte was?«

Harper schien ihre verwirrte Reaktion nicht zu bemerken oder wollte zumindest nicht darauf eingehen. »Der labert da auch ständig davon. Zitiert Sätze und so. Echt bisschen peinlich.«

»Nein, ich meinte …« Luisa unterbrach sich und schüttelte den Kopf. »Egal.«

Das Mädchen blickte wieder über das Gelände und seufzte tief. »Wollen wir jetzt endlich mal den Weg anlegen? Oder sollen die Leute überall rumtrampeln?»

Am Ende des Vormittags hatten sie den Verlauf des einen

Meter breiten Wegs abgesteckt, indem sie eine Schnur an Bohnenstangen festbanden. Am nächsten Tag war geplant, die Kanten zu setzen und scharfkantigen Sand zu verteilen, in den die Ziegel dann gesetzt werden sollten.

»Ich muss los«, sagte Harper um die Mittagszeit mit einem Blick auf die Uhr. »Ich hab noch Schule.«

»Kein Problem.« Luisa reichte ihr das iPad, damit sie ihre Stunden in das Arbeitszeitkonto eintragen konnte. »Vielen Dank für deine Hilfe.«

Harper gab ihre Zeiten ein und fragte: »Möchtest du, dass ich einen Flyer entwerfe? Für die Pflanzparty?«

»Danke, das wäre toll«, sagte Luisa verblüfft. Noch nie zuvor hatte Harper freiwillig angeboten, etwas für den Garten zu tun. »Am besten machen wir sie am Ostermontag. Ich möchte niemanden ausschließen, der religiöse Verpflichtungen hat. Von zehn Uhr morgens bis vier Uhr nachmittags, oder was meinst du?«

Harper nickte. »Ja, gut. Mach ich dann heute Abend. Wir sehen uns morgen?«

Luisa lächelte. »Ja, schön. Und noch mal vielen Dank, Harper. Du hast alles super gemacht.«

Harper setzte ihren Rucksack auf und marschierte los. Luisa kam es beinahe vor, als hätte sich die abwehrende Haltung des Mädchens ein wenig geändert. Bei einem Blick auf das schon recht gut gefüllte Arbeitszeitkonto hoffte Luisa, dass Harper noch bis Ostern bleiben würde, denn ihre Unterstützung war unerlässlich für das Projekt.

Luisa ging in ihr Büro in dem menschenleeren Boxclub und begann, Gartencenter durchzutelefonieren. In einigen waren Pflanzkartoffeln vorrätig, die bereits mit dem Vorkeimen begonnen hatten, sodass sie an Ostern gesetzt werden konnten. Allerdings brauchte man einen Ort, um sie in der Zwischenzeit zu lagern. Das brachte Luisa auf den Gedanken, was noch benötigt wurde: ein Gewächshaus und ein Schuppen für Werkzeug. Den Boxclub wollte Luisa nicht auf Dauer beanspruchen, so bereitwillig Cas ihr die Räume auch zur Verfügung stellte.

Sie griff nach Zettel und Stift, um ihm von dem geplanten Kartoffelevent zu berichten, doch dann fiel ihr Harpers Bemerkung wieder ein. *Kein Wunder steht der auf dich.* Etwas bestürzt merkte Luisa, dass ihr Herz bei dieser Erinnerung einen Sprung tat. Was natürlich lächerlich war, das Mädchen hatte nur herumgealbert. Cas hatte sich freundlich und hilfreich verhalten, mehr auch nicht. Luisa überlegte plötzlich, ob er wohl eine Beziehung hatte, und falls nicht, was der Grund dafür war.

Erschrocken über ihre eigenen Gedanken, zerknüllte sie den Zettel und warf ihn in den Papierkorb.

20

»Kann losgehen«, rief Harper unter der Motorhaube des Mini, richtete sich auf und steckte den Schraubenschlüssel in die Brusttasche des ölverschmierten Overalls, der von Carl selbst stammte und drei Nummern zu groß war. Harper hatte die Beine abschneiden müssen, um nicht darüber zu stolpern, und ihn an der Taille mit Papierklammern zusammengesteckt, die sie aus dem Büro »organisiert« hatte. »Lass hören!«

Carl saß am Steuer, die Fahrertür stand offen. Die Werkstatt hatte schon geschlossen, aber der Mechaniker hatte Harper erlaubt, länger zu arbeiten, weil der erste Test des Mini kurz bevorstand.

»Na los doch«, rief Harper ihrem Boss ungeduldig zu.

Carl stieg aus. »Nee, das geht einfach nicht, Harps«, sagte er. »Ist dein Auto. Du musst es selbst willkommen heißen.«

Harper grinste Carl an, als sie sich selbst ans Steuer setzte. Dann wischte sie ihre Hände am Overall ab und ergriff das Lenkrad. *Dabei musst du ohnehin bald ordentlich sauber gemacht werden, du alte Schrottmühle,* dachte sie und wunderte sich, wie man für etwas, das nicht lebendig war, so viel Liebe empfinden konnte.

»Okay.« Sie atmete tief ein. »Los geht's …«

Ihr Herz schlug so heftig wie nach drei Runden im Boxring, als sie den Choke herauszog und den Schlüssel drehte. Der Mini stotterte, der Motor drehte sich, aber der Wagen sprang nicht an.

»Noch mal«, sagte Carl neben ihr. »Braucht nur ein bisschen Zuspruch.«

Harper drehte wieder den Schlüssel im Zündschloss. Wieder ein Stottern, noch eines, und dann heulte der Motor auf. Der Mini stieß eine Qualmwolke aus, als befreie er sich vom letzten Staub, den er angesetzt hatte, und begann dann ruhig und gleichmäßig zu brummen.

»Ja!«, schrie Harper wild lachend und schlug aufs Lenkrad. »Ja, ja, ja!«

Carl schloss die Fahrertür, beugte sich grinsend durchs offene Fenster und wies mit dem Kopf zum Tor.

»Dann dreh mal eine Runde um den Block«, sagte er, »um zu schauen, wie er läuft. Aber nicht weiter, hörst du? Er ist ja noch nicht durch den TÜV. Und nicht schneller als dreißig, ja?«

Harper nickte, zu überwältigt von diesem Moment, um zu sprechen. Behutsam steuerte sie den Mini aus der Garage und über den asphaltierten Vorplatz. An der Einfahrt fuhr sie links auf die übliche Testroute für die reparierten Autos. Seit Harper ihren Führerschein hatte, erlaubte Carl ihr, die Probefahrten mit den reparierten Autos zu machen. Aber das hier fühlte sich ganz anders an – sie fuhr in ihrem eigenen Wagen! Der eine kleine alte Klapperkiste war, nicht einmal einheitlich lackiert, denn sie hatten Motorhaube und Türen austauschen müssen, und eine neue Lackierung konnte Harper sich nicht leisten. Aber Harper grinste wie ein Honigkuchenpferd, als sie in die nächste Straße abbog.

Das war *ihr Auto*.

Ihr Zugang zur *Freiheit*.

Für den TÜV waren noch ein paar Reparaturen notwendig. Aber er lief erheblich ruhiger, als Harper zu hoffen gewagt hatte. Die Reifen waren gut, die Profile hatte sie selbst überprüft. Das Licht funktionierte ebenso einwandfrei wie die Blinker, und der Auspuff qualmte jetzt auch nicht mehr. Kein Klappern, kein Rasseln, kein quietschender Keilriemen.

Harper grinste immer noch selig, als sie auf dem Vorplatz der Werkstatt neben ihrem Boss abbremste.

»Na, wie lief er?«, fragte Carl.

»Super.« Harper stieg aus und tätschelte liebevoll das Dach des Mini. »Ich wollte gar nicht mehr zurückkommen!«

Carl lachte. »Klingt gut. Du hast tolle Arbeit geleistet an dem Wagen, Harps. Bist eine großartige Automechanikerin, das ist dir hoffentlich klar, oder?«

»Danke, Boss«, erwiderte Harper verlegen. »Aber ohne die anderen Jungs und dich hätte ich es nicht geschafft.«

Carl klopfte ihr auf die Schulter. »Das nennt man Teamwork. Niemand ist eine Insel. Aber ich hatte noch nie jemanden in der Werkstatt, der so fleißig war wie du. Ich wünschte, du könntest öfter hier sein.«

Harper sah ihn hoffnungsvoll an. »Ich könnte die Schule abbrechen. Wenn du mir eine volle Stelle gibst …«

Ihr Boss schüttelte den Kopf. »Das geht nicht, Harps, tut

mir leid. Zum einen müsste ich dann einen der Jungs entlassen, zum anderen brauchst du noch eine reguläre Ausbildung und mehr Erfahrung.«

Harper blickte auf ihre Hände. »Ja, verstehe.«

Carl lehnte sich an die Wand, steckte die Hände in die Taschen seines Overalls. »Aber ich habe überlegt, wie wir das trotzdem bewerkstelligen könnten.«

Harper starrte ihn an. »Im Ernst?«

»Es gibt vielleicht eine Möglichkeit, dass ich dich als Lehrling beschäftige und du nebenbei auf die Berufsschule gehst.«

Harper stockte der Atem, während sie ungeduldig abwartete. Irgendwo gab es doch bestimmt gleich einen Haken. Der kam schließlich immer, wenn sich etwas gut anhörte.

»Ich müsste mich erst mal als Ausbildungsbetrieb anmelden«, fuhr Carl fort. »Aber wenn ich das erledigt habe, könntest du die erste Person werden, die wir hier ausbilden. Die Berufsschule wäre in Carlisle oder Barrow und die praktische Ausbildung hier. Du hast ein tolles Händchen für Autos, Harper. Und ich sag's dir ehrlich, wir brauchen Nachwuchs in der Werkstatt, wenn wir überleben wollen. Junge Leute, die sich mit den neuen Technologien auskennen. Da wird in den nächsten Jahren viel passieren. Was hältst du davon?«

Harper schluckte, ihr fehlten die Worte. Was sie davon *hielt*? Es kam ihr vor wie Weihnachten und Geburtstag zusammen.

»Wo soll ich unterschreiben?«, brachte sie schließlich hervor, bemüht, nicht so zu klingen, als hinge ihr Leben davon ab.

Carl lachte und richtete sich auf. »Bisschen schnell, ist ja nicht die Formel eins hier«, sagte er. »Erst mal müssen deine Noten gut genug für die Berufsschule sein. Und ich muss schauen, wo ich das Geld für die Ausbildungslizenz hernehme, das habe ich derzeit noch nicht.«

»Oh«, murmelte Harper, die sich am liebsten selbst geohrfeigt hätte. Hier war der erwartete Haken. »Klar.«

»Folgendes kann ich dir anbieten«, sagte Carl und machte sich daran, das Tor der Werkstatt zu schließen. »Ich weiß, dass du nicht auf Rosen gebettet bist. Sieh einfach zu, dass du eine saubere Weste behältst, mach deinen Schulabschluss mit guten Noten, und dann schauen wir, wie wir das hinkriegen. Deine Ausbildung würde zwei bis drei Jahre dauern. Dann geht Eddie in den Ruhestand, und ich kann eine Vollzeitstelle vergeben, mit normalem Lohn. Wie hört sich das für dich an?«

Erneut trat ein strahlendes Grinsen auf Harpers Gesicht. »Super hört sich das an.«

Carl schlug ihr auf die Schulter. »Prima. Und jetzt muss ich nach Hause. Das Baby hat nicht geschlafen. Ava dreht bestimmt schon am Rad.«

Harper war in Hochstimmung. Sie würde zwar noch ein Jahr Schule durchstehen müssen, was kolossal nervte, war aber eine der Klassenbesten. Und sie glaubte wirklich daran, dass Carl ihr die Ausbildung in der Werkstatt ermöglichen würde. Die notwendigen Zensuren für die Aufnahme an der Berufsschule hatte sie bereits gecheckt, die schaffte sie mit links. Sie musste nur dranbleiben. In ein paar Wochen hatte sie das Gartenprojekt hinter sich und war niemandem mehr etwas schuldig. Dann konnte sie sich wieder aufs Lernen konzentrieren und den Mini weiter auf Vordermann bringen. Den brauchte sie für die Fahrt zur Berufsschule.

Endlich sieht die Zukunft mal vielversprechender aus, dachte sie. *Endlich wird alles gut.*

Am Samstag begannen sie damit, die Ziegelsteine für den Gartenweg in den Sand zu setzen, den Luisa vorbereitet hatte. Das war mühsam und ging nur langsam voran, aber Harper hatte nichts dagegen, so konnte sie vielleicht ganze sechs Stunden abarbeiten.

»Harper, schön, dass du hier bist!«

Sie schaute auf und sah Mr P im Anmarsch, wie der Rattenfänger von Hameln gefolgt von einer Schar Jugendlicher und Kinder.

»Mr P«, sagte sie. »Ist heute kein Boxen?«

Er blickte zu Luisa hinüber, die Ziegel in eine Schubkarre lud, und winkte. »Dachte mir, wir könnten euch beiden ein bisschen helfen«, antwortete er. »Wie geht's? Du warst lange nicht mehr im Club.«

»Alles gut«, sagte Harper. »Nur viel zu tun. Aber passt alles.«

»Schön.« Mr P lächelte. »Freut mich zu hören. Kommst du in den Osterferien mal wieder vorbei? Du fehlst uns. Und ich könnte dich gut gebrauchen bei den Vorbereitungen für unseren Vorführtag im Sommer.«

Das brachte Harper tatsächlich zum Lächeln. »Mal gucken. Versprechen kann ich noch nichts, okay? Aber vielleicht klappt's.«

Er grinste. »Na, ich sprech dich dann noch mal an.«

Die Arbeit mit Mr P und den anderen Kids machte Harper tatsächlich Spaß, obwohl es ziemlich chaotisch zuging. Selbst die Kleinen durften mithelfen, auch wenn Harper danach jeden einzelnen gesetzten Ziegel neu ausrichten musste. Aber das machte ihr nichts aus, den Kindern tat es gut, sich zugehörig und wichtig zu fühlen, das sah man ihnen an. Vielleicht war dieses Gartenprojekt doch gar keine so dumme Idee.

Harper musste daran denken, dass sie sich so etwas auch für Max wünschte, aber er war noch nie mit dem Lärm und Gewusel in größeren Gruppen zurechtgekommen. Außerdem ging er ihr noch immer aus dem Weg. Der Gedanke trübte Harpers Stimmung. Doch in einem Jahr würde alles viel besser aussehen, sagte sie sich. Dann wäre sie in der Berufsschule, würde eine solide Ausbildung bekommen. Als sie daran dachte, welche Möglichkeiten sich jetzt auftaten, wo vorher nur bedrohliche Ungewissheit gewesen war, lächelte sie unwillkürlich.

»Na, woran denkst du?«

Luisa kniete plötzlich neben ihr auf der Erde, aber Harper schüttelte den Kopf. »Ach, nichts.«

»Vielen Dank für deine Hilfe heute. Schau nur, wie weit wir schon gekommen sind! Ich hatte gedacht, dass es viel länger dauern würde.«

Harper blickte auf und sah, dass tatsächlich bereits die Hälfte des abgesteckten Wegs mit Ziegeln ausgelegt war. So beschädigt die einzelnen Steine auch waren, ergaben sie auf dem Pfad plötzlich ein stimmiges Ganzes.

»Sieht echt gut aus«, sagte Harper überrascht.

»Ja, nicht? Noch mal vielen Dank für deinen Einsatz, Harper.«

Das Mädchen zuckte mit den Schultern. »Na, ich muss ja hier sein.«

»Weiß ich. Trotzdem«, sagte Luisa lachend. »Okay, ich schicke jetzt mal JC und Siddig zum Eisholen in den Kiosk. Möchtest du eine bestimmte Sorte?«

»Eis?«, wiederholte Harper zweifelnd. »Im April?«

Luisa schaute zum Himmel hoch. »Die Sonne scheint! Außerdem haben die Kids gesagt, sie wollen Eis. Du kannst natürlich auch was anderes haben.«

»Nee, schon gut. Ich nehme ein Cornetto Erdbeer. Danke.«

Luisa richtete sich auf. »Gute Wahl. Klassiker.«

Als sie sich zum Gehen wandte, merkte Harper zu ihrem eigenen Erstaunen, dass sie etwas loswerden wollte. »Luisa?«

»Ja?« Luisa drehte sich um.

Harper stand auf und wischte sich die Erde von den Knien. »Also, die Person, die nicht wollte, dass die Fabrikwand abgerissen wird … Ich glaube, ich weiß, wer das ist.«

»Ach, echt?«, sagte Luisa überrascht.

»Sie heißt Kath. An dem Infoabend … Die Frau, die angekündigt hatte, was sagen zu wollen, aber dann gegangen ist, als Darren da auftauchte.« Harper zögerte. »Sie wohnt bei mir in der Nachbarschaft. Ich weiß nicht genau, wo. Muss jedenfalls einen Garten mit vielen Blumentöpfen haben.«

Luisa dachte einen Moment lang nach. »Und weißt du, warum sie etwas gegen den Abriss hat?«

»Nein, tut mir leid.«

»Vielen Dank, dass du mir das gesagt hast.« Luisa holte tief Luft. »Ich würde dir gern etwas zeigen. Komm mal mit.«

Das Mädchen folgte ihr zu den Baumsetzlingen am Zaun, die sie gemeinsam gepflanzt hatten. Vor einem ging Luisa in die Hocke und deutete auf etwas. Harper beugte sich vor und entdeckte ein winziges grünes Blatt an einem der Zweige.

»Und einige von den anderen beginnen auch schon auszutreiben«, sagte Luisa. »Sie fühlen sich offenbar wohl hier. Ist das nicht schön?«

Harper spürte, wie sich ein Lächeln auf ihrem Gesicht ausbreitete. »Ja. Ist es.«

»Noch mal danke für die Info über deine Nachbarin«, sagte Luisa, während sie sich aufrichtete. »Ich glaube, ich werde gleich mal losziehen und schauen, ob ich mit ihr reden kann.«

Harper runzelte die Stirn. »Aber was ist mit dem Weg? Wollten wir den nicht heute fertigkriegen?«

Luisa wischte sich die Hände sauber und warf einen Blick über das Gelände. »Das schaffst du sicher auch ohne mich, oder? Du hast doch hier so viele eifrige Helfer. Sag ihnen einfach, was sie machen sollen. Ich versuche so schnell wie möglich wieder da zu sein.«

»Ich soll sie anleiten?«, fragte Harper. Luisas Vertrauen verblüffte sie. Aber Mr P war ja auch noch da, sagte sie sich dann.

»Na klar, warum nicht? Und pass auf, dass Mr Pattanyús nicht anfängt, herumzutrödeln. Nach dem Eisessen sofort wieder an die Arbeit, ja? Und sei streng mit der ganzen Bande, falls nötig.«

Harper starrte Luisa verdattert an, doch die winkte ihr nur lässig zu und steuerte zum Tor. Dabei rief sie nach den beiden Jungs und zog ihren Geldbeutel aus der Tasche.

21

Harper hatte ihr den Straßennamen genannt, und Luisa begann an Türen von Häusern zu klingeln, auf die Harpers Beschreibung passte. Die ersten drei Versuche erwiesen sich als Nieten: Entweder war niemand zu Hause, oder Luisa wurde mit misstrauischem Blick betrachtet und abgewiesen.

Das vierte Haus hatte einen kleinen Vorgarten voller gepflegter Blumentöpfe mit Stiefmütterchen in allerlei Farben und Tulpen kurz vorm Aufblühen. An dem niedrigen Zaun zum Nachbargrundstück lagen Scherben eines zerbrochenen Topfs, der offenbar umgestürzt war, und ein kleines Häufchen dunkler Erde. Luisa fragte sich unwillkürlich, ob die Scherben aufbewahrt worden waren, um sie zur Entwässerung in einen neuen Pflanztopf zu legen.

Sie klingelte an der Tür und trat etwas nervös zurück, als sie von drinnen Schritte hörte.

Kurz darauf stand die Frau vor ihr, die Luisa gesucht hatte. Die Frau, die sich beim Infoabend offenbar hatte beschweren wollen, dann aber ohne weitere Äußerungen wieder verschwunden war. Einen Moment lang starrten sie sich wortlos an. Die Frau trug eine dunkelblaue Stoffhose und einen pinken Pullover. Die leuchtende Farbe erinnerte Luisa an die Blumen vor dem Haus.

»Hallo«, sagte sie etwas verlegen. »Tut mir leid, dass ich störe. Ich bin Luisa MacGregor vom …«

»Ich weiß, wer Sie sind.«

»Entschuldigen Sie, dass ich so hereinplatze«, fuhr Luisa fort, »aber heißen Sie vielleicht Kath? Harper Dixon hat mir gesagt …«

»Ich bin Mrs Larkspur«, korrigierte die Frau barsch. »Wollten Sie irgendetwas Bestimmtes? Ich muss meinem Mann Essen machen.«

»Ich hatte beim Infoabend den Eindruck, dass Ihnen nicht gefällt, was auf dem ehemaligen Fabrikgelände passiert«, wagte Luisa einen Vorstoß. »Ich würde gern erfahren, warum das so ist und was ich vielleicht besser machen könnte.«

Von drinnen war jetzt eine Männerstimme zu hören. »Kath? Was machst du so lang an der Tür?«

»Nichts, Arthur«, rief die Frau über die Schulter und zog die Tür etwas zu, als wolle sie ihre Wohnung vor Luisas Blicken verbergen. »Hören Sie, ich habe keine Zeit für so etwas.«

»Ja, natürlich, Entschuldigung, dass ich einfach so aufgetaucht bin. Passt es zu einem anderen Zeitpunkt besser? Dann würde ich noch mal wiederkommen.«

Mrs Larkspur seufzte. »Warum denn? Ich weiß nicht, was Sie von mir wollen.«

Luisa warf einen Blick auf den bunten gepflegten Vorgarten. »Ich würde es wunderbar finden, wenn Sie sich an dem Gartenprojekt beteiligen. Ganz offensichtlich haben Sie einen grünen Daumen, und genau darum geht es bei dem Projekt: Menschen ein Stück Land zu bieten, auf dem sie anpflanzen können, was sie möchten. Ein Ort, der ihnen gehört. Wäre das nicht auch etwas für Sie?«

»Kath! Bist du überhaupt noch da?« Die Männerstimme klang jetzt aufgebracht.

»Hören Sie …« Mrs Larkspur sah gestresst aus.

»Sie haben die Blumen an der Fabrikwand abgelegt, nicht wahr?«, fragte Luisa rasch. Es war kein günstiger Zeitpunkt, das Thema anzuschneiden, aber vielleicht war das ihre einzige Gelegenheit. »Ich habe sie erst entdeckt, als die Wand schon abgerissen war. Alle meine Versuche, herauszufinden, was es damit auf sich hatte, waren vergeblich. Wenn ich Ihnen damit etwas weggenommen habe, tut es mir leid, das war nie meine Absicht. Wir haben die Ziegel aufbewahrt, vielleicht kann man damit eine Gedenkstätte in dem Garten …«

»*Kath!* Ich brauche dich *jetzt sofort*!«

Mrs Larkspur zuckte zusammen. »Ich muss gehen«, sagte sie und schloss abrupt die Tür. Während Luisa sich abwandte, hörte sie von drinnen etwas, das nach einer Auseinandersetzung klang.

Luisa versuchte sich ihre Enttäuschung nicht anmerken zu lassen, als sie sich dem Garten näherte. Warum tauchte sie auch unangemeldet bei einer Person auf, die sich von Anfang an ablehnend verhalten hatte. Kath Larkspur hatte offenbar ihre eigenen Probleme. Dennoch belastete es Luisa, dass der Garten schon Gegner hatte, bevor er überhaupt existierte.

»Hallo, Ms MacGregor!«, hörte sie die kleine Sally, gefolgt von einem Chor weiterer Begrüßungsrufe.

Die Kinder saßen Eis leckend im Schneidersitz auf der verbliebenen Asphaltfläche, auf der die Container gestanden hatten. Alle winkten Luisa zu, als sie zu ihnen ging.

»Hallo, ihr Lieben«, sagte sie. »Schmeckt das Eis?«

»Lecker!«, lautete die allgemeine Antwort.

»Ganz großen Dank für eure Hilfe heute«, fuhr Luisa fort. »Kommt ihr nächsten Montag zu unserer Pflanzparty? Jeder von euch bekommt eine Kartoffel zum Pflanzen und ein Namensschild dazu.«

Ein begeisterter Ja-Chor war die Antwort. Beim Anblick dieser Szene nahm Luisa sich vor, viele einladende Sitzgelegenheiten in die Planung miteinzubeziehen. Sie warf einen Blick auf den Weg, wo Cas und Harper gerade die letzten Ziegel verlegten, und ging zu den beiden hinüber.

Cas schaute freudestrahlend auf, als sie sich näherte, und Luisa hatte plötzlich ein eigenartiges Déjà-vu. Die verschwommene Erinnerung verwirrte sie, es gab schließlich keine Vorgeschichte mit diesem Mann und diesem Ort, woher kam dieses Gefühl auf einmal?

»Ich habe gerade eine wunderbare Neuigkeit erfahren«, verkündete Cas begeistert. »Nicht wahr, Harper?«

Das Mädchen zuckte mit den Schultern und wandte den Blick ab, als wolle es sich keine Regung anmerken lassen. Dennoch stahl sich ein Lächeln auf Harpers Gesicht.

»Na, komm schon«, drängte Cas. »Erzähl Luisa davon.«

»Aber wieso soll ihr das denn wichtig sein?«, wandte Harper ein. »Sie hat doch gar nichts damit zu tun.«

Cas hob etwas frustriert die Hände. »Sie wird sich mit dir freuen, glaub mir.«

Harper verdrehte die Augen, sagte aber: »Carl von der Autowerkstatt will mich als Auszubildende aufnehmen, wenn ich meinen Schulabschluss habe.«

»Das ist ja fantastisch!«, rief Luisa aus. »Eine großartige Nachricht, Harper, ich freue mich riesig für dich!«

»Siehst du?«, bemerkte Cas. »Absolut wundervoll, Harper, ich bin so stolz auf dich. Ich nehme mal an, du wirst zusagen?«

Harper errötete leicht und murmelte: »Ja. Klar. Wenn Carl das alles arrangieren kann.«

»Können wir irgendwie dabei helfen?«, erkundigte sich Luisa. »Ich kann dir ein Empfehlungsschreiben ausstellen, wenn er eins braucht.«

Harper warf ihr einen befremdeten Blick zu. »Und was soll da drinstehen?«

»Na ja, Ausbildungsstätten wollen gerne wissen, wen sie aufnehmen und ob sich das lohnen wird«, antwortete Luisa. »Ich würde schreiben, dass du sehr diszipliniert und fleißig bist und mir eine große Hilfe warst.«

»Ah.« Harper runzelte die Stirn, als wisse sie nicht genau, was sie erwidern solle. »Danke. Aber ich glaube, vor allem brauche ich gute Abschlussnoten.«

»Aha!«, sagte Cas. »Bedeutet das …« Er zuckte komischbedeutsam mit den Augenbrauen, was Luisa zum Lachen brachte.

Harper schnaubte, konnte aber wiederum ein Lächeln nicht unterdrücken. »Ja, ja. Was wollen Sie jetzt hören? Dass Sie recht hatten? Also bitte schön, Mr P: Sie hatten recht. Den Abschluss zu machen, ist richtig, und ich werde mich anstrengen. Zufrieden?«

Cas grinste. »Ich hatte gehofft, du würdest sagen, dass ich ein Genie bin und es dir leidtut, dass du das nicht schon früher erkannt hast. Aber zufrieden bin ich trotzdem, auf jeden Fall.«

Harper verzog das Gesicht und betrachtete den Ziegelweg, den es noch nicht gegeben hatte, als sie morgens hier eingetroffen waren. »Wir haben heute echt was geschafft«, sagte sie.

Lautes Lachen drang zu ihnen herüber. Die Kids, die ihr Eis verputzt hatten, spielten am anderen Ende des Geländes Fangen.

»Ja, haben wir wirklich«, sagte Luisa.

»Und was liegt als Nächstes an?«, fragte Harper. »Was muss noch für deine komische Pflanzparty vorbereitet werden?«

Luisa versuchte, sich ihre Überraschung nicht anmerken zu lassen. »Ich habe ein Gewächshaus gekauft. Es wäre natürlich toll, wenn es so bald wie möglich aufgestellt werden könnte. Aber dafür brauche ich eine zweite Person, die mir hilft.«

Harper wischte sich Erde von den Händen. »Gut. Wie wär's gleich morgen?«

»Am Sonntag? Aber ich habe dich schon den ganzen Samstag beansprucht, du sollst doch auch ein Wochenende haben.«

Harper zuckte mit den Schultern. »Mir ist es lieber, wenn wir das schnell erledigen. In einer Woche sind Osterferien. Ich muss noch einiges für die Schule machen.«

Luisa sah fragend Cas an, der die Arme vor der Brust verschränkte und grinste.

»Okay«, sagte Luisa. »Dann morgen. Vielen Dank, Harper.«

22

Die Sonne strahlte hell am Himmel, als Luisa am nächsten Morgen nach Collaton unterwegs war. Sie hatte sich für neun Uhr mit Harper verabredet. Als das Handy aufleuchtete und Harpers Name auf dem Display erschien, meldete sich Luisa über ihr Bluetooth-Headset.

»Harper!«, sagte sie lächelnd. »Ich bin unterwegs, hoffe, ich schaffe es pünktlich auf neun. Wunderbarer Frühlingsmorgen für uns zwei, oder?«

Am anderen Ende herrschte Schweigen.

»Harper? Bist du noch da?«

»Ja«, hörte sie das Mädchen. »Hör mal, entschuldige, aber ich schaffe es heute nicht.«

»Oh«, sagte Luisa. »Okay …«

»Tut mir echt leid«, sagte Harper. »Aber ich hatte vergessen, dass ich so einen blöden Aufsatz abgeben muss. Ich hab schon die ganze Zeit daran gearbeitet, bin aber immer noch nicht fertig, und wenn ich den nicht …«

»Selbstverständlich«, sagte Luisa. »Das ist viel wichtiger.«

»Aber ohne mich kannst du das Gewächshaus nicht aufbauen, oder?«

Luisa warf einen Blick in den Rückspiegel. Die verpackten Scheiben des Gewächshauses lagen im Anhänger. Am Vorabend hatte ein Angestellter des Gartencenters ihr geholfen, sie aufzuladen.

»Keine Sorge«, antwortete Luisa. »Die Schule geht vor. Ich habe volles Verständnis dafür, Harper, mach dir keine Gedanken.«

Wieder entstand ein kurzes Schweigen. Dann sagte Harper: »Danke. Ich will den Aufsatz einfach … nicht vermasseln. Vor allem jetzt nicht.«

»Das verstehe ich vollkommen, Harper«, erwiderte Luisa. »Wenn ich irgendetwas für dich tun kann, sag mir Bescheid. Möchtest du, dass ich mit Mr P spreche, damit er den Rest deiner Sozialstunden streicht?«

»Was? Aber dann hättest du mich doch nicht mehr als Gartenhilfe.«

»Das stimmt. Und es wäre schade, weil du wirklich eine große Hilfe bist. Aber deine Schullaufbahn ist wichtiger, vor allem, weil du jetzt diese Lehrstelle in Aussicht hast.«

Erneut kam die Antwort mit Verzögerung. »Danke«, sagte Harper schließlich. »Echt. Danke. Aber rede mal noch nicht mit Mr P. Wir sehen uns bald, ja?«

Luisa lächelte. »Viel Erfolg mit dem Aufsatz.«

Nach dem Gespräch überlegte Luisa, was sie tun sollte. Sie war schon beinahe in Collaton, aber allein würde sie das Gewächshaus tatsächlich nicht aufbauen können. Sie erwog, ihre Schwester anzurufen, aber dann hätte sie Joanna ihren freien Sonntag verdorben.

Zum ersten Mal dachte Luisa, dass es schön wäre, Cas'

Handynummer zu haben. Sie hinterließen sich ein- oder zweimal die Woche eine Nachricht, manchmal auch häufiger, hatten aber keine Telefonnummern ausgetauscht. Luisa kam es vor, als habe Cas auch Freude an diesem eigenartigen schriftlichen Dialog. Und wenn sie ein paar Worte auf einen Zettel oder einen gebrauchten Briefumschlag schrieb, hatte sie dabei das seltsam genüssliche Gefühl, etwas Heimliches zu tun. Ein klein wenig fühlte es sich wie Flirten an, auch wenn dann nüchterne Mitteilungen wie *Könntest du mir bitte den Schlüssel für den Schrank mit dem Toilettenpapier hinlegen?* oder *Wann wurde der Stromzähler zuletzt abgelesen?* auf dem Papier standen.

Luisa sah plötzlich ein Bild vor sich, das sich ihr unauslöschlich eingeprägt hatte, sosehr sie es auch zu vergessen versuchte: Cas bei ihrer zweiten Begegnung, als er so kraftvoll auf den Boxsack einschlug. Die Szene hatte Luisa fasziniert, obwohl sie sich mit dieser Welt gar nicht auskannte. Aber das war vielleicht auch die Erklärung: Cas war ganz anders als jeder Mensch, den sie bisher kennengelernt hatte. Und sie konnte einfach nicht ignorieren, wie attraktiv …

Nein, sagte sich Luisa streng, bevor der Gedanke mehr Raum einnehmen konnte. *Nein. Überhaupt keine gute Idee. Lass das.*

Auf einmal überkam sie eine Erinnerung, die in ihr dasselbe Déjà-vu auslöste wie am Vortag. Nur dass der Mann jetzt nicht Cas, sondern Reuben hieß. Reuben, der mit den Händen in der Erde freudestrahlend und mit liebevollem Blick zu ihr hochschaute.

Das war die Erinnerung gewesen, verstand Luisa jetzt.

Nicht Cas, sondern Reuben. Und ihr Gehirn hatte einen Moment lang beide …

Eine heftige Angst, Panik beinahe, erfasste sie.

Nein. Auch daran nicht denken, auf gar keinen Fall.

Hastig schob sie die halb eingelegte CD in die betagte Anlage des Land Rover und schmetterte »Livin' on a Prayer« und anschließend gleich noch »You Give Love a Bad Name« mit, obwohl sie das Fenster geöffnet hatte. Während sie am Gartengelände den Wagen parkte und den Motor abstellte, sang sie immer noch lauthals und schrie deshalb vor Schreck auf, als urplötzlich eine Gestalt neben dem Fenster erschien.

»Wirklich wahr? Ausgerechnet ›Slippery When Wet‹?«, sagte Cas grinsend, als er ins Auto spähte.

»Was machst *du* denn hier?«, fragte Luisa, die Hand aufs pochende Herz gepresst.

Cas lächelte vergnügt. »Ich dachte mir, ihr könntet vielleicht noch Unterstützung brauchen, Harper und du.«

Luisa starrte ihn fassungslos an. Er sah gut aus. Und er roch gut, ganz leicht nach diesem Aftershave, dessen Duft sie am ersten Arbeitstag auf dem Gelände wahrgenommen hatte.

Sie löste den Sicherheitsgurt, stieg aus und schaute zu Cas auf, eine Hand über den Augen, weil die Sonne zu sehr blendete. »Du hättest nicht herkommen brauchen. Ich habe doch schon viel zu viel Zeit von deinem Wochenende in Anspruch genommen.«

»Kein Problem, nachher kommen ohnehin die Kids zum Boxunterricht. Ich hatte eigentlich gedacht, dass Harper schon da ist.«

»Sie hat mich vorhin angerufen, sie kann heute nicht«, erklärte Luisa. »Aber ich war schon fast hier, deshalb wollte ich nicht umkehren.«

Cas warf einen Blick auf die Einzelteile des Gewächshauses auf dem Anhänger. »Das kannst du nicht allein aufbauen.«

»Nein«, gab Luisa zu. »Aber ich hatte gedacht, ich könnte es zumindest abladen, vielleicht findet sich nächste Woche eine Möglichkeit, es aufzubauen.«

Cas klopfte auf den Anhänger. »Ich kann dir beim Abladen helfen.«

Luisa wurde ziemlich nervös bei dieser Vorstellung. »Nein, nicht nötig«, sagte sie hastig. »Das schaffe ich auch allein.«

»Weiß ich«, erwiderte Cas, »aber jetzt bin ich ohnehin schon da.«

Luisa wollte noch einmal widersprechen, aber Cas steuerte bereits zum Tor und öffnete es, damit sie aufs Gelände fahren konnte. Sie gab klein bei und kletterte wieder in den Land Rover. Als sie den Motor startete, dröhnte auch automatisch die Musik los.

Cas schüttelte den Kopf, als sie neben ihm anhielt. »Bon Jovi«, sagte er breit grinsend. »Im Ernst jetzt?«

Sie streckte ihm spontan die Zunge heraus, worauf er schallend lachte und Luisa sich wünschte, dass dieser Anblick sie nicht so glücklich machen würde.

23

Als Cas die letzte Scheibe vom Anhänger abladen wollte, stellte er fest, dass Luisa ihm zuvorgekommen war. Er hatte gewusst, dass sie schwer rackern konnte, aber an diesem Morgen beeindruckte sie ihn aufs Neue, weil sie vor nichts zurückscheute. *Wehe dem, der diese Frau unterschätzt.* Dieser Gedanke brachte Cas zum Lächeln, und er beglückwünschte sich zu der Idee, heute früh herzukommen. Seit der Trennung von Annika hatte er bei seinen Freunden Chris und Becky ein Zimmer gemietet, um in Ruhe eine neue Bleibe zu suchen. Sie kannten sich schon lange, und die beiden hatten ihn herzlich aufgenommen, aber er wollte ihnen nicht zur Last fallen, sondern sie ihren Sonntagmorgen in Zweisamkeit genießen lassen. Und sich selbst lieber ablenken, als darüber nachzudenken, wie er es geschafft hatte, sein Leben so erfolgreich zu verpfuschen.

Luisa stellte die schwere Scheibe ab, richtete sich auf und sagte etwas atemlos: »Ich dachte mir, dass die Leute am Tag der offenen Tür nicht nur Kartoffeln anpflanzen, sondern auch noch etwas aussäen könnten, das vorerst geschützt wachsen muss.«

»Ah, deshalb das Gewächshaus«, schlussfolgerte Cas.

»Ganz genau.«

»Du hast offenbar alles genau durchdacht.«

Luisa schnaubte. »Kann das überhaupt irgendwer? Mir kommt es vor, als würde ich mich ständig nur irgendwie durchwursteln und auf das Beste hoffen.«

Cas lächelte. »Also, diesen Eindruck machst du nicht, das kannst du mir glauben.«

Luisa wandte den Blick ab, und Cas fragte sich, woran sie wohl dachte. Als sie ihn dann ansah, bekam er erneut diese strahlende Lächeln geschenkt, das ihn immer völlig durcheinanderbrachte. *Zumindest muss ich deshalb jetzt kein schlechtes Gewissen mehr haben,* dachte er.

»Danke für die Hilfe beim Abladen«, sagte Luisa. »Ich glaube, wir können die Scheiben einfach hier stehen lassen. Wird sie ja hoffentlich keiner klauen.«

»Wir könnten das Gewächshaus jetzt gleich aufbauen«, schlug Cas vor.

»Das ist wirklich nicht nötig«, erwiderte Luisa. »Du hast doch bestimmt wenig Freizeit, die will ich nicht noch schmälern. Schon gar nicht an einem Sonntagmorgen.«

»Ah, du vergisst, dass ich bald Osterferien habe.« Cas stieß einen erleichterten Seufzer aus. »Nur noch vier Tage, dann kann ich zwei Wochen lang tun und lassen, was ich will.«

Luisa stützte die Hände in die Hüften und schaute lächelnd zu ihm auf. Und Cas merkte, dass er nicht genug davon bekommen konnte, dieses hinreißende Lächeln zu sehen. »Wunderbar!», sagte sie. «Verreist du?»

»Nein. Na ja, eigentlich war eine Woche Griechenland

geplant, aber das … hat sich dann anders entwickelt.« Er hatte per Textnachricht einen kurzen und unangenehm förmlichen Austausch mit Annika gehabt, in dem sie ihm mitteilte, sie könne die Reise so kurzfristig nicht absagen, ohne das Geld zu verlieren, und würde deshalb allein fahren. Cas bereute die Trennung nicht, aber sie schmerzte dennoch, hinterließ ein Gefühl von Scheitern. »Ich habe im Moment nichts anderes vor«, fügte er hinzu. »Außerdem …«

Luisa legte den Kopf schräg und sah Cas fragend an.

»Was?«

»Ich bin heute eigentlich nicht hergekommen, um zu helfen. Oder zumindest nicht nur. Ich wollte dir ein Geschenk bringen. Dass ich mit anpacken kann, ist ein praktischer Nebeneffekt.«

Luisa sah ihn mit großen Augen an. »Ein Geschenk? Für mich?«

Cas machte eine ausladende Geste. »Na ja, es ist für den ganzen Boxclub gedacht.« Er lachte über ihren verdutzten Gesichtsausdruck. »Komm mit, ich zeig's dir. Es ist drinnen. Und danach bauen wir dieses Gewächshaus auf.«

Luisa folgte Cas ins Büro des Gebäudes. Als sie den Karton auf dem Schreibtisch sah, starrte sie Cas verblüfft an.

»Du hast mir – uns – eine Kaffeemaschine gekauft?«

»Ähm, na ja, gekauft nicht direkt«, gestand er. »Meine Ex-Freundin will sich eine neue Maschine anschaffen und hat mir deshalb diese überlassen, als ich meine Sachen gepackt habe. Und weil ich glaube, dass es noch dauern kann, bis ich eine neue Küche habe, kann das Ding hier gute Dienste leisten.«

Während seiner Rede schien Luisa förmlich zu erstarren.

»Wenn du sie nicht willst, macht das auch nichts«, fügte Cas rasch hinzu. »Ich dachte nur …«

»Nein, nein«, sagte Luisa schnell und warf ihm ein kleines Lächeln zu. »Ich finde es sehr nett von dir, Cas, dass du an mich gedacht hast. An uns«, fügte sie mit einer plötzlichen Verlegenheit hinzu, die Cas nicht deuten konnte. »Mir war nur nicht klar, dass du gerade eine Trennung durchmachst. Entschuldige.«

»Danke, sehr einfühlsam von dir«, erwiderte Cas. »Aber es ist wirklich okay. Hat sich schon eine ganze Weile abgezeichnet. Wir haben viel zu lange versucht, die Beziehung noch zu retten. Im Rückblick finde ich das ziemlich idiotisch, aber so war es nun mal. Kommt vor, oder? Wie wär's, wenn ich uns gleich mal einen Kaffee mache?«

Mit gefüllten Henkelbechern kehrten sie aufs Gelände zurück und begannen mit der Arbeit am Gewächshaus. Cas wunderte sich nicht, als Luisa aus dem Kofferraum des Land Rover einen exzellent ausgestatteten Werkzeugkoffer inklusive Handbohrer zum Vorschein brachte.

»Du hast offenbar Erfahrung mit so was«, bemerkte Cas während der Arbeit.

»Ja, ich kann gut mit Werkzeug umgehen«, bestätigte Luisa, während sie scheinbar mühelos einen zwei Meter hohen Balken aufrichtete. »Ich denke mir immer, dass ich in Notsituationen ziemlich gut Unterkünfte bauen könnte.«

Cas lachte. »Das merke ich mir.«

Nachdem das Gewächshaus aufgebaut war, bestand Luisa darauf, Cas ein Mittagessen zu spendieren. Sie spazierten zu seinem Lieblingsimbiss für Fish and Chips am Hafen und ließen sich mit ihrer Mahlzeit auf der Kaimauer nieder. Während sie aßen, sahen sie zu, wie ein Fischerboot sich durch die hohen stahlgrauen Wellen der Irischen See kämpfte. Obwohl die Sonne schien, wehte ein kühler Wind, den Luisa gar nicht zu bemerken schien.

»Ich weiß so wenig über dich«, begann sie und brachte Cas damit dazu, aus seinem Leben zu erzählen. Während sie ihn ansah, zerzauste der Wind immer wieder ihr Haar, und Cas musste sich beherrschen, ihr nicht einzelne Strähnen aus dem Gesicht zu streichen.

»Warum wolltest du Lehrer werden?«, fragte sie.

Cas überlegte und dachte an seine Berufslaufbahn zurück. »Eigentlich hatte ich das ursprünglich gar nicht vor.«

»Was wolltest du denn werden?«

Er zuckte mit den Schultern. »Boxer. Ich war auch gut. Aber dann erkrankte mein Vater an Krebs. In meiner Jugend.«

Luisa sah ihn bestürzt an. »Das tut mir leid.«

»Alles gut, er hat die Krankheit überwunden und ist seit Jahren wieder gesund. Aber während dieser schlimmen Phase hatte ich andere Prioritäten als Boxen. Ich musste meinen Eltern zur Seite stehen und hatte keine Zeit für Training und Wettkämpfe. Und das ist auch in Ordnung für mich. Ich habe immer schon praktisch gedacht, und als ich mich dann für einen Beruf entscheiden musste, dachte ich mir, Lehrer zu werden wäre doch sinnvoll.«

»Deine Schule kann jedenfalls dankbar sein, dass sie dich hat«, sagte Luisa. »Und natürlich die Kinder.«

Cas zuckte mit den Schultern und schaute aufs Meer. »Es ist wichtig für junge Menschen, dass sie gut betreut werden. Viel Potenzial wird zerstört, bevor sie überhaupt ihren Abschluss machen … und sie selbst können gar nichts dafür. Ich wünsche mir oft, ich bräuchte nur einen Zauberstab zu schwenken, um allen eine Chance zu verschaffen.«

»Aber das tust du doch bereits«, wandte Luisa ein. »In der Schule und im Boxclub.«

Cas warf ihr ein Lächeln zu. »Der Boxclub existiert nur noch dank dir, Luisa. Wärst du nicht aufgetaucht, hätte ich ihn nicht mehr finanzieren können, und er wäre nur eine weitere meiner gescheiterten Ideen gewesen.«

»Du hättest auch ohne mich einen Weg gefunden«, widersprach Luisa. »Du bist kein Typ, der so leicht aufgibt.«

Er schmunzelte und zerknüllte die Lunchtüte zu einem Papierball. «Das haben wir wohl gemeinsam, wie?«

»Was meinst du damit?«

Luisa, die ihre Mahlzeit auch beendet hatte, setzte sich im Schneidersitz auf die Mauer und hielt sich mit beiden Händen die Haare aus dem Gesicht, während sie Cas ansah. Das Glitzern der Sonne auf dem Wasser verlieh ihrer Haut einen beinahe unirdischen Schimmer.

»Du hast mir doch erzählt, dass du für das Gartenprojekt deine Stelle aufgegeben hast«, antwortete Cas. »Das ist echtes Engagement. Was hat dich dazu bewogen?«

Luisa wandte sich dem Ozean zu, ließ den Blick in die Weite schweifen. Ihre Hände ruhten in ihrem Schoß, und sie schwieg eine ganze Weile.

Schließlich sagte sie: »Ich hatte auch schon mal erwähnt, dass ich diese Projektidee nicht allein entwickelt hatte, oder? Für den Gemeinschaftsgarten.« Sie klang so tonlos, als wolle sie sich keinerlei Emotion anmerken lassen. »Am Anfang …« Sie brach ab, holte tief Luft.

»Hey.« Cas legte ihr leicht die Hand auf den Arm. »Tut mir leid. Ich wollte dich nicht belasten.«

Als Luisa ihn jetzt ansah, lächelte sie, aber das Lächeln war traurig und matt. »Tust du nicht. Mein verstorbener Mann und ich hatten die Idee für das Projekt, als wir beide noch an der Uni waren. Aber er kam ums Leben, bevor …« Luisa wandte erneut den Blick ab und legte eine Hand auf ihr Herz, als müsse sie es in ihrer Brust halten. »Entschuldige. Es liegt schon lange zurück. Eigentlich sollte es nicht mehr so schwer sein, daran zu denken.«

»Du brauchst dich nicht zu entschuldigen«, sagte Cas behutsam. »Möchtest du … Möchtest du mir von ihm erzählen?«

Luisa sah überrascht aus.

»Wenn du das nicht willst, verstehe ich das vollkommen. Aber falls doch …«

Sie faltete die Hände im Schoß und blieb einen Moment stumm, bevor sie begann: »Er hieß Reuben. Bevor ich ihn kennenlernte, hatte ich die Vorstellung, dass es etwas wie Seelenverwandtschaft geben könnte, immer für absurd gehalten. Aber wir haben uns auf Anhieb so gut verstanden, als würden wir uns schon Jahre kennen. Wir waren …« Sie verstummte und zuckte mit den Schultern, als gäbe es nichts weiter zu sagen. »Na ja, jedenfalls sagten uns alle, wir seien zu jung zum Heiraten, aber wir hatten große Pläne. Und wir waren so glücklich zusammen, dass uns nichts aufhalten konnte. Geheiratet haben wir an Weihnachten, in dem Jahr, in dem wir beide mit unserer Masterarbeit begonnen haben. Ein halbes Jahr später waren wir zusammen in den Alpen, als verspätete Flitterwochen, weil wir direkt nach der Hochzeit keine Zeit gehabt hatten.« Luisa holte tief Luft, schien ihren ganzen Mut zusammenzunehmen. Als sie weitersprach, klangen ihre Sätze abgehackt. »Wir waren beide erfahrene Bergsteiger. Niemand hatte Schuld. Aber etwas ging schief. Ich weiß noch immer nicht, was. Wir … Wir stürzten ab. Reuben war schwer verletzt. Ich konnte mich nicht bewegen. Konnte ihm nicht helfen. Konnte *gar nichts* tun. Ich …« Sie schluckte mehrmals schwer, brachte schließlich mühsam hervor: »Als wir endlich gefunden wurden, war es zu spät.«

»Das tut mir leid, Luisa«, sagte Cas hilflos. Diese Worte klangen wie eine Floskel, aber was hätte er zu einem so schrecklichen Ereignis anderes sagen sollen?

Luisa sah ihn an, versuchte ein Lächeln zustande zu bringen. »Es hat lange gedauert, bis ich mich davon erholt habe, körperlich wie psychisch«, sagte sie. »Ich hatte meinen Lebenspartner verloren, und meine Karriere war beendet, bevor sie überhaupt angefangen hatte. Und es fiel mir schwer, mit Reubens Tod zu leben. Irgendwann ist es mir einigermaßen gelungen. Aber seit ich mit dem Gartenprojekt angefangen habe, kommen alle möglichen Gefühle wieder hoch. Ich denke ständig, dass Reuben hier sein sollte. Ich denke …« Luisa brach ab, schüttelte den Kopf. »Entschuldige. Ich weiß gar nicht, warum ich dich mit alldem belaste. Du hast eigene Probleme und musst dir nicht noch mein Gejammer anhören.«

»Hey, ich höre dich sehr gern jammern«, erwiderte Cas.

Luisa lachte ein bisschen, und die schwermütige Stimmung verflog. Cas spürte, wie gut es ihm tun würde, Luisas Lachen häufiger zu hören. Er hätte sie gerne gefragt, ob sie mit ihm ausgehen wolle. Aber sie hatte ihm gerade von einer Tragödie erzählt, die ihr Leben nach wie vor überschattete, und damit die Wunde erneut aufgerissen. *Falscher Zeitpunkt,* sagte er sich. Und seine Trennung von Annika war auch noch zu frisch. Doch ungeachtet all dieser Umstände – wäre es überhaupt eine gute Idee? Vermutlich nicht. Luisas ganzes Engagement galt dem Gartenprojekt. Und Cas wollte unter allen Umständen vermeiden, dass sie sich in seiner Nähe unwohl und befangen fühlte.

Sie gingen zurück, und nachdem Luisa den Wagen vom Gelände gefahren hatte, schloss Cas das Tor ab. Als er den Schlüssel durchs Fenster reichte, hatte Cas plötzlich den verrückten Impuls, sie zu küssen. Hastig trat er einen Schritt zurück und steckte die Hände in die Hosentaschen. *Schlechte Idee,* schalt er sich stumm. *Ganz schlechte Idee.*

»Danke für heute«, sagte Luisa.

»Gerne. Jederzeit wieder«, antwortete Cas. Und das war absolut aufrichtig gemeint.

24

Der Ostermontag begann sonnig und trocken wie die vergangene Woche. Es hatte keinen Tropfen Regen gegeben. Luisa hatte die Obstbäumchen regelmäßig gegossen und beim Schleppen der Eimer gemerkt, wie vorausschauend Harpers Bemerkung gewesen war. Wie das Wasserproblem künftig gelöst werden sollte – von Regenfällen abgesehen –, war Luisa schleierhaft. In den Prognosen hörte man bereits, dass dieser April der trockenste seit Beginn der Wetteraufzeichnung sein würde. Ein Komiker hatte düster gewitzelt, man müsse populäre Lieder umschreiben, um sie an die Klimakatastrophe anzupassen. Der Gedanke ließ Luisa nicht mehr los.

Als sie das Gelände erreichte, war weit und breit keine Menschenseele zu sehen. Was Luisa zwar irgendwie erwartet hatte, aber dennoch beunruhigend fand. Sollte der Tag der offenen Tür misslingen, war das ein deutliches Zeichen, und sie konnte genauso gut gleich aufgeben.

Du bist nur müde, versuchte sie sich gut zuzureden. In dieser anstrengenden Woche ohne Harpers Unterstützung hatte Luisa mehr als deutlich gespürt, wie viel Arbeit bereits in einem Garten anfiel, der noch kaum mehr als eine

Erdfläche war. Das mühsame Schleppen der Wassereimer, um die Baumsetzlinge am Leben zu erhalten, war ein großer Teil davon gewesen. Natürlich machte es Freude, die grünen Blättchen sprießen zu sehen, aber … Luisa musste wieder an Reuben denken. Wäre er jetzt hier, würde er bestimmt …

Sie verdrängte den Gedanken. In letzter Zeit machte sie sich immer häufiger klar, dass es sinnlos war, in der Vergangenheit zu leben.

Luisa schloss das Gartentor auf und ließ es offen stehen. Dann holte sie den Aufsteller, den sie selbst beschriftet hatte, aus dem Gewächshaus und platzierte ihn am Eingang.

Gemeinschaftsgarten Collaton
Heute Kartoffelpflanzparty
Gratis, von 10.00–16.00!
Pflanzt eure eigenen Kartoffeln an!
Alle sind willkommen!

Sie trug gerade die Klapptische, die sie für diesen Tag angeschafft hatte, aus dem Gewächshaus, als Harper hereinkam, wie üblich komplett in Schwarz gekleidet.

»Harper!«, rief Luisa erleichtert aus.

»Hey.« Das Mädchen stellte seinen Rucksack ab und griff sofort nach einem der Tische. »Tut mir leid, dass ich so spät dran bin.«

»Bist du gar nicht. Aber ich freu mich sehr, dass du hier bist. Wie war deine Woche, hast du deinen Aufsatz rechtzeitig fertigbekommen?«

Harper warf ihr einen überraschten Blick zu, als sei sie es nicht gewöhnt, dass man ihr solche Fragen stellte. »Ja, hat geklappt, danke.«

»Und jetzt hast du zwei Wochen frei?«

Das Mädchen lächelte schief. »Na ja, wenn du Tonnen von Hausaufgaben als Freizeit bezeichnen möchtest, ja, dann hab ich zwei Wochen frei.« Harper fügte hinzu: »Aber ich will versuchen, hier ein paar Stunden mehr zu machen. Um dich für letzte Woche zu entschädigen.«

»Das ist nicht nötig«, erwiderte Luisa. »Ich bin schon sehr dankbar, dass du heute hier bist. Sonst wäre ich womöglich den ganzen Tag allein.«

»Nee, es werden bestimmt Leute kommen.« Harper wandte sich den Kisten mit Pflanzkartoffeln zu, die Luisa bereitgestellt hatte, und runzelte die Stirn. »Ich habe versucht, meinen kleinen Bruder zu überreden, aber der hat sich geweigert, tut mir leid. Mr P ist aber garantiert dabei, und bestimmt auch die Kids vom Boxclub.«

Luisa versuchte zu ignorieren, dass sie bei Cas' Namen innerlich zusammenzuckte. Sie war nicht sicher, ob er sich heute blicken lassen würde, und wusste auch nicht genau, was sie selbst sich wünschte. Ein Teil von ihr hoffte, ihn zu sehen, ein anderer fürchtete sich davor. Diese zwiespältigen Gefühle verfolgten sie, seitdem sie gemeinsam das Gewächshaus aufgebaut hatten.

Es war nichts zwischen ihnen vorgefallen, im Gegenteil. Luisa hatte sich in Cas' Nähe sehr wohl gefühlt und seither immer wieder an ihn denken müssen. Aber nachdem ihr die Ursache ihrer Gefühle klar geworden war, hatte sie versucht, ihm aus dem Weg zu gehen. Sie hielt sich strikt an den vereinbarten Zeitplan für den Boxclub und verließ das Gebäude grundsätzlich, bevor die Kids erschienen – wenn auch immer ein wenig enttäuscht darüber, Cas nicht getroffen zu haben. Er seinerseits tauchte nicht mehr früher auf, wie er es davor oft getan hatte. In der vergangenen Woche waren sie sich kein einziges Mal begegnet.

»Na, wir werden sehen«, sagte Luisa jetzt so unbekümmert, wie sie sich keineswegs fühlte. »Es sind schließlich Ferien, oder? Da sind wahrscheinlich viele verreist …«

Sie trugen gemeinsam die Aufsteller mit den Infos über das Projekt nach draußen, die Luisa farbenfroh gestaltet hatte, und platzierten sie auf der Asphaltfläche neben den Klapptischen. Auf den Tafeln wurden die Ziele des Gartenprojekts erläutert und zur Teilnahme von freiwilligen Helfern aufgerufen.

»Übrigens hab ich mich mal mit dem Wasserthema beschäftigt«, bemerkte Harper, während sie zum Gewächshaus zurückgingen.

Luisa sah sie überrascht an. »Ach, wirklich?«

Harper zuckte mit den Schultern. »Ja. Hat ja kein bisschen geregnet. Deshalb hab ich mal gegoogelt und so.«

Sie stellten die Kisten mit den Pflanzkartoffeln nach draußen, die in der Wärme des Gewächshauses kräftig ausgetrieben hatten. »Und was hast du herausgefunden?«

»Na ja, um hier fließendes Wasser zu haben, müsste man einen Brunnen bohren lassen«, antwortete Harper. »Das kostet aber einen Haufen Geld.«

Luisa rümpfte die Nase. »Andere Optionen gibt es nicht?«

»Doch, vielleicht schon.«

»Was meinst du damit?«

»Also«, antwortete Harper gedehnt, »ich interessiere mich für Ökologie und so was. Klingt komisch, ich weiß, weil ich ja so ein Autofan bin, aber ...«

Luisa lächelte. »Ich finde das gar nicht komisch. Wir alle haben doch mehrere Seiten. Sonst wären wir ziemlich langweilig, meinst du nicht auch?«

Harper sah aus, als hielte sie Luisa genau für so eine langweilige Person, äußerte sich aber nicht dazu. »Ich hab mal irgendwo gelesen, wenn einem was fehlt, sollte man gucken, wovon man zu viel hat, und sich überlegen, wie man das nutzen kann«, sagte das Mädchen stattdessen. »Klappt nicht immer, bringt einen aber dazu, sich genau zu überlegen, was man hat, was man braucht und was man vergeudet. Also das Problem aus unterschiedlichen Blickwinkeln zu betrachten.«

Luisa hörte aufmerksam zu. So lange hatte sie Harper noch nie zuvor reden hören. »Klingt überzeugend.«

»Dachte ich mir auch. Ich hasse es zum Beispiel total, wenn Leute Lebensmittel verschwenden. Ich meine, es passiert natürlich jede Menge furchtbarer Scheiß auf der Welt, aber das regt mich am meisten auf. Weil es nicht schwer ist, weniger verschwenderisch zu leben. Manche Menschen können sich kein Essen leisten, und andere sind zu blöde, um das zu nutzen, was sie haben? Was soll das? Tonnen von Lebensmitteln landen erst im Abfalleimer und dann auf der Müllkippe. Davon haben wir also auf jeden Fall zu viel. Und darüber hab ich nachgedacht, denn die weggeschmissenen Lebensmittel enthalten jede Menge Wasser. Nicht nur Obst und Gemüse, sondern *alles*. Das landet dann zwar auch wieder im Boden, aber mitsamt all dem anderen Zeug, das da nicht rein soll: Pestizide, chemische Konservierungsmittel, Öle und solcher Mist.«

»Darüber habe ich noch nie nachgedacht«, gestand Luisa. »Und du glaubst, es wäre möglich, dieses Wasser irgendwie zu extrahieren?«

»Ganz genau«, antwortete Harper. »Und jemand hat sich auch schon überlegt, wie.« Sie holte ihr Handy heraus und rief eine Website auf.

Luisa beugte sich vor und studierte die Homepage eines Unternehmens, das Pressen herstellte, mit denen aus Lebensmittelabfällen Wasser gewonnen werden konnte.

»Wow«, sagte Luisa beeindruckt. »So was habe ich noch nie gesehen.«

»Ist aber noch nicht ganz ausgereift«, erklärte Harper. »Die Pressen kann man nur in geschlossenen Räumen verwenden, und es geht dabei mehr ums Platzsparen. Restaurantküchen und Großküchen müssen für ihre Abfallentsorgung bezahlen, und durch das Pressen passt mehr in ihre Müllcontainer. Wenn man aus den Resten das Wasser rauspresst, sind sie viel kleiner. Das gewonnene Wasser kann man wahrscheinlich für die Klospülung benutzen oder so. Wenn man es als Trinkwasser nehmen will, müsste man es noch irgendwie reinigen. Aber immerhin beweist das, dass es möglich ist, oder?«

»Ja, tatsächlich«, pflichtete Luisa ihr bei und betrachtete interessiert die Website. »Es muss doch einen Weg geben, das weiterzuentwickeln, oder? Und günstiger zu machen.« Die kleinste Presse war nicht unter zehntausend Pfund zu haben.

»Wahrscheinlich schon. Wüsste aber nicht, wie.«

»Das könntest du doch herausfinden«, schlug Luisa vor. »Erfinde ein System, mit dem man aus Lebensmittelresten sauberes Wasser für den Garten erzeugen kann.«

»Was, ich?« Harper lachte perplex. »Ich wüsste nicht mal, wo ich da anfangen sollte.«

Luisa zuckte mit den Schultern. »Doch, ganz bestimmt.« Sie deutete auf das Handy. »Nimm das als Ausgangspunkt, was du schon gefunden hast, und entwickle es weiter.«

»Na klar«, erwiderte Harper trocken. »Weil ich ja auch so unheimlich viel Freizeit habe.«

Als Luisa gerade weitersprechen wollte, hörten sie Radau vom Tor und sahen eine Gruppe Kinder und Jugendliche im Anmarsch. Einige kannte Luisa aus dem Boxclub, andere nicht. Cas war nicht bei ihnen.

»Kann losgehen«, sagte Harper.

25

Die Zeit verging wie im Nu, während Luisa den Kindern zeigte, wie sie ihre Kartoffeln anpflanzen konnten. Zuerst steckten sie mit einer Schnur lange Reihen mit genügend Abstand zwischen den Pflanzlöchern ab, damit man die Kartoffeln später ernten konnte, ohne Pflanzen zu zertreten. Harper hatte die Aufgabe, die Kids bei der Auswahl und beim Beschriften der Schilder zu betreuen.

»Wenn sich die ersten Blättchen der Pflanze zeigen«, erklärte Luisa der ganzen Gruppe, »werden wir rundherum Erde aufhäufeln. Das heißt, wir machen nach und nach einen kleinen Hügel, durch den die Kartoffeln, die dicht unter der Oberfläche sind, vor Sonnenlicht geschützt werden, damit sie nicht grün werden. Hat jemand hier schon mal Kartoffeln angepflanzt?«

Sie sah ein paar erhobene Hände. »Meine Oma hat einen Kleingarten in Workington«, erklärte Mo, der seine jüngeren Geschwister mitgebracht hatte, einen Jungen und ein Mädchen. »Wir helfen ihr da manchmal.«

»Super!«, sagte Luisa. »Dann kennt ihr euch ja schon aus und könnt den anderen helfen.«

Die nächsten Stunden verbrachte Luisa hauptsächlich

mit den Knien in der Erde, nur hin und wieder erhob sie sich, um neue Gäste zu begrüßen. Sie hatte sich mehr Zulauf erhofft, aber einige Leute hatten sich immerhin eingefunden.

»Und wann gießen wir sie?«, wollte Mo wissen und kniete sich neben Luisa, die gerade einer jungen Mutter zeigte, wie sie und ihr Kleinkind die Pflanzkartoffel in das Loch setzen konnten.

»Ganz am Ende, sonst …«

Lautes Gejohle war plötzlich zu vernehmen, und als Luisa aufblickte, sah sie, wie Cas durchs Tor kam und lachend den Kids vom Boxclub zuwinkte. Sie versuchte, nicht zu beachten, dass ihr Herz schneller schlug, und beschäftigte sich wieder eingehend mit dem Kind.

»Sie sind aber spät dran, Mr P!«, schrie Siddig. »Haben Sie verschlafen?«

»Genau!«, rief Mo. »Wir kriegen immer Ärger, wenn wir zu spät kommen!«

»Ich habe nicht verschlafen«, rief Cas zurück. »Ich habe auch ein Leben ohne euch Bande, wisst ihr!«

Weiteres Johlen und »Ooooh«-Rufe waren zu hören, als habe Cas etwas besonders Gewagtes geäußert. Er winkte Harper, steuerte aber auf Luisa zu und ging neben ihr in die Hocke.

»Hallo«, sagte er lächelnd. »Ich habe gehört, hier könnte ich Kartoffeln anpflanzen?«

Luisa lachte. »So ist es. Ich habe heute gar nicht mit dir gerechnet.«

Er sah sie mit herzlichem Blick an und zuckte leicht mit den Schultern. »Ich wollte mal schauen, wie alles so läuft.«

»Und eine Kartoffel pflanzen.«

»Jawohl«, bestätigte er und fügte hinzu: »Du hast da Erde im Gesicht.« Er streckte die Hand aus, als wolle er die Erdkrümel wegwischen, deutete dann aber nur auf seine eigene Wange.

»Oh«, sagte Luisa verlegen, obwohl Gartenarbeit natürlich immer damit verbunden war, dass man schmutzig wurde. Als sie sich mit dem Handrücken übers Gesicht wischte und hastig aufrichtete, geriet sie auf dem unebenen Boden aus dem Gleichgewicht. Cas streckte rasch die Hand aus, und Luisa ergriff sie instinktiv, ließ aber schnell wieder los, beschämt über ihre Ungeschicklichkeit.

»Hier ist ja was geboten«, bemerkte Cas nach kurzem unbehaglichen Schweigen.

»Ja, schon«, erwiderte Luisa, »aber offen gestanden hatte ich mir mehr erhofft.«

Cas schaute an ihr vorbei Richtung Tor. »Na, da kommen jedenfalls weitere Gäste.«

Luisa drehte sich um und entdeckte eine bekannte Gestalt, deren Anblick wenig Anlass zur Freude gab: Kath Larkspur, flankiert von den drei Leuten, mit denen sie auch beim Infoabend gewesen war. Alle vier wirkten ziemlich übellaunig.

»Oh nein«, murmelte Luisa.

»Probleme?«, fragte Cas.

»Schon möglich«, antwortete sie seufzend. »Zumindest kann ich mich darauf gefasst machen, angeschnauzt zu werden.«

»Ach, na ja«, erwiderte Cas. »Kopf hoch, und lass dir die Angst nicht anmerken.«

Luisa warf ihm einen amüsierten Blick zu. »So verhältst du dich wahrscheinlich im Unterricht, oder?«

Cas grinste breit. »Ganz genau. Funktioniert immer.«

Luisa spürte ein nervöses Flattern im Bauch, und diesmal nicht, weil sie um ein Haar vor Cas' Füßen auf der Erde gelandet wäre. Er trug ein weißes Hemd mit offenem Kragen und verwaschene Blue Jeans, sah umwerfend gut aus und wirkte froh und entspannt. *Reiß dich zusammen, um Himmels willen,* befahl sich Luisa, und machte sich auf den Weg zu den neuen Besuchern.

»Kannst du Harper vielleicht am Getränkestand helfen?«, rief sie Cas noch über die Schulter zu.

»Wird gemacht«, lautete die muntere Antwort.

Luisa wappnete sich innerlich, während sie auf Mrs Larkspur zuging, und beschloss, die Begegnung so kurz wie möglich zu halten. Die Frau stand nicht weit vom Tor entfernt und sah sich um, während ihre Bekannten auf den Getränkestand zusteuerten.

»Mrs Larkspur. So sieht man sich wieder«, sagte Luisa zur Begrüßung.

Ihr fiel auf, dass ihr Gegenüber eher müde als wütend aussah. Dann brachte die Frau einen der Flyer zum Vorschein, die Luisa in die Briefkästen gesteckt hatte.

»Sie sind hartnäckig, das muss man Ihnen lassen«, bemerkte Mrs Larkspur dabei.

Luisa wagte ein kleines Lächeln. »Ich dachte mir, ich kann es ja mal versuchen. Wir hatten neulich kaum Gelegenheit, uns zu unterhalten.«

Mrs Larkspur nickte knapp und wies mit dem Kopf auf

den neu angelegten Weg, der von den heutigen Besuchern festgetreten wurde und schon ebenmäßiger wirkte. »Dafür haben Sie die alten Ziegel verwendet?«

»Einen Teil davon«, antwortete Luisa. »Die Wand war einfach zu instabil, sie wäre bald eingebrochen, aber ich wollte sie irgendwie in den Garten integrieren. Den Rest der Steine würde ich gerne noch anderweitig hier zum Einsatz bringen.«

»Sie hatten eine Gedenkstätte erwähnt.«

»Das war eine Idee, ja. Aber alle Vorschläge sind willkommen.«

Kath Larkspur sah Luisa einen Moment lang schweigend an. Dann sagte sie unvermittelt: »Ich möchte mich bei Ihnen entschuldigen. Für mein Benehmen bei dem Infoabend und neulich bei mir zu Hause. Unhöflichkeit ist absolut inakzeptabel.«

»Oh«, sagte Luisa überrascht. »Sie müssen sich nicht entschuldigen. Mir tut es nur leid, dass ich offenbar an etwas gerührt habe, wovon ich nichts wusste. Ich habe hier losgelegt, ohne viel über den Ort zu wissen. Dass ich mir mehr Vorkenntnisse hätte verschaffen müssen, ist mir inzwischen klar.«

Kath Larkspur schaute zu der Stelle hinüber, an der die Mauer gestanden hatte. »Ehrlich gesagt war es nichts Dramatisches. Ich wusste, dass die Wand irgendwann einbrechen würde. Es war nur ein Schock, als sie plötzlich verschwunden war. Ich bin von meinen Großeltern großgezogen worden, mein Opa hat in der Fabrik gearbeitet. Meine Oma und ich haben ihn immer gemeinsam von seiner

Schicht abgeholt. Die beiden sind auf dem Friedhof in Whitehaven begraben, aber der Bus dorthin fährt nicht mehr so häufig wie früher. Und zu Fuß ist es zu weit, vor allem, weil ich meinen Mann Arthur nicht lange allein lassen kann. Deshalb habe ich immer hier Blumen abgelegt.« Sie seufzte. »Wissen Sie, Arthur benimmt sich nicht absichtlich rücksichtslos, ich glaube, er merkt das selbst gar nicht. Er ist seit seinem Unfall an den Rollstuhl gefesselt, hat Schmerzen, ist frustriert und lässt das dann an anderen aus. Aber ich möchte nicht, dass Sie schlecht über ihn denken. Er ist ein guter Mensch.«

»Vielleicht könnte er öfter hierherkommen, wenn der Garten fertig ist«, schlug Luisa vor. »Ich werde dafür sorgen, dass alle Bereiche barrierefrei sind.«

Kath Larkspur nickte langsam. »Ja, das wäre schon möglich, ist ja nicht weit entfernt. Jedenfalls, die Idee mit der Gedenkstätte, die gefällt mir. Und nicht nur mir, glaube ich.«

»Das hoffe ich.« Luisa lächelte herzlich. »Vielleicht können wir uns darüber unterhalten, was Sie sich wünschen? Das läge mir sehr am Herzen. Und ich bin dankbar für jede Unterstützung.«

»Das können wir machen, ja. Aber lange bleiben kann ich nicht, ich muss bald wieder zurück.«

»Haben Sie noch Zeit, um eine Kartoffel zu pflanzen?«, fragte Luisa. »Wir haben jede Menge übrig.«

Das entlockte Kath Larkspur tatsächlich ein herzhaftes Lachen. »Kann mich nicht erinnern, wann ich das zum letzten Mal gemacht habe«, sagte sie. »Wussten Sie, dass die Einwohner von Collaton schon seit Jahren verlangen, dass Kleingärten angelegt werden?«

Luisa blinzelte überrascht. »Nein, das wusste ich nicht.«

»Doch, wirklich. Und jetzt ist mir, ehrlich gesagt, völlig unklar, warum niemand von uns auf die Idee gekommen ist, dieses Gelände dafür zu nutzen«, sagte Kath. »Wahrscheinlich wird man blind gegenüber dem, was man täglich vor Augen hat. Für mich war das immer nur die Fabrik, auch als nur noch die Wand übrig war. Aber Veränderungen sind unvermeidlich. Damit müssen wir leben, und wir können entweder etwas Gutes daraus machen oder etwas Schlechtes. Ich weiß jedenfalls, auf welcher Seite ich stehe.« Sie wies mit dem Kopf auf die Leute, in deren Begleitung sie erschienen war. »Kommen Sie, ich stell Sie meinen Freunden vor.«

Plötzlich war das Aufheulen eines Motors zu hören, und ein glänzender schwarzer Wagen raste auf den Platz zu, flankiert von vier Motorrädern. Die Fahrer, allesamt in Schwarz, hatten das Visier ihrer Helme heruntergeklappt. Der Wagen bremste vor dem offenen Gartentor, während die Motorräder weiter mit ohrenbetäubendem Röhren den Platz umkreisten. Dann glitt das Fenster an der Fahrerseite des Wagens nach unten, und hämmernde Bässe drangen aus dem Inneren.

Luisa erkannte den Fahrer auf den ersten Blick. Es war Darren Dixon, der mit seiner Bande den Infoabend im Boxclub sabotiert hatte.

Alle starrten zu ihm hinüber, niemand sprach. Darren stieg nicht aus, sondern schaute an Kath Larkspur und Luisa vorbei, während ein höhnisches Grinsen auf sein Gesicht trat. Luisa drehte sich um und sah, dass sein Blick auf Cas und Harper gerichtet war. Beide bewegten sich nicht, obwohl das Mädchen sichtlich vor Wut die Zähne zusammenbiss. Selbst Cas war die Anspannung anzumerken, während er Darrens Blick starr erwiderte. Wenige Sekunden später ließ Dixon einen Zigarettenstummel auf den Boden fallen, und das Fenster glitt wieder nach oben. Der Motor des Wagens heulte erneut auf, die Eskorte fand sich ein, und die ganze Truppe raste in einer Wolke aus Staub und Abgasen davon.

Danach herrschte Stille im Garten, und Luisa schloss die Augen. Sie ahnte schon, was als Nächstes passieren würde. Alle würden flüchten. Der Tag würde genauso abrupt enden wie der Infoabend – und damit auch das gesamte Projekt.

Dann spürte Luisa eine Hand auf ihrem Arm und öffnete die Augen. »Sie sollten diese Typen nicht beachten«, sagte Kath Larkspur mit stählernem Blick. »Wenn man denen den kleinen Finger reicht, nehmen sie die ganze Hand. Alles feige Nichtsnutze. Zeigen Sie mir lieber, wo Sie die Gedenkstätte anlegen wollten.«

26

Auf dem Heimweg dachte Harper, dass der Tag erstaunlicherweise richtig Spaß gemacht hatte. Zumindest bis ihr widerwärtiger Cousin aufgetaucht war. Was *wollte* Darren? Sich als großer Gangsterboss aufspielen? Vor ihr oder vor Mr P? Vielleicht ging es auch gar nicht um sie beide. Vielleicht brauchte Darren nur irgendein Publikum für seine peinlichen Auftritte.

Sie ging in den Eckladen, um die Stromkarte mit ihrem Wochenlohn aus der Werkstatt aufzuladen. Der Mini war fast fertig, aber sie musste den TÜV noch bezahlen und Geld für Benzin beiseitelegen.

Beim Bezahlen fiel ihr Blick auf die Gartenmagazine im Zeitschriftenregal, allesamt in Pastellfarben, mit schnörkliger Schrift und üppig blühenden Rosen auf dem Cover. An einer Zeitschrift war eine kleine Tüte befestigt, auf der stand: DREI BLUMENZWIEBELN GRATIS! Harper entschloss sich, die Ausgabe zu kaufen. Vielleicht kam sie darüber mit ihrem kleinen Bruder wieder ins Gespräch. Max verhielt sich weiterhin abweisend, und Harper hatte bisher nicht herausgefunden, wohin er immer wieder verschwand.

»Max?«, rief sie nach oben, als sie durch die Haustür trat.

Obwohl sie seit diesem schrecklichen Streit nicht mehr richtig miteinander gesprochen hatten, rief sie jedes Mal nach ihm. Harper wartete einen Moment ab, auch wenn sie nicht wusste, ob Max überhaupt zu Hause war.

Dann steckte sie die Ladekarte in den Zähler, ging in die Küche und legte die Zeitschrift ab. Einen Moment lang stützte Harper sich auf den Tisch und schloss die Augen. Sie wusste einfach nicht mehr, was sie tun sollte. Noch nie war das Verhältnis zwischen ihr und Max so gestört gewesen. Sie hatte das Gefühl, dass er sich immer weiter von ihr entfernte, und hatte keine Ahnung, was sie tun konnte, um ihre gemeinsame kleine Welt von früher wiederherzustellen. Inzwischen machte Harper nicht einmal mehr das Essen für sie beide. Max hatte kurz nach ihrem Streit verkündet, er versorge sich selbst. Sie hatte versucht, mit Lehrkräften in Max' Schule zu reden, doch die wollten nur mit einem Elternteil oder Vormund sprechen. Und wie nutzlos ihr Vater war, durfte natürlich nicht bekannt werden, sonst würde die gesamte Situation eskalieren.

Oben knallte eine Tür, dann hörte Harper, wie Max die Treppe hinunterrannte, und freute sich, als er in die Küche gestürmt kam.

»Hi!«, sagte sie. »Soll ich uns Essen machen? Schau mal, ich hab dir was mitgebracht – da sind drei Gratis-Blumenzwiebeln dabei. Ich dachte, am Wochenende könnten wir Komposterde und Töpfe kaufen und die Zwiebeln eingraben.«

Max warf einen Blick auf die Zeitschrift und sah seine Schwester verächtlich an. »Das sind Tulpenzwiebeln.«

»Ah ja?« Harper konnte sich seine Reaktion nicht erklären.

»Die müssen vor dem Winter in die Erde«, sagte Max so herablassend, als sei sie die dümmste Person unter der Sonne. »Damit muss man jetzt bis zum Herbst warten.«

»Oh«, sagte Harper bestürzt. »Tut mir leid. Aber vielleicht steht trotzdem etwas Interessantes in der Zeitschrift?«

Max drängte sich an ihr vorbei, öffnete den Kühlschrank und nahm einen Joghurt heraus. Erst in diesem Moment sah Harper, was er in der Hand hielt. Ein Handy.

»Woher hast du das?«, fragte sie schockiert.

Max steckte das Handy in seine Tasche und wich zurück, als fürchte er, dass Harper es ihm wegnehmen würde. »Hab ich von meinem Freund bekommen.«

»Welcher Freund? Ist das der, der dir auch die Komposterde bringt?«

Max zuckte mit einer Schulter, nahm einen Löffel aus der Besteckschublade und aß hastig. Harper war flau im Magen.

»Max, bitte sag es mir. Woher hast du dieses Handy?«

Ihr Bruder ließ den leeren Joghurtbecher und den Löffel in die Spüle fallen, machte keine Anstalten, etwas abzuspülen. Harper hatte kurz den absurden Gedanken, dass diese Person nicht ihr Bruder war, dass ihn jemand ausgetauscht hatte. Als er an ihr vorbeiging, packte sie ihn am Arm, aber er riss sich los. Im selben Moment gab das Handy einen Piepton von sich.

Max flitzte so schnell hinaus wie ein Hund, der von seinem Herrchen gerufen wird. Harper folgte ihm. Während Max seine Schuhe anzog, öffnete Harper die Haustür und sah vor dem Gartentor einen bekannten schwarzen Wagen mit laufendem Motor und geöffnetem Kofferraum. Eine ihr ebenfalls bekannte Gestalt hob Säcke mit Komposterde heraus und warf sie über den Zaun auf die Betonfläche vor dem Haus.

»Darren?«

Ihr Cousin blickte auf und lächelte ölig, die selbst gedrehte Zigarette in den Mundwinkel geklemmt. Dann ließ er den letzten Sack in den Vorgarten fallen und nahm mit seinen gelb verfärbten Fingern die Kippe aus dem Mund.

»Harps.«

Jetzt rannte Max an ihr vorbei, riss die Beifahrertür des Wagens auf und setzte sich hinein.

Einen Moment lang war Harper wie erstarrt. Dann stürzte sie durchs Tor und wollte die Beifahrertür aufreißen. Max starrte seine Schwester durchs Fenster der verschlossenen Tür mit kaltem Blick an, das Kinn trotzig vorgereckt.

»Max!«, schrie Harper. »Steig sofort aus!«

»Geht nicht, kleines Mädchen«, sagte Darren, schlug den Kofferraum zu und baute sich vor Harper auf. »Ich bin ein guter Boss, weißt du, ich hole ihn sogar ab. Aber Unpünktlichkeit dulde ich nicht. Max muss jetzt arbeiten.«

Harper stockte der Atem. »Max arbeitet für *dich*? Was macht er?«

Darren lächelte überheblich. »Mach dir nichts ins Hemd. Er steht nur Schmiere.«

»Max ist erst neun!«

»In zwei Monaten zehn!«, schrie Max von innen.

Harper spürte, wie sie bleich wurde. »Lass ihn aus dem

Auto«, sagte sie mit zittriger Stimme. »Ich werde das verhindern, Darren. Du wirst Max nicht zu einem deiner Handlanger machen. Ich geh zur Polizei, ich …«

Darren beugte sich drohend vor. »Ach ja? Na, dann werden die bestimmt auch gleich ein paar Sachen über dich rauskriegen, oder? Dass du ein Langfinger bist, zum Beispiel. Und vielleicht auch, wie dieser eklige Pädo-Lehrer dich aus jedem Mist raushaut. Mir war das immer schon unheimlich, dass der in seiner Freizeit ständig mit Kindern rumhängt. Dafür muss es doch einen Grund geben, oder? Der ist ständig so scharf darauf, überall auszuhelfen. Und weißt du, warum? Um die Kleinen zu kriminellem Zeug anzustiften … War mir immer schon suspekt, der Typ.«

Harper biss so fest die Zähne zusammen, dass es wehtat. Sie konnte einfach nicht fassen, was gerade passierte. Sie hatte sich solche Mühe gegeben, Max vor allem zu beschützen. Und Darren zerstörte das alles im Handumdrehen.

»Bitte«, sagte sie und hasste sich dafür, weil sie sich geschworen hatte, niemals jemanden um etwas zu bitten. »Ich bitte dich, Darren. Lass Max in Ruhe.«

Ihr Cousin seufzte kopfschüttelnd. »Aber er hat Schulden bei mir, Harps, das geht gar nicht. Ich hab dem Bürschchen geholfen, verstehst du?« Er nickte in Richtung der Kompostsäcke. »Und das ist nicht mal die Spitze vom Eisberg. Das Handy kommt auch noch dazu und …«

»Ich bezahle die Schulden«, sagte Harper rasch. »Sag mir, wie viel es ist. Ich besorge dir das Geld. Wenn du mir versprichst, nie wieder ein einziges Wort mit Max zu sprechen.«

»Nein!«, schrie Max im Auto und schlug wütend mit den

Händen an die Scheibe, die von seinem Atem beschlug. »Darren ist *mein Freund*! Er gehört zur *Familie*!«

Darren grinste wieder, ohne Harper aus den Augen zu lassen. »Sind auch nicht solche Schulden, Harps«, sagte er amüsiert. »Die kann man nicht abbezahlen, man muss sie abarbeiten. Das ist unser Deal, stimmt's, Kleiner?«

»Ja!«, schrie Max. »Ich *will* für Darren arbeiten! *Ich will das!*«

Darren zuckte mit den Schultern und spreizte die Hände. »Da siehst du's«, sagte er in nüchternem Tonfall, als sei die Sache damit erledigt. »Willige Arbeitskräfte. Da kann man froh sein.«

»Ich übernehme das«, sagte Harper. Als sie die Worte aussprach, kam es ihr vor, als entferne sich mit rasender Geschwindigkeit etwas von ihr. Das war vermutlich diese alberne kleine Hoffnung, die sie in letzter Zeit für sich und ihre Zukunft gehegt hatte. Als hätte sie jemals ein Anrecht auf etwas anderes gehabt als das, was sich gerade abzeichnete. »Ich mach das, Darren. Ich bin besser darin, das weißt du. Ich bin schnell und schlau. Und kenne die Gegend so gut wie niemand anders. Max«, sie wies mit dem Kopf auf ihren Bruder, obwohl sie den Hass in seinem Blick kaum ertragen konnte, »hat schon zu viel an der Backe. Er hat im Eckladen Ärger bekommen und Sachen bei Nachbarn gestohlen. Denen wird es auffallen, wenn er irgendwo herumhängt, wo er nicht hingehört. Aber auf mich achtet keiner. Und selbst wenn, ich hab ja Mr P, der mich aus allem raushaut, wie du selbst gesagt hast.«

Auf Darrens Gesicht trat ein langsames, triumphierendes

Lächeln. Und Harper fragte sich plötzlich, ob das von Anfang an seine Absicht gewesen war. Ob Darren sich deshalb an Max herangemacht hatte. Aber das spielte jetzt auch keine Rolle mehr.

Darren ging zur Beifahrertür und machte sie auf.

»Raus mit dir, Max«, sagte er. »Du bist ersetzt worden.«

»Das kannst du nicht machen!«, schrie Max, dem jetzt Tränen über die Wangen strömten. »Das ist *mein* Job! Du bist *mein* Freund!«

Darren schaute mit hartem Blick auf ihn hinunter. »Raus mit dir, bevor ich handgreiflich werden muss.«

»Rede nicht so mit ihm«, sagte Harper. »Max …«

Max löste den Sicherheitsgurt und stieg schluchzend aus. »Ich hasse euch!«, brüllte er. «Ich hasse euch beide so sehr!«

»Ja, ja, Kleiner«, erwiderte Darren gelangweilt. »Erzähl das jemandem, den's interessiert.«

»Max«, sagte Harper und streckte die Hände nach ihrem Bruder aus. Aber er schlug sie weg, rannte ins Haus und knallte die Tür hinter sich zu. Sogar von außen hörte Harper, wie wütend er die Treppe hinaufstapfte. Sie wollte ihm folgen, aber Darren packte sie am Arm.

»Wo willst du hin?«

»Ich muss mich um ihn kümmern.«

»Steig ein«, sagte Darren mit drohendem Blick. »Ich hab dir doch gesagt, dass sich was ändern wird, weißt du noch? Ab sofort bestimme ich über deine Zeit. Das solltest du schnell kapieren, sonst wirst du dafür bezahlen. Oder vielleicht auch jemand, der dir nahesteht.«

27

Die ersten Triebe der Ackerbohnen schlängelten sich aus der nährenden Komposterde, dicht gefolgt von anderen Pflanzen. In Wärme und Licht begannen die Zuckererbsen regelrecht zu wuchern, und die Kohlsorten taten es ihnen gleich. Blumenkohl, Grünkohl, Brokkoli und Romanesco brachten so schnell grüne Blättchen hervor, als wollten die Gewächse Luisa ihre Unterstützung zeigen. Die Zucchini hatten zunächst auf sich warten lassen, mittlerweile aber ihr gesamtes Regal mit Ranken bedeckt und mussten in größere Töpfe umgesetzt werden; draußen war es noch zu kühl.

Auch einige Blumen gediehen schon, die künftig jahrelang für bunte Vielfalt in den Rabatten sorgen würden, wenn sie gut gepflegt wurden. Die Löwenmäulchen ließen sich Zeit, dafür wuchsen Goldlack und Phlox wie wild, und auch der Rittersporn war fleißig. Jemand hatte Ableger von einer gefüllten orangeroten Rose vorbeigebracht, und an den anfänglich kahlen dunklen Zweigen erschienen mithilfe des Mykorrhiza inzwischen winzige hellgrüne Blättchen.

Luisa wollte noch schnellwachsende einjährige Blumen aussäen, sobald die ersten vorgezogenen Pflanzen das Gewächshaus verlassen hatten. Die Samenpackungen warteten bereits auf ihren Einsatz.

Jeden Morgen, wenn Luisa das Gewächshaus betrat, nahm sie sich Zeit, das Wachstum der Pflanzen zu bestaunen. Sie hatte fast vergessen, dass etwas so Einfaches wie ein kleines Gewächs, das aus einem Samen in der Erde entstand, für so viel Freude sorgen konnte.

»Die sind alle gut dabei, wie?«

Luisa drehte sich um und lächelte, als sie Kath Larkspur in der offenen Tür stehen sah. In den drei Wochen seit dem Tag der offenen Tür war Kath jeden Tag hergekommen. Sie konnte nie lange bleiben, schaute aber manchmal sogar mehrmals täglich vorbei und packte mit an.

»Guten Morgen«, sagte Luisa. »Hast du Zeit für einen Kaffee, Kath? Ich wollte mir gerade selbst einen machen, bevor ich mit dem Gießen anfange.«

»Lieber nicht«, antwortete Kath. »Ich wollte dir nur rasch ein bisschen helfen, dann muss ich zurück, tut mir leid.«

»Ich freu mich jedenfalls, dass du hier bist«, sagte Luisa lächelnd.

»Ich kann die kleinen Pausen auch gut gebrauchen, um ehrlich zu sein. Ich geh mal Wasser holen, ja?«

Kath nahm die beiden Kannen, die an der Tür standen, und ging nach draußen, um sie an den Tanks neben dem Gewächshaus zu füllen. Luisa hatte immer wieder nachgefragt, ob Kath nicht ihren Mann Arthur mitbringen wolle, aber sie winkte jedes Mal ab. Er hasste es, in dem Rollstuhl gesehen zu werden, erklärte sie, und mied deshalb auch seine Freunde von früher.

»Dabei wären die froh, ihn endlich mal wieder zu sehen«, hatte Kath seufzend erzählt. »Aber er weigert sich hartnäckig. Stolz wahrscheinlich.«

»Hat er sich mal überlegt, eine Psychotherapie zu machen?«, hatte Luisa vorsichtig nachgefragt, worauf Kath nur geschnaubt hatte.

»Nein, das will er nicht. Ist schon schwer genug, ihn zu seinen Arztbesuchen zu überreden. Nachdem er aus dem Krankenhaus entlassen wurde, hat er sich geschworen, nie wieder einen Fuß hineinzusetzen, solange er noch bei vollem Bewusstsein ist. So ein Starrkopf.«

Luisa konnte Arthur sogar verstehen. Nur allzu genau erinnerte sie sich an ihren Aufenthalt in dem sterilen weißen Krankenzimmer nach dem Unfall, den Reuben nicht überlebt hatte. Stundenlang hatte sie an die Decke gestarrt, verfolgt von Erinnerungen. Dass Arthur sich nach seinem Autounfall von ähnlichen Gefühlen fernhalten wollte, wunderte sie deshalb nicht. Außerdem war es vielleicht schon wohltuend für beide, dass zumindest seine Frau sich im Garten ein wenig erholen konnte.

»So«, sagte Kath, als sie zurückkam und Luisa eine gefüllte Kanne überreichte. »Die schlucken jede Menge Wasser, die kleinen Biester, was?«

Sie begannen ihre Runde und versorgten jedes Pflänzchen mit ausreichend Wasser. Dabei musste Luisa wieder an Harpers Idee zur Wassergewinnung denken. Verband man so ein Gerät mit einem Sprinklersystem, könnte man die Pflanzen automatisch bewässern. Das wäre eine enorme Erleichterung.

»Hat Harper sich heute wieder nicht blicken lassen?«, fragte Kath, als hätte sie Luisas Gedanken erraten.

»Nein. Aber sie hat jetzt auch wieder Schule und sicher viel um die Ohren.«

Das Mädchen war aber auch in den zweiwöchigen Osterferien nicht aufgetaucht, was Luisa sich nicht erklären konnte. Sie hatte Cas befragt – mit ihrem üblichen Notizzettel-Austausch, zu dem sie wieder zurückgekehrt waren –, aber er hatte sie nirgendwo gesehen, nicht einmal im Boxclub. Dabei hatte Luisa am Tag der offenen Tür das Gefühl gehabt, dass Harper sich sehr wohlgefühlt hatte. Doch das war vielleicht Einbildung gewesen.

Dennoch hatte sich in den zurückliegenden drei Wochen vieles zum Guten verändert.

»Es kommt mir vor, als hätte ich endlich den passenden Schlüssel entdeckt, um eine bestimmte Tür zu öffnen«, hatte Luisa ihrer Schwester die neueste Entwicklung im Gemeinschaftsgarten erklärt. »Und in diesem Zimmer habe ich dann die Schlüssel zu allen anderen Räumen gefunden, die mir davor verschlossen geblieben sind.«

Die Menschen, die bei der Pflanzparty selbst etwas gesetzt hatten, kamen tatsächlich immer wieder, um die Fortschritte zu verfolgen. Die Kinder fanden das natürlich am spannendsten, aber auch die älteren Einwohner waren seither schon mehrmals da gewesen. Bei jedem ihrer Besuche hatte Luisa sie gebeten, ihr einen Gefallen zu tun und eine kleine Aufgabe zu übernehmen, wie Gießen oder ein Beet zu harken. Nach und nach erkundigten sich die Leute sogar von sich aus, was erledigt werden musste. Offenbar tat es ihnen gut, im Garten auszuhelfen, und das wollten sie immer wieder erleben. Was Luisa voll und ganz verstehen konnte.

Sie atmete gerade genüsslich den Geruch nach Pflanzen und feuchter Erde ein, als vom Eingang eine aufgebrachte Stimme zu hören war.

»Also hierhin verschwindest du ständig, oder wie?«

Die wütende Stimme gehörte zu einem Mann im Rollstuhl, der in der offenen Tür stand.

»Arthur!«, rief Kath aus und ging rasch zu ihm. »Was machst du hier? Wie bist du …«

»Wollte mal sehen, wo meine Frau sich den ganzen Tag rumtreibt«, antwortete Arthur vorwurfsvoll. »Ständig verschwindest du und lässt mich allein. Hast wohl geglaubt, ich kann dir nicht folgen, wie? Hast gedacht, du könntest mich zu Hause sitzen lassen wie einen Sack Kohlen?«

»Tut mir leid«, erwiderte Kath. »Ich habe hier nur ein bisschen im Garten mitgeholfen. Ich hatte dir doch gesagt …«

»Helfen! Du hast genug zu helfen – zu Hause, bei mir, wo du auch sein solltest. Hast du das vergessen? Und außerdem«, fügte er mit verächtlichem Blick hinzu, »kann man das da draußen ja wohl kaum als Garten bezeichnen.«

»Das stimmt«, sagte Luisa rasch, bevor Kath ihrem erbosten Mann antworten konnte. »Aber mit der Unterstützung von Menschen wie Kath kann das hier bald zu einem werden. Vielleicht möchten Sie sich auch daran beteiligen, Mr Larkspur?« Sie ging zu ihm und hielt ihm die Hand hin. »Luisa MacGregor.«

Er reagierte nicht auf die Begrüßung, sondern ließ den

Blick über das Gelände schweifen. »Wäre praktischer, die Fläche zu asphaltieren und einen Parkplatz draus zu machen. Weniger Mühe, und Sie könnten zumindest ein bisschen Geld damit verdienen, anstatt hier mit Blumen Zeit zu verschwenden.«

Luisa bemühte sich um ein Lächeln. »Zuerst wollen wir es mit einem Garten probieren, danach können wir immer noch zu Ihrem Vorschlag übergehen. Inzwischen gibt es schon einige Freiwillige wie Ihre Kath. Sie ist eine große Hilfe.«

Mr Larkspur schnaubte, und Luisa versuchte, sich von ihrem ersten Eindruck nicht zu sehr beeinflussen zu lassen. Sie wusste immerhin selbst, wie sehr Leid Menschen verändern konnte.

»Möchten Sie sich vielleicht mal meine Entwürfe ansehen?«, schlug sie vor. »Kath ist an der Planung eines Gedenkgartens und des Teichs beteiligt. Beides soll im Südwesten des Geländes angelegt werden, damit beginnen wir nächste Woche. Und hier sollen übrigens nicht nur Blumen wachsen, dort drüben haben wir bereits Kartoffeln angepflanzt, und hier«, mit einer ausladenden Armbewegung zeigte sie auf die Pflanzen im Gewächshaus, »entstehen gerade etliche Gemüsesorten. Ich gebe Ihnen mal ein Infoblatt mit …«

Luisa griff nach einem der gedruckten Flyer, die immer im Gewächshaus bereitlagen. Ein Entwurf vom Garten war darauf zu sehen, und es wurde um ehrenamtliche Mitarbeit gebeten. Mr Larkspur riss ihn ihr aus der Hand, warf aber keinen Blick darauf.

»Was ich jetzt möchte«, sagte er scharf, »ist, nach Hause gebracht zu werden.«

»Natürlich, Arthur, ich komme mit«, sagte Kath. »Zu Hause mache ich uns Kaffee.« Sie warf Luisa einen entschuldigenden Blick zu, die mit einem aufmunternden Lächeln reagierte. Eigentlich hätte sie gerne darauf hingewiesen, dass Arthur den Weg allein geschafft hatte, also wohl auch wieder zurückfinden würde, hielt sich aber zurück. Als sie den beiden nachsah, hoffte sie inständig, dass dieser Vorfall Kath nicht künftig davon abhalten würde, herzukommen. Sie war nicht nur eine große Hilfe, Luisa fühlte sich inzwischen auch sehr wohl in Gesellschaft der älteren Frau.

Später würde die vierte Klasse der Grundschule eintreffen, um Sonnenblumen zu säen. Luisa begann mit ihren Vorbereitungen und stellte sich dabei die fröhlichen Gesichter der Kinder vor, so strahlend wie die Blumen, die später aus den Samen gedeihen würden.

28

»Du solltest mal wieder ausgehen, um jemanden kennenzulernen«, sagte Chris, als er und Cas bei einem Bier zusammensaßen. »Oder hängst du immer noch an Annika?«

»Nein«, antwortete Cas. »Ich habe nur so viel zu tun. Außerdem muss ich erst mal eine neue Wohnung finden, ich kann ja nicht ewig bei euch kampieren.«

»Ach, das klappt bestimmt bald«, erwiderte sein Freund. »Außerdem freut sich Becky, dass du bei uns bist, und die Kinder sowieso. Ich an deiner Stelle würde jedenfalls nicht so lange herumtrödeln, was die Mädels angeht. Jetzt finden dich noch alle scharf, aber jünger wirst du auch nicht.«

»Na, schönen Dank auch, Chris«, erwiderte Cas mit schiefem Grinsen.

»Na ja, ist doch so. Das Leben geht schneller an einem vorbei, als man glaubt.«

Sein Freund hatte recht, gestand Cas sich ein. Er konnte sich selbst nicht richtig erklären, wie er in seine jetzige Lage geraten war. Er hatte sich immer ein behagliches Zuhause und eine Familie gewünscht. Stattdessen hatte er nichts vorzuweisen außer einer Sporthalle, deren Miete er sich selbst nicht mehr leisten konnte, und eine Horde Kinder, die nicht seine eigenen waren – obwohl er sich manchmal durchaus wie ihr Vater vorkam.

»Ich wüsste gar nicht, wie ich das anfangen sollte«, gestand er.

Vier Jahre waren vergangen, seit er zum letzten Mal Single gewesen war, und inzwischen veränderte sich alles so rasend schnell, dass er vermutlich den Anschluss verloren hatte. Heutzutage suchte man doch mit Dating-Apps nach Partnerinnen, oder? Ein Albtraum in einem kleinen Ort wie Collaton. Vermutlich würde er auf Kolleginnen stoßen, auf Mütter von Schulkindern oder – noch schlimmer – auf *ehemalige Schülerinnen*. Die Vorstellung war so grauenhaft, dass Cas vor dieser Option sofort zurückschreckte. Doch was blieb ihm dann noch? Wie lernte man heute jemanden kennen, wenn nicht übers Internet?

»In Carlisle gibt es immer noch den Salsaclub«, schlug Chris vor, als Cas seine Bedenken äußerte. »Wenn wir einen Sitter kriegen, würde Becky sicher gern mal wieder ausgehen, haben wir eine Ewigkeit nicht gemacht. Dann könnten wir drei uns zusammen ins Nachtleben stürzen.«

»Wie, und ich soll dann da herumsitzen, während ihr zwei euch amüsiert?«, erwiderte Cas. »Nee, danke, ohne mich.«

»Ach, komm schon«, drängte Chris. »Die Frauen werden doch garantiert Schlange stehen, sobald du auftauchst.«

Cas verzog das Gesicht. »Weiß nicht. Hab seit Jahren nicht mehr getanzt. Bin inzwischen bestimmt zu alt und eingerostet.«

»Ach, Quatsch«, widersprach Chris. »Du tänzelst auch beim Boxen, Mann, das hält dich fit und beweglich. Du musst vorher nur ein paar Schritte üben, dann läuft das wie früher, du wirst sehen.«

Cas konnte dagegen nichts mehr einwenden, weshalb er am nächsten Sonntagmorgen in den leeren Boxclub ging. Hier war mehr Platz als im Wohnzimmer von Chris und Becky, und außerdem hatte Cas keine Lust, sich vor seinen Freunden zu blamieren. Er wollte lieber auf dem abgetretenen Parkett der Trainingshalle ausprobieren, ob seine Beine noch wussten, wie sie sich zu Musik bewegen konnten.

Er schaltete die Anlage ein (eine Neuanschaffung von Luisa, die sie bei den Kids noch beliebter gemacht hatte) und verband sein Handy damit. Kurz darauf ertönte Salsa, ein schneller komplizierter Rhythmus, bei dem Cas sofort an strahlend blauen Himmel, tropische Hitze und weiße Strände denken musste. Er begann sich zu lockern und ein paar Schritte zu üben. Wie absurd es doch war, dass er mühelos Kids die Abseitsregel beim Fußball erklären, einen Freiwurf beim Basketball versenken oder bockigen Jugendlichen Boxschläge beibringen konnte, sich aber beim Versuch, die Füße im Rhythmus zu bewegen, so steif und unbeholfen fühlte wie ein tapsiger Bär. Er versuchte sich einzureden, dass es an der fehlenden Partnerin lag. Zum Salsatanzen gehörten nun mal zwei.

»Hi!«

Erschrocken fuhr er herum und sah Luisa in der Tür stehen. Ihr langes Haar sah zerzaust aus, ihre Wangen waren gerötet. Sie trug eine verwaschene Jeans mit einem Riss an einem Knie, ihre üblichen Arbeitsstiefel mit Stahlkappen und einen alten schwarzen Pulli. Auf einer Wange prangte wieder mal ein brauner Erdfleck, und ihr Lächeln war so sonnig, dass sein Herz zu rasen begann.

»Dich habe ich ja eine Ewigkeit nicht gesehen«, sagte Luisa, als sie auf Cas zuging. »Ich dachte schon, du hättest mich vergessen!«

»Oh«, stammelte Cas. »Nein, ich … hatte nur so viel zu tun.«

Luisa blieb vor ihm stehen, noch immer lächelnd. »Hast du gerade getanzt?«

Cas wäre am liebten im Erdboden versunken, stützte stattdessen aber die Hände in die Hüften und verzog das Gesicht. »Ich habe früher viel getanzt«, antwortete er, »glaube ich jedenfalls … Aber gerade habe ich den Eindruck, dass mein Gedächtnis mir Streiche spielt. Entweder das, oder ich hab plötzlich Blei in den Füßen.«

Luisa lachte lauthals, und Cas entspannte sich ein wenig. Er musste sich eingestehen, dass es guttat, sie zu sehen. Und außerdem – wieso sollte er nicht ein bisschen in Verliebtheit schwelgen?

»Ich kann überhaupt nicht tanzen«, sagte sie, ohne seine Gedanken zu erahnen.

»Das glaube ich nicht«, widersprach Cas. »Wenn so ein Riesenkerl wie ich das hinkriegt, kannst du es auch.«

»Was ist das überhaupt?«, fragte sie und deutete mit dem Finger in die Luft. »Klingt ziemlich kompliziert.«

»Salsa«, antwortete Cas. Später konnte er sich nicht mehr erklären, was in diesem Moment in ihn fuhr, aber er streckte die Hände aus und sagte: »Komm, ich bring dir die Grundschritte bei. Ist ganz leicht, ich versprech's dir.«

Luisa ergriff seine Hände. Einen Moment lang blieben sie beide reglos stehen, eine Armeslänge voneinander entfernt. Luisas Hände fühlten sich warm und weich an, doch ihr Blick war auf den Boden gerichtet. Cas bereute seine impulsive Reaktion auf der Stelle.

»Ähm«, sagte Luisa dann und räusperte sich. »Also, wenn du gerne deine Zehen gefährden möchtest …«

»Ich werd's überleben«, erwiderte Cas so lässig wie möglich. »Okay, also, Rhythmus ist wichtig … Vor und zurück …«

Er brachte ihr die einfachsten Schritte bei, die er in seiner Studienzeit gelernt hatte, bis die Bewegungen flüssiger und müheloser wurden und Luisa mit einem Lachen sagte: »Okay, ich glaube, das kriege sogar ich hin!«

»Aber klar«, sagte Cas. »Und jetzt, wenn man noch ein bisschen mutiger sein möchte …« Er hob eine Hand, und Luisa vollführte darunter eine Drehung. Als sie beim Herumwirbeln ins Stolpern kam, zog Cas sie näher an sich und umfasste ihre Taille, um sie zu stützen.

Luisa lachte und schaute auf ihre Stiefel. »Siehst du? Ich hab's dir doch gesagt. Ich tauge nichts als Tänzerin.«

»Ach, und ob«, sagte Cas. »Hättest du vielleicht Lust, nächsten Freitag mit mir und zwei Freunden in einen Salsaclub in Carlisle zu gehen? Wird bestimmt lustig.«

Er spürte, wie sie vor Erstaunen die Hand anspannte, und als sie zu ihm aufschaute, wurde ihm erst richtig bewusst, wie nahe sie sich waren.

Plötzlich hörten sie draußen auf dem Flur eine Stimme und zuckten beide zusammen. »Lu? Wo steckst du denn?«

Luisa ließ Cas hastig los und wich zurück, als eine jüngere und blondere Version von ihr in der Tür erschien.

»Ich bin hier, Jo«, sagte sie und erklärte etwas atemlos: »Das ist meine Schwester Joanna. Jo, das ist Cas.«

Er stellte die laute Musik ab, während Jo auf ihn zusteuerte. Sie streckte ihm lächelnd die Hand hin. »Cas! Hi! Schön, dich kennenzulernen!«

»Hallo.« Er erwiderte das Lächeln. »Freut mich.«

»Ja, mich auch«, sagte Jo herzlich. »Ich habe schon so viel Gutes über dich gehört.«

»Ach ja?«, erwiderte Cas etwas erstaunt. »Bist du hier, um dir den Garten anzusehen?«

»Ja, und um ein bisschen mitzuhelfen«, antwortete Jo. »Ich hatte bisher einfach keine Zeit, deshalb hab ich jetzt ein furchtbar schlechtes Gewissen. Obwohl das wahrscheinlich überflüssig ist. Unglaublich, wie viele Leute sich an einem Sonntagmorgen da draußen tummeln!«

»Ja, deine Schwester kann gut mit Menschen umgehen, deshalb wollen auch so viele mithelfen. Oder«, er wandte sich zu Luisa, »habe ich irgendwas versäumt? Normalerweise nimmst du dir doch sonntagmorgens frei, oder nicht?«

»Ja, das stimmt, tut mir leid, dass ich dich störe«, sagte Luisa. »Wir haben beschlossen, einen Lagerschuppen zu bauen. Ich wollte die anderen mit der Arbeit nicht allein lassen, und da heute die meisten Zeit hatten, bin ich …«

»Luisa«, fiel Cas ihr ins Wort. »Das sind deine Räume hier. Du bezahlst die Miete, hast du das vergessen?«

Sie lächelte und schaute zur Seite. »Du weißt, dass ich das nicht so sehe.«

»So oder so bist du hier jederzeit willkommen«, betonte Cas. »Tut mir nur leid, dass ich nicht länger bleiben und mithelfen kann. Ich muss mir vor der Boxstunde nachher noch eine Wohnung ansehen.« Er warf einen Blick auf seine Uhr. »Oh, ich sollte auch aufbrechen. War schön, dich kennenzulernen, Jo. Luisa …«

Erst als sie ihn jetzt wieder ansah, wurde Cas klar, dass sie nicht auf seine Einladung reagiert hatte. Und er machte sich Vorwürfe, weil er eine Verlegenheit in Luisas Blick sah, die er unter allen Umständen hatte vermeiden wollen.

»Cas …«, begann sie zögernd.

Er berührte leicht ihren Arm und schüttelte lächelnd den Kopf. »Alles gut, war nur so eine Idee. Ich muss jetzt los.«

Dann nickte er Joanna zu und eilte hinaus, spürte dabei, dass die beiden Frauen ihm nachsahen. Und während er den Flur entlangging, blieb es still im Trainingssaal.

Als Cas hinaustrat ins helle Sonnenlicht des Frühlingsmorgens, atmete er tief ein.

Okay, du hast gefragt, sagte er sich. *Und eine Antwort bekommen. Jetzt musst du damit klarkommen.*

Dennoch spürte er noch immer, wie seine Hand ihre Taille berührte und Luisa zu ihm aufschaute, so nah bei ihm, dass es sich fast wie eine Umarmung angefühlt hatte.

29

Während Luisa Cas nachsah, erfasste sie eine ungute Vorahnung. Jo schien nur darauf zu warten, bis er endlich außer Hörweite war, um zu sprechen. Und es war auch nicht hilfreich für Luisa, dass ihr Herz noch immer wild pochte seit dem Moment, als Cas ihre Taille umfasst hatte und sie sich so nah gewesen waren. Was Jo jetzt gleich äußern würde, konnte Luisa sich lebhaft vorstellen.

»Okay«, sagte ihre Schwester auch prompt, nachdem Cas' Schritte verklungen waren. »Du hattest erzählt, dass er ein sympathischer Typ ist. Aber dass er auch noch megascharf ist, hast du verschwiegen!«

Luisa wandte sich ab, weil ihr die Röte ins Gesicht stieg und sie über dieses Thema keinesfalls reden wollte, schon gar nicht mit ihrer Schwester. »Bitte nicht, Jo.«

»Du willst doch wohl nicht behaupten, dass dir das entgangen ist …«

»Wir sind nur Kollegen«, sagte Luisa und fügte etwas kleinlaut hinzu: »Oder zumindest so was Ähnliches.«

»Ja, und? Was spielt das für eine Rolle?«, wandte ihre Schwester ein.

Luisa wandte sich wortlos ab und marschierte hinaus,

in der Hoffnung, dass Cas inzwischen verschwunden war. In tiefen Zügen atmete sie die frische Morgenluft ein und stellte erleichtert fest, dass ihr Herzschlag sich wieder beruhigte. *Es ist alles gut,* sagte sie sich. *Er war einfach nur nett und freundlich, so, wie er immer ist. Das hatte keine andere Bedeutung …*

Die Tür ging auf, und Jo kam heraus. »Hallo? Erde an Luisa?«

»Was?«

Ihre Schwester beäugte sie skeptisch. »Hast du irgendetwas von dem gehört, was ich gerade gesagt habe?«

»Wahrscheinlich nicht. Ich habe schon gelernt, auf Durchzug zu stellen, als du ein Jahr alt warst.«

Jo verzog das Gesicht. »Haha, sehr witzig. Ich hatte dich gefragt, was Cas mit ›war nur so eine Idee‹ gemeint hat.«

Luisa schloss die Tür ab und steuerte dann Richtung Garten, aus dem lebhaftes Gerede und Gelächter zu hören waren. »Gar nichts.«

»›Alles gut, war nur so eine Idee‹«, zitierte Jo hartnäckig. »Das hört sich nicht nach ›nichts‹ an. Vor allem, da ihr beide gerade … Na, ich weiß nicht genau, was ihr gerade gemacht habt, als ich reinkam.«

»Getanzt«, sagte Luisa knapp. »Cas hat Tanzschritte geübt und sie mir beigebracht, weil ich gesagt habe, ich könne nicht tanzen. Er ist eben durch und durch Lehrer.«

»Geübt?«, wiederholte Jo. »Wofür denn?«

Dieses Thema wollte Luisa unter allen Umständen meiden, nicht zuletzt, weil sie das Erlebnis selbst noch verarbeiten musste. Außerdem wusste sie bereits, dass ihre Schwester ihr dann garantiert nicht raten würde, sich von Cas und seinem Salsaclub fernzuhalten. »Ist das wichtig?«

»Weiß nicht«, antwortete Jo, als sie durchs Gartentor gingen. »Vielleicht nur weil …«

Luisa warf ihrer Schwester einen Blick zu und stellte erstaunt fest, dass sie an ihrer Unterlippe nagte. Normalerweise überlegte Jo nicht lange, bevor sie sprach.

Jetzt zuckte sie mit den Schultern und sah sich im Garten um. »Ihr so gut zusammen ausgesehen habt. Hey – das ist ja fantastisch hier!«

Luisa lächelte, während sie sich umschaute und den Garten mit den Augen ihrer Schwester betrachtete. Bei der Arbeit war sie mehr auf Details konzentriert, aber Jo sah jetzt das große Ganze: Der Garten nahm zusehends Gestalt an. Die dunkelgrünen Kartoffelpflanzen sahen kräftig und gesund aus. Die Kohlsetzlinge hatten sich so gut entwickelt, dass sie inzwischen neben den Kartoffeln unter einem feinen Netz im Freiland weiterwuchsen. In der letzten Woche hatten die Erbsen begonnen, sich an dem dafür vorgesehenen Gitter emporzuranken. Und in den nächsten Tagen würden die Blumensetzlinge aus dem Gewächshaus in die Beete umgepflanzt werden, die durch ein Geflecht aus schmalen Pfaden miteinander verbunden waren. Wenn die Blumen zur Blüte kamen, würde das Gelände so bunt und vielfältig sein wie ein Bauerngarten.

Auch die Arbeit am Gedenkgarten ging voran. Der kleine Teich war bereits ausgebaggert und würde als Nächstes mit einer Mauer aus den Ziegeln der Fabrikwand umgeben werden. Das Gelände wirkte nicht mehr kahl und verwahrlost, man konnte sehen, dass hier etwas … erschaffen wurde.

»Ja, oder?«, sagte Luisa. Ihr Ärger über Jo war vergessen. »Und wir sind erst am Anfang.«

»Hier sind Sie!«, war plötzlich eine barsche Stimme zu vernehmen. »Kann ich Sie mal sprechen?«

Als Luisa sich umdrehte, sah sie Arthur Larkspur, der sich vom Gewächshaus her mit seinem Rollstuhl schnell auf sie zubewegte. *Oh nein,* dachte sie. *Was kann er von mir wollen?* Sie hatte den Mann zum letzten Mal gesehen, als er unangekündigt hier erschienen war, um seine Frau abzuholen. Sie war danach weiterhin regelmäßig hergekommen und hatte den Vorfall nicht erwähnt, aber Arthur hatte sich nicht mehr blicken lassen. Kath war gerade im Gewächshaus mit Gießen beschäftigt, wie Luisa sah.

»Mr Larkspur«, sagte Luisa betont munter. »Schön, Sie wiederzusehen. Das hier ist …«

»Bänke«, unterbrach er sie. »Sie brauchen Bänke. Die Leute können sich nirgendwo hinsetzen, oder?«

»Oh«, sagte Luisa überrascht. «Darüber hatten wir tatsächlich erst gesprochen. Bestimmt haben wir noch ein Budget für …«

Larkspur schnaubte ungeduldig. »Sie denken bestimmt an irgendwelchen Plunder aus einem billigen Möbelmarkt. Aber ich meine hochwertige Handarbeit, Bänke, die nicht irgendwo von Maschinen am anderen Ende der Welt angefertigt werden. Gutes solides Holz, Mädchen, das brauchen Sie! Anständiges Holz!«

Luisa hörte, wie Jo ein Lachen unterdrückte.

»Wissen Sie, ich bin ganz Ihrer Meinung, Mr Larkspur«, sagte sie dann. »Luisa braucht unbedingt solides Holz, das sage ich ihr schon länger.«

»Jo«, zischte Luisa.

»Eiche«, fuhr Larkspur unbeirrt fort, ohne auf Jos alberne Bemerkung einzugehen. »Besorgen Sie mir vernünftiges Grünholz von der Eiche. Das passt sich vom Verwitterungsprozess gut an die Umgebung hier an.«

Luisa versuchte zu begreifen, was gerade geschah. »Mr Larkspur, wollen Sie etwa Bänke für den Garten anfertigen?»

Er warf ihr einen vernichtenden Blick zu. »Na, das habe ich doch gerade gesagt, oder nicht?« Larkspur wies Richtung Zaun. »Als Erstes werde ich ein paar runde machen, um diese Obstbäume herum. Ich lass genug Platz, damit die Bäume sich ausdehnen können. Wenn sie größer sind, haben die Leute dort schöne Schattenplätze.«

Luisa war so verdattert, dass es ihr wahrhaftig die Sprache verschlug.

»Ich bräuchte natürlich hie und da Unterstützung«, fuhr Larkspur fort, dem Luisas Schweigen nicht aufzufallen schien. »Und einen Arbeitsplatz in dem Schuppen, den Sie bauen wollen. Ich kann nicht mehr so lange stehen. Dafür bringe ich mein eigenes Werkzeug mit. Ist lange nicht benutzt worden, aber ich habe es gut gepflegt.«

»Sie sind Tischler?«, fragte Luisa, die noch immer versuchte, sich das alles zurechtzureimen.

»Natürlich bin ich das, was glauben Sie denn? Schneller denken, Mädchen«, erwiderte Larkspur.

»Genau«, warf Jo ein und grinste ihre Schwester an. »Schneller denken, Luisa.«

»Also los.« Er hielt Joanna Notizblock und Bleistift hin. »Sie helfen mir beim Abmessen. Das können wir gleich erledigen, wenn ich ohnehin schon da bin. Ich überprüfe dann, ob alles stimmt. Kommen Sie.«

Jo öffnete den Mund, um zu widersprechen, aber Larkspur hatte sich schon in Bewegung gesetzt. »Beeilung! Ich habe nicht den ganzen Tag Zeit«, rief er ihr über die Schulter zu.

Luisa lächelte ihre Schwester zuckersüß an. »Du hast gehört, was der Mann gesagt hat, Jo. Hopp-hopp.«

Ihre Schwester grummelte etwas vor sich hin, folgte dem Mann aber dann widerstrebend. Luisa wandte sich zum Gewächshaus und sah, dass Kath in der Tür stand, ein leichtes Lächeln auf den Lippen.

»Tja«, sagte Luisa. »Das nenne ich mal eine überraschende Wendung.«

Kath nickte. »Ich bin genauso erstaunt wie du. Deine Pläne und Zeichnungen vom Garten haben ihn dazu gebracht, glaube ich. Wer weiß, vielleicht ist das genau das Richtige für ihn. Etwas, das ihn ein bisschen von sich selbst ablenkt.«

»Ich finde es toll«, sagte Luisa, obwohl Arthur Larkspur nicht gerade umgänglich war. Seine lautstarken Anweisungen für Jo konnte sie bis hierher hören.

»Er wirkt herrischer, als er ist«, bemerkte Kath, als habe sie Luisas Gedanken erraten.

»Keine Sorge«, erwiderte Luisa lächelnd. »Meine Schwester kann sich gut zur Wehr setzen. Und außerdem schadet es ihr gar nicht, ein bisschen herumkommandiert zu werden.«

Sie hörten schnelle Schritte auf der Asphaltfläche, dann tauchte Harper neben Luisa auf.

»Ach, Harper!«, rief sie erfreut aus. »Wie schön, dass du hier bist! Ich dachte schon, du hättest uns vergessen. Wie geht's dir?«

Harper verzog den Mund zu etwas, das offenbar ein Lächeln sein sollte. Unter ihren Augen lagen dunkle Schatten. »Ich muss doch noch ein paar Stunden abarbeiten«, sagte sie. »Tut mir leid, dass ich so lange nicht hier war. Mein Leben ist gerade …«, sie zögerte und setzte dann hinzu: »Ziemlich anstrengend.«

Luisa drückte ihr leicht den Arm. »Kein Problem. Ich freue mich, dich zu sehen. Du erinnerst dich sicher noch an Mrs Larkspur, oder? Vom Tag der offenen Tür?«

Harpers Blick verfinsterte sich, als sie Kath ansah. »Ja«, sagte sie leise. »Hallo.«

Kath lächelte reserviert. »Hallo, Harper.«

Wieder fragte sich Luisa, ob es zwischen den beiden eine Vorgeschichte gab, von der sie nichts wusste. In einem kleinen Ort wie Collaton gab es nicht selten Verbindungen, die lange zurückreichten.

»Ich kann nicht lange bleiben«, sagte Harper. »Carl macht heute die Werkstatt für mich auf, obwohl Sonntag ist, damit ich später an dem Mini arbeiten kann. Er ist jetzt fast fertig, nächste Woche kann er zum TÜV.«

»Das ist ja großartig!«, rief Luisa aus. »Weiß Mr P schon davon? Er wird sich bestimmt riesig freuen.«

Harper wandte den Blick ab und runzelte leicht die Stirn. »Ich hab ihn ewig nicht gesehen. Hab zu viel zu tun, um in den Club zu gehen.«

Luisa konnte das Mädchen nicht ganz einschätzen. Harper wirkte bedrückt, nicht vorfreudig und aufgeregt, wie es angesichts der Fertigstellung des Mini nahegelegen hätte. Aber in Kaths Anwesenheit wollte Luisa nicht nachfragen und hoffte, dass sie im Laufe des Tages Zeit für ein Gespräch unter vier Augen finden würden. »Na, wenn das Auto erst mal fertig ist, hast du vielleicht wieder mehr Zeit.«

»Ja«, murmelte Harper. »Vielleicht.«

Ihr Handy gab ein Piepen von sich, als eine Nachricht eintraf. Harper schien das Geräusch regelrecht zu erschrecken, sie wurde noch bleicher, als sie ohnehin schon war. Dann wich sie zurück und sagte: »Ich muss los.«

»Wie?«, fragte Luisa verwirrt. »Aber du bist doch gerade erst gekommen.«

»Entschuldige«, rief Harper über die Schulter. »Vielleicht klappt es später noch. Tut mir leid.«

»Harper …«

Doch sie lief schon durchs Tor hinaus. Im nächsten Moment waren das Röhren eines Motors und dröhnende Musik zu hören. War das etwa schon wieder Darren Dixon? Mit quietschenden Reifen kam der Wagen zum Halten. Die Obstbäumchen am Zaun waren mittlerweile so belaubt, dass Luisa nichts erkennen konnte. Eine Tür knallte, dann fuhr der Wagen wieder los, und Luisa überlegte nicht zum ersten Mal, was sich wohl zwischen Harper und Darren Dixon abspielte.

Sie wandte sich wieder Kath zu, die besorgt aussah.

»Was ist los, Kath?«, fragte Luisa.

Doch die ältere Frau kam nicht zum Antworten. Der Rest der freiwilligen Helfer traf gerade ein, und man legte sofort mit dem Aufbau des Schuppens los. Der Tag verging, ohne dass Harper sich noch einmal blicken ließ.

30

An einem Dienstagmorgen Mitte Juni, als Luisa gerade nach Collaton unterwegs war, bekam sie einen Anruf von Owen Lawrence. Das war ungewöhnlich, sie telefonierten immer freitags, um die Fortschritte des Projekts zu besprechen.

»Owen, hallo«, meldete sie sich. »Alles okay?«

»Guten Morgen, Luisa. Vielleicht ja, vielleicht nein, da bin ich mir noch nicht ganz sicher.«

»Aha«, bemerkte Luisa stirnrunzelnd, die plötzlich fürchtete, Owen wolle das Gelände doch selbst beanspruchen. Was natürlich ein etwas absurder Gedanke war.

»Ich habe soeben eine Absage für den Vortrag bei der Sommergala bekommen«, berichtete Owen. »Und stecke jetzt ziemlich in der Klemme, es wird schwierig, so kurzfristig jemand Neuen zu finden.«

»Oh, tut mir leid für dich«, sagte Luisa.

Die Sommergala auf Owens Anwesen war eine jährliche Veranstaltung für allerlei Wirtschaftsgrößen. Luisa war seit Jahren nicht mehr da gewesen, konnte sich aber noch gut an das pompöse Fest erinnern. Das Ganze wurde als Wohltätigkeitsgala deklariert, aber Luisa hatte es seit jeher mit Skepsis betrachtet. Zwar spendete Owen die Einnahmen, die er durch die aberwitzigen Menüpreise erzielte, aber Luisa hatte einige solcher Events an der Seite von Reuben durchgestanden und wusste, dass es um etwas ganz anderes ging: Netzwerken. Auf diesen Veranstaltungen wurden Geschäfte in Dimensionen abgeschlossen, in denen sie gar nicht denken konnte. Die Summen, die bei Champagner oder dem opulenten Luxus-Brunch am nächsten Morgen zur Sprache kamen, waren astronomisch. Doch durch diese Kontakte gelang es Owen, bei allerlei Unternehmen die Finger im Spiel zu haben. Angesichts dessen war der Wohltätigkeitsaspekt der Veranstaltung kaum mehr als ein Tarnmäntelchen.

»Jedenfalls«, sprach Owen weiter, »dachte ich an dich.«

Luisa blinzelte verwirrt. »An mich?«

»Ja. Hättest du vielleicht Lust, die Lücke zu schließen, indem du nach dem Dinner einen Vortrag hältst?«

»Augenblick mal. Was? Bei diesen Vorträgen werden immer große Wirtschaftsunternehmen vorgestellt, oder habe ich da was falsch in Erinnerung?«

»Für gewöhnlich ist das so, ja«, antwortete Owen. »Der Mann, der abgesagt hat, wollte über eine vogelschonende Windturbine sprechen. Ökotechnik ist gerade extrem angesagt, das wäre sicher gut angekommen. Aber daraus wird nun mal nichts, und ich dachte mir, es wäre doch die perfekte Gelegenheit, um dein Gartenprojekt zu promoten, meinst du nicht auch? Könnte dir die Kassen wieder etwas füllen.«

»Aber …«, begann Luisa, verstummte jedoch dann. Sie hatte instinktiv ablehnen wollen, allerdings stimmte sie die Aussicht auf Geldmittel nachdenklich. Am Abend vorher hatte sie sich noch die Zahlen angesehen und überlegt, wie sie Sponsoren auftreiben könnte. Die Finanzdecke war inzwischen ziemlich dürftig. »Was müsste ich denn genau tun?«

»Du hättest direkt nach dem Dinner eine Viertelstunde für deine Rede«, erklärte Owen. »Und du müsstest eine Präsentation vorbereiten, um zu erklären, worum es bei dem Projekt geht, was du bislang erreicht hast und was geplant ist. Ich würde etwas Visuelles wie ein Video vorschlagen. Irgendetwas, womit man das Interesse von Menschen gewinnt, die sich so was ihr Leben lang anschauen müssen. Du weißt, was ich meine.«

»Ah ja«, sagte Luisa matt. »Aber, Owen … Ich weiß wirklich nicht, ob ich so was kann.«

Solche Präsentationen hatte früher immer Reuben übernommen, er hatte ein Talent gehabt, vor Publikum zu sprechen. Luisa dachte an den katastrophal gescheiterten Infoabend, bei dem es ihr nicht einmal gelungen war, sich gegen Darren Dixon durchzusetzen.

»Ich glaube an dich, Luisa«, sagte Owen jetzt. »Du schaffst das, das weiß ich ganz genau. Die Gala ist Ende Juli, du hast noch sechs Wochen, um dich vorzubereiten. Überlegst du es dir zumindest mal?«

Luisa hielt am Gartentor an und schloss die Augen. Sponsoren aufzutreiben lag ihr noch viel weniger als Präsentationen, und Owen bot ihr gerade die Gelegenheit, vor millionenschweren Wirtschaftsgrößen zu sprechen. Sie konnte das Gartenprojekt nicht an Geldmangel scheitern lassen. Nicht jetzt, wo sich gerade erste Erfolge abzeichneten.

»Okay, Owen«, sagte sie. »Ich mach's.«

»Na ja«, sagte Kath später, während sie mit Luisa im Gewächshaus arbeitete. »Ich verstehe, dass du nervös bist, aber es hört sich nach einer tollen Gelegenheit an, oder?«

»Ja«, gab Luisa zu. »Trotzdem bekomme ich allein bei der Vorstellung, vor dieser Art von Leuten zu sprechen, die Panik.«

»Ach, das kriegst du schon hin, Mädchen.« Kath klopfte ihr ermutigend auf die Schulter. »Und du brauchst ein Video, sagst du? Frag doch mal Mo. Der macht ständig irgendwelche Filmchen. Für TikTok oder so was, sagt er. So einen Auftrag findet er bestimmt klasse.«

»Super Idee«, sagte Luisa begeistert. »Es wäre ohnehin gut, alle zu beteiligen, die regelmäßig herkommen, oder? Wir könnten sie bei verschiedenen Tätigkeiten im Garten filmen und die Sequenzen dann zusammenfügen.«

Kath lächelte. »Na, siehst du. Das wird schon. Du brauchst dir keine Sorgen zu machen.«

»Du bist ein Geschenk des Himmels«, sagte Luisa. »Was für fantastische Ideen hast du sonst noch auf Lager?«

Kath wischte sich die Erde von den Händen und griff nach ihrem Kaffeebecher. »Bevor du deine Präsentation machst, gibt es ein großes Dinner, sagst du?«

»Ja, das Hauptevent. Zieht sich meist endlos hin.«

Die ältere Frau nickte und blickte hinaus auf den Gemüsegarten, der schon üppig gedieh. »Und das Ganze findet Ende Juli statt?«

»Richtig«, bestätigte Luisa und versuchte Kaths Gedanken zu erraten.

»Ich vermute, die Zuckererbsen sind bis dahin reif«, sagte

Kath, »die Zucchini genauso. Und die ersten Frühkartoffeln können geerntet werden.«

Luisa legte den Kopf schräg. »Du meinst, wir sollen unsere Erträge für das Bankett verwenden?«

»Du hast doch gesagt, man muss irgendwie das Interesse dieser Leute wecken. Das wäre eine Möglichkeit, meinst du nicht?«

Luisa hielt ihren Kaffeebecher hoch und stieß behutsam mit Kath an. »Eine weitere brillante Idee. Ich werde Owen bitten, mich in Kontakt mit den Leuten vom Catering zu bringen. Was würde ich nur ohne dich tun? Willst du nicht selbst die Präsentation übernehmen? Du würdest das bestimmt toll hinkriegen.«

Kath schnaubte. »Vor solchen Leuten willst du mich nicht erleben«, sagte sie trocken. »Ich bin durch und durch Sozialistin. Und würde denen wahrscheinlich erst mal sagen, was ich von ihnen halte.«

Sie lachten beide, machten sich dann wieder an die Arbeit. Luisa war in Gedanken weiterhin bei dem bevorstehenden Ereignis. Owen hatte natürlich recht, wenn er sagte, sie solle sich diese Gelegenheit nicht entgehen lassen. Eine Chance, vor einem derart einflussreichen Publikum zu sprechen, kam bestimmt nie wieder.

Ich wünsche mir oft, ich bräuchte nur einen Zauberstab zu schwenken, um ihnen allen eine Chance zu verschaffen.

Mit Erstaunen vernahm Luisa die Stimme von Cas in ihrem Kopf. Sie wusste noch genau, wie der Lehrer ausgesehen hatte, als er das gesagt hatte. Wie ernsthaft er geklungen hatte, als er über die Jugendlichen in seinen Klassen sprach.

Wie es sich angefühlt hatte, ihm zuzuhören, während sie auf der Kaimauer Fish and Chips gefuttert und über das graue aufgewühlte Meer geblickt hatten.

Wie oft im Leben bekam man eine echte Chance?

»Woran denkst du?«, fragte Kath. »Du hast ausgesehen, als seist du meilenweit entfernt. Entwickelst du gerade noch mehr gute Ideen?«

»Schon möglich«, antwortete Luisa nachdenklich.

»Harper?«, rief Luisa.

Um Harper Dixon aufzuspüren, war Luisa nichts anderes eingefallen, als nach dem Unterricht vor der Schule zu warten. Nachdem die Glocke geschrillt hatte, strömten Scharen von Jugendlichen aus dem Gebäude. Luisa musterte die Gruppen, um Harper nicht zu übersehen. Aber sie kam allein heraus, die Kapuze ihrer schwarzen Jacke über den Kopf gezogen, als wolle sie von niemandem erkannt werden. Schnell drängte sie sich zwischen den anderen hindurch, als habe sie es eilig wegzukommen.

»Harper!«, rief Luisa erneut.

Das Mädchen fuhr herum und funkelte sie so finster und abweisend an wie schon lange nicht mehr.

»Ich würde gerne etwas mit dir besprechen. Kann ich dich nach Hause fahren?«

Harper, die noch erschöpfter wirkte als bei ihrer letzten Begegnung, wandte den Blick ab und sagte bedrückt: »Ich kann heute Abend nicht im Garten helfen. Muss arbeiten.«

»Macht nichts, das hatte ich auch gar nicht erwartet«, erwiderte Luisa. »Es geht um etwas anderes. Komm, sag mir, wo du hinwillst, dann setze ich dich dort ab.«

Einen Moment lang schien Harper zu zögern, dann zuckte sie mit den Schultern. Das deutete Luisa als Zustimmung, und sie gingen zusammen zum Land Rover.

»Wohin?«, fragte Luisa, als sie den Motor anließ.

Harper runzelte die Stirn. »Zur Werkstatt.«

Luisa fädelte sich in den Verkehr ein. »Ich weiß, du hast furchtbar viel zu tun«, begann sie. »Und ich möchte dich ganz bestimmt nicht von deinen schulischen Verpflichtungen abhalten. Aber ich musste immer wieder an deine Wassergewinnungsanlage denken.«

Harper wandte sich ihr ruckartig zu und starrte sie von der Seite an. »Das ist nur eine Idee gewesen. Die Anlage existiert nicht.«

»Das könnte sich aber ändern«, wandte Luisa ein. »Wenn du die Idee ausarbeitest. Und jetzt kommt's: Ein Freund von mir veranstaltet alljährlich ein sehr großes Event und hat mich eingeladen, dabei das Gartenprojekt zu präsentieren. Es wäre doch toll, wenn du dabei die Anlage vorstellen könntest.«

Harper strich sich mit der Hand übers Gesicht. »Aber die existiert nicht, wie gesagt.«

»Sie muss auch noch nicht gebaut sein. Es muss nicht mal einen Prototyp geben. Wenn wir ein paar Diagramme und das Grundprinzip vorstellen, reicht das völlig aus.«

»Es gibt keine solche Anlage!«, wiederholte Harper, diesmal lauter. »Was verstehst du daran nicht?«

»Willst du im Ernst behaupten, dass du nicht darüber

nachgedacht hast?«, beharrte Luisa. »Das glaube ich dir nämlich nicht, so viel du auch um die Ohren hast.«

Das Mädchen starrte schweigend aus dem Fenster. Luisa bog in die Straße ein, in der sich die Autowerkstatt befand, und wusste, dass die Redezeit jetzt abgelaufen war.

»Überlegst du es dir wenigstens mal?«, fragte Luisa, während sie am Straßenrand anhielt. »Das könnte so eine tolle Chance für dich sein.«

Harper sah sie stirnrunzelnd an. »Wie kommst du denn darauf?«

»Weil da jede Menge einflussreiche Leute aus der Wirtschaft sein werden. Und zwar von der Sorte, die immer Ausschau nach neuen Technologien oder kreativen Menschen hält, die eine Investition wert wären. Ich würde dir fast garantieren, dass sich jemand für die Anlage interessiert. Und selbst wenn nicht, macht sich so was exzellent bei der Studienbewerbung.«

Harper stieg aus. »Danke fürs Mitnehmen.«

»Bitte denk mal drüber nach.« Luisa ließ nicht locker. »So eine technische Innovation zusammen mit dem aufblühenden Gemeinschaftsgarten würde uns bestimmt längerfristig finanzielle Unterstützung sichern.«

Harper grinste sarkastisch. »Ah, *jetzt* kapier ich's.«

»Nein, das ist nicht …«

»Ich muss los.« Harper knallte so heftig die Tür zu, dass der Wagen wackelte.

Luisa sah ihr nach, als sie davonmarschierte.

»Na super, Luisa«, murmelte sie. »Toll gemacht. Wieder mal ein voller Erfolg.«

31

Als Luisa wegfuhr, drehte Harper sich nicht um. Sie war jenseits von erschöpft. Seit Wochen musste sie Tag und Nacht Darrens Aufträge ausführen. Wahrscheinlich ging es ihm einfach um Macht, er wollte sie untergraben, wollte, dass sie sofort auf seine Nachrichten reagierte, womit sie auch gerade beschäftigt war. In der Werkstatt hatte er sie schon so oft gestört, dass Carl allmählich die Geduld verlor.

»Du tust dir wirklich keinen Gefallen, weißt du«, hatte er beim letzten Mal gesagt, als sie abrupt aufbrechen musste. »Was ist in dich gefahren? Willst du die Lehrstelle hier, oder alberst du nur herum?«

Als einzige Erklärung war Harper nur die Lüge eingefallen, Max sei krank. Carl war immer ein verständnisvoller Chef gewesen, aber sie wusste, dass sie seine Geduld auf eine harte Probe stellte.

Immerhin hielt Darren sie offenbar inzwischen für so zuverlässig, dass er ihr jetzt zumindest eine feste Schicht zugewiesen hatte. Harper war täglich zwischen neun Uhr abends und zwei Uhr nachts im Einsatz. In der Schule versuchte sie am Ball zu bleiben und in der Werkstatt ihre Arbeit nicht zu vernachlässigen. In der Hoffnung auf das Licht am Ende des Tunnels kämpfte sie sich mühsam voran, aber die Aussicht auf Studium und Lehrstelle, auf anständige Arbeit und einen Ausweg aus der ganzen Misere schien noch weit entfernt. Dennoch durfte sie diesen Lichtschimmer nicht aus den Augen verlieren, sonst drohte absolute Finsternis.

Eine Zeitlang hatte Harper sich der Fantasie hingegeben, mit Max einfach abzuhauen, zu verschwinden, alles hier hinter sich zu lassen. Aber sie hatte kaum noch Geld, weil sie wegen Darren zu wenig in der Werkstatt arbeiten konnte. Außerdem war sie nicht sicher, ob Max sich ihr überhaupt noch freiwillig anschließen würde. Sie sah förmlich die Schlagzeile der Boulevardzeitung vor sich: *Drogendealerin kidnappt eigenen Bruder.*

Harper stapfte über den ölfleckigen Boden der Werkstatt zu den Schließfächern und stellte ihren Rucksack ab, um den Schlüssel herauszufischen. Sie war fünf Minuten zu früh dran, was in letzter Zeit selten vorkam. Vielleicht konnte sie rasch noch einen Kaffee trinken, bevor sie sich dem Reifenwechsel an dem Kia widmete, der an ihrem Arbeitsplatz auf sie wartete.

»Harper.« Sie drehte sich um. Carl war aus seinem Büro gekommen und sah sie mit einem Blick an, bei dem ihr sofort flau im Magen wurde. Ihr Chef wies mit dem Kinn auf die offene Tür. »Ich muss mit dir reden.«

Sie wusste es in dem Moment, als sie sich auf den Stuhl am Schreibtisch setzte. Sah in Carls Miene Enttäuschung und Wut zugleich. Harper schluckte. Ihr war übel, und sie wich seinem Blick aus.

»Ich habe dich gesehen«, sagte er ruhig. »Letzte Nacht.«

Harper räusperte sich. Das Herz schlug ihr bis zum Hals. »Letzte Nacht? Was meinst du? Wo?«

Carl lehnte sich zurück und verschränkte die Arme vor der Brust. Harper wusste auch ohne hinzuschauen, dass er sie jetzt mit bohrendem Blick ansah. »Stell dich nicht dumm, Harper. Was hatte ich dir gesagt? Du sollst eine saubere Weste haben, nicht auf die schiefe Bahn geraten.«

»Bin ich nicht!«

Jetzt beugte er sich vor und zischte: »Und warum habe ich dich am alten Bahnhof gesehen, wie du *Drogen* verkaufst?«

Harper fühlte sich hundeelend. Er hatte sie tatsächlich beobachtet. Fieberhaft versuchte sie, sich eine Ausrede einfallen zu lassen. »Du hast mich bestimmt mit meinem Cousin gesehen. Ich habe dir doch gesagt, dass Max krank ist. Aber ich hatte nicht genug Geld, um Medikamente für ihn zu kaufen, und mein Cousin hat gesagt, er hilft mir aus, aber ich muss ihn da treffen, sonst …« Harper riskierte einen verstohlenen Blick auf Carl.

Er lehnte sich kopfschüttelnd wieder zurück, und ihr wurde noch übler. »Ich habe dich nicht zum ersten Mal dort beobachtet«, sagte er dann so entschieden, dass Harper fast das Herz stehen blieb. »Sondern bereits mehrmals.«

Game over.

»Das erklärt zumindest, was seit Wochen mit dir los ist«, fuhr Carl fort. »Ich glaube, ich hatte es beinahe geahnt, wollte es aber einfach nicht glauben. Nicht von dir, Harper. Ich schätze dich, das weißt du.«

»Du kannst das nicht verstehen«, flüsterte sie.

Carl spreizte die Hände. »Dann erkläre es mir. Warum machst du das? Nachdem ich dich ausdrücklich gewarnt hatte? Nachdem ich mich so bemüht habe, dich zu unterstützen?«

Harper überlegte, ob sie alles offenbaren sollte. Doch wo sollte das hinführen? Carl würde sie drängen, zur Polizei zu gehen, und wenn sie sich weigerte, würde er selbst es tun. Und dann würde alles rauskommen. Nicht nur das Dealen, sondern auch der Diebstahl und Mr Ps Versuch, sie vor den Konsequenzen zu bewahren. Von Max' Diebstählen und Problemen ganz zu schweigen.

»Bitte«, sagte sie. »Ich will einfach nur arbeiten, Carl. Ich will unbedingt auf die Berufsschule.«

Er schüttelte wieder den Kopf. »Tut mir leid, Harper«, sagte er. »Aber diese Werkstatt hier ist meine Existenzgrundlage. Ich kann so was nicht dulden.«

»Aber ich habe nie irgendwas mit hierhergebracht! Das würde ich niemals tun!«

»Das reicht nicht, Harper«, erwiderte er. »In dieser Stadt braut sich etwas Übles zusammen. Es wird immer schlimmer, und ich muss mich davor schützen. Ich habe Familie. Und diese Firma.« Er öffnete eine Schublade, nahm einen Umschlag heraus und schob ihn über den Tisch. »Ich habe den Mini durch den TÜV gebracht. Da sind alle Papiere drin, zusammen mit dem Schlüssel und deinem Lohn bis heute. Den Wagen kannst du noch hier stehen lassen, bis du Steuer und Versicherung geklärt hast. Mehr kann ich nicht mehr für dich tun.«

Es war vorbei. Was sollte sie da noch sagen? Harper stand

auf, nahm ihren Rucksack und den Umschlag und ging ohne ein weiteres Wort hinaus. Am Ende des Tunnels erlosch das kleine Licht.

Was hatte sie sich auch gedacht? Sie hatte Max enttäuscht. Und sich selbst. Sie würde nie von hier wegkommen, das hätte sie von Anfang an wissen müssen.

Wie betäubt ging Harper nach Hause, in einem Sumpf aus Erschöpfung und Elend. Als sie in ihre Straße einbog, sah sie Max, der in jeder Hand eine Plastiktüte trug und es eilig zu haben schien. Harper nahm an, dass er nach Hause wollte, doch dann bog er unvermittelt in den schmalen Weg ein, der hinter ihrer Häuserreihe parallel zum Schrottplatz verlief.

Harper blieb an der Einbiegung stehen. Niemand benutzte diesen Weg, er war voller Müll und mit Unkraut überwuchert. Was hatte Max dort zu suchen? Harper setzte sich in Bewegung und folgte ihm. Wenn Darren Dixon dahintersteckte, würde er für den Rest seines Lebens dafür büßen, das nahm Harper sich fest vor.

Sie bemühte sich, keine Geräusche zu machen, was angesichts des herumliegenden Mülls nicht einfach war. Ein Spülbecken brachte sie fast zu Fall, und sie schaute automatisch nach unten. Als sie wieder aufblickte, hatte sie Max aus den Augen verloren.

Harper horchte, hörte aber nur den Wind und das Rascheln hoher Gräser. Ihr fiel auf, dass sie jetzt genau hinter ihrem Haus stand, und sie schaute zu Max' Fenster hoch. Hatte er irgendeine Möglichkeit gefunden, rein- und rauszuklettern? Aber dort war er auch nicht zu sehen.

Sie ging weiter und rief leise: »Max?«

Keine Antwort, auch keine hastigen Schritte. Wo steckte ihr Bruder?

Die Antwort zeigte sich in Form eines Lochs in dem Holzzaun, der den Schrottplatz umgab. Es war von Unkraut überwuchert, und jemand hatte versucht, es mit einem großen Abfallsack zu verbergen. Harper blickte sich kurz um, und als sie niemanden sah, nahm sie ihren Rucksack ab und kroch in das Loch.

Auf der anderen Seite fand sie einen schmalen Pfad zwischen den Schrotthaufen vor. Harper richtete sich auf und ging vorsichtig weiter, flankiert von Mauern aus Altmetall. Nach wenigen Metern mündete der Weg in einen kleinen Platz, aber Max war nirgendwo zu entdecken. Harper blieb stehen und sah sich um. In dem Schrotthaufen rechterhand entdeckte sie eine Öffnung, dicht am Boden, als habe sich etwas hindurchgewühlt. Harper ging in die Hocke und spähte in den Tunnel. Zu ihrem Erstaunen sah sie am Ende tatsächlich Licht, dahinter mussten weitere Räume liegen. Sie sah sich noch einmal um. War Max hier durchgekrochen? Es gab nur eine Möglichkeit, das herauszufinden.

Zum Glück war der Tunnel nicht lang. Als er endete, fand Harper sich auf einem mit brüchigem Gummi bedeckten Metallsteg wieder und stellte fest, dass sie in der offenen Tür eines Doppeldeckerbusses kniete.

»Oh mein Gott«, entfuhr es ihr.

Über ihr klapperte etwas, dann hörte sie schnelle Schritte auf der Wendeltreppe zum Oberdeck. Harper richtete sich auf, und in diesem Moment erschien Max, der bei ihrem Anblick vor Entsetzen erstarrte.

»Geh weg!«, sagte er flehentlich. »Du darfst nicht hier sein!«

»Max.«

»Nein! Das gehört mir! Das kannst du mir nicht auch noch wegnehmen!«

»Hierher verschwindest du immer, wenn du nicht zu Hause bist?«, fragte Harper.

»Geh weg!« Max wandte sich ab und stapfte wieder nach oben.

Harper sah sich um. Der Bus wirkte erstaunlich intakt. Sogar die Fenster im hinteren Teil waren unbeschädigt, trotz der Schrottberge, die von außen dagegen drückten. Zur Fahrerseite hin wurden die Metallhaufen niedriger, und mehr Licht drang durch die Fenster. Die Sitze waren erhalten, wenn auch ohne Polster, und jede Menge Behälter standen darauf. Zu ihrem Erstaunen entdeckte Harper dazwischen zwei Säcke Komposterde. Hatte Max die hierher geschleppt? Und wenn ja, warum?

Sie hörte ihn oben herumlaufen und stieg die Treppe hinauf. Als sie auf dem Oberdeck ankam, wurde sie von hellem Sonnenlicht geblendet, und vor Verblüffung blieb ihr der Mund offen stehen. Fassungslos sah sie sich um.

Ein Gewächshaus.

Sie stand in einem Gewächshaus!

Die Sitze hatten auch hier keine Polster mehr und waren komplett vollgestellt mit vor dem Müll bewahrten Behältnissen: Joghurtbechern, Konservenbüchsen, Plastikflaschen, sogar alten Autoreifen – allem, das man mit Ablauflöchern versehen und mit Erde füllen konnte. Und in den meisten dieser behelfsmäßigen Pflanztöpfe gediehen Gewächse. Einige zeigten gerade die ersten Sprossen, andere waren schon so groß, dass sie bald mehr Raum brauchen würden. Und nicht nur die Bänke wurden genutzt, sogar an den Haltestangen war ein hängender Garten entstanden. In Eimern aus Blech und Metall rankten Tomatenpflanzen, weiter hinten blühten bereits einige Blumen, und ein paar Bienen flogen brummend von Blüte zu Blüte. Der Bus war ein üppiges Pflanzenparadies.

Max ignorierte seine Schwester und füllte eine Gießkanne mit Wasser aus einem verbeulten Blechtank auf dem vordersten Sitz. Ein Gartenschlauch führte durch eines der geöffneten Fenster nach unten.

Als Harper ihre Stimme wiedergefunden hatte, sagte sie: »Max. Hast du das alles hier geschaffen?«

Ihr Bruder würdigte sie keines Blickes, sondern wässerte sorgfältig seinen geheimen Garten.

»Meine Pflanzen waren im Haus nicht mehr sicher«, sagte er nach einer Weile. »Deshalb habe ich sie hierhergebracht.«

Harper sah sich erneut um. »Woher wusstest du, dass der Bus hier steht?«

»Ich konnte das Dach von meinem Zimmer aus sehen.« Die Kanne war leer, und Max kehrte zu dem Tank zurück, den Blick gesenkt, das Kinn trotzig vorgereckt. »Er gehört mir.«

Als er sich an seiner Schwester vorbeidrängen wollte, umarmte sie ihn spontan. »Ich kann nicht fassen, dass du das allein hingekriegt hast«, sagte sie. »Du bist eine Wucht, Max.«

Max schob sie weg. »Ich bin ja kein Baby mehr.«

»Ich weiß! Aber ich hätte das nicht geschafft. Nicht im Alleingang. Und mir fällt auch niemand sonst ein, dem das hätte gelingen können.«

Ein Schweigen entstand, während Max die Kanne auffüllte. Dann reichte er sie Harper und deutete auf die Tomatenpflanzen. »Du kannst die da gießen.«

Harper befolgte die Anweisung ihres Bruders und genoss dabei den belebenden Geruch nach Pflanzen und feuchter Erde. Während sie schweigend die kleinen Pflänzchen wässerte, entstand eine wohltuende Stille, und Harper atmete unwillkürlich tief ein. Für einen kurzen Moment existierte die Welt außerhalb nicht mehr, und Harper fühlte sich so sicher wie in einem Kokon, geschützt vor der Realität, die dort draußen lauerte. Sie wollte nie mehr von hier weggehen.

»Harper«, sagte Max unvermittelt. »Es tut mir leid.«

Sie ließ die Kanne sinken und drehte sich zu ihrem Bruder um. Er wirkte klein und unglücklich, wie er zwischen den Sitzen stand und die Hände rang, und ihr tat das Herz weh.

»Mir tut es auch leid, Max«, sagte sie. »Ich wollte dir weder einen Freund noch einen Job wegnehmen. Ganz im Gegenteil: Ich wünsche mir, dass du beides haben kannst. Ich will, dass du tun kannst, was dich glücklich macht. Ich versuche nur, dich zu schützen. Darren … ist kein guter Mensch.«

Max schaute auf seine Füße. »Ist er böse zu dir?«, sagte er mit kläglicher Stimme. »Tut er dir weh?«

Harper trat zu ihrem Bruder. »Nein. Du brauchst dir keine Sorgen um mich machen.«

»Aber du bist nie mehr zu Hause. Und auch nachts weg.«

»Das ist alles nicht wichtig«, erwiderte Harper. »Zerbrich dir darüber nicht den Kopf, Max. Es ist nicht dein Problem, okay?«

Er sah immer noch ängstlich aus. »Das hier ist mein Zuhause, Harper«, sagte er flehentlich. »Mein Garten. Bitte nimm ihn mir nicht weg.«

Harper lächelte. »Ich will dir nichts wegnehmen, Max. Du sollst weiter hierherkommen. Das ist der wunderbarste Ort, an dem ich jemals gewesen bin, Max, wirklich. Ich mach mir nur Sorgen um deine Sicherheit. Dieser Tunnel in dem Schrottberg …«

»Das muss alles so bleiben«, fiel Max ihr ins Wort. »Sonst finden andere den Bus.«

Harper betrachtete ihren Bruder nachdenklich. »Du weißt aber, dass neben dem Boxclub ein Gemeinschaftsgarten angelegt wird, oder?«, sagte sie vorsichtig. »Hättest du nicht Lust, da mit anderen zusammen zu gärtnern? Du könntest Freunde finden. Echte, gute Freunde.«

Max verzog gequält das Gesicht und schüttelte heftig den Kopf.

»Okay, okay.« Harper hielt die Hände hoch. »Du musst nicht.«

Er sah sie weiterhin argwöhnisch an, und Harper wollte den kleinen Fortschritt, den sie endlich gemacht hatten, um keinen Preis gefährden.

»Ich verspreche es dir«, sagte sie fest.

Er entspannte sich ein bisschen und wandte sich den Einkaufstüten zu, nahm weitere Becher und Dosen heraus. »Der Garten ist noch ganz am Anfang«, sagte er. »Aber alles will wachsen.«

Harper schaute auf den Schlauch im Fenster. »Wohin führt der?«

Max beugte sich aus dem Fenster und deutete nach unten. »Da ist ein Wasserhahn. Aber mit dem Schlauch funktioniert das nicht so gut.«

»Du bräuchtest eine Art Sprinklersystem«, sagte Harper. »Das können wir uns bestimmt selbst bauen.«

»Meinst du wirklich?«

»Klar, warum nicht? Aber das müssen wir gemeinsam machen«, fügte Harper warnend hinzu. »Unter keinen Umständen mach ich das allein.«

Max nickte ernsthaft. »Ich weiß, wo man hier auf dem Schrottplatz Sachen dafür finden kann.«

»Das wäre natürlich super. Aber jetzt sollten wir erst mal zu Abend essen, finde ich.«

Max tappte nach unten, und Harper warf einen letzten Blick auf das Oberdeck. Bei allem anderen mochte sie gescheitert sein, aber dieses Vorhaben würde ihr gelingen, das wusste sie.

32

Der Gemeinschaftsgarten entwickelte sich rasant weiter, bis er schließlich Ende Juni so aussah, als habe es auf dem Gelände noch nie etwas anderes gegeben als überbordende Pflanzenpracht. Dazu hatten maßgeblich die vielen Freiwilligen beigetragen, die regelmäßig die Liste mit täglichen Aufgaben abarbeiteten: *Zwischen den Kartoffeln harken (4x); Tomaten ausgeizen (3x); Karottenpflanzen ausdünnen (4x); verblühte Rosenblüten abschneiden.*

Sämtliche Aufgaben waren so eingeteilt, dass sie in einer halben Stunde erledigt werden konnten, falls jemand nur wenig Zeit hatte. Die Liste befand sich auf einem Whiteboard im Gewächshaus. Alle konnten tun, worauf sie Lust hatten, und anschließend die erledigte Aufgabe ausstreichen. Am Ende jeden Tages war die Liste so gut wie immer abgearbeitet. Zwei Pflegeheime hatten begonnen, mehrmals die Woche Ausflüge mit Patienten in den Garten zu machen. Luisa sorgte immer dafür, dass die Leute nicht nur Wickensträuße für ihr Zimmer oder für Schwerkranke mitnahmen, sondern außerdem reichlich Kräuter für die Küche. Auch Grundschulklassen tauchten regelmäßig auf, und die Kinder sorgten für Lebhaftigkeit und fröhliches Lachen. Und natürlich kamen weiterhin die Kids vom Boxclub, wenn auch meist ohne ihren Lehrer.

Tatsächlich hatte es in diesem Jahr bislang viel zu selten geregnet, sodass Luisa gezwungen war, weitere Tanks anzuschaffen.

»Siehst du?«, sagte sie deshalb zu Harper, als das Mädchen an einem windigen Samstagnachmittag im Garten auftauchte. »Und es ist noch nicht mal Juli! Wir brauchen dich, Harper. Alle brauchen dich und deine tollen Ideen und deine Einfälle, wie man sie umsetzen kann.«

Luisa beobachtete Harper verstohlen, während sie sich im Garten umsah. Das Mädchen wirkte verändert. Unter den Augen lagen die gleichen Schatten wie bei ihrer letzten Begegnung, aber jetzt kam es Luisa vor, als strahle Harper zusätzlich Frustration und Schwermut aus. Ihr Mund war verkniffen, die Schultern hingen kraftlos herab.

»Harper, geht es dir gut? Brauchst du bei irgendetwas Hilfe?«, fragte Luisa, als sie den Ziegelweg entlanggingen, den sie gemeinsam angelegt hatten.

Das Mädchen runzelte die Stirn. »Einen Schlauch könnte ich brauchen. Hast du zufällig einen übrig?«

Luisa warf ihr einen überraschten Blick zu. Mit dieser Antwort hatte sie nicht gerechnet, aber es war immerhin ein Anfang. »Wie lang soll er sein? Und wofür brauchst du ihn? Willst du etwas bewässern?«

»Kann ich nicht sagen«, murmelte Harper ausweichend.

»Warum nicht?« Luisa fiel die Szene mit der Handynachricht und dem schwarzen Wagen wieder ein, der aufgetaucht war, als Harper überstürzt den Garten verlassen hatte.

»Was geht dich das an?«, versetzte Harper so schroff, wie sie sich nur anfänglich verhalten hatte. Dann schien ihr aufzufallen, dass sie damit ihrem Ziel nicht näherkam. »'tschuldigung«, murmelte sie und nagte an ihrer Unterlippe. »Es ist nur … Ich habe versprochen, jemandem zu helfen. Und nicht drüber zu reden. Aber ich hab kein Geld, um selbst einen Schlauch zu kaufen, und will nicht schon wieder mein Versprechen nicht einhalten.« Sie sah unglücklich aus. »Das kommt in letzter Zeit zu oft vor.«

»Verstehe«, sagte Luisa. Sie war zutiefst besorgt, wusste aber, dass sie sich das nicht anmerken lassen durfte, weil Harper sonst komplett dichtmachen würde. »Okay, dann lass uns mal schauen, was wir finden.«

»Danke«, murmelte Harper. »Bin dir was schuldig.«

»Ah.« Luisa witterte eine günstige Gelegenheit. »Ich hätte eine gute Idee, was du im Gegenzug tun könntest …«

Harper seufzte. »Lass mich raten. Diese Sache mit der Gala, oder?«

»Ganz genau.«

Harper schüttelte den Kopf. »Jemanden wie mich wollen die da nicht, glaub's mir.«

Luisa blieb stehen. »Du irrst dich, Harper. Du könntest ebenso davon profitieren wie der Gemeinschaftsgarten. Ich weiß, dass du die Lehrstelle hast, aber …«

»Hab ich nicht.« Harper wandte das Gesicht ab.

»Was meinst du damit?«

»Ich bekomm die Lehrstelle nicht. Carl … hat seine Meinung geändert.« Harper zuckte mit den Schultern. »Und du kannst jetzt auch aufhören, mich zu der Galasache überreden zu wollen. Das ist sinnlos. Alles ist sinnlos, okay? Für mich jedenfalls. Also lass mich damit in Ruhe, ja?«

»Harper, ich …«

»Schau«, sagte Harper mit finsterem Blick, »ich brauch hier keine Psychofolter. Vergiss das mit dem Schlauch. Ich krieg den schon irgendwoher.«

Luisa hielt Harper am Arm fest, damit sie nicht weglief. »Bitte warte, Harper. Nur einen Moment. Hör mich bitte an.«

Harper riss sich los und verschränkte trotzig die Arme vor der Brust.

»Das mit der Lehrstelle tut mir total leid für dich«, sagte Luisa. »Aber genau deshalb könnte die Gala umso wichtiger für dich sein.«

Harper schnaubte verächtlich. »Und wieso?«

»Weil dort sehr einflussreiche Leute zusammenkommen, die Geld in zukunftsträchtige Projekte investieren wollen. Und nicht nur in Projekte, sondern auch in die Menschen, die sie entwickeln.«

»Ich hab keinen Schimmer, wovon du redest«, erwiderte Harper. »Aber ich muss jetzt los. Max wartet auf mich.«

»Ich rede von Ausbildungsförderung oder einem Stipendium zum Beispiel«, sagte Luisa. »Viele Unternehmen bieten so etwas an.«

Harper, die sich bereits zum Gehen gewandt hatte, drehte sich halb um. »Stipendium? Du meinst … Geld?«

»Ja. Eine Unterstützung für ein Studium. Dann bräuchtest du die Lehrstelle nicht mehr.«

Das Mädchen starrte sie an. »Na klar. Weil ich ja auch genau die Art von Person bin, der man so mir nichts, dir nichts Geld gibt.«

Luisa lächelte. »Ich kann mir das gut vorstellen, ja. Vor allem, wenn du eine brillante Idee wie die Wassergewinnungsanlage vorstellst.«

Harper seufzte genervt und schüttelte den Kopf. »Du gibst wohl nie auf, wie?«

Luisa ließ den Blick über den Garten schweifen, der aus dem einstigen Ödland entstanden war. »Das stimmt nicht«, sagte sie dann. »Ich habe einmal aufgegeben. Aber dieser Ort hier hat mich daran erinnert, warum es sich lohnt, weiterzumachen. Ich werde nie wieder aufgeben. Und du solltest das auch nicht tun, finde ich.«

Harper warf ihr einen Blick zu. »Du und Mr P, ihr seid echt aus dem gleichen Holz geschnitzt.«

Auf diese Bemerkung ging Luisa nicht ein. »Angenommen, ich könnte dir garantieren, dass du ein Stipendium oder eine andere Förderung bekommst», sagte sie stattdessen, »würdest du die Chance dann ergreifen?«

Das Mädchen sah sie noch einen Moment forschend an, zuckte dann mit den Schultern. »Ich überleg's mir.«

Nach dem Gespräch hatte Luisa das Gefühl, in der Klemme zu stecken. Sie wusste, dass einige Technologieunternehmen Stipendien an vielversprechende junge Leute vergaben. Doch ob überhaupt Repräsentanten dieser Firmen bei der Gala sein würden – und wenn ja, ob sie etwas anzubieten hatten, das Harper interessierte –, konnte sie nicht garantieren. Aber jemand anders konnte es …

»Vertrau mir, Owen«, sagte Luisa, als sie anrief, um die Situation zu erklären und ihn um Hilfe zu bitten. »Ich bin wirklich überzeugt davon, dass diese Wassergewinnungsanlage von Harper ein Erfolg werden könnte. Die Kernidee hat sie bereits. Sie braucht jetzt nur etwas, das sie anspornt, damit sie weiterarbeitet. Wenn sie wüsste, dass jemand von deinen Gästen finanzielle Unterstützung in Aussicht stellt … Ich bin mir ziemlich sicher, dass Harper sich dann richtig ins Zeug legen würde. Und es wäre doch eine ideale Präsentation für die Gala, oder?«

»Absolut«, antwortete Owen. »Aber kannst du garantieren, dass sie das auch durchzieht, Luisa? Wie alt ist sie, sagtest du? Siebzehn? Kannst du versprechen, dass sie nicht im letzten Moment abspringt? Ich werde so viele Kontakte spielen lassen wie möglich, damit die entsprechenden Leute teilnehmen. Aber wenn ich das tue, und es geht schief …«

»Wird es nicht, Owen«, erwiderte Luisa mit mehr Gewissheit, als sie empfand. »Harper wird da sein und deine Gäste vom Hocker hauen. Du sorgst dafür, dass die richtigen Leute zuhören, und ich sorge dafür, dass sie es nicht bereuen.«

Ein kurzes Schweigen entstand. »Du hast wirklich viel Vertrauen in dieses Mädchen, wie?«

»Ja«, sagte Luisa. »Hab ich. Harper braucht nur eine Chance, Owen. Dann hat sie Großes vor sich.«

»Also gut«, sagte er nach einem weiteren kurzen Schweigen. »Ich schau mal, was ich tun kann.«

Als Luisa kurz darauf Harper anrief, kam sie sich wie in einem hochkomplizierten Tennisspiel vor.

»Für Owen Lawrence lege ich die Hand ins Feuer«, sagte sie. »Von ihm habe ich das Gartengrundstück bekommen. Wenn er etwas verspricht, dann hält er es auch.«

Am anderen Ende herrschte Schweigen.

»Harper? Komm schon. Sag mir, dass du da einsteigst.«

»Kann ich nicht.«

»Doch, du kannst. Vertrau mir – und dir selbst. Nur ein kleines bisschen. Bitte.«

»Nein, ich meine …« Harper brach ab, sprach dann weiter. »Du verstehst das nicht, ich habe es tatsächlich schon versucht. Und ich kann es nicht. Ich weiß nicht, wie meine Anlage mehr leisten könnte als diejenigen, die schon auf dem Markt sind. Und deshalb kann ich das nicht annehmen. Ich hab's versucht, aber ich kann dieses Problem einfach nicht lösen.«

»Es muss nicht komplett ausgereift sein«, wandte Luisa ein, »das hatte ich doch schon gesagt. Allein das Grundkonzept …«

»Schau«, fiel Harper ihr ungeduldig ins Wort. »Das Problem ist das Filtersystem. Wie man das gewonnene Grauwasser aus der Presse in sauberes Trinkwasser verwandeln könnte. Das lässt sich nicht mechanisch lösen, sondern nur mit *Chemie*. Und damit habe ich nichts am Hut. Ich will ohnehin keine Chemikalien benutzen, und verstehen tue ich davon auch nichts.« Sie hielt inne. »Tut mir leid. Ich hab's wirklich versucht. Aber ich krieg das nicht hin.«

Luisa weigerte sich, die Idee aufzugeben. »Erklär mir das

doch mal genau«, forderte sie das Mädchen auf. »Vielleicht kenne ich jemanden, der dir helfen kann.«

»In fünf Wochen?«, fragte Harper zweifelnd. »Und meinst du nicht, es wäre schon längst jemand darauf gekommen, wenn es so einfach wäre?«

Das war ein berechtigter Einwand, aber Luisa blieb hartnäckig. »Leg einfach mal los.«

Harper schnalzte ungeduldig mit der Zunge. »Ich weiß nicht, wie man das Wasser ohne Zusatz von Chemikalien gereinigt bekommt. Also so was wie Chlor, aber eben nicht Chlor. Und mir ist einfach nichts eingefallen, was man als Filter benutzen könnte.«

»Vielleicht brauchst du etwas ganz anderes«, gab Luisa zu bedenken. »Wie wäre es denn mit einem superfeinen Netz? So was Ähnliches, wie wir es zum Abdecken der Setzlinge im Garten benutzen. Könnte das nicht funktionieren?«

»Nein«, antwortete Harper. »Wir bräuchten etwas, das auf – weiß nicht genau, wie man das nennt, Molekularebene vielleicht – ansetzt, um sämtliche Verunreinigungen zu beseitigen. Stell dir doch nur mal vor, es sind noch schädliche Bakterien im Wasser. Die würden in das Gemüse gelangen und beim Verzehr in den menschlichen Körper. Und dann das Thema Mikroplastik. Ich hab neulich erst gelesen, dass man das Zeug in inneren Organen gefunden hat. Überleg dir mal, was da sonst noch im Wasser sein kann – Schwermetalle, Schadstoffe wie Erdöl … Das alles müsste man aus dem Wasser rauskriegen. Und ich denke nicht nur an unseren Garten: Wenn ich das Problem lösen könnte, wäre ganz vielen Menschen damit geholfen. Jeder könnte sich so eine Anlage in seine Küche einbauen.«

Luisa sog scharf die Luft ein, als ihr plötzlich ein Gedanke durch den Kopf schoss. Gleich darauf folgte eine Erinnerung, die so schmerzhaft war, dass ihr einen Moment lang das Herz stockte.

»Hey, Luisa?«, fragte Harper. »Bist du noch dran? Alles okay?«

Luisa blinzelte. »Entschuldige. Aber was du gerade gesagt hast, hat mich an etwas erinnert.«

»An was denn?«

Nachdem sie tief eingeatmet hatte, erklärte Luisa: »Vor langer Zeit, während meines Studiums, hat ein Kommilitone von mir zu Mykologie geforscht.«

»Mykologie?«, wiederholte Harper. »Du meinst wie diese Pilze, die wir bei den Obstbäumen und den Rosen als Dünger benutzt haben?«

»Ja, das ist verwandt. In den Siebzigerjahren kam ein amerikanischer Mykologe namens Paul Stamets zu dem Schluss, dass die Myzelien – das ist das Wurzelgeflecht von Pilzen, das sich kilometerweit ausdehnen kann – imstande sind, sogar schlimmste Umweltgifte zu zersetzen. Er testete seine Hypothese auf einem städtischen Parkplatz, dessen Umgebung durch Diesel und Abgase verschmutzt war, und die Studie erbrachte erstaunliche Ergebnisse. Binnen eines Monats hatten die Pilze die Schadstoffe aufgenommen und die Erde regeneriert. Einzelheiten weiß ich nicht mehr, aber man findet sicher alles darüber im Internet. Mein Freund jedenfalls war hellauf begeistert von diesem Ansatz und überzeugt, dass man diese Forschungsergebnisse weiterentwickeln und im Alltag nutzen könnte. Er hat seine Doktorarbeit darüber geschrieben.«

»Myzelien, aha«, äußerte Harper. »Meinst du, ich könnte mal mit deinem Freund reden? Weißt du, ob er was aus seiner Idee gemacht hat?«

»Nein, hat er nicht«, sagte Luisa leise. »Er ist während der Arbeit daran ums Leben gekommen. Er konnte seine Forschung nicht abschließen.«

»Oh«, sagte Harper betroffen. »Tut mir leid.«

»Andere Leute haben das aber getan. Und ich habe auch noch seine Aufzeichnungen, die er gemacht hat, bevor …« Luisa holte tief Luft, versuchte sich aus dem Würgegriff der Vergangenheit zu befreien. »Ich habe seit Jahren nicht mehr daran gedacht, aber alles aufbewahrt. Konnte es nicht wegwerfen … Wer weiß, Harper, vielleicht können dir seine Ergebnisse weiterhelfen. Ich suche die Unterlagen raus und bringe sie dir vorbei.«

»Okay«, erwiderte Harper zögernd. »Ich kann sie mir ja mal anschauen.«

33

»Ja, dranbleiben«, rief Cas über das dumpfe Knallen von Boxhandschuhen auf Leder hinweg. »Ellbogen hochhalten, Tom, dann hast du mehr Schlagkraft. Nee, nicht so. Warte mal. Auszeit.«

Die zwei Jungen, die im Ring trainierten, machten Platz, als Cas die Seile anhob und auf die Plattform stieg.

»Schau, so«, sagte er, während er den Arm des kleineren Jungen richtig positionierte und die Bewegung vormachte. »Verstehst du?«

»Ja«, antwortete Tom, dessen Stimme gedämpft klang durch den Kopfschutz, der sein halbes Gesicht bedeckte. Der Junge tänzelte kurz und imitierte dann Cas' Bewegung. »Hab verstanden.«

»Prima. Mo«, sagte Cas zu dem zweiten Jungen gewandt, »du machst das super, aber denk an deine Beinarbeit. Weiter geht's!«

Er stieg wieder aus dem Ring und gab mit der Trillerpfeife das Signal zum Fortsetzen des Sparrings. Die beiden Jungen legten los, und Cas beobachtete zufrieden, wie Tom die Anweisungen befolgte.

»Guten Abend«, hörte er plötzlich eine Stimme.

Cas sagte sich, dass sein Herz nur deshalb einen Sprung tat, weil er nicht mit ihr gerechnet hatte. Er drehte sich um, bereits mit einem Lächeln auf den Lippen, als Luisa auf ihn zukam. Das gescheiterte gemeinsame Ausgehprojekt hatte nicht dazu beigetragen, dass er Luisa vergessen konnte. Ganz im Gegenteil: Seither musste Cas bei jeder Partnerin im Salsaclub an den kurzen Tanz mit Luisa denken.

»Hallo«, begrüßte er sie. »Was machst du denn so spät noch hier?«

»Ich musste zu Hause etwas holen, das ich Harper hier hinterlegen wollte«, erklärte Luisa. »Sie will es sich später abholen.«

»Da warst du ja lange unterwegs.«

»Ja, aber es ist wichtig.«

Cas hatte den Eindruck, dass Luisa besorgt wirkte. »Alles okay?«, fragte er.

»Ja, schon.« Sie lächelte. »Ich wollte nur gern mal mit dir über Harper reden.«

»Okay«, sagte Cas, während er die beiden Jungen im Boxring im Auge behielt. »Aber sie war seit Wochen nicht mehr hier. Wahrscheinlich ist sie in der Schule zu sehr eingespannt oder arbeitet am Mini.«

»Der Mini ist schon längst durch den TÜV, hat sie dir das nicht erzählt?«

»Nein«, antwortete Cas überrascht. »Aber ich habe sie nur im Vorbeigehen in der Schule gesehen. Was für eine tolle Neuigkeit! Ich wusste, dass sie es schaffen würde. Dieses Mädchen ist echt ein Wunder.«

Luisa nickte. »Das sehe ich auch so. Und genau deshalb

wollte ich mit dir sprechen. Ich möchte dich um einen Gefallen bitten. Owen Lawrence, von dem ich das Gartengrundstück bekommen habe, veranstaltet alljährlich eine große Wohltätigkeitsgala. Und in diesem Jahr soll ich dort einen Vortrag über den Gemeinschaftsgarten halten.«

»Aha«, sagte Cas, der den Zusammenhang noch nicht ganz erkennen konnte.

»Ich habe mit Harper über das Bewässerungsproblem im Garten gesprochen, und sie hatte eine großartige Idee für eine Wassergewinnungsanlage. Ich möchte sie davon überzeugen, die Idee bei der Gala zu präsentieren«, fuhr Luisa fort. »Wenn sie einen kleinen Vortrag mit einer zehnminütigen PowerPoint oder so halten könnte, würde das bestimmt auf großes Interesse stoßen. Und ich glaube, das könnte eine riesige Chance für sie sein.«

»Das klingt großartig«, erwiderte Cas. »Sie sollte das unbedingt machen.«

»Ich habe jetzt schon mehrmals mit ihr gesprochen, und sie scheint sich allmählich für die Idee zu erwärmen«, berichtete Luisa und hielt eine Mappe mit Unterlagen hoch. »Und ich hoffe, das hier hilft ihr dabei. Aber noch mehr helfen würde ihr ganz bestimmt, wenn du auch zu der Gala kommen könntest. Das wäre sicher ein echter Ansporn für Harper.«

»Wann findet das statt?«

»An einem Samstagabend. Dreißigster Juli.«

»Hm, ich will es auf jeden Fall versuchen. Aber das ist ausgerechnet der Abend vor unserem Vorführtag. Wo ist die Veranstaltung?«

»In Durham«, antwortete Luisa. »Was für ein Vorführtag? Davon hatte ich noch gar nichts gehört.«

»Den machen wir jeden Sommer«, erklärte Cas. »Es gibt ein bisschen Catering und Boxkämpfe, damit Familien und Freunde der Kids sehen können, was wir hier machen. So haben sie die Gelegenheit, öffentlich zu zeigen, was sie gelernt haben. Und ein paar Spenden kommen auch immer zusammen, natürlich in viel kleinerem Maßstab als bei deiner Gala.«

»Das hört sich toll an, da wäre ich auch gern dabei.«

Cas grinste. »Im Ernst? Und du meinst, dir steht der Sinn danach, am Sonntagmorgen um zehn hier aufzukreuzen, nachdem du den Abend lang gefeiert hast?«

Das Lächeln, das Luisa Cas jetzt zuwarf, war so herzlich und strahlend, dass ihm ganz schwindlig wurde. »Cas«, sagte sie. »Du hast seit Monaten so viel für mich getan. Das Mindeste, was ich für dich tun kann, ist, ebenfalls meine Unterstützung zu zeigen. Ich möchte *sehr gerne* dabei sein«, betonte Luisa, bevor sie sich verabschiedete.

Nachdem sie verschwunden war, erschien Cas die Halle auf einmal dunkler und stiller, trotz der üblichen Geräuschkulisse vom Boxtraining.

Du bist so ein Idiot, schalt er sich selbst. *Was soll das denn, bist du ein verliebter Teenager, oder was? Komm mal wieder runter.*

Das Training näherte sich bereits dem Ende, als Harper hereingeschlendert kam, die Hände in den Hosentaschen und mit ihrem Rucksack auf dem Rücken, als sei sie nie weg gewesen.

»Alles klar, Mr P?«, begrüßte sie Cas und schaute zu dem dunklen Büro hinüber. »Luisa hat gesagt, sie wollte hier was für mich hinterlegen.«

»Ja, liegt auf dem Schreibtisch. Warte mal, Harper«, sagte Cas rasch, damit sie nicht gleich weiterging. »Ich hab dich ja eine Ewigkeit nicht gesehen. Wie ist alles so bei dir? Luisa hat gesagt, der Mini sei durch den TÜV. Das ist ja fantastisch! Und, fährst du viel damit?«

Harper warf ihm einen düsteren Blick zu. »Hab kein Geld für die Steuer und die Versicherung. Und für Sprit erst recht nicht.«

Cas runzelte die Stirn. »Aber ich hatte dir doch gesagt, dass ich das übernehmen würde. Wieso hast du mich nicht gefragt?«

Harper schaute an ihm vorbei. »Nicht Ihr Problem«, murmelte sie.

»Weiß ich. Aber ich habe es dir schließlich angeboten.«

Als sie ihn wieder ansah, fiel Cas auf, wie erschöpft und angespannt das Mädchen wirkte. Eine Alarmglocke schrillte irgendwo in ihm, ohne dass er sich genau erklären konnte, weshalb.

»Meinen Sie nicht, die Leute würden das merkwürdig finden?«, sagte Harper jetzt. »Dass Sie mir nicht nur ein Auto schenken, sondern auch noch die Kosten dafür übernehmen?«

Cas stützte die Hände in die Hüften und versuchte zu erspüren, was hier vor sich ging. »Hat jemand so etwas zu dir gesagt?«

Harper rückte ihren Rucksack zurecht und schaute auf

die Wanduhr. Es war schon lange nach acht, aber wenn sich der Vorführtag näherte, wurde immer länger trainiert. »Ich muss los.«

»Harper.« Cas folgte ihr ins Büro. »Hör mir noch mal kurz zu, bitte. Luisa hat mich gebeten, etwas mit dir zu besprechen.«

Das Mädchen nahm die Unterlagen vom Schreibtisch und verdrehte die Augen. »Hoffentlich nicht wegen dieser Gala.«

»Doch, genau darum geht es.«

Harper nagte an ihrer Lippe. »Luisa meint, ich könnte da was vorstellen, aber das ist Quatsch. Es sind nur fünf Wochen bis dahin. Selbst mit diesem Zeug hier«, sie hielt die Mappe hoch, »werde ich so schnell nichts ausarbeiten können.«

»Was ist das überhaupt?«, fragte Cas. »Luisa hat nichts dazu gesagt.«

»Forschungsergebnisse von jemandem, den sie vor Jahren gekannt hat«, antwortete Harper. »Luisa meint, das könnte mir dabei helfen, die Wassergewinnungsanlage zu entwickeln. Der Freund ist gestorben, aber das hier sind seine ganzen Unterlagen.«

Cas starrte überrascht auf die Mappe, als ihm klar wurde, was Luisa dem Mädchen anvertraut hatte.

»Mr P?«, fragte Harper stirnrunzelnd. »Alles okay?«

»Ja«, antwortete Cas. »Aber hör mal, Harper … Ich weiß, wie viel diese Unterlagen Luisa bedeuten. Ihr muss ungeheuer viel daran liegen, dass du an dieser Gala teilnimmst. Bitte mach es.«

Harper schaute auch auf die Mappe. »Ja, war wohl ein Freund von ihr, der …«

»Nicht nur ein Freund«, unterbrach Cas sie. »Die Unterlagen stammen von ihrem Mann. Und ehrlich gesagt erstaunt es mich, dass sie dir die Originale anvertraut hat, anstatt Kopien zu machen. Vielleicht hat sie die Unterlagen zum ersten Mal in die Hand genommen, seit sie ihn verloren hat. Bitte gib gut darauf acht.«

Harper warf ihm einen forschenden Blick zu. »Mach ich, Mr P. Versprochen.«

»Gut.« Cas traf eine Entscheidung. »Und übrigens hat Luisa mich zu der Gala eingeladen, als Verstärkung für dich sozusagen. Wir können zusammen mit dem Mini hinfahren, okay? Ich kümmere mich um Steuer und Versicherung, und du darfst uns chauffieren. Wie klingt das?«

Harper grinste ein bisschen. »Na ja …«

»Sag mir, dass du es dir überlegst. Und zwar ernsthaft.«

Harper seufzte. »Okay, okay. Ich denk drüber nach. *Ernsthaft.*«

Cas warf einen Blick auf die Uhr. »Und wie wär's mit einer Runde Boxen, wenn du schon hier bist?»

Das Mädchen verzog das Gesicht. »Nee, hab noch was vor.«

»Ach, komm schon, Harper«, rief Jake, der Harper besonders vermisst hatte. »Du musst!«

Mehr verlangende Rufe waren zu hören, während sich die Kids um Cas und Harper scharten.

»Die Menge hat gesprochen«, verkündete er. »Na los. Eine halbe Stunde hast du doch bestimmt noch, oder?«

»Also gut«, willigte Harper ein. »Aber nur unter einer Bedingung.«

Cas zog die Augenbrauen hoch. »Was?«

Sie deutete mit dem Finger auf ihn. »Sie müssen gegen mich antreten.«

»Was, ich?«, sagte Cas verblüfft, während lautes Johlen ausbrach. »Keine gute Idee. Arbeite lieber mit Mo, dem würde das guttun.«

Sein Rückzieher wurde mit Buhrufen quittiert, sogar von Mo selbst, und Harper verschränkte die Arme vor der Brust.

»Okay, folgender Deal«, sagte sie. »Ich mach die blöde Galapräsentation, wenn Sie jetzt mit mir in den Ring steigen.«

Cas schüttelte den Kopf und konnte sich ein Grinsen nicht verkneifen. »Nachdem du wochenlang nicht trainiert hast, glaubst du, du hättest gegen *mich* eine Chance?«

In Harpers Augen erschien ein tollkühnes Funkeln. »Ich glaube nicht nur, ich *weiß es*, alter Mann. Los doch, ich hab nicht den ganzen Abend Zeit. Oder haben Sie vielleicht Schiss?«

Aufgeregtes und etwas schockiertes Raunen war jetzt zu vernehmen. Cas schüttelte den Kopf, bemüht, Harper ernst zu nehmen. Immerhin war er froh, dass sie ihren Kampfgeist nicht verloren hatte.

»Also gut«, sagte er. »Wir beide. Los geht's.«

Harper grinste und lief hinaus, um sich umzuziehen. Sie brauchte nicht länger als drei Minuten, dann stieg sie leichtfüßig in den Ring, wo Cas gerade seine Handschuhe anzog.

»Ich hoffe, Sie sind fit«, verkündete Harper großspurig

und hüpfte geschmeidig von einem Bein aufs andere. Bei diesem Anblick vermutete Cas, dass sie tatsächlich nichts aus ihrem Unterricht vergessen hatte. »Ich hab nicht viel Zeit und bin jetzt richtig in Laune.«

»Na, dann lass mal sehen«, erwiderte Cas, während die anderen Kids laut kreischten und jubelten.

Harper gelang es tatsächlich, dafür zu sorgen, dass Cas bald außer Atem war, und sie ließ keine Sekunde locker.

»Apropos Luisa«, sagte sie, »haben Sie da endlich einen Vorstoß gemacht?«

Die unvermittelte Frage überrumpelte Cas, sodass Harper einen harten Treffer landen konnte.

»Was?«, keuchte er blinzelnd und versuchte zu kontern.

»Ach, kommen Sie.« Harper wich ihm geschickt aus. »Merkt doch jeder, dass Sie in Luisa verknallt sind.«

»Keine Ahnung, wovon du redest«, erwiderte Cas schnaufend. Weshalb war er nur so kurzatmig?

»Und, wie wollen Sie's angehen?«, fragte Harper, als hätte er nichts gesagt.

»Harper …«, knurrte er.

»Weil ganz ehrlich«, sie tänzelte blitzschnell beiseite, als Cas ausholte, »Sie müssen sich mehr Mühe bei ihr geben.«

Er rang um Atem. »Wir boxen hier, konzentrier dich.«

Harper grinste. »Ist mir klar. Aber *ich* keuch nicht wie ein Ochse, oder?«

Sie ließ ihm einen kurzen Moment, um sich zu fassen, während vom Publikum Anfeuerungsrufe zu hören waren. Als Cas versuchte, einen Treffer zu landen, fuhr Harper gnadenlos fort: »Wissen Sie, was mir an Luisa aufgefallen ist?«

»Harper …«

»Sie sieht immer total glücklich aus, wenn Sie bei ihr sind. Oder wenn sie von Ihnen erzählt. Oder auch nur, wenn jemand Ihren Namen erwähnt. Echt süß irgendwie.«

»Woher willst du das wissen?«, ächzte Cas, während Harper mühelos seinem Aufwärtshaken auswich. »Du bist doch kaum noch hier.«

»Eben deshalb«, erwiderte Harper, die jetzt einen deftigen linken Haken landete. »Was sagt Ihnen das, wenn sogar *ich* das merke?«

»Luisa sieht glücklich aus«, brachte Cas mühsam hervor, während er Schlag um Schlag abwehrte, dabei aber rückwärtstaumelte, »weil es mit dem Garten so gut läuft.«

»Ach ja?«, sagte Harper und blockte erfolgreich Cas' nächsten Angriff. »Kann sein. Aber was, wenn nicht? Wenn sie tatsächlich wegen *Ihnen* glücklich ist? Sie wird nämlich nicht ewig hier sein, wissen Sie. Wenn der Garten fertig ist, wird sie verschwinden, dann hält sie nichts mehr hier.« Harper holte zum finalen Schlag aus. »Machen Sie sich das mal klar.«

Cas wankte rückwärts und landete mit seinem viel zu alten Rücken in den viel zu lockeren Seilen des viel zu betagten Boxrings.

»Tut mir leid, Mr P«, sagte Harper ohne jedes Mitgefühl und kaum außer Atem. »Sie hängen eindeutig in den Seilen.« Zum ohrenbetäubenden Gebrüll der Kids drehte sie sich um und warf einen Blick auf die Wanduhr. Es war kurz vor neun. »Ich muss los.«

34

Als der Juli kam, begann eine neue Phase im Garten. Die Blumen erblühten in voller Pracht und schienen geradezu in Wärme und Sonnenschein zu baden. Einer der Freiwilligen hatte vorgeschlagen, zwischen den Obstbäumen am Zaun Kletterpflanzen zu setzen. Inzwischen war der rostige Zaun gar nicht mehr zu sehen, die Vielzahl bunter Blüten bedeckte ihn vollständig – lila und rosa leuchtende Clematis und wild rankende Wicken, die betörend dufteten. Die Kinder, die immer am Wochenende eintrafen, hatten vor einiger Zeit Sonnenblumen gepflanzt, und inzwischen reckten sich die fröhlichen gelben Blumen dem Himmel entgegen.

Die Malven, von denen Luisa eine Zwergform angeschafft hatte, gerieten gar nicht klein, sondern waren inzwischen größer als Luisa selbst. Die hohen Kerzen des Rittersporns leuchteten himmelblau zwischen dem wild wuchernden Phlox, der keine Grenzen zu kennen schien, ebenso wie die zartblauen fedrigen Jungfern im Grünen, die sich plötzlich überall ausbreiteten. Auch einige früh blühende Dahlien entfalteten sich bereits in voller Schönheit, umgeben von dichten Bodendeckern.

Auch das Gemüse gedieh bestens und lieferte reichlich Erträge. Täglich gab es so viele Zuckererbsen zu ernten, dass Kath schon klagte, sie müsse sich nur einmal umdrehen, und schon seien neue gewachsen. Es gab jede Menge Zucchini und Buschbohnen, die Rote Bete war bereits so groß wie Golfbälle, und durch den Einsatz von feinen Netzen und äußerster Wachsamkeit seitens der Kids vom Boxclub war es sogar gelungen, den Blumenkohl vor gefräßigen Raupen Nimmersatt zu bewahren. Luisa hatte bereits mit dem Cateringteam der Gala abgesprochen, dass einiges vom Gartengemüse für das Bankett verwendet werden sollte. Bis dahin wurden die Erträge unter den Freiwilligen aufgeteilt, die es meist noch am gleichen Tag verzehrten. Im August war sogar ein Picknick im Garten geplant, sodass man am gleichen Ort ernten, kochen und gemeinsam essen könnte.

Für viele Menschen war der Garten jetzt zu ihrem persönlichen Wohlfühlort geworden, auch für Luisa selbst. Sie verbrachte immer mehr Zeit dort, während die Gedenkstätte und der Teich mit Kaths Unterstützung Gestalt annahmen. Beides war inzwischen fertiggestellt, dem Teich fehlten nur noch die Fische. An einigen Abenden, wenn es spät geworden war und sich niemand mehr im Boxclub aufhielt, übernachtete Luisa sogar dort, anstatt nach Carlisle zurückzufahren. Mit ihrem alten Schlafsack machte sie es sich auf einem Stapel Sportmatten gemütlich, und am nächsten Morgen kam sie dank Cas' Maschine sogar in den Genuss von gutem Kaffee.

An ihren ruhigen Freitagabenden hatte Luisa immer wieder an Cas denken müssen. Tanzte er jetzt die Nacht hindurch in dem Salsaclub, den er erwähnt hatte? Bei diesem Gedanken erfasste sie jedes Mal ein Anflug von Wehmut, gepaart mit einem Gefühl von Einsamkeit. Cas hatte seine Einladung nicht wiederholt, aber die Herzlichkeit zwischen ihnen war bestehen geblieben. Luisa wusste seine Zurückhaltung zu schätzen und war zugleich enttäuscht darüber, ließ sich das aber natürlich nicht anmerken. *Bestimmt hat er inzwischen eine neue Beziehung angefangen,* sagte sie sich. *Warum auch nicht?*

Und wieso denke ich überhaupt darüber nach?

Solche Gedanken gingen ihr aber nie durch den Kopf, wenn sie sich im Boxclub aufhielt. Vielleicht lag es daran, dass das Gebäude von der Freundlichkeit und Fürsorglichkeit erfüllt war, die Cas den Kids entgegenbrachte. Der Ort hatte etwas Beruhigendes, und an den Wänden hingen jetzt Harpers handgezeichnete Skizzen für die Wassergewinnungsanlage direkt neben Reubens Notizen. Harper hatte tatsächlich die Forschungsergebnisse für ihre Entwürfe nutzen können und noch am selben Abend angerufen, als sie die Unterlagen bekommen hatte.

»So einfach kann das doch gar nicht sein«, hatte Harper zu Luisa gesagt. »Wenn es tatsächlich so ist, wieso setzt dann nicht längst die ganze Welt Mykofilter ein?«

Luisa hatte das Gefühl, dass Harper gar nicht wirklich mit ihr reden wollte, sondern nur jemanden brauchte, der ihr bei der Entwicklung ihrer Ideen zuhörte. Eine seltsame Vision hatte sich plötzlich eingestellt, in der Harper nicht mit Luisa, sondern Reuben sprach und ihm ihre faszinierenden Einfälle und Prozesse erklärte.

Harper hatte seine Ansätze zum Leben erweckt, mit ihren eigenen kombiniert und dank neuester Informationen aus dem Internet etwas Eigenes erschaffen. Für Luisa fühlte sich das an, als sei Reuben noch auf der Welt, als trage er zu diesem zukunftweisenden Projekt bei – fast, als bilde er ein Team mit diesem schwierigen und begabten Mädchen. Harpers Entwürfe entstanden aus den Gedanken von beiden gemeinsam, ganz so als sei Reuben noch da.

Weil seine Ideen nun ständig präsent waren, gelang es Luisa, nicht mehr nur an das Trauma seines Todes zu denken, an diesen entsetzlichen Verlust und ihre Schuldgefühle, sondern auch wieder an die Zeit davor. An die wundervollen Momente wie bei der Aufnahme des Fotos, das sie jetzt wieder in ihrer Brieftasche bei sich trug. Zu dieser Leichtigkeit hatte sie nur in Collaton finden können, bei der Verwirklichung des Projekts, von dem Reuben und sie damals gemeinsam geträumt hatten.

Wenn Luisa im Boxclub übernachtete, stand sie abends oft vor den Zeichnungen. Sie fragte sich, warum sie so lange gebraucht hatte, um zu begreifen, dass sie ihre Trauer nicht überwinden konnte, indem sie vor allem davonlief, was Reuben und sie geliebt hatten – sondern indem sie das alles auch in seiner Abwesenheit weiter in sich hegte und pflegte. Indem sie in jedem Sinn des Wortes das Wachstum förderte – indem sie Samen aussäte, neues Leben unterstützte und sich selbst mit jedem kleinen Blättchen ein Stückweit erneuerte.

»Wie wunderschön«, sagte Luisa, während sie das Oberteil der Eichenbank bewunderte, die Arthur von Hand abgeschliffen hatte, um die Maserung des Holzes zur Geltung zu bringen. »Das hast du absolut großartig gemacht.«

»Na ja«, erwiderte der Schöpfer mit für ihn ungewöhnlicher Zurückhaltung, als er die Rampe hinunterrollte, die man am Eingang zum Schuppen gebaut hatte, »warten wir mal ab, wie sie sich an Ort und Stelle macht, bevor wir zu laut jubeln.«

»Fantastisch wird sie da aussehen«, erklärte Cas, während er mit Luisa die Bank anhob, um sie zum anderen Ende des Gartens zu befördern. Zwei solide Eichenteile, auf die sich das Oberteil aufstecken ließ, warteten bereits vor dem Apfelbaum in der Mitte des Obstspaliers.

»Cas hat recht«, bestätigte Luisa. »Vor allem, wenn die Bäume noch größer werden.«

Das Eichenholz war schwer, aber schließlich gelang es Luisa und Cas, die beiden Teile zusammenzufügen. Obwohl der Baum noch jung war, sah die Bank unter seinen kleinen Zweigen so aus, als sei sie schon immer dort gewesen. Luisa trat zurück und legte Arthur Larkspur die Hand auf die Schulter.

»Sie ist hinreißend«, sagte sie lächelnd. »Vielen lieben Dank, Arthur. Das ist wirklich ein wunderbarer Beitrag zum Garten.«

Arthur lachte leise, sichtlich erfreut über das Kompliment. »Na, eine geschafft, ein paar habe ich noch vor mir. Mit etwas Glück kriege ich die noch vor meinem achtzigsten fertig!«

»Arthur?«

Kath kam den Weg entlang.

»Hallo, meine Liebste«, sagte Arthur. »Wir haben die Bank gerade aufgestellt. Sieht ganz gut aus, oder?«

Kath lächelte herzlich. »Aber sicher. Schließlich hast du sie angefertigt.«

»Ach, Quatsch.« Arthur ergriff Kaths Hand und küsste sie. »Immer schmeichelst du mir.«

»Das ist keine Schmeichelei, sondern die Wahrheit«, bemerkte Luisa. Sie hatte den Eindruck, dass sich zwischen den beiden eine neue Innigkeit entwickelte, die es vielleicht lange nicht gegeben hatte. Es war eine schöne Szene.

»Hey, wenn ihr so weitermacht, werde ich noch ganz eingebildet«, sagte Arthur außergewöhnlich heiter. »Aber es ist Zeit fürs Mittagessen. Ich könnte ein Pommes-Sandwich vertragen.«

»So weit kommt's noch, Arthur Larkspur«, sagte Kath lachend. »Wir werden beide ein schönes Tomatensüppchen zu uns nehmen.«

35

»Okay«, sagte Harper und machte den letzten Handgriff. »An deinem Ende alles klar?«

»Ja«, antwortete Max. »Kannst loslassen.«

»Bist du ganz sicher? Ich möchte nicht, dass er auf deine Pflanzen fällt.«

»Ja!«, rief Max ungeduldig.

»Also dann los, Daumen drücken …« Harper ließ das Ende des Wasserschlauchs los, den sie an der Haltestange unter dem Dach des Busses befestigt hatten. Sie hatte befürchtet, die Konstruktion könnte zu schwer sein, was zum Glück nicht der Fall war. »Sieht gut aus!«, rief sie. »Jetzt bist du dran!«

Max sprang von der Bank im Heck des Busses, wo er den letzten Kabelbinder am Ende des Schlauchs befestigt hatte. Auch auf seiner Seite blieb alles an Ort und Stelle.

»Ja!«, schrie Max und boxte begeistert in die Luft.

Harper grinste. »Damit hätten wir Phase eins erfolgreich abgeschlossen. Erweist du uns die Ehre und leitest Phase zwei ein?«

Ihr Bruder kam zu ihr nach vorne gerannt, und sie trat zur Seite, damit er an den Blechtank herankam.

»Wenn es wirklich funktioniert und wir noch einen zweiten Schlauch aufhängen«, erklärte Harper, »musst du das Ende immer umstecken, je nachdem, welche Seite du wässern möchtest.«

Max verdrehte die Augen. »Weiß ich doch schon«, antwortete er voller Ungeduld. Er konnte es kaum erwarten, zur nächsten Phase überzugehen.

Die beiden hatten Stunden damit zugebracht, einen Plan zu entwickeln, hatten bei all ihren Mahlzeiten darüber geredet und Zeichnungen angefertigt. Harper hatte sich in das Vorhaben so hineingekniet wie in die Entwicklung der Wassergewinnungsanlage und sich damit erfolgreich von der Welt außerhalb des Gartenbusses abgelenkt. Max hatte den Vorschlag gemacht, die vorhandenen Elemente des Busses zu nutzen, Harper hatte die Details ausgearbeitet.

Jetzt ging es darum, den kompliziertesten Teil in Gang zu setzen: eine Fußpumpe, die Harper aus auf dem Schrottplatz aufgestöberten alten Metallteilen gebaut hatte. Max griff nach dem Schlauchende, das über ihm hing, und zog es näher zu sich. Es war mit einem Schraubventil versehen, das Max jetzt mit der Pumpe im Blechtank verband. Entlang des Schlauchs hatten sie kleine Sprinklerdüsen angebracht, die direkt auf die Pflanzentöpfe gerichtet waren. Ihr Bruder wischte sich die Hände trocken, holte tief Luft und trat auf das Fußpedal.

Nach ein paar Sekunden eifrigen Tretens murmelte er enttäuscht: »Es funktioniert nicht …«

»Das geht nicht so schnell. Es muss erst Druck entstehen. Mach weiter! Oder soll ich übernehmen?«

Max schüttelte entschieden den Kopf und trat weiter auf das Pedal.

Gerade als Harper selbst an der Tauglichkeit ihrer Konstruktion zu zweifeln begann, war plötzlich ein leises Gurgeln zu hören, und ein bisschen Wasser tröpfelte aus der ersten Düse. Max und Harper beäugten sie argwöhnisch – war das etwa alles? Doch schon in der nächsten Sekunde wurde aus dem Tröpfeln ein feiner Sprühregen, der den Sitz darunter ausgiebig wässerte.

»Es funktioniert!«, schrie Max atemlos, während er weiter auf die Pumpe trat.

Nach und nach erwachte eine Sprinklerdüse nach der anderen zum Leben, bis die Bushälfte komplett beregnet wurde.

»Jaaa!«, jubelte Max.

»Wir haben es geschafft!«, schrie auch Harper begeistert. »Wir haben es geschafft, Max, wir haben es geschafft!«

Ihr Bruder hielt tapfer durch, aber Harper sah, dass er kaum mehr Kraft hatte.

»Komm, lass mich weitermachen«, sagte sie.

Max trat zur Seite, und das Wasser ließ einen Moment nach, bis Harper mit voller Kraft loslegte. Max rannte lachend durch den Bus und hielt die Hand in den Sprühregen. Und auch Harper lachte, weil sie sich freute, dass ihr Bruder glücklich war. Es kam ihr vor, als sei er hier im Bus wie ausgetauscht – als lebe Max in diesem Wunderland, das er sich erschaffen hatte, in einer anderen Welt, einer Welt, die er verstehen und in der er sich mühelos zurechtfinden konnte.

»Danke, Harper«, rief er, als er zu ihr zurückgerannt kam. »Danke, dass du das mit mir gemacht hast.«

Sie lächelte. »Danke, dass ich dir bei deinem Garten helfen durfte.«

Max sah sich um. Während ihrer Arbeit an dem Sprinklerschlauch waren die Pflanzen weiter gediehen. Ranken schlängelten sich an den Fenstern hinauf, und Setzlinge, die kaum größer als ein kleiner Finger gewesen waren, hatten immer weiter ausgetrieben und mussten demnächst in größere Töpfe gesetzt werden.

»Bald ist das hier ein Dschungel«, witzelte Harper und runzelte die Stirn, als Max' Miene sich plötzlich verdüsterte. »Max? Was ist los?«

Ihr Bruder seufzte. »Es sind zu viele. Ich habe zu viele gezogen.«

Harper überlegte einen Moment. »Na ja«, sagte sie dann, »vielleicht könntest du ein paar weggeben? Zum Beispiel …«

»Nein«, widersprach Max störrisch. »Die gehören *hierher.*«

»Okay«, lenkte Harper ein. Sie wollte keinen Konflikt heraufbeschwören, weil gerade alles so gut lief. »Aber wir müssen uns schon eine Lösung einfallen lassen.«

Max sah sie an. »Du kannst das, Harper. Dir fällt bestimmt was ein.«

Sie lächelte, um zu vermeiden, dass er an ihr zu zweifeln begann. »Ich werd's versuchen. Komm, Zeit zum Abendessen. Ich muss später raus.«

Zu Hause kochte Harper, dann aßen sie zusammen. Max war sehr still. Vermutlich machte er sich Sorgen um die Unterbringung der Pflanzen, dachte Harper.

»Kannst du mir bei meinen Hausaufgaben helfen?«, fragte Max nach dem Essen unvermittelt.

Einen Moment lang war sie so verblüfft, dass sie glaubte, sich verhört zu haben. Max hatte sie noch nie um Hilfe bei den Hausaufgaben gebeten.

»Nicht schlimm, wenn du nicht möchtest«, murmelte Max, ohne sie anzusehen.

»Nein, nein, natürlich helfe ich dir«, sagte Harper mit einem Blick auf die Wanduhr. Sie musste um neun Uhr an ihrer Ecke stehen, und es war bereits kurz vor acht. Aber wenn Max sie um etwas so Wichtiges bat, konnte sie unmöglich ablehnen. Vor allem jetzt, als nach dieser schrecklichen Zeit endlich alles wieder gut zwischen ihnen zu sein schien. »Aber wir müssen jetzt gleich damit anfangen. Hol deine Sachen, ich wasche schnell ab, ja?«

Während sie an Max' Matheaufgaben arbeiteten, versuchte Harper, nicht an ihre bevorstehende Schicht zu denken. Dass Max ihre Hilfe brauchte, glaubte Harper eigentlich nicht, aber er hatte sie darum gebeten, und allein das zählte. Doch je mehr Zeit verstrich, desto nervöser wurde Harper. Sie war noch nie zu spät gekommen. Von Minute zu Minute beunruhigter, überlegte sie, welche Folgen ihre Verspätung haben könnte, wollte Max aber nicht allein lassen. Was sie allerdings ohnehin tun musste, um ihn zu schützen.

»Okay«, sagte sie um zehn nach neun. »Meinst du, du kriegst den Rest allein hin? Tut mir wirklich leid, aber ich muss dringend los. Geht nicht anders.«

Max sah bedrückt aus. »Das ist meine Schuld, oder?«

»Was meinst du damit?«

Er wies mit dem Kinn auf den Rucksack, der gepackt neben der Küchentür stand.

Harper legte ihrem Bruder die Hand auf den Arm. »Nein«, sagte sie nachdrücklich. »Es hat nichts mit dir zu tun. Wirklich nicht. Aber hör mal, ich möchte, dass du heute Abend etwas für mich tust. Bleib bitte in deinem Zimmer, und schieb den Tisch an die Tür, damit niemand reinkommen kann. Das hast du schon mal gemacht. Tu das bitte jetzt gleich auch, ja? Für mich?«

Er sah ängstlich aus.

Harper zwang sich zu einem Lächeln. »Es wird bestimmt nichts passieren«, sagte sie, in der Hoffnung, dass sie recht hatte. »Ich mach mir nur Sorgen … wegen Dad, wenn ich nicht da bin.«

Nach kurzem Zögern nickte Max.

»Prima.« Harper stand auf. Es war schon Viertel nach neun, und sie wäre am liebsten zur Tür gerannt, beherrschte sich aber, um Max nicht zu beunruhigen. »Ich gehe jetzt, ja? Vergiss das Zähneputzen nicht. Bis morgen Früh.«

Harper nahm Jacke und Rucksack und verließ das Haus. Draußen ging sie in normalem Tempo bis zur Ecke, für den Fall, dass Max ihr nachschaute. Dann rannte sie zu ihrem Stammplatz, darauf gefasst, dass dort bereits einer von Darrens Handlangern stand, um sie fertigzumachen. Doch niemand wartete auf sie, nur die übliche Kundschaft tauchte auf. Es gab auch keine wütenden Nachrichten auf ihrem Handy oder verdächtige Autos, die sie überwachten. Die Stunden kamen ihr dennoch endlos vor, weil sie sich den Kopf darüber zerbrach, was zu Hause los war, während sie eine Vorstrafe riskierte, um ihren Bruder zu schützen. Sobald die Ware verkauft war, schickte sie wie immer eine Nachricht, damit die Boten das Geld abholten. Danach sprintete sie nach Hause, voller Sorge, was sie vorfinden würde.

Doch dort war alles ganz normal. Das Haus sah unversehrt aus, keine bedrohlichen Gestalten lungerten herum. Harper schaute die Straße entlang, bevor sie die Tür aufschloss, sah aber keine Menschenseele. Und drinnen war auch alles wie gewöhnlich. Aus dem Wohnzimmer drang das laute Schnarchen ihres Vaters. Harper schlich nach oben. Als sie an Max' Tür horchte, hörte sie Schritte.

»Max?«, fragte sie leise.

»Harper?«

Sie seufzte vor Erleichterung. »Du solltest doch längst schlafen!«

»Ich wollte warten, bis du nach Hause kommst.«

Sie lächelte. »Okay, ich bin jetzt zu Hause. Und nun geh schlafen, ja?«

»Mach ich.«

Harper lauschte noch einen Moment, bis sie das Bett knarren hörte. Dann ging sie in ihr Zimmer. Eigentlich hatte sie vorgehabt, noch mindestens eine Stunde an dem Wasserprojekt zu arbeiten, wurde dann aber von Erschöpfung übermannt, als die Anspannung nachließ. Niemand schien bemerkt zu haben, dass sie nicht pünktlich an ihrem Platz erschienen war, und sie war unendlich erleichtert darüber.

Harper sank ins Bett und schlief auf der Stelle ein.

36

»Kommst du mit? Bitte …«

»Willst du mich emotional erpressen?«, erkundigte sich Jo, die in ihrem Hochzeitskleid reglos auf einem niedrigen Hocker stand. »Muss ich jetzt zu diesem endlos langen Galadinner mitkommen, nur weil ich dich schon wieder zu so einer grässlichen Anprobe mitgeschleppt habe?«, sagte sie mit entschuldigendem Lächeln zu der Boutiquebesitzerin, die gerade ihren Saum hochsteckte.

»Das ist keine Erpressung, ich brauche deine moralische Unterstützung«, antwortete Luisa. »Bitte, Jo. Mir graut vor dem Ganzen, aber ich muss entspannt und gut gelaunt wirken, für Harper, und das wird mir viel besser gelingen, wenn du bei mir bist. Und wieso redest du von ›endlos‹ lang? Du warst doch noch nie dabei.«

»Nein, aber ich erinnere mich lebhaft daran, wie du dich immer beklagt hast, wenn du mit Reuben hingehen musstest«, sagte ihre Schwester trocken. »Ich will da nicht das fünfte Rad am Wagen sein. Bestimmt brauchst du mich gar nicht, weil du ohnehin mit Harper beschäftigt bist, und ich stehe dann nur dumm rum.«

»Cas wird sich dort um Harper kümmern.«

Jo, die sich gerade wie ein Mannequin drehen musste, blieb abrupt stehen und starrte ihre Schwester an. »*Cas* ist auch dort?«

»Ja. Er fährt mit Harper zusammen. Damit wollen wir dafür sorgen, dass sie nicht im letzten Moment abspringt.«

»Cas kommt also«, murmelte Jo nachdenklich, bevor sie sich vorschriftsgemäß weiterdrehte.

»Ja, und das *obwohl* er am nächsten Tag eine große Veranstaltung im Boxclub hat«, betonte Luisa. »Komm schon, Jo. Ich brauche deine Unterstützung genauso sehr wie Harper seine. Bitte?«

Die Boutiquebesitzerin trat jetzt einen Schritt zurück, um ihr Werk zu begutachten, und Jo wandte sich mit strahlendem Lächeln ihrer Schwester zu. »Also gut. Ich komme mit – aber nur unter einer Bedingung: Ich darf bestimmen, was du anziehst.«

»Was? Wieso das denn?«

Jo zuckte mit den Schultern. »Weil ich dich kenne. Garantiert zerrst du in letzter Minute irgendein altes Teil aus deinem Schrank, obwohl wir beide wissen, dass die Frauen da sich herausputzen wie für die Oscar-Verleihung.«

»Ich wollte einen Hosenanzug tragen«, sagte Luisa stirnrunzelnd. »Ich bin ja auch nicht als Gast dort, sondern als Rednerin.«

Ihre Schwester zog die Augenbrauen hoch. »So ist aber die Abmachung. Du ziehst an, was ich für dich aussuche, oder ich komme nicht. Und schau mal, wir können das sogar sofort vor Ort regeln.« Sie zeigte auf die reiche Auswahl an Kleidern für Brautjungfern. »Ich bezahle das Kleid sogar.

Du kannst es bei der Gala und dann auch noch zu meiner Hochzeit tragen, da bin ich nicht pingelig. Gibt schließlich keine Gäste, die bei beiden Festen auftauchen werden.« Jo wandte sich zu der Boutiquebesitzerin. »Könnten Sie uns helfen, ein passendes Kleid für meine Schwester zu finden? Sie ist meine Ehrendame. Das Kleid sollte lang, schmal geschnitten, elegant und dunkel sein, denke ich. Keine Rüschen, keine Spitze. Aber Pailletten wären schön.«

Die Frau lächelte. »Selbstverständlich, ich bin gleich wieder bei Ihnen.« Sie verschwand hinter den reich bestückten Kleiderstangen.

Luisa half Jo beim Ausziehen des Hochzeitskleids und beäugte sie dabei argwöhnisch. »Was führst du im Schilde, Schwesterchen?«

»Ich weiß gar nicht, was du meinst«, antwortete Jo mit Unschuldsmiene. »Ich möchte nur, dass meine Schwester beim wichtigsten Auftritt ihrer Karriere gut gekleidet ist. Und wenn wir dabei noch einen weiteren Punkt der Hochzeitsvorbereitungen abhaken können, ist das doch super, oder nicht?«

Luisa schüttelte den Kopf. »Irgendwie glaube ich dir nicht so recht, aber mir bleibt keine andere Wahl, wie?«

Jo, von dem Kleid befreit, streckte sich erleichtert. »Ganz recht.«

»Wenn das so ist«, sagte Luisa, die sich geschlagen gab, »kannst du mir auch gleich noch helfen, ein Kleid für Harper auszusuchen. Darum macht sie sich nämlich Sorgen.«

37

Im Trainingssaal betrachtete Harper stirnrunzelnd das Kleid, das Luisa hochhielt. Es war schwarz, knielang und sah aus wie etwas, das eine noble Lady tragen würde, die in einem Nobellokal noblen Wein an noble Leute ausschenkte. Was so ganz und gar nicht zu Harper passte.

»Du musst es natürlich nicht tragen«, sagte Luisa. »Ich dachte nur, weil du gesagt hattest, du wüsstest nicht, was du zu der Gala anziehen solltest. Es gehört meiner Schwester und würde dir passen, denke ich. Aber wenn du nicht möchtest …«

Harper zuckte mit den Schultern. Sie hatte schon blödere Kleidungsstücke zu Gesicht bekommen. »Nee, nee, ich trag das schon. Sag deiner Schwester vielen Dank dafür.«

»Das kannst du ihr selbst sagen. Sie wird auch bei dem Galadinner sein.«

»Okay.« Harper konnte sich noch immer nicht richtig vorstellen, wie das alles ablaufen würde. Und wollte es eigentlich auch gar nicht, weil ihr bei der Vorstellung, wie sie vor einer Menschenmenge auf einer Bühne einen Vortrag halten sollte, ganz übel wurde. Sie konzentrierte sich auf praktische Erwägungen. »Aber ich hab nur meine Stiefel, die ich dazu anziehen kann.«

Luisa lächelte. »Das ist doch okay. Hauptsache, du fühlst dich wohl.«

Harper hätte gerne erwidert, dass sie sich wohlfühlen würde, wenn sie überhaupt nicht teilnehmen müsste, verkniff sich das aber. »Alles klar«, sagte sie stattdessen.

Vom Flur war jetzt Stimmengewirr zu hören, und Mo erschien mit Arthur Larkspur, im Gefolge eine Horde lärmender Kinder. Seit Arthur die restlichen Bänke fertiggestellt hatte, machte er sich anderweitig im Garten nützlich – unter anderem half er Mo bei den Dreharbeiten für das Video, das bei der Gala gezeigt werden sollte. Der Junge hatte beschlossen, die Bande kleiner Gärtner bei ihrer Arbeit zu filmen, und Luisa hatte amüsiert zugeschaut, wie Arthur versuchte, die lebhaften Kinder herumzukommandieren, denen seine Knurrigkeit und perfektionistischen Ansprüche vollkommen egal waren. Arthurs Griesgrämigkeit war wohl ohnehin nur noch Theater, vermutete Luisa, denn in den Sommerferien wollte er einen Holzschnitzkurs für die Kids anbieten.

»Ich glaube, wir haben alles im Kasten«, verkündete Mo, als er auf Harper und Luisa zukam. »Arthur und ich machen später zusammen den Schnitt, und dann kannst du es dir anschauen und sagen, was du davon hältst.«

»Super, Mo, großen Dank. Dir auch, Arthur. Das ist wirklich toll.« Luisa wandte sich zu Harper. »Das virtuelle Modell für deine Wassergewinnungsanlage ist auch fast fertig, ich habe es vorhin schon in einer E-Mail gesehen. Am Dienstag bekommen wir die finale Version geschickt. Dann können wir es in deinen Vortrag einbauen und bis Samstag noch ein paar Durchläufe proben.«

»Okay«, sagte Harper, der sofort flau im Magen wurde. Sie konnte nicht fassen, dass es bald so weit sein würde. Die letzten Wochen waren vergangen wie im Flug. Sie war immer noch furchtbar nervös, wollte jetzt aber auch nicht mehr aussteigen, weil sie schon so viel Zeit investiert hatte. Immerhin war Mr P auch dabei. Mit ihm im Publikum konnte sie sich vielleicht einreden, dass die Bühne der Boxring war und Mr P ihr von unten zuschrie, die Ellbogen dichter am Körper zu halten und mehr Kraft in den Schlag zu geben. Dann würde es ihr vielleicht gelingen, den Vortrag nicht komplett zu vermasseln.

Eine weitere Sorge war Max. Sie ließ ihn zwar häufiger nachts allein, war dann aber immer in der Nähe, jederzeit bereit, zu ihm zu kommen, falls er sie brauchte. Diesmal jedoch würde sie fast zweihundert Kilometer entfernt sein. Sie hatte das Thema mit Max besprochen, nachdem sie die Sprinkleranlage installiert hatten, die seither prächtig funktionierte.

»Ich werde erst ganz spät wieder zu Hause sein können«, hatte Harper gesagt, während sie die Tomaten ausgeizten, die zu monströsen Riesenpflanzen ausgewachsen waren, an denen sich schon die ersten Früchte zeigten. »Ich hoffe, dass ich um zehn Uhr abends wieder in Collaton bin, aber dann muss ich zuerst noch etwas erledigen.« Sie sprach nie darüber, was sie nachts machte. Indem sie darüber schwieg, gelang es ihr selbst besser, die furchtbare Tätigkeit durchzuhalten, zu der sie verdammt war. Und Max wusste ohnehin Bescheid.

»Ich komm schon klar«, sagte er jetzt.

»Ich wünschte, du würdest mitkommen nach Durham.«

Max rümpfte die Nase. »Ich wünsch mir das nicht.«

Harper lachte. »Na, okay. Ich hab ja mein Handy dabei. Und da du jetzt selbst eins hast, kannst du mich jederzeit anrufen.«

»Ich nehme einfach mein Kissen und meine Decke mit und schlafe hier«, verkündete Max.

Harper dachte kurz darüber nach und fand diesen Vorschlag gar nicht so schlecht. Sie würde so spät wie nie zuvor zu ihrer Schicht erscheinen. In den letzten Wochen hatte sie sich zwar immer wieder verspätet, aber nie mehr als eine halbe Stunde. Nach dem Vortrag würde sie sofort aufbrechen, und vermutlich würde niemand etwas merken, bis sie ihre Ware abgesetzt hatte. Dennoch war es ihr lieber, wenn Max unauffindbar sein würde. Und hier bei seinen Pflanzen war er vermutlich sicherer als an jedem anderen Ort in Collaton, inklusive ihrem Haus.

»Weißt du, das ist eine super Idee«, sagte sie.

Max strahlte, begeistert von der Vorstellung, in seinem Gartenbus übernachten zu können. Auch Harper lächelte und hatte unversehens den Gedanken, dass Pflanzen die Welt verändern könnten. Für die Welt ihres Bruders galt das auf jeden Fall. Seine Leidenschaft für sein Gewächshaus war intensiver als für alles andere, das er in seinem jungen Leben bislang ausprobiert hatte. Und vielleicht, dachte sich Harper, würden Pflanzen indirekt auch ihr Leben verändern – sofern sie nicht im letzten Moment alles vermasselte.

Am Samstagnachmittag brach Harper mit dem Mini zu seinem bislang längsten Ausflug auf und chauffierte ihren Beifahrer durch die Pennines ins County Durham.

»Wie geht's so, Mr P?«, erkundigte sich Harper, als ihr Boxlehrer in einer scharfen Kurve ans Fenster gepresst wurde und sich in dem niedrigen Auto fast den Kopf stieß. »Bisschen eng für Sie, wie?«

»Mir geht's bestens«, antwortete er mit zusammengebissenen Zähnen.

Harper verkniff sich das Lachen. »Kann nicht mehr weit sein«, verkündete sie vergnügt. »Halten Sie durch.«

Nachdem sich die Szene in der nächsten Kurve wiederholte, fragte Cas indigniert: »Machst du das mit Absicht? Weil ich dir nicht erlaube, zu kneifen und umzukehren?«

Harper warf ihm einen unschuldigen Blick zu. »Ich weiß echt nicht, was Sie meinen.«

Cas schüttelte den Kopf und tätschelte liebevoll das Armaturenbrett des Autos, ohne jedoch die andere Hand vom Haltegriff über der Tür zu lösen. »Ich kann wirklich kaum glauben, dass das die alte Rostlaube ist, die so ewig bei meinen Eltern rumstand. Du hast echt fantastische Arbeit geleistet, Harper.«

»Und ich kann mir nicht vorstellen, dass das mal *Ihr* Auto war«, erwiderte Harper. »Wieso um alles in der Welt haben Sie sich einen Mini zugelegt?«

»Etwas Größeres konnte ich mir damals nicht leisten«,

antwortete Cas. »Außerdem standen die Mädchen drauf. Dieser Wagen hat mir in meinen frühen Zwanzigern gute Dienste geleistet.«

»Iiih!« Harper schüttelte sich. »So viel Info hätte ich jetzt nicht gebraucht, schönen Dank auch.«

Sie näherten sich der Adresse, die Cas in das Navi in seinem Handy eingegeben hatte. Luisa hatte ihm vorher die vornehme Einladungskarte mit silbern geprägter Schrift überreicht. Es war jetzt kurz nach fünf, die Sommersonne stand hoch am Himmel. Auf der Karte war angegeben, dass die Gäste ab halb sechs eintreffen würden. Luisa hatte bereits alle Unterlagen und die gesamte Ausrüstung für Harpers Vortrag mitgenommen und gesagt, sie müssten nicht früher da sein.

Harper, die sich unterwegs einigermaßen entspannt hatte, wurde jetzt wieder nervös. Aus irgendeinem Grund hatte sie angenommen, die Veranstaltung würde in einem gesichtslosen Hotel oder Geschäftsgebäude stattfinden, womöglich irgendwo in der Nähe einer Autobahn. Doch die Straße, die sie jetzt entlangfuhren, ließ etwas ganz anderes vermuten. Sie war gesäumt von prachtvollen Villen auf gigantischen und perfekt gepflegten Grundstücken.

Unwillkürlich rutschte Harper auf ihrem Sitz hin und her und zog ihr Kleid weiter Richtung Knie.

»Gott, Kleider«, klagte sie. »Warum tut man sich das an? Jeans sind tausendmal besser. Ich seh doch völlig bescheuert aus.«

»Tust du nicht«, widersprach Cas. »Das Kleid steht dir hervorragend.«

»Quatsch. Ich seh aus wie eine blöde Kuh, die sich ein Kleid borgen musste, damit sie nicht wie eine blöde Kuh aussieht.«

»Ich bin ohnehin erstaunt, dass du dich so schick gemacht hast«, bemerkte Cas. »Hatte eher erwartet, du würdest in deiner üblichen Kluft erscheinen.«

Harper warf ihm einen skeptischen Blick zu. »›Kluft‹? Ganz ehrlich, Mr P, allmählich hören Sie sich voll verstaubt an. Und ich will da nicht noch mehr auffallen als sowieso schon.«

»Luisa hätte sicher jede Kleidung akzeptiert.«

»Aber genau *sie* hat mir dieses Kleid besorgt«, betonte Harper. »Auch wenn sie gesagt hat, ich solle das anziehen, worin ich mich wohlfühle.«

»Na bitte. Mach dir keine Sorgen. Niemand wird sich daran stören.«

Harper schnaubte. »Sie wissen aber schon, dass die Frauen da Kleider tragen, die mehr kosten als dieses Auto, oder?«

Ein kurzes Schweigen entstand. »Na ja«, antwortete Cas dann gedehnt, »das wären dann aber keine sonderlich teuren Kleider.«

Harper schüttelte missbilligend den Kopf. »Hey, wollen Sie etwa mein Auto dissen, Mr P?«

»Würde ich niemals tun. Jedenfalls siehst du prima aus, mach dir keine Gedanken. Sei einfach die Harper, die sich nicht darum schert, was andere über sie denken. Ich weiß genau, dass die noch irgendwo in dir steckt.«

Harper schaute konzentriert auf die Straße, zog aber demonstrativ die Augenbrauen hoch.

»Was?«, fragte Cas.

»Wieso besitzen Sie überhaupt einen Smoking?«, wollte Harper wissen.

Cas blickte an sich hinunter und zupfte den Stoff zurecht. »Meine Ex musste für ihre Arbeit immer zu solchen Nobelevents und hat mich mitgeschleppt. Das Ding hier hat mich ein ganzes Monatsgehalt gekostet.«

Harper kicherte. »Na, steht Ihnen jedenfalls.«

»Ja?«

»Ja. Sie können sich sehen lassen. Vor allem für Ihr Alter.«

»Das ist bestimmt das netteste Kompliment, das ich jemals bekommen habe.«

»Stimmt aber. Ich hab sogar das Gefühl, ich müsste Luisa vorwarnen.«

Cas lächelte. »Freut mich, dass ihr beide euch besser versteht. Ich wüsste nicht, wer ein besseres Vorbild für dich sein könnte, und schau doch nur, was ...« Er brach ab, als ihm bewusst wurde, was Harper gerade gesagt hatte. »Warte. Was soll das heißen, du musst sie *vorwarnen*?«

Harper befolgte die Anweisung des Navis und bog rasant ab, worauf Cas wieder gegen das Fenster gedrückt wurde. Dann sagte das Mädchen: »Na, sie hat Sie doch bisher nur in räudigem Sportzeug oder Ihrer schäbigen Altmänner*kluft* gesehen«, erklärte Harper. »Sie soll ja keinen Herzinfarkt kriegen, wenn Sie da reinmarschieren und aussehen wie James Bond.«

»Sie hat mich in dem Anzug gesehen, mit dem ich in die Schule gehe. Das ist doch fast das Gleiche.«

»Na klar.« Harper verdrehte die Augen. Dann kam ihr ein

Gedanke. »Haben Sie überhaupt eine Ahnung, was Sie erwartet?«

»Ich verstehe nicht, was du meinst. Kannst du mal aufhören, in Rätseln zu reden?«

»Oh. Mein. Gott«, sagte Harper. »Okay, jetzt mache ich mir Sorgen, dass *Sie* derjenige sind, der einen Herzinfarkt kriegt. Ihnen ist aber schon klar, dass Luisa ein bisschen anders aussehen wird als normalerweise in Collaton, oder?«

»Sicher«, antwortete Cas mit einem Schulterzucken. »Arbeitsstiefel mit Stahlkappen erwarte ich jetzt nicht unbedingt.«

Harper schüttelte besorgt den Kopf. Sie wollte Mr P die Situation gerade schonend verdeutlichen, als die mechanische Stimme des Navis verkündete:

»Sie haben Ihr Ziel erreicht. Das Ziel befindet sich links.«

Harper bremste so abrupt, dass Cas sich abstützen musste, um nicht an der Windschutzscheibe zu landen.

Beide starrten mit offenem Mund auf das gewaltige schmiedeeiserne Tor, das vor dem Mini aufragte. Durch das Gitter konnte man eine asphaltierte Zufahrt erkennen, die sich mindestens einen Kilometer lang durch einen üppigen Park schlängelte und zu einem riesigen Herrenhaus auf einer kleinen Anhöhe führte. Das Haus sah aus wie in einer Fernsehserie, und auf der Zufahrt standen mehrere Luxuslimousinen.

Harper umklammerte panisch das Lenkrad. »Ich kann das nicht. Ich kehre jetzt um. Wir fahren nach Hause.«

»Nein«, sagte Cas fest. »Was wird dann aus deiner Präsentation?«

»Luisa hat alles dabei«, antwortete das Mädchen und legte den Rückwärtsgang ein. »Sie kann auch alles vortragen. Ich fahre jetzt …«

In diesem Moment hielt hinter dem Mini ein eleganter silberner Mercedes mit getönten Scheiben und einem Mann mit Chauffeursmütze am Steuer. Harper fluchte lautstark.

Jetzt klopfte jemand ans Fahrerfenster. Harper und Cas zuckten zusammen.

»Miss? Kann ich Ihnen helfen?«, fragte ein Wachmann, als Harper das Fenster geöffnet hatte.

»Wir wollen zur Gala«, antwortete Cas und zeigte dem Mann die Einladungskarte. »Wir sind Gäste von Luisa MacGregor.«

Der Wachmann nahm die Einladung entgegen, beäugte sie und lächelte dann.

»Willkommen, Sir, Ma'am.« Das Tor öffnete sich wie von Zauberhand. »Wenn Sie am Haus halten, wird ein Fahrservice Ihren Wagen parken. Ich wünsche Ihnen einen schönen Abend.«

Der Mann wich zurück, aber Harper schien zur Salzsäule erstarrt zu sein.

»Harper?«, sagte Cas behutsam.

»Ja«, antwortete sie matt. »Ja, bin am Start.«

38

Die beiden standen in der Lobby, Cas mit einem Glas Champagner in der Hand. Er hatte eigentlich nicht vorgehabt, Alkohol zu trinken, aber schnell gemerkt, dass er an diesem Abend etwas brauchte, um seine Nerven zu beruhigen. Wer waren diese ganzen Menschen? Das Innere des Herrenhauses erwies sich als ebenso prachtvoll wie das Äußere. Er betrachtete die hohe Kuppeldecke, die ausladende Marmortreppe zu den oberen Stockwerken, die monumentalen Porträts von Ahnen, die opulenten Blumenarrangements, von denen eines wahrscheinlich mehr gekostet hatte, als er im Monat verdiente. Und Harper und er standen inmitten von äußerst elegant gekleideten Menschen. Ihre Vorahnung war also richtig gewesen.

»Wir könnten immer noch abhauen«, flüsterte das Mädchen ihm jetzt zu. »Wird keinem auffallen.«

»Doch, Luisa«, widersprach Cas.

Harper seufzte. »Stimmt. Wir dürfen sie nicht hängen lassen. Wo ist sie überhaupt?«

Cas trank einen Schluck Champagner und ließ den Blick über die Menge schweifen, aber keine einzige Person kam ihm bekannt vor.

»Harper!«, rief plötzlich eine der unbekannten Personen. »Cas!«

Erst als die Frau lächelte, erkannte Cas sie und war derartig vom Donner gerührt, dass sein Herz ein paar Schläge aussetzte. Er hatte gerade getrunken und verschluckte sich jetzt so heftig, dass er hustete, um Atem rang und beinahe sein Glas hätte fallen lassen. Bei dem Versuch, das nicht zu tun, verschüttete er Champagner über seine Hand und den Marmorboden.

»Ich hab's Ihnen doch gesagt, oder?«, zischte Harper, als der kaum wiederzuerkennende Auslöser des Desasters zu ihnen trat.

»Da seid ihr ja!«, rief Luisa erfreut aus, ohne etwas von dem Malheur zu bemerken. »Ich hatte schon Sorge, dass ihr die Adresse vielleicht nicht findet.«

»Das soll ein Witz sein, oder?«, sagte Harper. »Das Haus hier kann man wahrscheinlich vom *Weltraum* aus erkennen.«

Während Luisa lachte, versuchte Cas seine Fassung wiederzugewinnen. Schon bei der ersten Begegnung hatte er Luisa wunderschön gefunden, aber heute Abend sah sie so umwerfend aus, dass es ihm die Sprache verschlug. Ihr bodenlanges schwarzes Seidenkleid mit Spaghettiträgern war elegant und schlicht zugleich, das Haar hatte sie kunstvoll mit Spangen hochgesteckt. Cas rang um Atem und musste sich bemühen, sie nicht mit offenem Mund anzuglotzen.

»Wir müssen einen Soundcheck machen«, sagte Luisa zu Harper. »Lass uns das gleich erledigen, dann haben wir es hinter uns. Möchtest du mitkommen oder hierbleiben, Cas? Wird nicht lange dauern.«

Er entschied sich, an Ort und Stelle zu bleiben, und kam sich vor ein Elefant im Smoking, während er herumstand und versuchte, einen klaren Gedanken zu fassen. Luisa in diesem Ambiente zu erleben, hatte ihn so vollkommen umgehauen. Das war ihre angestammte Welt, nicht wahr? Und dabei wurde ihm klar, wie groß die Unterschiede zwischen ihnen waren. Bisher hatte er Luisa immer nur in Collaton erlebt.

»Cas, oder nicht?«, sagte plötzlich eine Frau zu ihm. »Jo, Luisas Schwester. Erinnerst du dich an mich?«

»Hi.« Er schüttelte ihr die Hand. »Schön, dich wiederzusehen.«

»Ganz meinerseits. Ich freue mich sehr, dass du kommen konntest.«

»Ach ja?« Cas wunderte sich über ihren Enthusiasmus, ihre erste Begegnung war schließlich nur flüchtig gewesen.

»Und ich bin auch sehr gespannt auf Harper. Luisa hat mir von ihr erzählt, sie klingt einmalig.«

Cas lächelte. »Ja, Harper ist toll.«

»Jedenfalls«, sagte Jo strahlend, »da ich dich jetzt für mich allein habe: Erzähl mir von dir. Erzähl mir *alles*.«

Cas dachte gerade darüber nach, wie er Jos Aufforderung nachkommen sollte, als Luisa und Harper zurückkehrten.

»Joanna.« Luisa warf Cas einen entschuldigenden Blick zu. »Hör auf, Cas zu belagern, und lerne lieber Harper kennen. Harper, das ist meine Schwester Jo.«

»Ah ja, hallo«, sagte Harper. »Danke für das Kleid.«

»Sehr gerne. Kommst du mit mir nach draußen? Dann können wir ein bisschen quatschen. Ich brauche dringend frische Luft.«

»Jo!«, sagte Luisa vorwurfsvoll.

»Was denn?«

»Ich dachte, du hättest aufgehört.«

»Was, frische Luft zu atmen?«, erwiderte Jo mit gespielter Verwirrung. »Ganz ehrlich, Lu, du kannst manchmal echt sonderbar sein.«

Harper sah Cas etwas hilfesuchend an, bevor sie Jo folgte. Und als er sich erneut Luisa zuwandte, stellte er fest, dass sie ihn wohlgefällig betrachtete.

»Du siehst toll aus heute, Cas«, sagte sie. »Echt super. Smoking hätte ich bei dir gar nicht vermutet …« Sie brach ab, und ihre Wangen färbten sich rosa. Dann richtete sie den Blick auf seinen Hals, und Cas spürte zu seiner Verblüffung, dass ihre Finger seine Hand streiften. »Komm mal kurz mit.«

Sie sah sich rasch um, ging dann mit schnellen Schritten zu einer Tür. Dahinter befand sich ein kleiner Salon mit Bücherregalen, Ledersesseln und dunklen glänzenden Holzmöbeln. Es roch nach Politur. Cas hatte keine Ahnung, was als Nächstes passieren würde, als Luisa die Tür hinter ihnen schloss und es plötzlich still wurde. Der Duft ihres Parfums stieg ihm in die Nase, und er versuchte seiner Verwirrung Herr zu werden, als Luisa unvermittelt die Hand nach seinem Kragen ausstreckte und seinen Hals berührte. Cas zuckte zusammen und ergriff ihre Handgelenke, hielt sie fest. Die plötzliche körperliche Nähe löste die Erinnerung an den Tanz in der Trainingshalle aus.

»Was machst du da?«, fragte er.

»Ich ... Deine Fliege«, antwortete Luisa verlegen. Er spürte ihren Herzschlag an seinen Fingerspitzen, ein schnelles Pulsieren. »Entschuldige, ich wollte sie nur zurecht...«

»Ach so.« Er ließ sie los und räusperte sich. »Ich konnte mit diesen Dingern noch nie richtig umgehen.«

Luisa, die noch etwas röter geworden war, hob wieder die Hände und löste die Fliege, um sie erneut zu binden. Cas starrte auf die glitzernden Haarspangen, um Luisa nicht ins Gesicht zu schauen und die Intimität der Situation zu überspielen. Aber die Berührung ihrer Finger spürte er dennoch, und ihm entging auch nicht, wie hastig Luisa atmete.

»So«, sagte sie und trat zurück. »Jetzt sieht die Fliege gut aus.«

»Danke«, sagte er, und bevor ein unbehagliches Schweigen entstehen konnte, ertönte von draußen ein lauter, tiefer Gong.

»Das Dinner«, sagte Luisa sichtlich erleichtert. »Wir werden zu Tisch gerufen.«

39

Harper warf einen Blick auf ihre Uhr. Es war schon halb zehn, und das Dessert war gerade erst serviert worden. Sie war froh, Max in seinem Gartenbus in Sicherheit zu wissen, denn im Moment sah es ganz danach aus, als würde Harper zum ersten Mal ihre Schicht versäumen. Selbst wenn sie jetzt losfahren würde, wäre sie nicht vor Mitternacht in Collaton. Und sie hatte noch nicht mal ihren Vortrag gehalten. Es machte auch nicht den Anschein, als hätte irgendjemand hier es besonders eilig. Der Ballsaal war erfüllt von lebhaftem Lachen und Stimmengewirr, was vermutlich nicht zuletzt mit dem Wein zu tun hatte, der reichlich ausgeschenkt wurde.

Harper trank niemals Alkohol. So vieles in ihrem Leben entzog sich ihrer Kontrolle, dass sie die Vorstellung, betrunken zu sein, absolut abscheulich fand. Immer wieder schaute Harper zu der Bühne hinüber und fand es unfassbar, dass sie dort hinaufsteigen und vor all diesen Menschen hier sprechen sollte. Ein Mann ihr gegenüber trug doch wahrhaftig eine Rolex, wie sie festgestellt hatte.

Harper musste allerdings zugeben, dass die Leute an ihrem Tisch wirklich nett waren. Sie saß neben Joanna und gegenüber von Cas und Luisa, die man nebeneinandergesetzt hatte. Harper hatte den Verdacht, dass da eine Panne passiert war, denn Luisa hatte völlig verblüfft ausgesehen, als sie festgestellt hatte, wer ihr Tischnachbar war.

Die anderen Leute waren Fremde: ein alter Herr, der allein gekommen war, und ein Ehepaar. Die Frau trug ein Kleid, das vermutlich mehr gekostet hatte, als Harper im ganzen Jahr für Strom bezahlte.

»Ich lege keinen großen Wert mehr auf derlei Festivitäten, wissen Sie«, gestand der alte Herr. »Aber Owen hat mich persönlich angerufen, um mich davon zu überzeugen, dass ich dabei sein sollte. Ich habe gehört, Sie sind ein echtes Talent, Harper.«

»Ja«, meldete sich die Frau im Designerkleid zu Wort. »Deshalb sind auch wir hier. Wir halten Anteile an *The World*, und ich habe schon seit dem Stapellauf darauf gedrängt, dass man sich nach umweltfreundlicheren Methoden für den Umgang mit Wasser und Lebensmittelverschwendung umschauen soll. Ich bin sehr gespannt, ob Sie uns etwas vorstellen, das wir übernehmen könnten.«

Harper verstand nicht, wovon die Frau sprach.

»*The World* ist ein Kreuzfahrtschiff, eine Privatresidenz«, raunte Joanna ihr zu. »Superreiche kaufen sich dort Apartments, quasi wie eine Insel in der Karibik.«

»Vielleicht können Sie ja auch einmal mitfahren, Harper«, schlug die Frau vor, die offenbar eine Unternehmerin in Zukunftstechnologie war. »Wir sind immer auf der Suche nach neuen Vortragenden, wir haben da ein großes Spektrum, wissen Sie, aus allen möglichen Bereichen: Geschichte, Mathematik, Physik, Archäologie. Sogar ein Astronaut war einmal dabei.«

»Ah«, sagte Harper etwas verlegen, »aber ich bin noch auf der Schule, hab noch nicht mal meinen Abschluss. Ich kann niemandem was beibringen.«

»Glauben Sie ihr nicht, Natalie«, warf Luisa ein. »Harper hat nicht nur diese Wassergewinnungsanlage entwickelt, sondern auch eigenhändig einen uralten Mini umgebaut. Mit dem ist sie heute hergefahren.«

»Das ist ja beeindruckend«, äußerte der Ehemann der Unternehmerin.

»Malcolm ist seit jeher fasziniert von Autos«, erklärte Natalie. »Das wäre doch auch eine tolle Idee für eine Vortragsreihe, meinst du nicht auch, Liebling?«

»Absolut.«

Natalie legte ihr Besteck ab, nahm aus der weißen Lederhandtasche, die an ihrem Platz lag, eine Visitenkarte und reichte sie Harper.

»Rufen Sie mich doch mal an, oder schreiben Sie mir eine E-Mail«, sagte Natalie. »Wir sollten in Kontakt bleiben.«

Harper nahm die Karte entgegen. »Aber Sie haben meine Präsentation noch gar nicht gehört.«

Die Unternehmerin betrachtete Harper anerkennend. »Sie sind noch auf der Schule, haben bereits ein Classic Car restauriert, und Owen engagiert Sie als Rednerin auf seiner Gala. Meine Liebe, da muss ich Ihren Vortrag gar nicht erst hören, um zu wissen, dass ich Sie auf meinem Radar behalten sollte.«

Harper murmelte ein Dankeschön, steckte die Karte ein

und merkte, wie das Lampenfieber mit Macht Besitz von ihr ergriff. Ihr entging nicht, dass Luisa Cas etwas zuraunte, der daraufhin lächelte und mit einem Nicken auf Harper blickte, was das flaue Gefühl in ihrem Magen noch verschlimmerte. Sie schaute auf ihr kaum angerührtes Dessert und die leeren Teller der anderen. Im selben Moment begann das Personal, das Geschirr abzutragen, und Harper sah, wie Luisa sich auf ihren Auftritt vorbereitete. Ein paar Minuten später raunte einer der Angestellten ihr etwas zu. Sie nickte und stand auf.

»Das war mein Stichwort. Entschuldigen Sie mich bitte«, sagte sie in die Runde und lächelte Harper dann warmherzig an. »Mach alles genau so wie beim Soundcheck, Harper. Es wird super, ganz bestimmt.«

Das Licht wurde gedimmt, und das Stimmengewirr verstummte, als Luisa die Bühne betrat.

»Meine Damen und Herren«, begann Luisa, deren klare kraftvolle Stimme durch das Mikrofon im ganzen Saal zu hören war. »Nachdem Sie nun alle vorzüglich gespeist haben, ist es an der Zeit für die Vorträge, auf die Sie bestimmt bereits gespannt sind …«

Luisa sprach weiter, aber Harper hörte nur Rauschen in ihren Ohren, und das Essen, zu dem sie sich hatte zwingen müssen, schien in ihrem Bauch zu brodeln.

»Schaut er sie immer mit diesem Blick an?«, flüsterte ihr plötzlich jemand ins Ohr.

Harper zuckte zusammen. Joanna hatte sich zu ihr gebeugt.

»Was?«, flüsterte Harper zurück.

Im Halbdunkel sah Harper, dass Joanna unter dem Tisch auf Mr P deutete, der reglos dasaß und Luisa wie gebannt anstarrte.

»Ach so«, wisperte Harper. »Das. Ja, ziemlich oft.«

Frenetischer Applaus brach aus, und Harper wurde klar, dass der Vortrag zu Ende war. Sie blickte zur Bühne und sah, wie Luisa sie auffordernd anschaute.

Joanna stupste sie grinsend an. »Du bist dran«, sagte sie. »Leg los, zeig's ihnen.«

Harper schlug das Herz bis zum Hals, als sie aufstand und einen kurzen Moment lang erwog, die Flucht zu ergreifen. Aber alle am Tisch lächelten ihr aufmunternd zu, und ihr war klar, dass sie nur noch die Flucht nach vorn antreten konnte.

Auf dem Weg zur Bühne dachte Harper an Natalie, die ihr die Visitenkarte gegeben hatte, ohne überhaupt ein Wort vom Vortrag gehört zu haben – als sei bereits vollkommen klar, dass sie etwas Wichtiges beizutragen hätte.

Das ist es, sagte sich Harper, als sie das Podium betrat und mit Beifall begrüßt wurde. *Damit kannst du Max und dich aus Collaton rausbringen, also zieh's durch.*

»Bei allen ökologischen Herausforderungen der heutigen Zeit«, begann Harper, »denken wir hier im Norden des Planeten nur wenig über Wasser nach, nicht wahr? Sogar während der Hitzewelle im Süden war bei uns noch alles grün. Es gab keine Bewässerungsverbote, keine von der Sonne verbrannte Felder. Es regnete sogar hin und wieder. Da fällt es leicht, sich einzureden, das würde für immer so bleiben. Doch anstatt abzuwarten, sollten wir schon jetzt auf einen neuen Umgang mit Wasser hinarbeiten – bevor wir dazu gezwungen werden. Im Durchschnitt verbraucht jede Person hundertfünfzig Liter Wasser pro Tag. Und dabei ist nicht einmal das Wasser berücksichtigt, das zur Herstellung unserer Lebensmittel benötigt wird.«

Der Bildschirm hinter ihr erwachte genau rechtzeitig zum Leben. Harper goss sich ein Glas Wasser ein und hielt es ins Licht. Ein bunter Regenbogen fiel auf die Notizen vor ihr, die sie gar nicht brauchte. Harper wartete einen Moment, bis das kurze Video endete, und lächelte ihrem Publikum zu.

»Lebensmittelverschwendung ist ein weiteres drängendes Problem unserer Zeit. Wir alle wissen, dass noch immer viel zu viel Essen in der Tonne landet. Was wäre also, wenn man beide Probleme mit einer ökologisch wie ökonomisch simplen Gerätschaft lösen könnte?«

Der Monitor leuchtete erneut auf, und als Harper sich umdrehte, sah sie das virtuelle Modell ihrer Idee, das eigens für diese Präsentation erstellt worden war. Es sah nicht sonderlich beeindruckend aus, ein einfacher Metallkasten mit drei Kammern, einem Einwurfschacht an einem und einem Wasserhahn am anderen Ende. Aber genau das war das Geniale an der Anlage: dass sie so simpel war.

»Beim Wort ›Pilze‹ denken die meisten von uns ans Kochen«, fuhr Harper fort. »Aber bereits in den Siebzigerjahren hat ein Mykologe namens Paul Stamets begonnen, mit Myzelien zu experimentieren, um natürliche Pestizide herzustellen und durch Benzin verunreinigte Böden zu regenerieren. Heutzutage werden Pilze unter anderem dafür eingesetzt, um Baumaterialien aus Bauschutt und haltbaren

Lederersatz für Kleidung herzustellen oder – das betrifft das heutige Thema – um durch Chemikalien verseuchte Wasserwege zu reinigen.«

Ein Raunen ging durch den Saal, einige Leute machten sich Notizen.

»Mykofiltrierung ist der Schlüssel zu der Wassergewinnungsanlage von Collaton.« Harper deutete auf den Bildschirm, wo nun die mittlere Kammer vergrößert wurde. In seinem Inneren waren netzförmig verzweigte Myzelien abgebildet. »Basierend auf den Forschungsergebnissen eines jungen Mykologen namens Reuben MacGregor habe ich das Konzept für diesen komplett organischen Mykoremediationsfilter entwickelt. Pilzsporen werden dazu angeregt, in dieser Kammer Myzelien zu bilden. Ist die Kammer voll, geben wir Lebensmittelreste aus der Hauptkammer hinein. Das Myzelium entfernt sämtliche Schadstoffe, während das Wasser durch die Pilzsporen sickert und in die Ausgabekammer gelangt. Das Ergebnis ist klares reines Wasser, das überall dort benutzt werden kann, wo es gebraucht wird. Ist ein neues Myzelium erforderlich, nimmt man die Kammer heraus, entfernt das alte und ersetzt es durch frische Sporen, denen man ein Nährmedium zusetzt. Das alte Myzelium kann zur weiteren Sporenproduktion genutzt werden, also für Pilze, die im nächsten Myzeliumfilter eingesetzt werden können«, erklärte Harper. »Oder für eine Pilzomelette.«

Das brachte ihr einen Lacher des Publikums ein.

»Wie wir mit den endlichen Ressourcen der Erde umgehen, ist das drängendste Problem unserer Zeit«, sagte Harper abschließend. »Deshalb bin ich davon überzeugt, dass diese umweltfreundliche Wassergewinnungsanlage ein entscheidender Schritt sein könnte, um Recycling in allen Haushalten zu ermöglichen – nicht nur hierzulande, sondern weltweit. Das Konzept befindet sich noch im Anfangsstadium. Es entstand durch das Gemeinschaftsgartenprojekt von Collaton und wird dort weiter ausgearbeitet. Ich hoffe, dass zumindest einige von Ihnen uns dabei unterstützen, dieses Konzept weiterzuentwickeln und in die nächste Phase zu bringen. Unser Planet nähert sich einem kritischen Wendepunkt, also worauf warten Sie? Vielen Dank fürs Zuhören. Mein Name ist Harper Dixon.«

40

»Luisa?«

Owen drängte sich durch die Mengenmenge zu ihr durch. Es war schon spät, aber im Ballsaal wurden noch immer lebhafte Gespräche geführt.

»Owen«, begrüßte Luisa ihn, erleichtert, als sie sein Lächeln sah. »Ich hoffe, wir konnten deine Erwartungen erfüllen?«

Er lachte herzlich. »Harper ist ein Star, Luisa. Und genau darüber wollte ich mit dir sprechen. Sie sollte unbedingt noch für den Arbeitsbrunch morgen bleiben.«

»Ah«, sagte Luisa. »Das könnte ein Problem sein. Sie hat Cas im Auto mitgenommen, und der muss noch heute Nacht nach Collaton zurück. Er hat morgen früh eine Veranstaltung dort.«

»Das ist jammerschade«, erwiderte Owen. »So viele Leute wollen sich mit ihr unterhalten. Sie ist unglaublich gut angekommen, weißt du. Ich würde selbst gern noch ausführlich mit ihr sprechen.«

»Wirklich?«

»Ja. Ich habe den Eindruck, dass man da frühzeitig einsteigen sollte. Ich habe erwogen, was du über ein Stipendium gesagt hast, und das könnte mein Unternehmen anbieten. Was genau der richtige Ansatz wäre, denn diese Anlage von ihr hat Hand und Fuß. Und die Baubranche muss sich weiterentwickeln, über Solarzellen und ökologische Heizungssysteme hinaus. Sprichst du mit Harper?«

Luisa nickte. Genau solcher Kontakte wegen hatte sie das Mädchen mit hierhergebracht. Luisas Blick wanderte zu Cas, der sich intensiv mit einem der Direktoren eines großen Unternehmens für Schiffsausstattung in Barrow-in-Furness unterhielt. Cas blickte plötzlich zu ihr herüber und lächelte. Er schien fast zu platzen vor Stolz auf Harper. Sie konnte es ihm kaum verdenken, schließlich war er seit jeher Harpers größter Förderer und überzeugt davon, dass sie eine große Zukunft vor sich hatte, wenn sich ihr nur die richtigen Gelegenheiten boten. Und das hier war eindeutig die richtige Gelegenheit. Wie konnte Luisa dem im Weg stehen, wenn es eine ganz einfache Lösung gab?

»Mach ich«, versprach sie Owen. »Wenn sie bereit ist, zu bleiben, fahre ich Cas selbst nach Hause. Dann verpasst Harper hier nichts.«

Während Luisa nach dem Mädchen Ausschau hielt, berührte plötzlich jemand ihren Arm. Als sie sich umdrehte, stand Lady Caroline Percivant vor ihr, ein herzliches Lächeln auf den Lippen.

»Lady Caroline! Hallo, wie schön, Sie wiederzusehen.« Die beiden Frauen schüttelten sich die Hand. »Ich wusste gar nicht, dass Sie hier sein würden.«

»Hallo, Luisa. Um ehrlich zu sein, drücke ich mich normalerweise vor solchen Festivitäten«, gestand Lady Caroline. »Ich finde sie immer so anstrengend. Aber Owen hatte mir erzählt, dass Sie einen Vortrag halten, und deshalb habe ich mich angemeldet.«

»Ach ja?«

Lady Caroline sah sich um, als wolle sie sich vergewissern, dass niemand sie belauschte. »Ja, weil ich die Hoffnung habe, dass Sie mich vielleicht retten können. Oder vielmehr die Gärten von Feldspar Hall. Mit Marianne Boswell ist es nicht so gut gelaufen. Unsere Wege haben sich getrennt, offen gestanden.«

Das verblüffte Luisa, denn die Verträge von Boswells Firma waren hieb- und stichfest. Marianne würde niemals einen Auftrag wie Feldspar Hall kampflos aufgeben.

»Na, jedenfalls, um es kurz zu machen«, fuhr Lady Caroline fort, »brauche ich jetzt jemand Neuen für die Umgestaltung der Gärten und hoffe, dass ich Sie zu diesem Auftrag überreden kann.«

»Wie bitte?« Luisa blinzelte. Es war laut hier, sie musste sich verhört haben.

Lady Caroline lächelte und legte Luisa leicht die Hand auf den Arm. »Das kommt überraschend für Sie, ich weiß. Aber ich habe mich von Owen über die Fortschritte bei Ihrem Gemeinschaftsgarten in Collaton informieren lassen. Er sieht großartig aus. Das Projekt ist jetzt abgeschlossen, oder nicht?« Sie warf einen Blick zur Bühne hinüber, wo Luisa ihren Vortrag gehalten hatte. »In Ihrem wundervollen Video war ja zu sehen, wie die Einheimischen das Projekt angenommen haben. Vielleicht denken Sie schon darüber nach, was Sie als Nächstes machen wollen? Ich hoffe wirklich sehr, Sie für mich gewinnen zu können. Feldspar Hall braucht Sie, Luisa. *Ich* brauche Sie!«

Luisa wusste im ersten Moment nicht, was sie darauf erwidern sollte. »Vielen Dank, dass Sie an mich gedacht haben, Lady Caroline«, sagte sie schließlich. »Das ist sehr nett von Ihnen …«

»Nur Caroline, bitte. Und das ist nicht nett, sondern pragmatisch. Ich weiß, dass wir gut miteinander auskommen würden, und uns beiden ist auch klar, wie wichtig das bei einem Langzeitprojekt wie diesem ist.«

»Für mich ist das Projekt in Collaton aber noch nicht abgeschlossen«, sagte Luisa, der sich der Kopf drehte. »Es muss noch so viel gemacht werden.«

Caroline öffnete ihre elegante Abendtasche, nahm eine Visitenkarte heraus und reichte sie Luisa mit den Worten: »Denken Sie doch einfach mal darüber nach. Sollte es irgendetwas geben, womit ich Sie locken kann, lassen Sie es mich wissen. Ich will Sie für diese Aufgabe, Luisa. Ich hätte Sie von Anfang dafür engagieren sollen, aber das sehe ich eben erst jetzt. Schreiben Sie mir, wann immer Sie mit mir sprechen wollen.«

Als Luisa sich ziemlich verwirrt durch die Menschenmenge drängte, entdeckte sie schließlich Harper, die mit Joanna und Cas zusammenstand und glücklicher aussah, als Luisa sie je zuvor erlebt hatte.

»Also, ich habe ja den Eindruck, dass Harper sich hier prächtig amüsiert«, bemerkte Cas grinsend.

Sie lachte. »Weiß nicht, ob ›amüsieren‹ das richtige Wort ist … aber das ist alles so irre! Ganz viele Leute stellen mir

Fragen und wollen wissen, ob ich noch weitere Ideen habe.« Harper hielt einen kleinen Stapel Visitenkarten hoch. »Ich habe mich nach Stipendien erkundigt, und diese ganzen Leute haben mir gesagt, ich soll sie nächste Woche anrufen.«

»Apropos«, warf Luisa ein. »Owen lädt dich ein, über Nacht zu bleiben. Morgen beim Brunch werden weitere Geschäftsgespräche geführt, und er selbst möchte sich mit dir über etwas unterhalten.«

»Was? Nein, das geht nicht.« Harper warf einen Blick auf ihre Uhr und erstarrte vor Schreck, sah einen Moment lang panisch aus. »Das kann nicht stimmen, so spät ist es noch nicht, oder?«

»Doch, ist schon nach Mitternacht«, antwortete Jo. »Die Zeit vergeht im Nu, wenn man sich gut unterhält.«

»Aber ich muss … Mein Bruder …«, stammelte Harper. »Ich muss zurück zu ihm.«

»Ich dachte, er übernachtet heute bei einem Freund?«, sagte Luisa. »Er schläft bestimmt schon längst. Und mach dir keine Gedanken um Mr P, den kann ich nach Hause bringen.«

»Aber möchtest du selbst nicht noch bleiben?«, fragte Cas.

»Nicht, wenn ich damit Harpers große Chance behindere«, antwortete Luisa. »Und, was meinst du, Harper?«

»Ich kann nicht allein hierbleiben«, sagte das Mädchen. »Ich kenne doch niemanden!«

»Doch, mich«, warf Jo rasch ein. »Ich übernachte auch hier. Luisa kann Cas ruhig nach Hause chauffieren.«

Luisa jedoch witterte ein gewisses Motiv und beäugte ihre Schwester argwöhnisch. Jo erwiderte ihren Blick mit einer Unschuldsmiene, die Luisa ihr keine Sekunde lang abnahm.

»Ich muss meinem Bruder aber schreiben, um sicher zu sein, dass bei ihm alles in Ordnung ist«, sagte Harper. »Dauert nicht lange, er ist bestimmt noch wach. Ich habe versprochen, dass ich mich melde.« Sie ging zu ihrem Platz zurück und griff nach ihrem Handy.

Luisa sah, dass Kaffee angeboten wurde, und holte sich einen. Durch die Aufregung war sie hellwach gewesen, aber jetzt wurde ihr bewusst, dass sie nach einem anstrengenden Tag noch eine sehr lange Autofahrt vor sich hatte.

»Du musst das wirklich nicht machen«, sagte Cas, der ihr gefolgt war. »Das ist übertrieben. Ich kann mir ein Taxi nehmen. Oder Harper setzt mich frühmorgens am Bahnhof ab.«

Luisa sah ihn über den Rand ihrer Kaffeetasse an. »Die eine Lösung würde Unsummen kosten, die andere Stunden dauern«, sagte sie. »Es ist wirklich kein Problem für mich.«

Cas' Blick ruhte auf ihren nackten Schultern. »Hast du eine Jacke dabei?«, fragte er.

»Du musst sie eben warmhalten, Cas«, sagte Jo, die zu ihnen getreten war. Dann fügte sie – Luisas vernichtenden Blick ignorierend – hinzu: »Bestimmt spendest du deinen Smoking einer Dame in Not, oder?«

»Ich bezweifle, dass deine Schwester sich selbst so sieht«, erwiderte Cas. »Aber das tue ich selbstverständlich gerne.«

Harper kam zurück und wirkte etwas entspannter. »Meinem Bruder geht's gut«, sagte sie. »Wenn ich jetzt losfahren würde, wäre ich auch erst um zwei Uhr nachts zu Hause, deshalb … Ja, okay, ich bleibe.«

41

Erst durch Jos Anspielung wurde Luisa bewusst, in was für eine Situation sie sich gebracht hatte. Wochenlang hatte sie sorgfältig jeden näheren Kontakt zu Casimir Pattanyús gemieden, und nun hatte sie selbst dafür gesorgt, dass sie stundenlang auf engstem Raum mit ihm zusammen sein würde – und das mitten in der Nacht und nach einem emotional aufwühlenden Abend.

»Ruf mich morgen an«, verlangte Joanna, als sie mit Luisa auf den Wagen wartete. »Und erzähl mir, wie's war.«

»Was meinst du damit?« Luisa tat, als sei sie begriffsstutzig. »Ich fahre Cas einfach nur nach Hause.«

»Ach, jetzt komm schon«, drängte ihre Schwester. »Du kannst mir nicht weismachen, dass er dir nicht im Kopf herumspukt. Nicht mal meine überkorrekte Schwester kann ignorieren, was da in ihr selbst vorgeht.«

»Bitte hör jetzt damit auf. Willst du, dass er das gleich hört?«

Jo zog die Augenbrauen hoch. »Es gibt doch wirklich Schlimmeres, oder?«

»Er ist einfach nur ein Freund«, erwiderte Luisa, um Geduld bemüht. »Mehr nicht.«

»Na klar. Weshalb er dich auch den ganzen Abend mit Blicken verschlungen hat. Gönn dir doch mal ein bisschen Spaß, Lu. Bitte.«

»Du hast keine Ahnung, wovon du redest«, entgegnete Luisa. »Was aber auch keine Rolle spielt, weil ich ohnehin auf Durchzug schalte.«

Aber nun war der Schaden angerichtet, vor allem, als Cas zu ihr trat, seinen Smoking auszog und ihn ihr hinhielt. Luisa versuchte, nicht darauf zu achten, wie gut es sich anfühlte, als seine Finger ihre Haut streiften. Zu allem Überfluss stieg ihr nun auch noch der Duft von Cas' Aftershave in die Nase, der an der Jacke haftete.

Aber wirklich, hörte Luisa eine Stimme in sich raunen, von deren Existenz sie bislang noch nichts geahnt hatte, *was wäre denn dabei?*

»Das war ein echt interessanter Abend«, bemerkte Cas, als sie losfuhren.

Sein lockerer Tonfall sorgte dafür, dass auch Luisa sich entspannte. »Ja, oder? Das beste Event, das ich bei Owen je erlebt habe.«

Sie spürte, dass Cas sie von der Seite ansah. »Du bist also öfter bei solchen Galas?«

Luisa lachte. »Um Himmels willen, nein. Owen ist der Patenonkel von Reuben, deshalb war ich immer wieder dort. Habe mich aber dabei nie richtig wohlgefühlt. Eine ganz andere Welt, oder?«

»Kann man so sagen«, erwiderte Cas amüsiert und löste seine Fliege.

»Aber zu sehen, wie Harper heute Abend aufgetaut ist«,

sagte Luisa, »hat mich für sämtliche anstrengenden Galas der Vergangenheit entschädigt.«

»Ja, ich bin auch begeistert«, äußerte Cas, und sie hörte das Lächeln in seiner Stimme. »Ich denke, das ist ein echter Wendepunkt in ihrem Leben. Ich habe immer schon versucht, ihr klarzumachen, wer sie sein könnte. Aber du hast tatsächlich geschafft, es ihr zu *zeigen*.«

Als sie sich schließlich Collaton näherten, war es nach zwei Uhr nachts, und Luisa gähnte ausgiebig.

»Ich fühle mich echt schlecht, weil du wegen mir noch eine ganze Stunde Fahrt vor dir hast«, sagte Cas. »Und ich kann dir nicht mal ein Sofa zum Übernachten anbieten.«

»Das macht nichts. Ich werde einfach im Boxclub übernachten, anstatt nach Carlisle zurückzufahren.«

»Was?«, sagte Cas entgeistert. »Das geht doch nicht!«

»Warum denn nicht?«, erwiderte Luisa mit einem kleinen Lachen. »Das habe ich schon öfter gemacht. Außerdem kann ich dir dann morgen früh gleich bei den Vorbereitungen für den Vorführtag helfen.«

»Luisa …«

»Ich habe im Büro schon Schlafsack, Waschzeug und Ersatzkleidung deponiert«, fiel sie ihm ins Wort. »Mir geht's da prima.«

Sie spürte, dass er sie durchdringend ansah, hielt den Blick aber auf die Straße gerichtet.

»Ich kann es dir nicht ausreden?«

»Nein, es geht mir gut da. Wirklich.«

Er seufzte. »Okay, wenn du meinst … Dann fahren wir

aber gleich dorthin. Ich bringe dich rein und gehe zu Fuß zu meinen Freunden, das ist nicht weit.«

Sie verfielen in Schweigen, als Luisa parkte und sie ausstiegen. Luisa dachte daran, wie sie zum ersten Mal hier gewesen war und sich erschrocken hatte, als plötzlich der große Mann in der Dunkelheit aufgetaucht war. Und inzwischen fühlte sie sich so wohl in seiner Nähe. Wie viel sich in kurzer Zeit ändern konnte. Damals war ihr das Gartenprojekt auch noch wie ein illusorisches Hirngespinst erschienen. Und jetzt trug der kühle Morgenwind die Düfte von zahllosen Blüten aus dem Garten heran.

Am klaren wolkenlosen Himmel leuchtete der Vollmond und tauchte die halb verfallenen Häuser am Platz in ein unheimliches fahles Licht, als sie auf das Gebäude zusteuerten.

»Ach, du meine Güte«, sagte Luisa an der Tür bestürzt und blickte auf ihre Abendtasche. »Ich habe meinen Schlüssel gar nicht mitgenommen. Wie blöd von mir.«

»Macht nichts«, sagte Cas beruhigend und griff in seine Tasche. »Ich habe meinen Schlüsselbund immer dabei.«

Er öffnete die Tür und hielt sie für Luisa auf. Dann blieb er, vom Mond beschienen, auf der Schwelle stehen, löste den Schlüssel ab und reichte ihn ihr.

Als Luisa ihn an sich nahm, berührten ihre Fingerspitzen Cas' Handfläche. »Danke.«

»Das bedeutet allerdings, dass du morgen hier auf mich warten musst«, sagte Cas mit entschuldigendem Unterton. »Aber ich versuche möglichst früh da zu sein.«

»Ich wollte doch ohnehin hierbleiben, hast du das vergessen?«

Er schüttelte den Kopf und schaute an ihr vorbei in den dunklen Flur.

»Wirklich, es ist alles bestens«, versicherte ihm Luisa. »Vielleicht hältst du mich für so eine verwöhnte Person, die nichts aushalten kann, aber …«

»Nein, das denke ich nicht über dich, Luisa«, sagte er ernsthaft. »Natürlich nicht.«

»Nein? Was denn dann?«, fragte sie unwillkürlich.

Cas warf ihr einen Blick zu, der ihr Herz in Aufruhr versetzte. Ihr Atem stockte, und sie spürte, wie Cas sie ansah, als sie den Blick abwandte. Ein kurzes Schweigen entstand.

»Für eine Frau, die im Notfall aus Müll Unterkünfte bauen würde«, sagte Cas dann in die Stille hinein.

»Ah.« Einen Moment lang hatte Luisa geglaubt, er würde etwas anderes sagen, etwas, das der Intensität seines Blicks entsprach, und war selbst überrascht über die Heftigkeit ihrer Enttäuschung. »Na, das ist wohl nicht das Schlechteste, vermute ich mal.«

»Ich sollte jetzt gehen«, sagte Cas und trat einen kleinen Schritt zurück, hinaus ins Mondlicht.

»Warte«, sagte Luisa. »Dein Smoking …«

Cas hob die Hand, bevor sie die Jacke ausziehen konnte. »Nein«, sagte er. »Lass ihn mal lieber an. Damit dir nicht kalt wird.«

Beide standen reglos da und sahen sich an, und Luisa kam es vor, als verliere sie den Boden unter den Füßen, als würde sie so magisch angezogen von Cas wie von einem Magneten. Er ließ die Hände sinken, blieb aber stehen und sagte leise: »Luisa. Ich versuche ständig, *nicht* an dich zu denken. Aber …«

»Ich weiß.« Sie sog scharf die Luft ein. »Ich *weiß*.«

In seinem Blick sah sie Verlangen und Frustration zugleich, und der Funke zwischen ihnen sprang über. Diesmal gab es keinerlei Zweifel, das Gefühl war zu mächtig, sie konnte es nicht mehr ignorieren, und es überwältigte sie. So ein vehementes Gefühl hatte sie lange nicht mehr erlebt – zuletzt vor einem Jahrzehnt.

Cas streckte die Hände nach ihr aus, zog sie an sich. In der Sekunde, in der ihre Lippen sich berührten, war Luisa verloren. Ihr war, als hätte sie Tage, Monate, Jahre darauf gewartet, ohne zu ahnen, dass es das war, was sie begehrte. Einen Moment lang war Cas das einzig Konstante und Stabile in ihrem Leben. Es war unvorstellbar, dass sie beide noch ein halbes Jahr zuvor nichts von der Existenz des anderen gewusst hatten. Zeit und Raum schrumpften, hier, jetzt, und dann …

Chaos.

Das Aufheulen eines Motorrads, ein Pfeifen, als etwas durch die Luft flog, dann der Knall einer Explosion: splitterndes Glas und das Knattern von Flammen.

Sie ließen einander abrupt los, und jetzt war johlendes Kreischen zu hören wie von Geistern und das Quietschen von Reifen auf Asphalt. Rote Flammen schlugen höher, weitere Explosionen, Rufe und Schreie, metallisches Klappern, als der Zaun des Gartens aufgerissen wurde.

»Was …«, stotterte Luisa fassungslos, »was ist das?«

Cas lief hinaus und rief ihr über die Schulter zu: »Bleib hier!«

»Cas!«

»Bleib im Gebäude!«, schrie er. »Schließ die Tür ab, und ruf die Polizei!«

Luisa riss ihr Handy aus der Tasche, tippte mit zitternden Händen die Notrufnummer ein. Als sich die Zentrale meldete, beschrieb sie so schnell wie möglich Ort und Vorfall, während laute Schreie zu hören waren. Cas war da draußen …

»Schicken Sie sofort jemanden!«, schrie Luisa, bevor sie losrannte und dabei das lange Kleid und ihre hochhackigen Schuhe verfluchte.

Im Garten herrschte das reinste Inferno. Das Gewächshaus war nur noch ein Skelett, hie und da brachen Glasscherben von den Streben. Der Schuppen stand in Flammen, die zum Himmel hoch loderten. Vier Motorräder rasten kreuz und quer über das Gelände und zerstörten alles, was dort wuchs. Dazwischen eine Gestalt zu Fuß, die mitten in diese Hölle hineinlief …

»Cas!«, schrie Luisa. »Nicht, Cas …«

Ihre Rufe gingen im ohrenbetäubenden Heulen der Motoren unter. Als die Biker Cas bemerkten, rasten sie auf ihn zu und begannen ihn zu umkreisen, während er beschwichtigend die Hände hob. Wahrscheinlich wollte er mit den Fahrern reden, aber es war vergeblich. Auf einer Maschine saßen zwei Personen, und der Beifahrer streckte plötzlich die Hand aus, als werfe er Cas etwas zu. Cas stürzte nach hinten, prallte gegen eine der Maschinen, deren Räder sich in der Erde drehten.

Luisa streifte ihre hochhackigen Schuhe ab, obwohl der Asphalt rau war und sie Gefahr lief, in Glassplitter zu treten.

Panik erfasste sie, als Cas nicht mehr zu sehen war, und sie hastete durchs Tor, riss sich los, als ihr Kleid irgendwo hängen blieb. Jetzt waren Sirenen zu hören, sie näherten sich, waren aber immer noch zu weit entfernt. Die Biker, schwarz gekleidet, mit schwarzen Helmen, die ihr Gesicht verbargen, kamen jetzt auf sie zugefahren. Luisa blieb stehen und schrie auf, als einige dicht an ihr vorbeirasten. Einer hielt vor ihr an, ließ erneut den Motor aufheulen, und ein Schauer aus Erde und zerdrückten Pflanzen von den durchdrehenden Rädern regnete auf Luisa nieder. Dann gab der Fahrer Gas und schoss durchs Tor hinaus.

Cas lag auf der Asphaltfläche, wo anfänglich die Container gestanden hatten, und rang nach Atem. Luisa fiel neben ihm auf die Knie, berührte sein Gesicht, seine Arme, seine Brust.

»Cas«, sagte sie flehend, »Cas …«

Ihre Finger spürten etwas Warmes, Nasses. Als sie die Hand hob, sah sie im Licht der Flammen, dass sie rot war, von Blut bedeckt, und erst jetzt merkte Luisa, wie es aus einer Wunde in der Brust quoll, ein Strom roter Flüssigkeit, der im Dunkeln schwarz aussah.

»Oh Gott!«, schrie sie. »Cas – oh Gott! Hilfe! Ich brauche Hilfe! Cas, Cas …«

Sie presste beide Hände auf die Wunde, aber das Blut floss weiter, quoll zwischen ihren Fingern hervor, bis alles blutbedeckt war, ihre Hände, ihr Kleid, ihre Knie. Sie konnte nichts tun, außer verzweifelt zu versuchen, den Blutstrom zu stoppen, während die Sirenen quälend langsam näher kamen.

42

Harper konnte nicht schlafen. Gegen ein Uhr hatte man sie endlich zu ihrem Zimmer geleitet, aber obwohl sie sich extrem erschöpft fühlte, kam sie nicht zur Ruhe, weil sie viel zu aufgedreht war. Außerdem fand sie das Zimmer ebenso absurd wie das gesamte Anwesen – ein gigantischer Raum mit makellosem hellbeigem Teppichboden und schweren hellbeigen Samtvorhängen an den Fenstern. Ein eigenes Badezimmer gehörte zu dem Zimmer, und das Bett war so riesig, dass Harper fürchtete, darin verloren zu gehen. Man hatte ihr sogar einen »Gästepyjama« gegeben. Wer zum Teufel hatte denn so etwas zu Hause herumliegen? Der Pyjama war – wie nicht anders zu erwarten – hellbeige. Harper hatte ihn dennoch angezogen, und als sie vor dem langen Spiegel im Badezimmer stand, erkannte sie sich kaum wieder. Im Bett sank sie tief in die Kissen, kam aber nicht zur Ruhe. Sie musste über so vieles nachdenken, so vieles organisieren, aber wie üblich kreisten ihre Gedanken hauptsächlich um Max. Jetzt, wo sie allein war, hatte sie ein schlechtes Gewissen, weil sie ihn die ganze Nacht allein ließ. Das hatte sie noch nie getan, und obwohl sie glaubte, dass er in seinem geliebten Bus in Sicherheit war, fürchtete sie, dass Max im Lauf der Nacht Angst bekommen oder einfach nur frieren könnte. Als Harper ihn angerufen hatte, schien er sich in seinem seltsamen Lager pudelwohl zu fühlen, aber das lag Stunden zurück. War er jetzt noch wach? Harper schaute auf ihr Handy, es war fast halb drei. Würde sie Max aufwecken, wenn sie eine Nachricht schickte?

Sie zögerte kurz, schickte dann trotzdem eine SMS.

Die Antwort kam sofort.

Es brennt irgendwo. Viele Sirenen.

Harper setzte sich ruckartig auf, das Herz schlug ihr bis zum Hals.

Wo? Auf dem Schrottplatz? Im Bus?

Nein, nicht hier.

Harper schloss erleichtert die Augen, doch dann überfiel sie der nächste schreckliche Gedanke.

In unserem Haus?

Nein, drüben am Platz, glaub ich.

Als Harper die Worte las, lief es ihr eiskalt den Rücken hinunter. Das konnte nur der Boxclub sein. Sie hatte ihre Schicht versäumt, und Darren und seine Gang hatten sie nicht gefunden. Max hatten sie auch nicht entdeckt, also hatten sie etwas anderes zerstört, das Harper am Herzen lag.

Sie befreite sich von der dicken Daunendecke, das Handy noch in der Hand.

Ich komme, schrieb sie. *Bleib auf jeden Fall im Bus. Versprich es.*

Max antwortete sofort.

Versprochen! Und ein Smiley.

Harper fuhr in ihre Kleider, lief hinaus und klopfte am Zimmer nebenan.

»Harper?«, fragte Jo schläfrig, als sie die Tür öffnete. »Alles okay?«

»Zu Hause stimmt was nicht«, antwortete Harper. »Ich brauche mein Auto.«

Als sie Collaton erreichte, dämmerte bereits der Morgen, und den Gemeinschaftsgarten gab es nicht mehr.

Er sah aus, als sei er aus der Luft bombardiert worden. Das Gewächshaus war ein Scherbenhaufen. Die Überreste des Schuppens qualmten noch, er war komplett niedergebrannt. Alle Pflanzen waren entweder in die aufgewühlte Erde gedrückt oder verkohlt. Der Rauchgeruch war beißend, sogar durch die geschlossenen Fenster des Mini.

Harper hatte angehalten und umklammerte das Lenkrad, starrte durch die Windschutzscheibe. Vor dem Tor stand ein Streifenwagen, Leute strömten herbei.

Als jemand ans Fenster klopfte, zuckte Harper erschrocken zusammen. Kath schaute herein, und Harper öffnete die Tür, stieg aus. Ihr war furchtbar übel.

»Bist du okay, Harper?«, fragte Kath besorgt. »Ich wollte dich gerade anrufen. Wusste nicht, ob Luisa Zeit hatte, dir Bescheid zu sagen.«

»Ich habe nichts von ihr gehört.«

Kath fuhr sich mit der Hand übers Gesicht. »Ja. Tja. Sie ist wohl noch im Krankenhaus, vermute ich.«

»Krankenhaus?«, wiederholte Harper erstaunt. »Wieso Krankenhaus?«

Kath sah sie fest an. »Wegen Cas … deinem Mr P. Die beiden waren hier, als das«, sie zeigte auf den Garten, »passiert ist. Warum, weiß ich nicht. Aber sie waren hier.«

Harpers Fingerspitzen und Zehen fühlten sich plötzlich taub an. Das Gefühl kroch in ihre Arme und Beine, erfasste auch ihr Herz.

»Eine Motorradgang offenbar«, sprach Kath weiter. »Wir können nur vermuten, dass Cas sie aufhalten wollte.«

Natürlich, dachte Harper wie betäubt. *Der Idiot. Kann sich ja nie raushalten, muss sich immer …*

»Als ich herkam, war der Krankenwagen schon da«, fuhr Kath fort. »Viel Blut. Er wurde mit einem Messer attackiert, glaube ich.«

»Wird er sterben?«

Harper erkannte ihre eigene Stimme kaum wieder.

»Ich weiß es nicht, Liebes. Tut mir leid. Aber er wird versorgt. Luisa durfte nicht in den Krankenwagen, aber sie ist mit dem Land Rover hinterhergefahren. Sie ist bei ihm.«

Harper nahm alles wie durch einen Schleier wahr. Kath schien etwas zu fragen, aber Harper verstand ihre Worte nicht. Ihr war furchtbar übel. Und Max. Sie musste zu Max, musste sichergehen, dass er …

»Ich muss los«, sagte sie mechanisch. »Ich kann nicht … Ich muss …«

»Harper?«, rief Kath ihr nach, als sie davonstolperte, aber sie blieb nicht stehen. Konnte den Anblick des Gartens nicht mehr ertragen, konnte nicht daran denken, dass Mr P vielleicht gerade starb. Und dass sie daran schuld war.

»Harper!«

Sie rannte los. Schaffte es bis zur Ecke ihrer Straße, bevor sie sich krümmte und heftig erbrach.

43

In dem gesichtslosen Warteraum mit Linoleumboden und festgeschraubten Plastikstühlen weinte ein kleines Mädchen, dessen Arm in unnatürlichem Winkel abstand. Es saß auf dem Schoß seines Vaters, der es zu beruhigen versuchte, aber das Schluchzen nahm kein Ende. Schrecklicher Kummer lag in diesen Lauten.

Luisa konnte den Blick nicht von dem Kind abwenden. Sie wusste nicht, was mit Cas inzwischen geschehen war. Im Land Rover war sie dem Krankenwagen gefolgt, aber da sie nicht mit Cas verwandt war, hatte die gestresste Schwester am Empfang der Notaufnahme ihr keine Auskunft geben wollen. Jetzt unternahm Luisa einen neuen Versuch.

»Aber ich war bei ihm«, sagte sie verzweifelt zu der Schwester und hielt die Hände hoch, an denen das getrocknete Blut von Cas haftete. »Ich war … Ich war da …«

»Sind Sie verletzt?«

»Nein.«

»Gibt es Verwandte, die unterwegs sind?«

»Das weiß ich nicht.«

»Sie sollten nach Hause gehen«, sagte die Frau.

»Ich weiß nicht mal …« Luisas Stimme brach. »Ich weiß nicht mal, ob er noch am Leben ist.«

Jetzt zeigte sich Mitgefühl im Blick der Schwester. Sie tippte am Computer etwas ein, schaute dann mit einem kleinen Lächeln zu Luisa auf.

»Er wird gerade versorgt.«

Luisa nickte. »Dann warte ich.«

»Sie sollten lieber …«

»Ich warte.«

Sie ging auf die Toilette, trat zum Waschbecken, drehte das Wasser auf. Hielt Hände und Unterarme in den Strahl und sah zu, wie Cas' Blut sich von ihrer Haut löste, ein roter Strudel in dem weißen Keramikbecken, bevor er im Ausguss verschwand.

Als Luisa ins Wartezimmer zurückkehrte, waren das kleine Mädchen und der Mann verschwunden. Dennoch hatte Luisa immer noch das Weinen im Ohr.

Sie musste an den mörderischen Schmerz ihrer Schwiegereltern denken, als sie verstanden, dass ihr geliebter Sohn nicht mehr da war. Ihr verzweifeltes Schluchzen hatte von den Wänden widergehallt, während sie Luisa in ihrem Krankenbett zurückließen.

Sie schaute an sich herunter und bemerkte erst jetzt, dass sie noch Cas' Smoking trug. Ihr Kleid war blutverkrustet. *So viel Blut,* dachte sie. *Kann man überleben, wenn man so viel Blut verloren hat?*

Luisa wusste nicht, wie lange sie in diesem Raum saß. Draußen ging die Sonne auf, schien durch die Fenster, zeichnete Muster auf den Boden, ein Spiel aus Licht und Schatten. Luisa beobachtete es, bis die Sonne weitergewandert war, und merkte kaum, als jemand sie ansprach.

»Entschuldigung, sind Sie Luisa?«

Als sie aufschaute, sah sie eine Krankenschwester und sprang hastig auf. »Ja, bin ich. Was ist mit Cas? Ist er …« *Ist er am Leben? Ist er tot?*

»Er ist bei Bewusstsein und fragt immer wieder nach Ihnen. Er scheint zu glauben, dass Sie verletzt sind.«

»Oh.« Luisa verstand kaum etwas von dem, was die Frau sagte, nahm nur wahr, dass Cas lebte. Worauf eine andere Art von Schock einsetzte und ihr das Herz bis zum Hals schlug.

»Seine Eltern wurden kontaktiert und sind unterwegs«, fügte die Krankenschwester hinzu. »Aber er ist zu aufgeregt, weil er sich um Sie Sorgen macht. Normalerweise erlauben wir so früh keinen Besuch, aber …«

»Ich komme mit«, sagte Luisa.

Cas lag allein in einem kleinen Krankenzimmer, an allerlei Geräte angeschlossen. Die Schwester reichte Luisa eine Maske und zog sich dann zurück. Luisa blieb in der Tür stehen und versuchte zu begreifen, dass die reglose Gestalt auf dem Bett der Cas war, den sie kannte – dieser lebhafte, humorvolle Mann mit der kraftvollen Ausstrahlung. In diesem sterilen Raum wirkte er seltsam klein mit der bandagierten Brust, der grauen Haut, den geschlossenen Augen. Er glich so gar nicht dem Mann, den sie kannte.

Luisa wurde schlagartig klar, dass sie nicht damit gerechnet hatte, ihn lebendig wiederzusehen. Und zugleich spürte sie, wie monumental dieser Verlust für sie gewesen wäre. Von dieser Erkenntnis war sie so überwältigt, dass ihr schwindlig wurde und sie sich am Türrahmen festhalten musste. Seit sie gesehen hatte, wie Cas neben dem Motorrad zu Boden ging, hatte sie sich in einem Zustand konstanter Angst befunden. Doch jetzt musste sie sich die Tragweite ihrer Gefühle eingestehen, die sie so angestrengt zu ignorieren versucht hatte. Nie wieder hatte sie eine so intensive Bindung eingehen wollen – um auch nie wieder durch einen Verlust solches Leid erleben zu müssen. Sie kannte schließlich zur Genüge die Trauer, deren Wunden nicht heilen wollten.

Das einmal zu erleben war schon unerträglich gewesen. Luisa hatte zu viele Menschen verloren, sie war nicht sicher, ob sie das noch einmal überleben …

»Luisa?« Cas blinzelte, versuchte sie zu erkennen. »Bist du das?«

»Ja. Bleib ganz ruhig liegen, nicht bewegen.«

»Luisa«, flüsterte er, und als sie in Reichweite war, streckte er sofort die Hand nach ihr aus, um sie dichter an sich zu ziehen. Mit der anderen Hand betastete er ihr Gesicht, strich über ihre Wange. Er war halb betäubt, wie es schien, aber Luisa spürte seine Angst. »Du warst verletzt, du warst …«

»Mir geht es gut.« Luisa legte ihm sachte die Hände auf die Schultern, damit er sich beruhigte.

»Aber da war Blut«, murmelte Cas, strich über ihren Hals, ihren Arm, als versuche er zu erspüren, ob sie unversehrt war. »Da war so viel Blut, du …«

»Das war dein Blut«, sagte sie leise. »Nur deines, Cas. Ich bin unverletzt, mir geht es gut. Siehst du? Es geht mir gut.«

Ihm war anzusehen, wie die Angst der Erleichterung wich.

»Ich dachte, du seist verletzt«, sagte er und umfasste ihr Gesicht mit beiden Händen.

»Mit mir ist alles in Ordnung«, sagte Luisa, um ihn zu beruhigen. Er durfte sich nicht so viel bewegen. »Bitte ruh dich jetzt aus. Du hast großes Glück, dass du hier bist. Du weißt das vielleicht nicht mehr, aber …«

»Doch«, flüsterte er, strich mit den Daumen über ihre Wangen. »Ich erinnere mich. An alles, Luisa.«

Seine Hände waren warm und lebendig, sie spürte seinen Puls auf ihrer Haut und wusste genau, wie leicht es hätte anders sein können. Ein Millimeter, eine Sekunde hätte alles ändern können. Das Leben war zu fragil, viel zu anfällig für Brüche, man konnte ihm nicht vertrauen. Luisa ergriff Cas' Hände und löste sie behutsam von ihrem Gesicht.

»Cas«, sagte sie leise. »Deine Eltern sind unterwegs zu dir. Vielleicht sind sie auch schon da. Ich gehe mal schauen, ja?«

»Geh nicht«, murmelte er. »Bitte geh nicht, Luisa.«

»Ich muss aber«, erwiderte sie.

Während der Heimfahrt fühlte Luisa sich wie betäubt. Es war ein strahlender sonniger Tag, aber sie nahm ihn kaum wahr. Sie spürte nur den Luftzug auf ihren bloßen Schultern, weil sie Cas' verstörten Eltern den Smoking übergeben hatte.

Als Luisa vor ihrem Haus in Carlisle anhielt, blieb sie reglos am Steuer sitzen. Sie konnte sich kaum noch an die Fahrt erinnern, nach dem Schock hatte absolute Erschöpfung eingesetzt. Nach einer Weile ging sie schließlich hinein. Das stille Haus erinnerte sie daran, dass Jo noch bei Owen in Durham sein musste. Wahrscheinlich schlummerte sie tief in ihrem luxuriösen Bett und hatte keine Ahnung, welche Katastrophen sich inzwischen in Collaton ereignet hatten.

Luisa streifte die ramponierten Schuhe ab, ließ ihre Tasche fallen und ging langsam die Treppe hinauf, die Hand am Geländer. Oben betrat sie ihr Schlafzimmer, tappte über den weichen Teppichboden zu dem angeschlossenen Badezimmer und stellte sich in die Dusche, ohne sich auszuziehen. Dann drehte sie das Wasser auf, so heiß es ging. Dampf umhüllte sie, die Hitze öffnete ihre Poren, und Luisa streckte die Hände nach oben, obwohl das Blut von Cas schon weggewaschen war. Ihre Haut rötete sich, das Wasser war zu heiß, aber Luisa spürte es nicht. Sie spürte gar nichts mehr.

Nach einer Weile griff sie nach hinten, öffnete den Reißverschluss des durchnässten Kleids und zog den schweren Stoff nach unten, über ihren Bauch, ihre Schenkel, bis er zu ihren Füßen zusammensackte, ein knittriger Haufen Seide. Sie kickte ihn mit dem Fuß aus der Dusche, machte das Gleiche mit ihrer Unterwäsche. Dann begann sie die Klammern aus ihren Haaren zu entfernen, ließ eine nach der anderen zu Boden fallen.

Sie blieb unter dem Wasserstrom stehen, schloss die Augen, aber das Grauen war immer noch da, griff nach ihr. Flammen und Schreie, das Splittern von Glas, das Heulen der Motoren. Es zerrte sie mit sich, riss sie in einen tiefen schwarzen Schlund, in dem eine andere Erinnerung lauerte, in der sich Luisas Schreie mischten mit den Schreien eines sterbenden Mannes, den sie nicht erreichen, dem sie nicht helfen konnte …

Sie keuchte, riss die Augen auf, musste sich an die Kachelwand lehnen. Die Vergangenheit schlug erneut zu.

Schluss damit, befahl sie sich. *Schluss damit. Du kannst nicht zurückgehen. Nur nach vorne.*

Das zerknüllte Kleid ließ sie am Boden liegen, als sie das Badezimmer verließ. Wie der Garten war es nicht mehr zu retten. Sie brauchte jetzt Kaffee. Kaffee und einen neuen Job.

44

Luisa saß in der Küche und hatte in den Stunden seit der heißen Dusche schon unzählige Tassen Kaffee konsumiert, während sie ihren Lebenslauf aktualisierte. Von Marianne Boswell war wohl kaum ein Empfehlungsschreiben zu erwarten, aber Owen würde diese Lücke sicher füllen. Das war das Mindeste, was er tun konnte, dachte Luisa bitter. Schließlich hatte sie ihren Teil der Abmachung erfüllt, hatte sich ein halbes Jahr lang mit all ihren Kräften für das Projekt engagiert. Es war am Ende schiefgegangen, nun musste sie weiterziehen. Der Jobmarkt sah nicht berauschend aus, aber Reubens Patenonkel hatte ihr versprochen, sie bei der Jobsuche zu unterstützen, und er stand immer zu seinem Wort. Und auch wenn sie keinen Gemeinschaftsgarten mehr vorzuweisen hatte, konnte Luisa unter ihren Berufserfahrungen immerhin die Leitung eines Teams aufführen. Sie hatte aus dem Nichts eine Gruppe von Freiwilligen zusammengestellt und mit deren Hilfe ein Stück Ödland in eine blühende Landschaft verwandelt. Das konnte sich doch sehen lassen im Lebenslauf, auch wenn sie nichts mehr mit Gärten zu tun haben wollte.

Luisa war dabei, im Internet allerlei Stellenangebote zu

durchforsten, als die Haustür aufging und Joanna hereinkam. Sie blieb stehen und schien zu horchen. Luisa bereute sofort, dass sie sich nicht mitsamt dem Laptop in ihr Zimmer verzogen hatte, um sich vor ihrer Schwester zu verstecken.

»Luisa?«, rief Joanna. »Bist du da?«

Luisa antwortete nicht, sondern starrte auf den Bildschirm und scrollte stumm die Angebote durch. Büroleitung? Das würde ihr vielleicht liegen. Oder Empfangsleitung in einer Arztpraxis?

Jo kam herein. Sie sah völlig aufgelöst und panisch aus.

»Luisa!« Jo stürzte zu ihrer Schwester und nahm sie in die Arme. »Seit Stunden versuche ich dich zu erreichen! Wo warst du denn?«

Luisa befreite sich von der Umarmung. »Was meinst du damit? Ich war hier.«

Jo starrte sie fassungslos an. »Aber … der Garten! Cas!«

Luisa zuckte zusammen, schob ihre Schwester von sich weg und stand auf, um noch mehr Kaffee zu kochen. Sie hatte schon viel zu viel davon getrunken, spürte die Wirkung des Koffeins, wollte aber noch mehr.

»Woher weißt du das mit dem Garten?«, fragte Luisa, während sie Wasser in die Maschine goss. »Ich dachte, du seist noch bei Owen.«

Ein Schweigen entstand, während Joanna ihre Schwester prüfend anstarrte.

»Ich bin Harper nach Collaton hinterhergefahren«, sagte Joanna schließlich. »Das arme Mädchen war in furchtbarer Verfassung. Dann habe ich gesehen, was passiert war, und Kath hat erzählt, dass du mit Cas dort warst …«

»Willst du Kaffee?«

»Will ich … *was*?«

Luisa fuhr gereizt herum. »Ob du Kaffee willst, habe ich gefragt.«

Jo sah sie durchdringend an. »Luisa.«

»Was?«

Ihre Schwester blickte auf den Tisch, bemerkte offenbar erst jetzt den Laptop und die diversen Ausdrucke daneben.

»Was machst du da?«

Luisa klappte den Laptop zu und sammelte die Blätter ein. Sie würde sich jetzt nach oben verziehen, wo sie ungestört sein konnte. »Ich suche mir einen Job.«

»Du machst *was*?«

»Spreche ich so undeutlich, oder bist du verkatert?«, versetzte Luisa schroff. Warum musste sie etwas erklären, das so offensichtlich war? »Den Garten gibt es nicht mehr. Deshalb brauche ich eine neue Stelle.«

Jo sah jetzt nicht nur fassungslos aus, sondern erblasste außerdem. »Luisa, bitte …«

»Vielleicht mache ich eine Umschulung«, fuhr Luisa fort, als hätte ihre Schwester nichts gesagt. »Justizsekretariat wäre doch eine interessante Option. Gute Idee, oder?« Als Jo stumm blieb, sagte Luisa, während sie zur Tür ging: »Ich schau mir das mal an. Könnte ich mir schon vorstellen.«

»Luisa!« Jo lief ihrer Schwester nach, packte sie am Arm und drehte sie zu sich herum. »Hör auf. Bitte hör auf damit. Merkst du nicht, was du da redest? Nach allem, was du durchgemacht hast …«

Luisa riss sich los, schlagartig wütend. »Verflucht noch mal, Jo, mir geht's gut! Ich war nicht mal verletzt!«

»Nein, aber Cas ist schwer verletzt, und du hast das miterlebt, oder nicht?«

»Das macht nichts«, erwiderte Luisa. »Weil Cas … Weil Cas …«

»Was?«

Weil Cas sich erholen wird, hatte sie sagen wollen, aber sie brachte die Worte nicht über die Lippen.

»Lu.« Jo streckte die Hand wieder nach ihr aus. »Du solltest …«

»Nein. Lass mich in Ruhe.«

Sie wollte sich weiter mit ihrer Jobsuche beschäftigen, darin versinken, nur noch nach vorne schauen. Aber schlagartig war Luisa wieder *dort,* in der Dunkelheit, bei Cas, und presste verzweifelt die Hände auf seine Brust, versuchte den Blutstrom zu stoppen. Im nächsten Moment sah sie Cas in seinem Krankenbett, wie er sie angstvoll anschaute, ihre Wange berührte. *Luisa … Luisa …*

»Luisa?«, hörte sie jetzt Jos Stimme. »Was ist los?«

Sie schüttelte stumm den Kopf, brachte kein Wort hervor.

»Setz dich«, befahl Jo. »Sofort.« Sie legte eine Hand auf die ihrer Schwester und hörte ruhig zu, während Luisa vom Aufenthalt im Krankenhaus berichtete.

»Warum hast du mich denn nicht angerufen?«, fragte Jo am Ende. »Ich hätte dich doch ins Krankenhaus begleitet.«

»Ich habe nicht dran gedacht.«

»Weil du unter Schock standest.«

»Mir ging's gut«, widersprach Luisa. »Ich war ja nicht verletzt. Und als Cas' Eltern kamen, bin ich nach Hause gefahren.«

»Komm schon, Luisa. Das alles wäre für jeden normalen Menschen schon der reinste Albtraum gewesen. Aber für dich …«

»Was meinst du damit?«, fragte Luisa steif.

Jo zog die Augenbrauen hoch. »Schau, ich weiß, dass du nicht über die Situation mit Reuben damals sprechen möchtest. Ich weiß, das ist immer noch …«

»Nicht, Jo«, fiel Luisa ihr ins Wort. »Das ist nicht zu vergleichen. Der Krankenwagen war schnell da. Cas wird sich erholen. Das ist alles.«

»Nein, das ist eben nicht alles«, wandte Jo mit Nachdruck ein. »Ich war mit euch beiden bei der Gala. Ich habe euch zusammen erlebt. Habe gesehen, wie Cas dich zum Lächeln bringt … und ich meine *echtes* Lächeln, Lu, wie ich es seit Jahren nicht mehr bei dir gesehen habe. *Seit Jahren.* Und dann wird Cas vor deinen Augen angegriffen, und du musst ihn am Leben halten, bis der Notarzt eintrifft. Warum versuchst du dir einzureden, es sei alles in Ordnung? Das kann ja wohl nicht wahr sein.«

Luisa sprang abrupt auf, wollte sich das nicht länger anhören. »Hör auf, Joanna.«

»Und was ist mit dem Garten?«, redete ihre Schwester unbeirrt weiter. »Den hast du doch mit so viel Liebe und Leidenschaft gestaltet. Ich habe dich dort gesehen, weißt du das nicht mehr? Du hast so glücklich gewirkt, so lebendig.«

»Hör auf!«, wiederholte Luisa. »Du machst das alles nur noch schlimmer, als es ist. Natürlich nimmt es mich mit, dass Cas verletzt ist, aber er wird sich erholen. Und natürlich nimmt es mich mit, dass der Garten zerstört ist, aber niemand weiß, ob das Projekt weiterhin funktioniert hätte. Es war nur ein Experiment, und das ist gescheitert. Womit alle gerechnet haben. Deshalb war es auf ein halbes Jahr begrenzt: Um es auszuprobieren und wieder aufzugeben, wenn es nicht funktioniert. Okay? Ich hab's probiert, und es ist schiefgegangen. Und jetzt suche ich mir eine vernünftige Stelle.«

»›Vernünftige Stelle‹?«, wiederholte Jo fassungslos. »Als Justizsekretärin?«

»Vielleicht. Was spricht dagegen?«

Joanna schüttelte den Kopf, ein unglückliches Lächeln auf den Lippen. »Nichts. Das ist ein guter Beruf. Aber nicht für dich, Luisa. Das wird wie mit Marianne Boswell. Und so was solltest du nicht wiederholen. Nie mehr.«

»Was meinst du damit?«

»Wieder in einem Büro eingesperrt zu sein. Nicht das zu tun, was dir eigentlich liegt. Du würdest davonlaufen, genau wie nach Reubens Tod. Das solltest du dir nicht noch einmal antun.«

»Ich laufe nicht weg«, entgegnete Luisa aufgebracht. »Ich gehe nach vorne. Das ist etwas ganz anderes. Ich habe das schon mal gemacht, ich kann es wieder tun.«

»Nein.«

»Was soll das heißen, nein?«

»Das soll heißen: Nein, damals hast du dich nicht wirklich weiterentwickelt, Luisa. Du hast nur versucht zu überleben. Hast durchgehalten. Und weißt du, woher ich das weiß? Weil du dich erst dann verändert hast, als du das Projekt in Collaton begonnen hast. Als du wieder dort sein konntest, wo du hingehörst – in einem Garten. *Dort* hast du angefangen, wieder zum Leben zu erwachen. Lebendig zu sein.«

»Ach, lass mich doch mit deinen Märchen zufrieden, Joanna«, versetzte Luisa. »Für eine Frau, die es tagtäglich mit den harten Fakten der Justiz zu tun hat, kannst du echt sentimental sein.«

»Gönn dir zumindest eine Auszeit«, schlug Jo jetzt vor. »Du brauchst eine Atempause, Lu, um das alles zu verarbeiten …«

»SCHLUSS DAMIT!«, schrie Luisa, die jäh die Wut packte, verstärkt durch Erschöpfung und zu viel Koffein. »Was ich jetzt von dir brauche, ist Unterstützung und Ermutigung. Ist das zu viel verlangt?«

»Natürlich nicht, dafür bin ich ja da«, antwortete Jo ernst. »Aber es nützt dir nichts, wenn ich dich in Watte packe, Luisa. Das habe ich schon mal versucht, und es hat nicht geholfen, oder? Es hat nur dazu geführt, dass du dich nicht vorwärtsbewegt hast. Diesen Fehler möchte ich nicht noch mal machen.«

Luisa reichte es. Sie stand auf, nahm ihren Laptop und die Ausdrucke an sich. »Du hast keine Ahnung, wovon du redest.«

Draußen im Flur hörte sie noch, wie Jo ihr nachrief: »Schau zumindest in dein Handy!«

Luisa fand eine Unzahl verpasster Anrufe vor, die meisten von Jo, einige aber auch von Kath, die offenbar irgendwann aufgegeben und stattdessen eine Nachricht geschickt hatte.

Lass bitte von dir hören, Liebes.

Luisa setzte sich auf den Bettrand und schloss die Augen. Sie fühlte sich schlagartig vollkommen leer, bar jeden Gefühls. Empfand gar nichts mehr außer einer seltsamen Kälte, die sich in ihr ausbreitete.

Ich bin okay, schrieb sie dann. Zu mehr konnte sie sich nicht aufraffen.

Die Antwort kam sofort. *Gut. Gib auf dich acht. Und mach dir keine Sorgen wegen hier.*

Luisa starrte rätselnd auf die Nachricht. Was sollte das heißen? Es gab nichts mehr, worum sie sich Sorgen machen konnte. Der Garten existierte nicht mehr.

Sie legte ihr Handy neben den Laptop, bewegte sich vor Erschöpfung wie in Zeitlupe. Hatte nur noch einen Wunsch: sich vor der Welt zu verkriechen, zu schlafen wie eine Tote, nicht mehr aufzustehen.

Ohne sich auszuziehen, fiel Luisa ins Bett und schloss die Augen.

45

»Max?«, rief Harper, als sie den Bus betrat und sofort von feuchter Luft umgeben war. »Wo steckst du?«

»Oben!«

Harper stieg mit ihren Vorräten die Treppe zum Oberdeck hinauf. Seit den katastrophalen Ereignissen vor vier Tagen kampierten Max und sie im Bus. Ihr Bruder hatte nicht ins Haus zurückgehen wollen, was Harper befürwortete. Zum einen aus Selbstschutz, weil sie vermutete, dass Darren sich nicht mit seinen bisherigen Untaten zufriedengeben würde, solange er wusste, dass sie draußen herumlief. Zum anderen, weil sie selbst der Welt den Rücken zukehren wollte. Hier, im geheimen Pflanzenrefugium ihres Bruders, konnte Harper sich einbilden, in einem geschützten Märchenreich zu sein.

Der Anblick des zerstörten Gartens war für sie unerträglich. Er war so tot, wie Mr P es beinahe auch gewesen wäre. Auch an ihn konnte sie nicht denken, obwohl sie von Kath gehört hatte, dass er sich erholen würde. Aber er lag immer noch im Krankenhaus. Das würde Harper sich nie verzeihen.

»Ich hab Frühstück mitgebracht«, verkündete sie auf dem

Oberdeck, wo Max wieder mit dem Ausgeizen von Tomatenpflanzen beschäftigt war, einer Arbeit, die regelmäßig gemacht werden musste. Es roch, als sei vor Kurzem gewässert worden. »Joghurt und Banane. Nicht zerdrückt, ist aber sehr reif.«

Max nahm den Joghurt, verschmähte aber die angepriesene Banane.

Harper ging ins Heck des Busses und ließ sich auf der hinteren Bank nieder, die sie zum Sitzen freigehalten hatten. Max gesellte sich zu ihr, und sie nahmen ihr kleines Picknick ein, umgeben von den wild wuchernden Pflanzen. Es hatte den Anschein, als würden sie absichtlich immer mehr Triebe und Blätter produzieren, um sich gegen die anderen durchzusetzen, sich Raum zu verschaffen. Das Innere des Busses sah inzwischen aus wie ein Dschungel, und hie und da leuchteten Blüten inmitten der grünen Wildnis. Harper musste unwillkürlich an den zerstörten Gemeinschaftsgarten denken, verbot sich das aber sofort. Der Vergleich schmerzte zu sehr.

Als ihr Handy klingelte, fuhr ihr der Schreck in die Glieder. Sie fürchtete immer noch, Darren könnte sich bei ihr melden. Er hatte sie zwar noch nie angerufen und für seine Nachrichten auch nie dieses Handy benutzt, suchte aber garantiert nach ihr und wollte seine Schulden beglichen haben. Das letzte Wegwerfhandy von ihm hatte Harper am Morgen nach dem Galadinner in den Solway Firth geschleudert, nachdem sie aufgehört hatte, sich zu übergeben.

Kaths Name stand auf dem Display, und Harper wurde fast wieder übel. Sie hatten seit dieser Nacht nicht miteinander gesprochen, nur Nachrichten geschrieben. Was sollte Harper auch sagen? Aber ihre Schuldgefühle waren so schlimm, dass sie den Anruf annahm. Das war das Mindeste, was sie tun konnte.

»Hallo?«

»Harper, hier Kath Larkspur. Wie geht es dir? Alles in Ordnung soweit?«

Harper starrte auf die Bananenschale in ihrer Hand. Nein, natürlich war gar nichts in Ordnung. Wie denn auch? Dennoch war sie erstaunt über die Frage, denn bislang wusste niemand um ihre Rolle bei der ganzen Katastrophe. Was aber vermutlich nur noch eine Frage der Zeit war. Und dann würden ihr alle Vorwürfe machen, außer vielleicht Max. Plötzlich stockte Harper der Atem. Oh Gott, wenn Kath jetzt anrief, weil …

»Was ist passiert?«, platzte sie heraus. »Ist was mit Mr P? Ist er … Ist er …«

»Oh.« Kath klang bestürzt. »Nein, nein! Tut mir leid. Das ist nicht der Grund. Als ich ihn zum letzten Mal gesehen hab, ging es ihm gut, und ich habe seitdem nichts Gegenteiliges gehört. Deshalb rufe ich nicht an.«

Harper schloss die Augen. Ihr Herz schlug so heftig, als wolle es gleich aus ihrer Brust springen.

»Es geht um den Garten«, erklärte Kath. »Arthur und ich brauchen deine Hilfe.«

Harper runzelte die Stirn.

»Wir müssen ihn wiederherstellen«, sprach Kath weiter. »Einen Neuanfang machen.«

Was redete die Frau da? Kath war doch dort gewesen

und hatte das Ausmaß der Zerstörung gesehen. Harper starrte den Gang entlang. Er war so zugewachsen, dass man nicht einmal mehr den Wassertank vorne sehen konnte. »Den Garten gibt es nicht mehr«, sagte sie. »Er existiert nicht mehr.«

»Im Moment nicht«, sagte Kath. »Aber wir können ihn wieder aufbauen, das weiß ich.«

Harpers Schuldgefühle verwandelten sich jäh in Wut. Was sollte dieses Gelaber? Hätte Luisa diese bescheuerte Idee einfach für sich behalten, wäre das alles gar nicht passiert, oder? Dann wäre Mr P wohlauf, würde sie daran erinnern, die Ellbogen hochzuhalten und sich in der Schule anzustrengen anstatt …

»Was ist mit Luisa?«, fragte Harper. »Das ist doch ihr Problem, oder? *Sie* hat mit alldem angefangen. Warum ruft *sie* nicht an?«

Kath seufzte hörbar. »Ich glaube, Luisa kommt gerade gar nicht gut zurecht mit allem, was hier passiert ist. Ich habe nicht mit ihr gesprochen, wir haben nur ein paarmal geschrieben. Um ehrlich zu sein, bin ich nicht mal sicher, ob sie überhaupt nach Collaton zurückkommen wird. Also liegt es bei uns, nicht wahr?«

»Ist dir eigentlich klar, wie absurd das ist?« Harpers Stimme klang schneidend vor Wut. »Das funktioniert nie. *Niemals.*«

»Doch, wird es«, widersprach Kath hartnäckig. »Wir dürfen nicht zulassen, dass ein paar faule Äpfel das ganze Fass verderben. Wir haben auf diesem Stück Land etwas Wundervolles geschaffen. Und wir werden es wieder tun.«

»Das ist völlig sinnlos«, erwiderte Harper schroff. »Verstehst du das nicht? Die werden das noch mal machen. Wäre doch total vergeblich.«

»Das wäre es nur«, sagte Kath beharrlich, »wenn wir denen den Sieg überlassen. Und das werde ich nicht tun, Harper, selbst wenn ich alles im Alleingang wiederaufbauen muss.«

»Gut«, sagte Harper. »Dann mach das mal.« Sie brach das Gespräch ab, von Schuldgefühlen gequält und voller Hass auf die Welt.

46

Als Cas zum ersten Mal aufgewacht war, hatte er immer noch Luisas verzweifelten Hilfeschrei im Ohr gehabt und geglaubt, sie sei schwer verletzt worden. Doch dann hatte sie in der Tür gestanden, eine zunächst verschwommene Gestalt, die erst real wurde, als er ihr Gesicht berührte und sie seine Hände erfasste, damit er sich nicht zu viel bewegte. Luisa war am Leben, wohlauf und unverletzt. Nichts anderes war in diesem Moment wichtig gewesen. Dann hatten die Medikamente gewirkt und ihn betäubt, wie es ihm schien für Monate. Doch letztlich war es dann nur eine Woche gewesen.

Als Cas jetzt aufwachte, dachte er wieder an Luisa, wusste aber, dass sie nicht bei ihm sein würde. Am Anfang seines Krankenhausaufenthalts war es nur seinen Eltern erlaubt gewesen, ihn zu besuchen, aber auch danach war Luisa nicht aufgetaucht.

Cas hatte Verständnis dafür, auch wenn er zu gerne gewusst hätte, wie es ihr ging. Über ihre Vergangenheit hatte er nicht viel erfahren, aber die wenigen Andeutungen, die Luisa über den Tod ihres Mannes gemacht hatte, ließen Cas vermuten, dass die Erlebnisse ihr Trauma wieder wachgerufen hatten. In seinen Träumen hörte er immer noch ihre Schreie, während sie versuchte, den Blutstrom zu stoppen. Cas fand die Vorstellung unerträglich, dass er – wenn auch unabsichtlich – der Anlass war, dieses Grauen wieder auf den Plan zu rufen. Aber Luisa hatte sich eben nicht gemeldet, und er wollte die Grenze, die sie ganz offensichtlich zwischen ihnen errichtete, nicht eigenmächtig überschreiten.

Sobald das Ärzteteam bestätigt hatte, dass Cas stabil genug für Gespräche war, hatten Polizisten seine Aussage zu den Ereignissen aufgenommen. Man hatte bereits Spuren am Tatort gesichert. Cas graute bei der Vorstellung, wie der Garten jetzt aussah. Er war in dieser Nacht in eine Feuerhölle hineinmarschiert und hatte selbst nur knapp überlebt. Womit seine Gedanken wieder bei Luisa landeten – ihre Hoffnungen und die ganze harte Arbeit für dieses Stückchen Land, war das alles umsonst gewesen?

»Haben Sie jemanden von den Angreifern erkannt?«, hatte der Polizist gefragt.

Cas verneinte, das war wegen der schwarzen Kleidung und Helme nicht möglich gewesen. Natürlich hatte er einen Verdacht und schilderte die früheren Schikanen von Darren Dixon und seiner Bande beim Infoabend und das drohende Umkreisen des Gartens der Biker. Aber damit war nichts bewiesen. Cas wusste auch nicht, ob Darren selbst überhaupt dabei gewesen war. Typen wie er ließen gern andere die schmutzige Arbeit erledigen.

Doch die Polizisten waren wenige Tage später zurückgekehrt, um zu berichten, dass sie mehrere Leute verhaftet hatten. Das Messer, mit dem Cas attackiert worden war, hatte man allerdings noch nicht gefunden, und ohne genauere Identifizierung konnte nicht festgestellt werden, welcher der fünf Männer die Tat begangen hatte.

»Es gab fünf Verhaftungen?«, hatte Cas gefragt. »Aber bei dem Überfall waren nur vier Biker dabei.«

Wie sich herausstellte, war Darren für die Gründung einer kriminellen Vereinigung und Drogenhandel festgenommen worden. Die Polizei hatte ihn offenbar seit seiner Entlassung auf Bewährung im Auge behalten. *Schade, dass man nicht schon früher reagiert hat,* hatte Cas gedacht, das aber nicht geäußert. Inzwischen behielt er in vielerlei Hinsicht seine Meinung lieber für sich.

»Können Sie sich noch an etwas anderes erinnern?«, hatte der Sergeant bei seinem ersten Besuch gefragt.

»Nein, tut mir leid«, hatte Cas geantwortet.

Was gelogen war.

Er erinnerte sich noch an etwas anderes, sehr genau sogar. Aber da diese Erinnerung vermutlich mehr Schaden anrichten als nutzen würde, hatte Cas beschlossen, auch sie vorerst zu verschweigen.

Der Beifahrer mit dem Messer hatte vor dem Angriff das Visier seines Helms hochgeklappt und über den höllischen Lärm hinweg geschrien: »Das ist für Harpers Schulden.«

Danach hatte Cas kaum noch Erinnerungen, außer an Dunkelheit und Kälte, die in seine Glieder kroch und sich seinem Herz näherte.

Das ist für Harpers Schulden.

War es korrekt, der Polizei diese Information vorzuenthalten? Nein. Aber dass Harper Dixon in etwas verwickelt war, das solche Gewalttaten bewirkt hatte, konnte Cas einfach nicht glauben. Er wusste um ihre Wut, hielt Harper aber nicht für potenziell kriminell. Außerdem war er das einzige Opfer, und Darren hasste ihn ohnehin. Cas wollte das Mädchen keinen Untersuchungen aussetzen, solange er die Hintergründe selbst noch nicht verstand. Der Samstagabend hatte eine Wende in Harpers Leben bewirkt, und Cas wollte, dass es eine Wende zum Guten und nicht zum Schlechten wurde. Es ging ihm schließlich gut, oder? Er würde sich schon wieder berappeln.

Immer wieder checkte er sein Handy, in der Hoffnung, dass Luisa sich melden würde. Aber es kam keine Nachricht von ihr. Stattdessen schrieb er an Harper. Das hatte er noch nie getan, er hatte ihre Nummer erst vor ein paar Tagen eingespeichert, als einige der Kids vom Boxclub ihn besuchten und er Mo danach fragen konnte. Der Junge hatte erstaunt gewirkt, dass Cas Harpers Nummer nicht schon längst kannte. Plötzlich hatten alle ihm ihre Handynummern geben wollen, und Cas hatte erklärt, dass er Grenzen ziehen müsse zwischen Schule und Boxclub. Sally hatte sehr gekränkt gewirkt, was für Cas Anlass gewesen war, über diese sonderbare kleine Gemeinschaft nachzudenken. War es ihm jemals gelungen, irgendetwas richtig zu machen? Offenbar nicht, wie man jetzt daran sehen konnte, dass er schwer verletzt im Krankenhaus gelandet war.

Hallo, Harper, hier Mr P. Ich weiß, du hast viel zu tun. Würde mich aber über Besuch von dir sehr freuen. Möchte zu gern wissen, was sich nach der Gala noch für dich ergeben hat.

Er bekam keine Antwort, obwohl er sehen konnte, dass

Harper die Nachricht gelesen hatte. Oder zumindest irgendjemand. Mo hatte nicht das beste Verhältnis zu Zahlen, vielleicht war die Nachricht bei einer fremden Person gelandet.

Am nächsten Tag wurde Cas auf eine andere Station verlegt, obwohl er lieber entlassen worden wäre. Offenbar wurde das Einzelzimmer gebraucht, und er hatte keine Infusionen mehr.

»Wir möchten Sie noch ein Weilchen hierbehalten«, sagte die Ärztin. »Eine voreilige Entlassung halte ich für unklug. Sie haben großes Glück gehabt.«

Aber Cas wusste, dass er nicht glücklichen Umständen sein Leben zu verdanken hatte. Sondern Luisa MacGregor.

47

Harper hätte sich gerne um den Besuch im Krankenhaus gedrückt, aber wie könnte sie Mr Ps Bitte ausschlagen? Schließlich war er wegen ihr dort. Der Ton der Nachricht war locker gehalten, vielleicht hatte Mr P auch einen Gedächtnisausfall? So etwas kam nach einem Schock manchmal vor, oder nicht? Vielleicht hatte ihm niemand mitgeteilt, dass der Garten verwüstet, dass alles zerstört war, wofür sie gearbeitet hatten. Und sicher wusste er auch nicht, dass Harpers Hoffnungen für die Zukunft an diesem Samstagabend zuerst erfüllt und dann wegen ihrer eigenen Dummheit zerstört worden waren. Und so fühlte Harper sich nach alldem auch. Dumm. Dumm, weil sie sich dazu hatte hinreißen lassen, an sich selbst und ihre Zukunft zu glauben. Dumm, weil sie sich eingebildet hatte, den Lauf der Welt ändern zu können.

Mr P lag in einem Sechsbettzimmer. Harper blieb kurz in der Tür stehen und beobachtete ihn. Es war erschreckend, ihn so schwach zu erleben. Für sie war er immer der stärkste Mensch gewesen, den sie kannte, und nun lag er hier in einem Krankenhausbett. Zumindest hatte er keine Schläuche in den Armen, trug auch nicht so ein grässliches Klinikhemd, sondern ein T-Shirt, das sie schon mal in der Trainingshalle an ihm gesehen hatte. Harper verstand nicht, warum, aber dieses kleine Detail schnitt ihr ins Herz, Tränen stiegen ihr in die Augen. Aber Harper Dixon weinte nicht. Wozu auch? Tränen waren doch reine Energievergeudung. Es war besser, sie in Wut umzuwandeln, die erzeugte zumindest Kraft. Viel besser, als zu heulen, sich selbst zu bemitleiden und nur aufs nächste Unheil zu warten. Aber diese Situation hier machte sie fix und fertig. Mr P hatte so viel für sie getan. Und jetzt lag er wegen ihr im Krankenhaus. Sie wandte sich ab, wollte sich verdrücken, bevor er sie bemerkte …

»Harper?«

Zu spät. Langsam drehte sie sich um.

»Du wolltest doch wohl nicht etwa wieder verschwinden, oder?«, fragte er.

»Nee.« Sie desinfizierte sich ausgiebig die Hände an dem Spender am Eingang, um sich einen Moment fassen zu können. »Der alte Mann soll ja nicht kränker werden, als er schon ist, nicht wahr.«

Mr P grinste sie an, als sie auf ihn zukam. Er sah blass, aber nicht mal annähernd so schlimm aus, wie sie erwartet hatte.

»Hi, Mr P.«

»Hi, Harper. War mir nicht sicher, ob du kommen würdest. Hast meine Nachricht gar nicht beantwortet.«

Sie zuckte mit den Schultern.

»Wie geht's dir?«, fragte er.

Harper sah ihn an. »*Sie* fragen *mich*, wie's mir geht?«

Er schaute sich um. Alle Betten waren belegt, zwei waren von Vorhängen umgeben, die Patienten in den restlichen Betten schliefen oder trugen Kopfhörer. Als Mr P Harper wieder ansah, lief es ihr kalt den Rücken hinunter. *Er weiß Bescheid.*

»Sprich mit mir«, sagte er leise.

Sie schüttelte benommen den Kopf. Wie war er so schnell dahintergekommen?

»Ich habe niemandem etwas davon gesagt«, sprach er ruhig weiter. »Und das habe ich auch nicht vor. Aber ich muss erfahren, was sich da abgespielt hat. Ich weiß, dass du irgendwie darin verwickelt bist. Nicht absichtlich, vermute ich, aber der Typ, der mich attackiert hat, redete irgendwas von Schulden. Ich will nicht, dass du bei irgendwem in der Schuld stehst, Harper. Vor allem nicht bei solchen Leuten. Es ist jetzt höchste Zeit, mir alles zu erzählen.«

Harper wäre nur allzu gern weggelaufen, blieb aber sitzen. Wohin sollte sie denn auch flüchten?

»Es ist nicht so, wie Sie denken«, sagte sie schließlich.

Mr P schüttelte den Kopf. »Ich denke vorerst gar nichts. Setz dich. Und erzähl alles von Anfang an.«

Das tat Harper, und abgesehen von dem furchtbaren Schamgefühl, das sie dabei die ganze Zeit quälte, empfand sie hauptsächlich Erleichterung. Sie sah Mr P nicht an, während sie leise sprach, ließ aber nichts aus. Nicht einmal, als sie erklärte, wie sie Drogen an Leute verkauft hatte, die sie vom Sehen aus der Schule kannte. Und auch nicht, als sie berichtete, wie sie Max in der Nacht der Gala versteckt hatte, damit ihm nichts zustieß, aber keinen Gedanken an das Wohl anderer verschwendet hatte.

»Es ist alles meine Schuld«, schloss Harper. »Dass Sie verletzt wurden. Dass der Garten verwüstet ist. Ich bin schuld an allem, Mr P. Der Garten, den gibt's nicht mehr. Ist total zerstört. Kath meint …« Sie brach ab, erneut von Schuldgefühlen überwältigt.

»Kath meint was?«

»Sie will ihn wieder aufbauen«, antwortete Harper. »Hat mich angerufen und mich um Hilfe gebeten. Sagt, diese Typen tragen den Sieg davon, wenn wir das nicht machen. Dumme Kuh.«

»Hey«, ermahnte sie Mr P. »Was habe ich über Schimpfwörter gesagt?«

Harper zuckte mit den Schultern.

»Und? Wirst du ihr helfen?«

»Wozu denn? Dann machen die das doch nur noch mal.«

Mr P sah sie an, als würde ihm gerade etwas klar. »Harper, du weißt, dass Darren wieder im Gefängnis ist, oder?«

Harper blinzelte. »Was?«

»Er wurde mit vier anderen aus seiner Bande verhaftet. Alle fünf werden angeklagt. Er hat gegen seine Bewährungsauflagen verstoßen und ist deshalb wieder hinter Gittern. Wo er auch sehr lange bleiben wird, nehme ich mal an. Genauso wie die anderen vier.«

Harper schüttelte perplex den Kopf. »Nein, das … wusste ich nicht.«

Mr P lächelte sie an. »Na, jetzt weißt du's. Und damit gibt es auch keine Ausrede mehr, weshalb du Kath nicht beim Wiederaufbau des Gartens helfen kannst.«

Harper blieb stumm und starrte auf den kleinen Bildschirm am anderen des Raums, während sie diese Information verarbeitete. *Darren war weg.*

»Wie denkt Luisa darüber?«, fragte Mr P. Seine Stimme klang so seltsam, dass Harper ihn wieder ansah. Er schaute auf seine Hände. »Über den Wiederaufbau des Gartens, meine ich.«

»Das weiß ich nicht. Hab nichts von ihr gehört.« Harper beäugte Mr P forschend. »Aber Sie doch bestimmt, oder?«

Er lächelte matt. »Nein. Ist aber okay.«

»Was?«, sagte Harper aufgebracht. »Sie hat Sie nicht besucht? Kein einziges Mal?«

»Das erwarte ich auch nicht von ihr.«

»Aber …«

»Harper«, sagte Mr P mit dem warnenden Unterton, der ihr so vertraut war. »Sie hat viel zu verarbeiten.«

»Aber Sie sind beinahe gestorben!«

»Ja, aber …«, begann er, stockte dann. »Sei bitte nachsichtig mit ihr. Du kennst die Vorgeschichte nicht.«

»Kath hat gesagt, sie weiß nicht, ob Luisa jemals wieder nach Collaton kommt.«

Harper beobachtete Mr P, der jetzt wieder auf seine Hände blickte. Dann atmete er tief ein und nickte leicht. »Ja«, sagte er leise. »Hauptsache, es geht ihr gut.«

Eigentlich wollte Harper ihm sagen, es wäre besser für sie alle gewesen, wenn Luisa überhaupt nie in Collaton aufgetaucht wäre. Doch dann kam etwas ganz anderes heraus: »Sie lieben Luisa, oder?«

Mr P sah verblüfft aus.

»Ich hab Ihnen doch schon gesagt, dass das jeder sehen kann. Und bei der Gala …«

Er wandte den Blick ab.

»Bei der Gala ist es auch Joanna aufgefallen.«

Mr P lächelte, sah dabei aber traurig aus. »Ich kenne Luisa doch gar nicht richtig, Harper«, erwiderte er. »Aber … wären die Umstände anders gewesen, hätte ich vielleicht gern die Chance gehabt, das zu ändern.«

Harper schluckte heftig, was jedoch nichts brachte, ihr stiegen unweigerlich Tränen in die Augen. »Tut mir leid«, flüsterte sie.

Mr P seufzte. »Harper, du bist für nichts von alldem verantwortlich. Dich trifft nicht die geringste Schuld. *Mir* tut es furchtbar leid, dass ich nicht gemerkt habe, was da vor sich geht. *Mir* tut es leid, dass du nicht das Gefühl hattest, mich um Hilfe bitten zu können. Denn das hättest du gebraucht – Hilfe. Ich habe immer behauptet, dir helfen zu wollen, und habe versagt. Es tut mir wirklich leid.«

Harper starrte ihn fassungslos an. »Aber, Mr P, ich bin doch diejenige, die …«

»Nein«, unterbrach er sie entschieden. »Hör sofort auf, das zu denken, das vergiftet dein Leben. Darren war für all das verantwortlich. Einzig und allein Darren. Du hast nur versucht, deinen Bruder zu schützen, zu überleben.«

Harper wandte den Blick ab. »Aber was nützt mir das? Wenn die Polizei davon erfährt, bin ich geliefert. Und das habe ich auch verdient.«

»Es gibt keinen Grund, warum die Polizei davon erfahren sollte. Ich werde ganz sicher nichts sagen.«

Das Mädchen zuckte mit den Schultern. »Aber Darren bestimmt. Der wird mich mit reinziehen, um sich zu rächen.«

»Nein, ich glaube nicht, dass er das tun wird. Damit würde er sich selbst belasten. Du bist schließlich minderjährig, und der hat schon genug am Hals, will sich bestimmt nicht noch mehr Probleme schaffen. Ich denke, niemand außer uns wird davon erfahren. Und falls doch, bin ich an deiner Seite, um für dich zu kämpfen. Du warst bei dem Angriff auf den Garten und mich nicht dabei, Harper, und sollte das Vergeltung gewesen sein, weil du Darrens Befehle nicht befolgt hast, spricht das für dich. Ich werde nicht zulassen, dass dieses Vorkommnis dich zerstört. Das wird nicht passieren, dafür werde ich sorgen.«

Harper wischte sich die Tränen vom Gesicht. »Aber schauen Sie doch nur, was passiert ist: Sie landen im Krankenhaus mit einem Loch in der Brust, der Garten ist verwüstet …«

Im selben Moment erschien eine Krankenschwester in der Tür und erklärte, die Besuchszeit sei gleich vorbei.

»Du wirst mithelfen, oder?«, fragte Mr P, als Harper sich zum Gehen wandte. »Beim Wiederaufbau des Gartens?«

Sie sah Mr P an und sprach nicht aus, was sie hatte sagen wollen. Er war am Leben. Hatte ihr noch von seinem Krankenhausbett aus geholfen, wieder einmal, obwohl er wegen ihr hier gelandet war. Das war die Wahrheit, das wusste sie, was Mr P auch einzuwenden hatte.

»Du trägst an alldem keine Schuld, Harper«, betonte er noch einmal, als hätte er ihre Gedanken erraten. »Aber wenn du dich daran beteiligen könntest, den Garten wiederaufzubauen, wäre das gut. Großartig sogar. Meinst du nicht auch?«

48

Luisa war seit Tagen erschöpft, hatte keinerlei Antrieb. Es gab so vieles, was sie für die nahende Hochzeit von Joanna und Neil noch hätte tun müssen. Außerdem brauchte sie eine neue Wohnung und einen neuen Job. Aber alles überforderte sie. Sie lag ständig im Bett, schlief stundenlang, verkroch sich vor der Welt. Mehrmals sprach sie mit einer Psychotherapeutin, die Videositzungen anbot. Das half, aber Luisa machte nur langsam Fortschritte, was sie immens frustrierte.

»Ich selbst bin doch gar nicht verletzt worden«, wiederholte sie immer wieder. »Mir geht es gut. Cas geht es gut, er wird sich auf jeden Fall erholen. Warum kann ich nicht davon ablassen? Das ist doch lächerlich!«

Die Therapeutin antwortete ruhig, dass sie traumatisiert sei und Geduld mit sich haben solle, aber das gelang Luisa einfach nicht.

Nach zwei Wochen schrieb Kath keine Nachrichten mehr. Ihr war wohl klar geworden, dass Luisa nicht antworten würde. Tatsächlich löschte sie die Nachrichten inzwischen, ohne sie gelesen zu haben. Auch Owen versuchte, Luisa zu erreichen, und sie bekam eine SMS, die sie nicht zuordnen konnte: *Wenn ich irgendetwas für Sie tun kann, Luisa, wenn Sie irgendetwas brauchen, bitte geben Sie mir Bescheid. CP*

Erst nach einiger Zeit wurde Luisa klar, dass es sich dabei um die Initialen von Lady Caroline Percivant handelte, die ihre Nummer vermutlich von Owen bekommen hatte.

Sie antwortete niemandem.

Jo kümmerte sich trotz ihres vollen Terminplans und der nahenden Hochzeit liebevoll um ihre Schwester.

»Ich brauche ein neues Kleid für die Hochzeit«, sagte Luisa eines Tages. »Tut mir leid. Ich werde es natürlich bezahlen, das …«

Jo umarmte sie. »Mach dir darüber jetzt keine Gedanken. Das kriegen wir alles hin.«

In diesen Tagen gab es viele Dinge, über die sich Luisa keine Gedanken machen wollte. Die meisten kreisten um Cas. Cas, der sich so leidenschaftlich dafür engagierte, das Leben seiner Schützlinge zu verbessern, ihnen Chancen zu verschaffen. Cas, der in jener Nacht mit erhobenen Händen in dieses Inferno hineingelaufen war, um das Gespräch zu suchen. Cas, der sie erst mit stummem Begehren und dann mit Angst im Blick angesehen hatte – Angst um sie, nicht um sich selbst. Cas, der unter ihren Händen in jener Nacht fast gestorben wäre.

Auch an den verwüsteten Garten versuchte Luisa nicht zu denken, den Garten, der mit so vieler Hände Arbeit liebevoll gestaltet worden war. Nachts träumte sie davon, wie er jetzt wohl aussah, träumte von Glasscherben, verkohltem Holz, zerfetzten Pflanzen. *Nur wer noch nie den Verlust eines geliebten Menschen durchlitten hat, kann behaupten, es sei besser, als nie geliebt zu haben,* dachte Luisa. Das Risiko von solchem Schmerz sollte man nicht eingehen. Die Welt war ein grausamer Ort, aber was nicht vorhanden war, konnte auch nicht zerstört werden. Wie dumm von ihr, dass sie das erneut vergessen hatte.

»Luisa?«, rief Jo drei Wochen nach der Gala die Treppe hinauf. »Komm mal runter, du musst dir hier was ansehen.«

»Bin beschäftigt«, rief Luisa zurück. Sie las gerade einen von Giles Blunts *Cardinal*-Krimis. Die Trauer des Detective um seine verlorene Frau tröstete Luisa auf eine ihr selbst unbegreifliche Weise. »Geht's auch später?«

»Nein!«, schrie Jo. »Ganz schnell, sonst verpasst du's!«

Als Luisa ins Wohnzimmer gerannt kam, saß Jo auf dem Sofa und deutete auf den Fernseher.

»Da«, sagte sie. »Die Lokalnachrichten. Da ist *Harper*!«

Luisa blinzelte verblüfft. Jo hatte recht, auch wenn Luisa die junge Frau mit den kurzen dunklen Haaren und dem entschlossenen Blick nicht auf den ersten Blick erkannt hätte. Doch unten im Bild stand groß und deutlich:

HARPER DIXON, Schülerin und Gartenhelferin in Collaton

»In welchem Zustand befindet sich der Gemeinschaftsgarten von Collaton nach diesem Überfall?«, fragte der Reporter.

In Harpers Augen loderte Zorn auf. »Der Gemeinschaftsgarten ist vollständig zerstört worden. Das Gelände ist fast in noch schlimmerem Zustand als zuvor.«

»Sie wollen einen Neuanfang machen, sagen Sie. Glauben Sie, dass ein solches Projekt gelingen kann?«

Luisa beobachtete staunend, wie Harper die Arme vor der Brust verschränkte und trotzig das Kinn vorreckte. »Ja«, sagte sie klar und entschieden. »Es lohnt sich in jedem Fall. Denn wenn wir jetzt aufgeben, werden die Personen, die den Garten vernichtet haben, den Sieg davontragen. Aber dazu wird es nicht kommen. Das werden *wir* nicht zulassen.«

Lauter Jubel war zu hören, und die Kamera richtete sich auf eine Menschenmenge hinter Harper. Luisa erkannte viele von den Leuten, die in den vergangenen Monaten zu Freunden geworden waren, darunter Mo, Siddig und Sally. Und auch Kath und Arthur Larkspur, Hand in Hand.

Der Reporter wandte sich zur Kamera: »Ein wundervolles Beispiel für Courage und Engagement von den Bürgerinnen und Bürgern der kleinen Küstenstadt Collaton. Casimir Pattanyús, ein Lehrer der hiesigen Oberschule, wurde bei dem Überfall schwer verletzt und befindet sich derzeit noch im Krankenhaus. Sollten Sie sachdienliche Informationen zu der Gewalttat haben, wenden Sie sich bitte an die Polizei.«

Jo stellte den Ton ab, als der nächste Beitrag begann, aber Luisa starrte weiterhin reglos auf den Monitor.

»Alles okay?«, fragte Jo.

Luisa schluckte. Die Kehle war ihr eng geworden, und ihr Herz schlug schneller.

»Ich habe nicht den ganzen Bericht gesehen«, sagte Jo. »Vorher wurde wohl der Garten gezeigt. Aber sie scheinen ihn wirklich wieder zum Leben erwecken zu wollen.«

Luisa räusperte sich. »Tja. Schön für sie.« Und damit wendete sie sich ab.

»Luisa«, sagte Jo leise. »Ich finde, du solltest dabei sein.«

Ihre Schwester schüttelte den Kopf. »Die brauchen mich nicht. Sie kommen ohne mich zurecht.«

»Vielleicht«, erwiderte Jo ruhig. »Aber ich glaube, dass *du* diese Menschen brauchst. Wäre es nicht gut, mit ihnen gemeinsam den Garten wiederzubeleben? Anstatt ihn in verwüstetem Zustand in Erinnerung zu behalten?«

49

An einem warmen Hochsommertag voller Blütendüfte brach Luisa auf. Die Wiesen und sanft geschwungenen Berge zu ihrer Linken leuchteten in lebhaften Grüntönen. Goldenes Licht schimmerte auf den Gräsern, die im Wind wogten wie ein Spiegelbild der Wellen des Ozeans zu ihrer Rechten. Die Sonne glitzerte silbrig auf dem Wasser. Luisa öffnete das Fenster und atmete in tiefen Zügen die herrliche frische Meeresluft ein, um ihre Nerven zu beruhigen, während der Land Rover gen Collaton rollte.

Luisa beugte sich vor und schaltete den betagten CD-Player ein, worauf die kehlige Stimme von Bon Jovi erklang. Einen Moment lag zögerte Luisa, den Finger über der Taste. Erinnerungen brachen über sie herein, an jenen Tag, als Cas und sie gemeinsam das Gewächshaus aufgebaut hatten. Dieser Tag war so entspannt gewesen, so freudig und leicht. Sie dachte daran, wie sie an der Irischen See – an der sie gerade entlangfuhr – Fish and Chips gegessen hatten und wie fröhlich Cas gewesen war. Und wie sein Blick auf ihr geruht hatte.

Luisa drückte rasch die Eject-Taste. Sie wünschte sich inständig, ihre Erinnerungen bei jenem Tag anhalten zu können. Oder bei der Gala. Oder bei dem Moment, als Cas und sie sich im Mondlicht angesehen hatten, überwältigt von der Erkenntnis, was sie füreinander empfanden. Doch stattdessen lief der Film weiter, in ihrem Kopf breitete sich das Inferno aus, sie sah Cas blutend auf dem …

Luisa griff blindlings nach einer anderen CD und steckte sie in das Gerät. Synthesizer-Klänge erfüllten das Auto, und Kate Bush sang darüber, einen Deal mit Gott eingehen zu wollen.

Hab ich schon mal versucht, dachte Luisa. *Hat auch nichts gebracht.*

Als sie Collaton erreichte und sich dem Platz näherte, bereitete sie sich innerlich auf das Schlimmste vor. Bei der Vorstellung, dass auf der Asphaltfläche noch Blut von Cas zu sehen sein könnte, packte sie das Grauen.

Auf dem Parkplatz blieb sie einen Moment still im Auto sitzen, die Hände am Lenkrad. Jo hatte angeboten mitzukommen, aber Luisa hatte allein fahren wollen. Jetzt, als sie das Skelett des einstigen Gewächshauses sah, hätte sie ihre Schwester allerdings gerne bei sich gehabt. Es gab keine Farben mehr auf dem Gelände, kein helles Grün von sprießenden Gewächsen und jungen Bäumen, keine leuchtenden Farben von blühenden Wicken am Zaun. Alles war welk, braun oder schwarz, leblos, ein Anblick der Zerstörung. Luisa wurde flau im Magen. Sie wollte nicht aussteigen und erwog einen Moment lang, den Motor wieder zu starten und zurückzufahren.

»Los, MacGregor«, murmelte sie dann. »Nicht schwächeln.«

Sie gab sich einen Ruck, stieg aus und ging zum Tor, zog dabei ihren Schlüssel aus der Tasche. Beim Aufschließen warf sie einen schnellen Blick zu der Asphaltfläche hinüber und hielt inne. Sie hatte erwartet, dass sie mit Glassplittern und verkohlten Überresten des Schuppens übersät wäre. Doch die Fläche sah sauber aus, als hätte jemand sie gekehrt. Luisa öffnete das Tor und betrat den Garten.

Tiefe Reifenspuren in der aufgewühlten Erde und die zerstörten Pflanzen kündeten noch von der Brutalität des Überfalls. Der Ziegelweg war erhalten geblieben, führte aber ins Nichts. Kein einziges Gewächs schien den Angriff überlebt zu haben, auch nicht die jungen Obstbäume, deren Stämme zersplittert waren. Seit dieser Nacht hatte es nicht geregnet, alles wirkte so verdorrt und tot wie in einer Wüste. Und in der Luft lag noch immer ein beißender Geruch nach Feuer und Benzin.

Doch es gab auch kleine Lichtblicke. Neben den Haufen aus Blättern und Knollen, Ästen und zerdrückten Blumen waren Pfade freigelegt worden, und jemand hatte begonnen, die Rankhilfen wieder aufzurichten und von abgestorbenem Laub zu befreien.

Als Luisa sich schließlich auf die Asphaltfläche wagte, schlug ihr das Herz bis zum Hals. Sie sagte sich, dass sie die physischen Spuren ebenso akzeptieren musste wie die emotionalen Verletzungen, die dieses entsetzliche Ereignis hinterlassen hatte. Vorsichtig näherte sie sich der Stelle, an der jedoch nichts mehr darauf hinwies, wo Cas gelegen hatte, wo sie neben ihm gekniet und auf seine blutende Brust gedrückt hatte.

»Wir haben uns viel Mühe gegeben, alles zu entfernen«, war plötzlich eine Stimme zu hören.

Luisa fuhr herum. »Kath!«

Die Freundin umarmte sie herzlich. »Luisa. Wie schön, dich wiederzusehen. Ich war mir nicht sicher, ob du noch einmal herkommen würdest.«

»Ich auch nicht«, gestand Luisa, als sie sich lösten. »Aber ich musste es mir zumindest anschauen.«

Kath sah sie eindringlich an und nickte. »Komm, ich zeig dir, womit wir angefangen haben.«

Langsam gingen sie durch den Garten, während Kath berichtete, was erhalten geblieben war (nicht viel) und was gemacht werden musste (fast alles).

»Die haben Benzin oder irgendwas in den Teich geschüttet«, sagte Kath. »Zum Glück hatten wir die Fische noch nicht reingesetzt. Man muss auch für die kleinen Gnaden dankbar sein.«

Luisa blieb am Rand des Gedenkgartens stehen, der ihrer Freundin so viel bedeutet hatte. Der Hügel aus Feldsteinen war in den Teich gestürzt, auf dessen Wasser eine Ölschicht schwamm. Die Bank, die Arthur so liebevoll angefertigt hatte, war bis zur Unkenntlichkeit verkohlt.

»Es tut mir so leid, Kath«, sagte Luisa. »Wie kommt Arthur zurecht?«

»Ist fuchsteufelswild«, antwortete Kath. »Sagt, er will alles ersetzen, sobald er wieder einen Arbeitsplatz hat. ›Diesen Dreckskerlen überlassen wir nicht das letzte Wort‹, hat er gesagt. Und er entwickelt schon Ideen für neue Bänke.«

Luisa lächelte matt. »Das ist ja lieb von ihm.«

»Und Harper kümmert sich um den Teich«, fügte Kath hinzu.

Luisa sah sie überrascht an. »Harper?«

»Kein Grund, so erstaunt zu sein«, ertönte eine Stimme hinter ihnen. »Ich hab eine Unmenge Sporen vom Blauen Austernseitling bestellt und über eBay ein paar Jutesäcke ergattert. Die Tischlerei spendet uns das Sägemehl.«

Harper stand ein paar Schritte entfernt, wie üblich mit vor der Brust verschränkten Armen.

»Super«, sagte Luisa mit einem kleinen Lächeln. »Erstattest du mir dann Bericht über die Fortschritte?«

Das Mädchen verengte die Augen. »Wieso, willst du jetzt wieder abhauen? Du bist doch gerade erst angekommen. Willst du uns nicht mal helfen?«

»Die anderen packen doch mit an«, sagte Luisa. »Kath und Arthur und alle.«

»Ja, und zu dieser Gemeinschaft gehörst *du* auch«, erwiderte Harper aufgebracht. »Seit *du* dieses Projekt hier begonnen hast. Und jetzt lässt *du* uns im Stich, mitten in einer Notlage?«

»Harper …«, begann Kath, aber das Mädchen war nicht zu bremsen.

»Mr P hat gesagt, ich soll dich schonen«, sagte Harper wütend. »Aber es regt mich total auf, dass du ihn kein einziges Mal im Krankenhaus besucht hast. Ich will genauso wenig hier sein wie du, aber ich habe Mr P versprochen zu helfen. Genau wie er hier war, als du Hilfe gebraucht hast. *Wir alle* sind nur wegen dir hier. Da ist es ja wohl das Mindeste, dass du mit anpackst.«

Luisa schüttelte den Kopf. »Harper, ich kann nicht …«

»Du kannst was nicht?« Harper riss eine Harke aus der Erde und hielt sie Luisa auffordernd hin. »Du kannst nicht mal *eine Stunde* Zeit erübrigen, oder was?«

Die beiden starrten sich einen Moment lang an. Dann ergriff Luisa die Harke. Harper wandte sich ab und stapfte erbost davon.

»Tut mir leid«, sagte Kath. »Harper hat noch nicht verkraftet, was passiert ist. Aber sie schuftet jedes Mal wie eine Wilde, wenn sie hier ist.«

Kath streckte die Hand nach der Harke aus, aber Luisa hielt sie fest.

»Sie hat recht. Ich habe nichts anderes vor und sollte mit anpacken«, sagte Luisa.

Allein die Aufräumarbeiten würden ein langwieriger und mühsamer Prozess sein, jeder einzelne Quadratmeter Erde musste gesäubert werden. Luisa krempelte die Ärmel hoch und machte sich ans Werk. Und sie blieb nicht allein. Im Lauf der nächsten Stunden trafen mehr und mehr Leute ein. Jedes Mal, wenn Luisa aufblickte, sah sie eine neue Person, die sich erkundigte, was sie tun könne. Die meisten dieser Menschen hatte sie noch nie gesehen. Waren sie davor schon einmal hier gewesen?

Auch Arthur und Mo tauchten auf, mit einem Tablett voller Muffins für die Freiwilligen.

»Ich habe Mo gebeten, eine Kampagne zu starten«, erklärte Arthur, nachdem er und Luisa sich umarmt hatten. »Siddig und er haben ein Video gepostet und zur Unterstützung aufgerufen. Scheint geklappt zu haben.«

»Und ob«, bestätigte Mo fröhlich grinsend. »Wir gehen total viral! Schon zehntausend Klicks, und dabei haben wir's gestern erst reingestellt!«

Stolz zeigte der Junge Luisa das Video auf seinem Handy. Er hatte eine Vorher-Nachher-Montage gemacht. Seine kleine Schwester war zu sehen, wie sie an Ostern eine Kartoffel pflanzte und später weinend vor den verwüsteten Gemüsebeeten stand. Das Video endete triumphal mit den Freiwilligen, die sich an die Arbeit machten, um den Garten wiederaufzubauen. Dabei war der Song »What About Us« von Pink zu hören, und es gab Hashtags: #zerstörungbeenden, #gemeinschaftgegenkriminalität, #wirschaffendas und #MrPMatters.

Luisa war beeindruckt von Mos Gespür für filmischen Ausdruck und fand es fantastisch, dass er damit auch noch Unterstützung für den Gartenaufbau aktivierte.

Die Freiwilligen schufteten, bis der Sommerabend zur Neige ging. Auch Luisa, die nur eine Stunde hatte bleiben wollen, hielt durch, bis das Zwielicht begann. Dann stützte sie sich auf die Harke und blickte an sich herunter. Schmutzig war sie und müde, fühlte sich aber besser.

»Vielen Dank, dass du hier gewesen bist«, sagte Kath, während sie das Gartentor abschlossen, und umarmte Luisa.

»Ich komme morgen wieder«, sagte sie. »Wir sollten uns gemeinsam die Finanzen ansehen und schauen, wie viel noch übrig ist.«

Kath ergriff Luisas Hände und drückte sie fest. »Ja, Liebes. Genau das machen wir.«

50

Zwei Tage später brach Harper frühmorgens zum Garten auf. Es waren noch Sommerferien, und sie hatte ohnehin nichts anderes zu tun. Manchmal dachte sie darüber nach, ob sie Carl alle Hintergründe erklären und fragen sollte, ob er sie vielleicht wieder in der Werkstatt aufnehmen würde. Aber wenn er nicht so verständnisvoll war wie Mr P? Das wollte sie lieber nicht riskieren.

Als Harper durch das offene Tor in den Garten trat, spürte sie wieder, wie richtig es sich anfühlte, hier zu sein, an diesem Ort, den sie anfänglich abgelehnt hatte. Nur hier verflüchtigten sich ihre Ängste und Sorgen, und sie hatte das Gefühl, ihren Platz in der Welt gefunden zu haben. Hier und in Max' Gartenbus, der aber noch immer ein Geheimnis war. Außerdem wurde sie von Kath und den Clubkids gebraucht. Mo und sie waren die Ältesten in der Gruppe, und beide merkten, dass sich die Jüngeren während Mr Ps Abwesenheit nach ihrer Zuwendung sehnten. Und weil es ohne Mr P keinen Boxclub gab, kamen die Kids allesamt in den Garten, wo sie von Kath und Arthur nicht nur mit offenen Armen, sondern auch mit einer stets gut gefüllten Keksdose und einem Sortiment Gartenwerkzeug empfangen wurden.

»Morgen!«, hörte Harper Kath fröhlich rufen, die sich gerade vom Boxclub mit zwei dampfenden Kaffeebechern näherte. »Bitte schön«, sagte die ältere Frau, als sie bei Harper eintraf, und reichte ihr einen Kaffee.

»Danke.« Harper nahm den Becher in Empfang. Kath und sie kannten sich inzwischen so gut, dass sie schon voneinander wussten, auf welche Art sie ihren Kaffee bevorzugten.

»Wichtiger Tag heute, wie?«, sagte Kath, als sie einen Moment gemeinsam über das Gelände schauten.

Harper zuckte mit den Schultern. »Ja, wohl schon.«

Kath drückte ihr leicht den Arm. »Das wird toll. Ach, und Luisa hat gerade angerufen, ich soll dir ausrichten, dass ein Fernsehteam von den BBC-Nachrichten dabei sein wird. Keine Sorge«, fügte sie angesichts Harpers entsetzter Miene hinzu, »es geht um die Publicity. Wir brauchen dringend Geld, uns gehen die Mittel aus.«

Harper verstand nicht, weshalb Owen Lawrence ihnen nicht finanziell unter die Arme griff, der Mann schien doch Geld wie Heu zu haben. Nach ihrer Aussprache mit Mr P hatte Harper zweimal mit Lawrence telefoniert: Er wollte ihr das Ingenieurstudium finanzieren, wenn sie nach ihrem Abschluss für zwei Jahre in seinem Unternehmen arbeitete. Es ging ihm dabei um die Wassergewinnungsanlage, die er bei einem seiner Bauprojekte zum Einsatz bringen wollte.

Harper hatte zugehört, weil sie keine andere Chance für ein Studium hatte, nach allem, was passiert war. Aber so vieles war inzwischen anders geworden. Ihr ganzes Leben lang hatte Harper sich danach gesehnt, Collaton zu verlassen, doch seit dem Überfall hatte sich das geändert. Mit so vielen Menschen, die sie vorher nicht gekannt hatte, den Garten wieder zum Leben zu erwecken, hatte sie mit ihrem Heimatort versöhnt. Und die Idee für die Wasserreinigung hatte sie schließlich auch hier entwickelt. Deshalb sollte sie auch in Collaton als Erstes zum Einsatz kommen.

»Luisa und das Fernsehteam sind jedenfalls jetzt auf dem Weg hierher«, fuhr Kath fort.

»Okay.« Harper holte tief Luft und warf einen Blick auf den kleinen behelfsmäßigen Schuppen, den sie in der letzten Woche aufgebaut hatten. In ihm waren die Myzelien gelagert, die in dem verunreinigten Teich als Filter zum Einsatz kommen sollten. Harper hatte sie gestern überprüft und sich mit dem Mykologen, der sie beraten hatte, per Zoom darüber ausgetauscht. Gemeinsam waren sie zu dem Schluss gekommen, dass sie bereit zum Einsatz seien.

»Ich geh besser noch mal schauen, ob nicht über Nacht Pilze daraus geworden sind, ja?«, sagte Harper zu Kath.

Einige Stunden später ließ Harper die mit Pilzsporen gefüllten Jutesäcke in den Teich gleiten. Dabei wurde sie von den Kameraleuten des BBC-Teams gefilmt und gespannt beobachtet von neugierigen Zuschauern. Zahlreiche Kinder waren mit ihren Eltern gekommen, um die Dreharbeiten mitzuerleben. Als Nächstes deckten Luisa und Harper den Teich mit schweren schwarzen Holzbrettern ab, damit die Säcke unter Wasser blieben und die Myzelien sich vor Licht geschützt an die Arbeit machen konnten.

»Und so«, sagte der Reporter in die Kamera, »hofft man, mit einer ganz simplen biologischen Methode einen Teil der schrecklichen Zerstörung beheben zu können, die diesem Gemeinschaftsgarten angetan wurde.«

Während des folgenden Interviews mit dem Reporter versuchte Harper angestrengt, sich nicht durch das große schwarze Auge der Kamera verunsichern zu lassen. Aber es gelang ihr, ohne Stocken zu erklären, warum sie das Gartenprojekt für enorm wichtig hielt und wie sie auf die Idee für die Teichreinigung mittels Pilzen gekommen war.

Nach dem Dreh stand der Reporter mit Luisa zusammen und ließ den Blick über das inzwischen weitgehend bereinigte, aber immer noch kahle Gelände schweifen. »Ich bewundere, was hier geleistet wurde«, hörte Harper ihn sagen, »aber es ist schon spät im Jahr. Bis zum Herbst werden Sie den Garten sicher nicht mehr in seinen ursprünglichen Zustand versetzen können, oder?«

»Vermutlich nicht«, räumte Luisa ein. »Aber versuchen können wir es dennoch.«

»Glauben Sie, dass Sie auch weiterhin auf Unterstützung von Freiwilligen setzen können, falls Ergebnisse ausbleiben?«, hakte der Mann weiter nach.

»Das könnte schwierig werden. Aber wir hoffen es, ja«, antwortete Luisa.

Das Gespräch beschäftigte Harper noch, als der lange Tag schließlich zur Neige ging.

Als sie nach Hause kam, erschien kurz darauf auch Max zum Abendessen. Sie hatten begonnen, nach und nach zu ihren vertrauten Gewohnheiten zurückzukehren. Über die schlimme Nacht hatten sie nicht viel geredet, Max war schlau und konnte die Hintergründe sicher erahnen. Falls nötig, konnten sie das irgendwann nachholen. Jetzt wollte Harper erst einmal über etwas anderes sprechen, denn ihr war klar geworden, dass Max möglicherweise den Schlüssel für die Lösung mehrerer Probleme in den Händen hielt.

»Wie läuft's im Gartenbus?«, erkundigte sie sich, als Max zu essen begann. »Was machen deine Pflanzen?«

Er verzog das Gesicht. »Sind okay.«

»Wie, nur okay? Wieso?«

»Sind alle zu groß geworden«, lautete die Antwort.

Harper nickte und legte eine Gesprächspause ein. Die nächste Frage war sehr heikel.

»Du hast mitbekommen, was mit dem Gemeinschaftsgarten am Platz passiert ist, oder?«, sagte sie schließlich. »Wir versuchen, ihn wiederherzustellen, aber heute hat jemand gesagt, es sei viel zu spät im Jahr dafür.«

»Stimmt auch«, sagte Max. »Die Pflanzen können nicht mehr schnell genug wachsen, bis es kühler wird.«

Harper nickte. »Das ist so ein Jammer. Die ganze Arbeit, die alle investiert haben, und dann – bumm, auf einen Schlag alles kaputt.«

Max zuckte mit den Schultern. »Man kann schon Blumenzwiebeln setzen«, sagte er. »Für nächstes Jahr. So was wie die Tulpenzwiebeln, die du mir geschenkt hast.«

»Stimmt«, pflichtete Harper ihm bei, immer noch vorsichtig. »Aber weißt du, ich hatte überlegt, ob du nicht vielleicht ein paar deiner Pflanzen aus dem Bus an den Garten abgeben möchtest? Also so was wie ... eine Art Spende?«

Ihr Bruder erstarrte, die Gabel auf halbem Wege zum Mund.

»Natürlich nur solche, für die du sowieso keinen Platz mehr hast«, fügte Harper schnell hinzu. »Die eingehen würden, weil sie nicht mehr genug Licht oder Raum haben. Aber wenn du entscheidest, dass du das nicht machen möchtest, ist das völlig in Ordnung, dann werde ich das nie mehr erwähnen, okay? Ich hab mir nur gedacht, dass das für alle Vorteile hätte. Du könntest deine Schützlinge am Leben erhalten, und der Garten würde noch in diesem Jahr ein paar ausgewachsene Pflanzen bekommen. Was meinst du?«

Max blieb für eine Minute vollkommen reglos. Harper war unsicher, ob er angestrengt nachdachte oder ob sie gerade eine neue Form von Rückzug erlebte. Wie lange würde er jetzt so bleiben? Sie machte sich Vorwürfe, dass sie überhaupt mit dem Thema angefangen hatte. Was spielte es denn für eine Rolle, wie der Garten dieses Jahr aussah? Im nächsten könnte man …

»Okay«, sagte Max, ohne aufzuschauen.

Harper strahlte, endlos erleichtert. »Ach, wie wunderbar, Max! Könnte Luisa sich vielleicht dann auch mal den Bus anschauen?»

Max runzelte die Stirn, den Blick noch immer auf den Teller gerichtet. »Warum?«

»Es wäre dann einfacher für mich, ihr alles zu erklären«, antwortete Harper. »Und wir brauchen Hilfe, um die Pflanzen zu transportieren, das schaffen wir nicht allein. Luisa ist ein toller Mensch, wirklich. Wenn irgendjemand von dem Bus erfahren darf, dann sie. Und Kath kann ich auch nicht auf einen Schrottplatz einladen.«

Max versank erneut in Schweigen. Schließlich sagte er: »Okay. Aber es ist weiterhin mein Bus.«

Harper nickte. »Na klar. Ich sag ihr das. Dann bitte ich sie, gleich morgen Vormittag herzukommen, ja?«

51

Weshalb Harper sie zu sich nach Hause einlud, war Luisa etwas rätselhaft. Als sie in die Straße einbog, lehnte das Mädchen bereits an der Gartenmauer vor einem der Häuser. Neben ihr stand ein kleiner Junge. *Das muss Max sein,* dachte Luisa, als sie den Wagen parkte. Sie hatte Harpers Bruder noch nie gesehen, aber die Ähnlichkeit zwischen den Geschwistern war nicht zu übersehen.

»Hi«, begrüßte sie die beiden. »Alles okay?«

»Alles gut«, antwortete Harper und schaute auf ihren Bruder hinunter. »Das ist Luisa. Bist du immer noch entschieden?«

Der Junge nickte stumm.

»Das ist mein Bruder Max. Er möchte dir etwas zeigen.«

Zu Luisas Erstaunen gingen sie nicht ins Haus, sondern der Junge flitzte die Straße entlang bis zum Ende der Häuserzeile, bog in einen schmalen Weg ein und war im Nu verschwunden.

»Hier entlang«, sagte Harper. »Gib auf deine Füße acht. Und wahrscheinlich hätte ich dich auch bitten sollen, einen Schutzhelm mitzubringen.«

»Was? Wieso?«, fragte Luisa verblüfft.

»Wirst du gleich sehen.«

Harper marschierte voraus, und Luisa folgte ihr, wobei sie Brombeerranken ausweichen und darauf achten musste, nicht über den Müll auf dem Weg zu stolpern. Schließlich blieb Harper stehen und schob ein rostiges Blechstück zur Seite, hinter dem sich ein Loch in dem alten Holzzaun am Schrottplatz verbarg.

»Was, hier rein?«, fragte Luisa und beäugte skeptisch die Öffnung.

Das Mädchen zuckte mit den Schultern, ein kühnes Funkeln in den Augen. »Ja, wenn du sehen möchtest, was Max dir zu zeigen hat, dann da rein. Es lohnt sich, das kann ich dir versprechen.«

Sie schlängelte sich durch das Loch. Luisa tat es ihr gleich, dankbar, dass sie alte Gartenkleidung trug. Auf der anderen Seite angekommen, folgte sie Harper durch eine schmale Gasse zwischen meterhohen Schrottbergen und wollte schon erleichtert aufatmen, als das Ende erreicht war. Doch dann kroch Harper in einen noch größeren Metallberg hinein.

»Harper!«, rief Luisa und spähte beklommen in den Tunnel, an dessen Ende Licht zu sehen war. »Muss ich hier wirklich rein?«

Keine Antwort. Auf dem Schrottplatz herrschte eine unheimliche Stille. Luisa fasste sich ein Herz und krabbelte in den Tunnel, wobei sie versuchte, den Gedanken an die Tonnen von Metall über ihr zu verdrängen. Als sie am anderen Ende herauskam, verharrte sie einen Moment lang auf allen vieren, zu verblüfft, um zu reagieren.

»Was …?«, stammelte sie schließlich.

Harper streckte die Hand aus, um Luisa aufzuhelfen. »Willkommen in Max Dixons Dschungel von Collaton«, sagte das Mädchen mit verschmitztem Grinsen.

Es war ein *Bus*, stellte Luisa staunend fest. Auf der Treppe nach oben leuchtete helles Morgenlicht, aber auf dem Unterdeck war es schummrig und roch intensiv nach feuchter Erde. Luisa richtete sich vorsichtig auf, bemüht, nicht an die üppig wuchernden Pflanzen zu stoßen, die überall herumstanden. In einer alten Spüle rankten Kletterbohnen, gierig nach jedem Lichtstrahl, an einem Gitter aus rostigen Autoteilen empor. Eiscremebehälter mit frischen grünen Zucchinipflanzen und Friséesalat standen auf den Trittbrettern am Einstieg. Wohin Luisa auch blickte, es gab nicht eine einzige Stelle, an der nicht ein Gewirr aus Ranken, Stängeln und Blättern zu sehen war, und alle Gewächse reckten und wanden sich den Fenstern entgegen, um ein bisschen Licht zu ergattern.

Von oben war plötzlich ein Geräusch zu vernehmen, das sich nach leichtem Regen anhörte.

Harper lachte vergnügt angesichts von Luisas Staunen und sagte: »Komm. Du hast noch nicht mal die Hälfte gesehen.« Sie wandte sich zur Treppe, aber Luisa blieb wie angewurzelt stehen, weil ihr im einstigen Gepäckfach ein großblättriges Gewächs auffiel. »Ist das hier etwa ein *Kürbis*?«

»Ja«, war von oben zu hören. Max starrte mit besorgter Miene zu ihr herunter. »Aber er bekommt nicht genug Licht.«

»Hast du das alles angelegt, Max?«, fragte Luisa fassungslos, aber der Junge war schon wieder verschwunden.

Harper trat beiseite und nickte Luisa zu, damit sie vorausging. Als sie oben ankam, kannte ihr Staunen keine Grenzen mehr. Das Oberdeck war von Tageslicht durchflutet, gefiltert durch Tausende hellgrüne Blätter. Zwischen leuchtend bunten duftenden Blüten schwirrten summende Bienen und Schmetterlinge umher. An den Haltestangen rankten blühende Wicken empor und bildeten in ihrem Eifer unter der Decke ein natürliches Gewölbe, für das manch einer vermutlich ein kleines Vermögen bezahlt hätte. Zwischen den orangeroten kelchförmigen Blüten von Kapuzinerkresse leuchteten himmelblaue Vergissmeinnicht und violette Kapmargeriten. Leuchtend gelbe und blassrosa Stockrosen mit ihren gerüschten Blüten stießen schon an die Decke, Kornblumen hielten sich aufrecht in einem Gewirr aus orangem Mohn. Sogar Gemüse gab es hier oben: gelbe und rote Tomatensorten, verschiedenfarbige Zucchini, Erbsen und Ackerbohnen, Eimer voller Kartoffeln, diverse Salatarten. Zwischen den Wickenranken baumelten an Schnüren Plastikkörbchen, aus denen Erdbeeren heraushingen.

Alles war so zugewachsen, dass sich sogar Max kaum noch zwischen den zahllosen Pflanzen bewegen konnte. An einigen Stellen waren die Töpfe schon pyramidenförmig gestapelt, um Raum zu sparen.

»Oh mein Gott«, äußerte Luisa, nachdem sie die Sprache wiedergefunden hatte. Andere Worte wollten ihr gerade nicht einfallen. »*Oh mein Gott!* Das ist ja absolut unglaublich!«

Harper war auf der obersten Treppenstufe stehen geblieben, weil sonst nirgendwo Platz war, und lächelte. Es war das erste strahlende Lächeln, das Luisa seit der Gala bei dem Mädchen erlebte.

»Ja, oder?«, sagte Harper. »Als ich das zum ersten Mal gesehen hab, konnte ich auch kaum glauben, was Max hier geschaffen hat. Und das war noch, bevor alles richtig zu blühen anfing! Jetzt ist der Bus für mich der schönste Ort der Welt.«

»Ja«, stimmte Luisa ihr überwältigt zu. Wie viele Menschen hatten bei der ersten Gestaltung des Gemeinschaftsgartens mitgearbeitet? Und dieser kleine Junge hatte inmitten einer Welt aus Metallschrott dieses unglaubliche Pflanzenparadies erschaffen. »Ich traue meinen Augen kaum.«

»Max befürchtet allerdings, dass vieles eingehen wird«, sagte Harper, als ihr Bruder auf sie zukam. »Weil er zu viele Pflanzen herangezogen hat.«

Luisa sah sich noch einmal um und kam zu dem Schluss, dass Max recht hatte. Das Wachstum der Pflanzen war überbordend, sie hatten zu wenig Licht und Raum. Die Blätter von einigen Tomatenpflanzen wurden bereits gelb und welk, auch ein paar Wicken sahen schon schlaff aus.

»Harper erlaubt mir nicht, draußen noch mehr Schrott von den Fenstern zu entfernen«, erklärte der Junge bedrückt.

»Ja, weil das viel zu gefährlich ist«, erwiderte seine Schwester. »Womöglich bricht alles zusammen, und dann bist du platt wie eine Flunder.«

Max zuckte mit den Schultern, als sei das nebensächlich.

»Jedenfalls«, fuhr Harper fort, »möchte Max uns deshalb anbieten, einige Pflanzen in den Garten überzusiedeln.«

»Nein«, sagte Max nachdrücklich und schaute auf seine Füße.

»Aber …« Harper warf Luisa einen verwirrten Blick zu, sah dann wieder ihren Bruder an. »Aber, Max, hast du es dir jetzt doch anders überlegt? Ich dachte … Gestern Abend hattest du doch gesagt, dass du das wolltest? Und deshalb ist Luisa heute hier …«

Luisa sah sich erneut in dem verwunschenen Gewächshaus mit seiner verschwenderischen Fülle um. »Ich kann gut verstehen, dass du nichts von deinem wundervollen Gartenreich weggeben möchtest, Max«, sagte sie behutsam. »Aber ich verspreche dir, dass die Pflanzen liebevoll gehegt und gepflegt werden. Es wird ihnen guttun, wenn man einige herausnimmt, glaub mir.«

»Weiß ich«, erwiderte Max.

Luisa und Harper sahen sich erstaunt an. Beide wussten nicht, wie sie Max' Verhalten deuten sollten.

»Dann«, sagte Harper vorsichtig, »dürfen wir also einige von den Pflanzen hier oben in den Garten umsetzen?«

»Nein«, antwortete Max. »Andere werden trotzdem eingehen. Der Kürbis wird trotzdem sterben.«

Und damit hatte er natürlich recht. Den vielerlei Gewächsen im Unterdeck war damit nicht geholfen, sie hatten immer noch zu wenig Licht.

Luisa überlegte rasch, wie sie den Jungen stärken könnte. »Na ja, das stimmt vielleicht«, sagte sie. »Aber das bedeutet auch, dass du für die Zukunft schon viel gelernt hast, und dann kannst du deinen nächsten Kürbis hier oben anpflanzen. Oder«, fügte sie hinzu, »vielleicht hast du sogar Lust, nächstes Jahr mit Harper zusammen einen im Garten großzuziehen?«

Max schüttelte vehement den Kopf.

»Okay«, sagte Harper. »Alles gut, Max. Mach dir keine Gedanken. Es ist dein …«

»Ihr könnt nicht nur einige Pflanzen nehmen«, sagte er. »Ihr müsst den ganzen Garten retten.«

»Den ganzen …« Luisa blickte verdattert um sich. »Du meinst den gesamten Bus?«

Der Junge nickte. »Ihr müsst ihn bewegen, so, wie er ist.«

»Du willst, dass wir den *ganzen Bus* in den Garten bringen?«, fragte Harper fassungslos.

»Dann stirbt der Kürbis nicht«, sagte Max und starrte Luisa durchdringend an. »Oder? Dann können alle Pflanzen hier drin überleben.«

»Also, garantieren kann ich das nicht«, antwortete Luisa aufrichtig. »Aber sie hätten eine gute Chance, ja, auf jeden Fall. Vor allem, wenn du dich weiterhin so hervorragend um sie kümmerst wie hier auf dem Schrottplatz.«

Der Junge nickte wortlos und wandte sich ab, um an den Wicken trockene Blätter abzuzupfen.

Harper beugte sich zu Luisa und sagte leise: »Aber wie soll das gehen? Ich meine, irgendwem gehört dieser Schrottplatz hier schließlich, oder? Und wie zur Hölle transportiert man einen uralten Bus voller Pflanzen?«

Luisa sah sich noch einmal um, während sie nachdachte. Dann sagte sie: »Man müsste wahrscheinlich den ganzen Schrottplatz kaufen. Dann bräuchte man einen großen Kran. Und einen Tieflader für den Transport.«

Harper schnaubte. »Du hast doch gesagt, uns geht die Kohle aus?«

»So ist es auch. Aber ich glaube, ich kenne eine Person, die uns das alles finanzieren könnte.«

»Wen denn?«

Luisa seufzte, weil sie nicht einschätzen konnte, wie die Antwort bei Harper ankommen würde. »Bei der Gala wurde mir ein Job angeboten. Wenn ich dieser Frau sage, dass ich zusage, wenn sie uns hierbei hilft, wird sie bestimmt die Kosten übernehmen.«

Harper starrte sie an. »Du willst weggehen? Einfach so?«

Luisa lächelte. »Wenn ich dafür das hier ermöglichen könnte? Auf jeden Fall, ja. Außerdem war es von an Anfang klar, dass der Garten irgendwann ohne mich auskommen muss, Harper. Schau doch nur, was ihr hier alles ohne mich geschafft habt. Ihr braucht mich nicht. *So* kann ich euch unterstützen. Indem ich weggehe.«

»Aber …«, begann Harper, verstummte jedoch, als Max wieder zu ihnen trat.

»Und wie sollen die Leute merken, dass das mein Bus ist?«, fragte er. »Wenn er dann im Garten steht?«

»Wir könnten ein Schild mit der Aufschrift *Max' Gartenbus* anbringen«, schlug Luisa vor. »Was hältst du davon?«

Der Junge überlegte. »Und die Leute müssen Eintrittskarten haben«, sagte er dann. »Sonst dürfen sie nicht rein.«

Luisa lächelte. »Das kriegen wir hin.« Sie sah Harper an und drückte dann leicht den Arm des Mädchens.

52

Während Cas im Krankenhaus seine Sachen einpackte, beobachtete er auf dem Monitor, wie der Bus vom Schrottplatz zum Gemeinschaftsgarten transportiert wurde. Seit Tagen liefen die Aufzeichnungen im Fernsehen, alle Sender rissen sich um die Geschichte. Für Cas fühlte es sich surreal an, seinen Wohnort mit einer Feelgood-Story verbunden zu sehen. Drohnenaufnahmen zeigten die Stimmung in Collaton während des Transports, Menschenmassen drängten sich auf den Straßen, um mitzuerleben, wie Max' einzigartiger Garten von seinem alten in sein neues Zuhause gebracht wurde.

Und natürlich war immer wieder Luisa zu sehen, die Cas vom Bildschirm aus anstrahlte, während sie zur Wiedergeburt des Gemeinschaftsgartens interviewt wurde. »Max' wundersames Gartenreich hat den Menschen hier neue Hoffnung gegeben«, war ihre Stimme zu hören. Die anderen Patienten unterhielten sich angeregt über die Ereignisse.

Cas zog den Reißverschluss seiner Tasche zu. Er war froh, das Krankenhaus endlich verlassen zu können, auch wenn er zunächst wieder im Gästezimmer bei seinen Freunden unterkommen musste. Nur vorerst, sagte er sich. Bestimmt würde er bald etwas Eigenes finden. Was er jetzt vor allem brauchte, war das Gefühl, wieder Kontrolle über sein eigenes Leben zu haben.

»Sie werden abgeholt, Mr Pattanyús«, sagte die Stationsschwester lächelnd, die gerade vorbeiging, und deutete zur Tür.

Cas drehte sich um, in Erwartung von Harper, die angekündigt hatte, ihn chauffieren zu wollen. Doch als er zur Tür blickte, stockte ihm der Atem.

»Luisa MacGregor«, sagte er.

Sie lächelte ihn an. »Hi.«

Cas wusste nicht, wie er reagieren sollte. Bei ihrer letzten Begegnung war er mit Medikamenten zugedröhnt gewesen, und Luisa hatte es eilig gehabt wegzukommen.

»Der Mini spielt gerade verrückt, und Harper hat mir gesagt, dass sie dich abholen wollte.« Luisa kam auf ihn zu. Sie trug Jeans und ein eng anliegendes blaugrünes T-Shirt. Erst in diesem Moment wurde Cas bewusst, dass er noch immer diesen letzten Eindruck aus dem Krankenhaus von ihr in Erinnerung gehabt hatte. »Sie hat mich gebeten einzuspringen. Aber wenn du lieber jemand anderen anrufen möchtest …«

»Nein, natürlich nicht«, sagte Cas. »Vielen Dank, dass du hergekommen bist.«

Luisa lächelte wieder und sah sich dann in dem Zimmer um. Sie wirkte befangen und zögerlich, und Cas konnte das gut nachfühlen. Wochenlang hatte er an Luisa gedacht, doch jetzt, als sie ihm gegenüberstand, wusste er nicht, was er sagen sollte.

»Es tut mir leid, dass ich dich in der Zwischenzeit nicht besucht habe«, begann Luisa schließlich. »Ich hätte …«

»Nein«, fiel Cas ihr ins Wort. »Du musst dich weder entschuldigen noch etwas erklären, Luisa. Belassen wir es dabei. Ich verstehe das vollkommen.«

Sie lächelte. »Okay.«

»Gut«, sagte Cas ruhig. »Dann lass uns gehen.«

Sie sprachen nicht, während sie das Krankenhaus verließen und ins Sonnenlicht hinaustraten. Cas spürte eine seltsame Ergriffenheit, als sie in den alten Land Rover stiegen, und musste sich bemühen, Luisa nicht dauernd anzusehen. Die letzte gemeinsame Fahrt nach Collaton war in jener schicksalhaften Nacht gewesen … Eigentlich hatte Cas geglaubt, dass seine Gefühle für Luisa inzwischen nachgelassen hatten. Doch das war offenbar ein Irrtum.

»Hättest du etwas dagegen, einen kleinen Umweg zu machen, bevor ich dich nach Hause bringe?«, fragte Luisa, die von seinen Gedanken natürlich nichts ahnte. »Oder ist dir das zu anstrengend?«

»Nein, alles gut«, antwortete Cas. »Wo soll's denn hingehen?«

Sie warf ihm einen etwas angespannten Blick zu. »Ich wollte dir den Garten zeigen. Aber vielleicht ist das auch zu früh?«

»Nein, finde ich eine gute Idee.«

Selbst wenn es noch Monate dauern würde, bis er wieder fit genug war für die Boxschule, hatte Cas nicht die geringste Absicht, sie aufzugeben. Und den Erinnerungen der verhängnisvollen Nacht würde er sich früher oder später ohnehin stellen müssen. Es war sicher leichter, das mit Luisa gemeinsam zu tun, die alles miterlebt hatte.

Cas hatte erwartet, dass im Garten reges Treiben herrschen würde, doch das Tor war geschlossen, als sie auf dem Parkplatz hielten.

»Ich habe allen gesagt, dass ich den Garten heute Nachmittag ein paar Stunden für mich allein brauche«, sagte Luisa, als habe sie seine Gedanken erraten. »Das hielt ich für am besten.«

Während sie das Tor aufschloss, schaute Cas zum Boxclub hinüber und fragte sich, ob es nicht besser gewesen wäre, zuerst dorthin zu gehen. Aber er wusste nicht, wie er Luisa hätte erklären sollen, dass seine wichtigsten Erinnerungen jener Nacht die Momente waren, als sie beide sich, vom Mondlicht beschienen, in die Augen gesehen hatten.

Den Transport von Max' Bus hatte Cas zwar im Fernsehen verfolgt, aber als er jetzt durch das Tor trat, blieb er vor Verblüffung wie angewurzelt stehen.

»Ich weiß«, sagte Luisa neben ihm. »Kaum zu glauben, nicht?«

Die Farbenpracht und Fülle der Gewächse war so überwältigend, dass sie mit bloßem Auge kaum zu erfassen waren. Allein die vielfältig geformten Blätter boten eine breite Palette an Grünschattierungen – von Smaragdgrün über Olivgrün zu silbrig schimmerndem Dunkelgrün. Dazwischen leuchteten zahllose Blüten in allen erdenklichen Farbtönen: Gelb, Kirschrot, Violett, Pink, Indigo- und Azurblau, Zinnoberrot. Die Luft des Spätsommermorgens war erfüllt von berauschenden Düften und dem Brummen betriebsamer Insekten.

Der Doppeldeckerbus war dort platziert worden, wo früher das Gewächshaus gestanden hatte. Selbst aus der Nähe sah man dem Gefährt nicht mehr an, dass es eigentlich in der Schrottpresse hätte landen sollen. Es sah aus wie ein Kunstwerk. An einigen Stellen standen Leitern, die Seiten wurden offenbar gerade mit Blättern und Blüten bemalt. Und was durch die Fenster zu erkennen war, stand den bunten Bildern auf der Außenseite in nichts nach.

Der Weg, den sie aus den alten Fabrikziegeln angelegt hatten, war unversehrt und säuberlich gefegt. Als sie durch den Garten schlenderten, sah Cas, dass sowohl die Gemüsebeete als auch die Blumenrabatte wieder reichlich mit Pflanzen bestückt waren. Nicht alle waren schon zu voller Größe herangewachsen, aber kahl war hier keine einzige Fläche mehr. An einigen Stellen lagen auch Werkzeuge, ein Hinweis darauf, dass hier mit vereinten Kräften zu Werke gegangen wurde.

»Viele Pflanzen stammen aus dem Bus von Max und waren schon weit entwickelt«, erklärte Luisa. »Und nach der Berichterstattung im Fernsehen kamen Leute von überallher und spendeten Gemüse und Blumen. Eine DIY-Gruppe hat zu Pflanzenspenden aufgerufen, daher stammen der Blumenkohl und die anderen Kohlsorten. Und eine kleine biodynamische Gärtnerei hat uns allerlei Setzlinge vorbeigebracht.«

Sie kamen zum Gedenkgarten, den man ebenfalls wiederhergestellt und neu bepflanzt hatte. Der Teich war nach wie vor mit den schweren Holzbohlen abgedeckt. An einem Pfosten gab es eine Infotafel, die über das Experiment aufklärte, mit Mykofiltern das benzinverseuchte Wasser zu reinigen.

»Erst in einigen Wochen wird das Wasser untersucht werden«, sagte Luisa. »Aber Harper ist zuversichtlich, dass es funktioniert. Sie hat schon Schulklassen eingeladen, damit sie dabei sein können, wenn die Bretter entfernt werden.«

»Was für eine tolle Idee«, bemerkte Cas.

Luisa lächelte. »Ja, Harper war eine treibende Kraft beim Wiederaufbau, und ich weiß, dass das dir zu verdanken ist, Cas. Sie hat mir erzählt, dass du sie bei ihrem ersten Besuch im Krankenhaus gebeten hast, Kath zu helfen. Und jetzt«, fügte Luisa hinzu, »müssen wir den Gartenbus von innen besichtigen. Er ist absolut unglaublich.«

Während sie auf dem Ziegelweg zurückspazierten, betrachtete Cas weiterhin staunend die Fortschritte überall. Als sie zu der Asphaltfläche kamen, hielt er Ausschau nach der Stelle, wo er in jener Nacht gelegen hatte, aber es gab keinerlei Spuren mehr. Luisa, die ein paar Schritte vorausgegangen war, kehrte zu ihm zurück und überraschte ihn, indem sie seine Hand ergriff. Cas warf einen Blick auf sie.

»Alles okay?«, fragte Luisa leise.

Er strich mit dem Daumen über ihre Fingerknöchel. »Ja«, antwortete er.

»Kath hat vor, auf der Asphaltfläche ein Holzhaus zu bauen, ein kleines Café, in dem man Getränke und Kuchen kaufen kann.«

Cas lächelte. »Eine weitere großartige Idee.«

Er rechnete damit, dass Luisa ihre Hand wieder von seiner lösen würde, aber das tat sie nicht. Stattdessen schlenderten sie Hand in Hand zum Bus hinüber, und Luisa ließ erst los, als sie die Tür öffnete und einstieg. Gleich am Eingang stand ein Automat mit Abreißkarten, wie er für Wartenummern verwendet wurde. Luisa riss zwei von den gelben Karten ab und reichte eine davon Cas.

»Das ist Max' Regel«, erklärte sie. »Ohne Eintrittskarte darf man hier nicht rein.«

»Alles klar«, sagte Cas lachend.

»Und glaub mir«, fügte Luisa mit diesem sonnigen Lächeln hinzu, das immer wieder aufs Neue sein Herz erwärmte, »so etwas hast du noch nie gesehen.«

53

Als Luisa die Stufen zum Oberdeck hinaufstieg, wurde sie zunehmend nervöser. Den Ort zu besichtigen, an dem Cas fast gestorben wäre, hatte sich als weniger problematisch erwiesen, als sie vermutet hatte. Aber jetzt kam der Teil der Begegnung, der Luisa noch mehr verunsicherte. Sie hatte angenommen, dass sich ihre Gefühle Cas gegenüber nach allem, was inzwischen geschehen war, verändert hatten, doch so war es nicht. Und auch er benahm sich nicht kühler und distanzierter ihr gegenüber – wovon sie eigentlich ausgegangen war –, sondern sah sie mit der gleichen warmen Herzlichkeit an, die sie von ihm kannte. Er war der gleiche Cas, der an ihrem ersten Abend in Collaton aus der Dunkelheit aufgetaucht war und sie mit seiner starken Ausstrahlung immer wieder berührt und verwirrt hatte.

Cas folgte Luisa die Treppe hinauf in eine wundersame Pflanzenwelt. Wenn der Garten draußen bereits als üppig bezeichnet werden konnte, so strotzte hier förmlich alles vor überbordendem Wachstum. Um sich in dem Mittelgang vorwärtszubewegen, musste man ständig wuchernden Gewächsen ausweichen und sich unter hängenden Ranken hinwegducken. Die Luft war so heiß und feucht wie im Gewächshaus eines botanischen Gartens, und es erforderte Cas' ganze Aufmerksamkeit, bei seiner Körpergröße nicht mit den zarten Gewächsen zu kollidieren. Als Luisa sich einmal umdrehte, sah sie, wie er sich gerade mit Verrenkungen an dem kleinen Feigenbaum vorbeimanövrierte, dessen Äste über die dritte Bank hinausgewachsen waren, und lächelte in sich hinein.

Nachdem Luisa sich unter weiteren vorwitzigen Ranken hindurchgeschlängelt hatte, war sie im Heck angelangt. Dort befand sich jetzt anstatt des ursprünglichen Sitzes eine schöne, von Arthur angefertigte Bank aus schimmerndem Eichenholz, das ihnen von einem Verwertungshof in Penrith gespendet worden war. Große dunkelgrüne und goldfarbene Samtkissen verliehen dem ungewöhnlichen Sitzplatz ein ganz besonderes Flair. Luisa ließ sich nieder, und kurz darauf setzte Cas sich zu ihr.

»Wow«, sagte er mit Blick auf den Dschungel, durch den sie sich gerade hindurchgewunden hatten.

Luisa lachte. »Ja, verblüffend, oder?«

Cas schüttelte staunend den Kopf. »Ich verstehe gar nicht, wie der Junge das hinbekommen hat. Diese Familie ist wirklich außergewöhnlich.«

»Ich finde es auch unglaublich«, pflichtete Luisa ihm bei. »Weißt du, zuerst wollte ich gar nicht mehr zurückkommen nach Collaton. Konnte mir auch nicht vorstellen, dass ich es tun würde. Aber jetzt bin ich froh darüber. Denn so habe ich gelernt, wie widerstandsfähig eine Gemeinschaft sein kann. Was hier erreicht wurde, ist ein Wunder.«

»Was *du* erreicht hast«, erwiderte Cas ruhig. »Ohne dich würde es all das hier gar nicht geben.«

»Das stimmt nicht«, wandte Luisa ein. »Nichts von alledem habe ich gemacht, alles hier gibt es erst seit …« Sie brach ab, schüttelte den Kopf, begann aufs Neue. »Seit dieser einen Nacht.«

Zu ihrer Überraschung legte Cas jetzt seine Hand auf die ihre. »Aber mit dir hat die Veränderung begonnen«, betonte er. »Du hast den Menschen gezeigt, wie man etwas verändern kann.«

Sachte strich er mit dem Daumen über ihre Haut. Cas unterstützte und stärkte sie, obwohl er derjenige war, der beinahe zu Tode gekommen wäre. Sie schauderte unwillkürlich bei diesem Gedanken, und Cas drückte behutsam ihre Hand. Luisa erlaubte es sich, ihn richtig anzusehen. Cas trug verwaschene Jeans und ein weiches weißes Hemd, und er sah gut aus. Gesund und erholt. Luisa versuchte mit diesem Eindruck die Bilder zu vertreiben, die sich in ihrem Gedächtnis festgesetzt hatten – Cas bleich und betäubt in dem weißen Krankenzimmer oder blutend auf dem Asphalt.

»Ich bin so froh, dass es dir gut geht«, sagte sie, obwohl diese Worte die Tragweite ihrer Gefühle nicht zum Ausdruck bringen konnten.

»Und auch das habe ich dir zu verdanken«, erwiderte er leise. »Wärst du nicht bei mir gewesen, wäre ich verblutet. Es tut mir unendlich leid, Luisa, dass du das durchmachen musstest. Ich kann nur erahnen, wie schlimm das für dich gewesen sein muss, vor allem mit deiner Vorgeschichte.«

Luisa wandte den Blick ab und beobachtete eine Biene,

die munter summend in die Blütenkelche einer Gauklerblume krabbelte. »Ich will dir nichts vormachen, die Zeit danach war sehr schwierig. Deshalb wollte ich heute auch mit dir herkommen. Das ist jedenfalls einer der Gründe«, fügte sie hinzu und sah Cas wieder an. »Ist ein bisschen selbstsüchtig, fürchte ich. Aber ich musste dich unbedingt so erleben, wie du jetzt bist, anstatt …« Sie verstummte, brachte die Worte nicht über die Lippen.

»Mir geht es gut«, sagte Cas beruhigend. »Es ist erstaunlich, wie schnell der Körper heilen kann. Viel schneller als die Seele, glaube ich.«

Luisa lächelte. »Das ist wahr.«

Eine Weile saßen sie schweigend da, in Gedanken versunken, umgeben von den Lauten der Insekten.

»Kann ich dir was sagen?«, fragte Luisa schließlich. »Könnte mir aber schwerfallen, es auszusprechen.«

Cas nickte und sah sie mit einfühlsamem Blick an. »Lass dir all die Zeit, die du brauchst.«

Luisa holte tief Luft und versuchte sich zu konzentrieren. Sie hatte ewig darüber nachgedacht, wie sie ihm das alles erklären sollte. Aber jetzt, als es so weit war, schien sie jede Formulierung vergessen zu haben, die sie sich zurechtgelegt hatte.

»Nach Reubens Tod«, begann sie schließlich, »habe ich komplett dichtgemacht. Emotional, meine ich. Das war die einzige Methode, mit der ich überleben konnte. Ich habe mich in meine Arbeit gestürzt, in einem Job, mit dem ich mir einreden konnte, ich hätte meinen eigentlichen Beruf nicht komplett aufgegeben, sondern nur eine Weile auf

Eis gelegt. Aber dann dehnte sich ›eine Weile‹ immer mehr aus. Das Leben ging weiter und nahm mich mit. Ich dachte, das sei gut so. Ich dachte, ich hätte mich weiterentwickelt. Doch letztlich war ich innerlich leer und funktionierte nur. Um zu überleben. So hätte ich auch immer weitermachen können. Aber dann …« Luisa verstummte erneut, aber sie musste das jetzt zur Sprache bringen. Sie musste ehrlich sein, mit sich selbst und mit Cas. »Dann kam ich hierher, nach Collaton. Und nachdem ich dir begegnet bin, ist mir nach und nach wieder bewusst geworden, wie es sich anfühlt zu leben.«

Sie hielt einen Moment inne. Cas sagte nichts, sondern wartete ruhig ab, bis sie weitersprach.

»Ich habe mich wieder an den Wunsch erinnert, Gärten anlegen zu wollen. Ideen zu verwirklichen. Pflanzen, die ich gesetzt habe, beim Wachsen und Gedeihen zuzusehen. Und dann wurdest du verletzt, und …« Sie atmete tief ein und aus. »Und danach wurde mir bewusst, dass ich mich überhaupt nicht weiterentwickelt hatte. Sondern in einer Warteschleife feststeckte. Ich hatte mich versteckt, um mich zu schützen. Aber das bedeutet nicht Leben. Leben ist mehr als das. Mehr als nur reines Überleben. Mehr, als sich für den sicheren Weg zu entscheiden.«

Luisa wandte sich Cas zu, und er sah sie aufmerksam an.

»Es ist so«, begann Luisa und räusperte sich, weil ihre Stimme rau war. »Ich hatte nie vor, auf Dauer hier in Collaton zu bleiben. Der Garten sollte der Gemeinschaft übergeben werden, nachdem das Projekt vollendet worden ist, das war immer der Plan. Und ich werde hier tatsächlich nicht mehr gebraucht. Kath hat bereits den größten Teil der Organisation übernommen. Außerdem gibt es bereits jetzt jede Menge Freiwillige, und es werden von Tag zu Tag mehr. Das heißt, für mich ist es an der Zeit weiterzuziehen.«

Cas runzelte leicht die Stirn. »Weiterziehen?«, wiederholte er. »Wohin denn? Zu einem anderen Gemeinschaftsgarten?«

»Nicht direkt«, antwortete Luisa und berichtete von dem Angebot in Feldspar Hall, das sogar ihre Unterbringung während des Langzeitprojekts und vielleicht darüber hinaus einschließen würde. »Und das Tollste ist, dass ich mit dieser Stelle mehr Gemeinschaftsgärten planen kann«, fügte sie hinzu. »Caroline hat versprochen, mich dabei zu unterstützen.«

Cas lächelte etwas zurückhaltend. »Und du wirst weiterhin an der Verwirklichung beteiligt sein?«

»Natürlich. Owen und ich arbeiten bereits daran, einen Vorstand für die Wohltätigkeitsorganisation zusammenzustellen. Ich würde es wunderbar finden, wenn du Teil davon sein könntest.«

Cas sah sie überrascht an. »Ich?«

»Ja«, antwortete Luisa. »Wir brauchen gute Leute. Und ich wüsste niemanden, der besser dafür geeignet ist als du, Cas.«

Er lächelte wieder, diesmal strahlender. »Das wäre eine große Ehre für mich. Und außerdem …« Er verstummte.

»Was?«

Er schwieg einen Moment, seufzte dann. »Luisa.« Cas starrte ins Leere, wandte sich ihr dann zu. Sein Knie streifte das ihre. »Luisa, du sollst wissen, dass wenn die Umstände anders gewesen wären … ich sehr gerne Gelegenheit gehabt hätte, dich noch auf andere Weise kennenzulernen. Nicht nur auf diese freundschaftliche Art, in der wir uns hoffentlich weiter verbunden bleiben.«

Luisa stiegen Tränen in die Augen, und sie blinzelte heftig. Es wäre so einfach, sich in diese herzliche Wärme hineinsinken zu lassen, die sie in Cas' Augen sah.

»Cas«, sagte sie dann. »Ich muss mich ganz dieser Aufgabe in Feldspar Hall widmen. Das ist meine große Chance, meinen Beruf wiederaufzunehmen. Ich habe ihn an den Nagel gehängt, weil ich dachte, ich würde ihn nach Reubens Tod nicht mehr ausüben wollen. Und sosehr ich …« Sie nahm sich zusammen. »Ich muss mich dem zu hundert Prozent widmen. Ganz und gar.«

»Selbstverständlich«, erwiderte Cas. »Und daran will ich überhaupt nicht rütteln, glaub mir das bitte. Aber für meinen eigenen Seelenfrieden wollte ich dir zumindest einmal gesagt haben, was ich für dich empfinde. Und …« Er wandte den Blick ab.

Luisa sah ihn atemlos an. »Und?«

Cas ergriff ihre Hand und hielt sie fest. »Ich wollte dir noch etwas zu bedenken geben. Schau mich an. Ich bin am Leben. Ich habe überlebt, und zwar das Schlimmste, was mir jemals zugestoßen ist. Und ich habe *dank dir* überlebt. Wir sind beide immer noch hier, genauso wie der Garten. Das solltest du mitnehmen aus deiner Zeit in Collaton, finde ich. Etwas ganz Furchtbares ist passiert, und wir sind beide davongekommen. Erinnere dich in Zukunft an diesen Ort, so, wie er jetzt ist, und an uns, so, wie wir jetzt sind. Wir haben das alles überstanden.«

Luisa lächelte unter Tränen. »Das ist wahr.«

Cas' Blick war so intensiv, als wolle er sich ihr Gesicht für alle Zeiten einprägen. Dann schaute er ihr mit einem verschmitzten Lächeln in die Augen. »Und jetzt noch eine Idee. Vielleicht sollten wir eine besonders schöne Erinnerung für dich schaffen, zum Mitnehmen.«

Luisa schmunzelte und zog eine Augenbraue hoch, während ihr Herz schneller schlug. »Ach ja?«

»Ja.«

Er beugte sich so weit vor, dass seine Lippen fast die ihren berührten, und verharrte so. Luisas Herz schlug jetzt so heftig, dass ihre Brust schmerzte. Sie spürte Cas' Wärme, während er abwartete, ihr Gelegenheit ließ, ihn wegzuschieben oder zu protestieren. Doch das tat sie nicht. Das war ihr gar nicht möglich.

Cas küsste sie sanft, doch Luisa spürte ein Verlangen in dieser Sanftheit. Er wich ein wenig zurück, küsste sie wieder und wieder, nahm dabei kurz ihre Unterlippe zwischen seine Zähne, so langsam und leidenschaftlich zugleich, dass tief in ihrem Innersten etwas zu glühen begann. Dann zog Cas sie näher an sich, legte einen Arm um sie und küsste sie ein letztes Mal. Als er sich zurücklehnte und Luisa anschaute, sah sie ein fröhliches Funkeln in seinen Augen. »Was?«, fragte sie ein bisschen atemlos.

Cas blickte um sich. »Ich fand nur die Situation so komisch ... Ein Lehrer, der auf der Rückbank eines Busses rumknutscht ...«

Luisa lachte lauthals, und Cas legte auch noch den anderen Arm um sie und hielt sie ganz fest.

»Das«, raunte sie ihm ins Ohr, »ist eine echt schöne Erinnerung zum Mitnehmen.«

Cas lehnte sich zurück und sah sie ernsthaft an. »Lass uns in Verbindung bleiben, ja? Ich werde jedenfalls nicht verschwinden. Du kannst mich jederzeit hier finden.«

Epilog

Zwei Jahre später, Sommer

Cas hörte das geschäftige Treiben im Garten schon, bevor er überhaupt den Platz erreichte. Es war kurz nach sechs Uhr, aber der Juliabend war noch warm.

»'n Abend, Cas«, rief Mala Reed, die auf einer Leiter stand und die Hängepflanzen neben der Eingangstür des Pubs wässerte. Er war seit einem Jahr wiedereröffnet und fand anscheinend regen Zuspruch. »Großer Tag heute, wie?«

»Guten Abend, Mala«, rief Cas zurück. »Das kann man laut sagen. Kommst du später vorbei?«

»Na klar!«, lautete die Antwort. »Das werde ich mir nicht entgehen lassen!«

Cas winkte ihr zu und ging weiter, an den kleinen Geschäften vorbei. Zwei von den dreien waren wieder in Betrieb; im einen gab es Lebensmittel und Blumen zu kaufen, die zum Teil im Gemeinschaftsgarten erwirtschaftet wurden, im anderen war ein Fahrradverleih eingezogen, der am Wochenende blühende Geschäfte machte. Der dritte Laden wurde inzwischen als Büro für das Gartenprojekt genutzt, nachdem Luisa die Teilnutzung im Boxclub beendet hatte.

Als Cas zu dem großen Gebäude hinüberschaute, sah er, dass die Doppeltür offen stand. Mo hatte offenbar wie angekündigt direkt nach der Schule aufgeschlossen. Cas hatte wieder sein eigenes Büro bezogen und Zuschussgelder bekommen, die es ihm ermöglicht hatten, den Boxclub viel besser auszustatten, aber das hatte seiner Verbundenheit mit dem Gemeinschaftsgarten keinen Abbruch getan. Vor allem Mo, der gerade seinen höheren Schulabschluss machte und später als Trainer arbeiten wollte, bestand darauf, dass Club und Garten untrennbar zusammengehörten.

»So was nennt man eine symbiotische Beziehung, Mr P«, hatte Mo unlängst erklärt. »Beides bildet zusammen eine Einheit, keiner der beiden Teile kann ohne den anderen existieren.«

Cas wusste nicht, wann Mo diese Neigung zum Philosophieren entwickelt hatte, wollte ihn jedoch keinesfalls bremsen. Er war, genau wie Harper, eine der Erfolgsgeschichten des Clubs, und Cas freute sich, dass der Junge nicht sofort nach dem mittleren Abschluss die Schule verlassen, sondern durchgehalten hatte. Für die Jüngeren war Mo ein großartiges Vorbild.

Als Cas schließlich zum Gartentor kam, hörte er Rufe und Lachen und sah, dass die Vorbereitungen, an denen er vormittags beteiligt gewesen war, vorangeschritten waren. Etliche Reihen Klappstühle waren aufgestellt worden, und am Bus, vor dem die Bühne stand, wurde eine große Leinwand aufgehängt. Harper gab Befehle und überprüfte, ob sie in der richtigen Höhe hing. Max brachte gerade das Bewässerungssystem zum Einsatz, das Harper aus gebrauchten Regenwassertanks gebaut hatte, die mit Solarzellen und Hydraulikschläuchen verbunden waren. Das System konnte außerhalb des Busses von allen genutzt werden; das Ökosystem im Inneren wurde ausschließlich von Max betreut.

Die ehemaligen Pflanzen im Unterdeck, die sich nach Licht gesehnt hatten, waren schon lange nach draußen umgesetzt worden, aber Max zog dort inzwischen Ableger und Setzlinge heran, die Besucher als Souvenir erwerben konnten.

»Passt so!«, hörte Cas Harper rufen, als er näher kam. »Ist gerade!«

»Guten Abend«, sagte er, während er die kleine Holztreppe zur Bühne hinaufstieg. »Wie läuft's denn?«

Harper schnaufte etwas genervt, und als sie sich ihm zuwandte, wurde Cas wieder einmal bewusst, wie sehr sie sich in den letzten zwei Jahren verändert hatte. Natürlich war sie immer noch die Harper, die sich nichts gefallen ließ, meist nur Schwarz trug und so manchen Menschen mit ihrem Temperament das Fürchten lehren konnte. Aber sie war jetzt eine junge Frau und strahlte eine Selbstsicherheit aus, die entstanden war durch Vertrauen in ihre eigenen Fähigkeiten und die Verheißung einer Zukunft, in die sie bereits rasant unterwegs war. Seit einem Jahr studierte sie mit großem Erfolg Ingenieurwesen und machte sich durch ihre Erfindungen für Owen Lawrence' Unternehmen einen Namen in der Welt der Umwelttechnik. Nach ihrem achtzehnten Geburtstag im vergangenen Jahr hatte sie die offizielle Vormundschaft für ihren Bruder übernommen und war mit ihm aus dem Haus gezogen, in dem sie mit ihrem Vater gelebt hatten. Diese Veränderung hatte wahre Wunder gewirkt. Max war jetzt auf der Highschool in Collaton und machte sich hervorragend.

»Ich sag mir ständig, es wird schon gut gehen«, sagte Harper mit Blick auf ein kastenförmiges Objekt, das auf einem Sockel in der Mitte der Bühne stand. Es war etwa halb so groß wie der Mini, den sie vor zwei Jahren umgebaut hatte, und von einer grünen Plane verhüllt.

»Gute Methode«, erwiderte Cas. »Denn genauso wird es sein.«

Sie grinste ihn an. »Immer noch ganz der alte Mr P. Gnadenlos optimistisch.«

»Hey«, sagte er. »Gerne ohne ›alt‹, ja?«

»Cas!«, rief jemand hinter ihm.

Er drehte sich um und sah, wie Kath ihm von dem Holzhaus aus zuwinkte, in dem sich jetzt das Café befand. Es stand genau dort, wo Cas beinahe ums Leben gekommen wäre. Normalerweise war es umgeben von bunt bemalten Tischen und Stühlen. Die hatte man jedoch heute weggeräumt, um Platz für weitere Sitzgelegenheiten zu schaffen.

»Einmal das Übliche!«, rief Kath und hielt einen Pappbecher hoch.

Cas ging zu ihr hinüber und winkte Siddig zu, der damit beschäftigt war, die kleine Rasenfläche zu mähen. Rundherum waren weitere Freiwillige am Werk, um den Garten für die Prominenz und Medien in Bestform zu bringen.

»Vielen Dank«, sagte Cas, als er zu Kath trat und den

Kaffee in Empfang nahm. »Ich dachte, du wolltest heute Abend nicht aufmachen?«

»Ja, ist nur für uns. Wenn es losgeht, schließe ich wieder«, antwortete Kath und nahm etwas von einem Stuhl hinter sich. »Schau mal, hast du das gesehen?«

Sie hielt ihm eine Ausgabe von *The English Garden* hin. Auf dem Cover waren zwei Frauen vor dem üppig blühenden Park eines großen Anwesens abgebildet. Die eine Frau war Lady Caroline Percivant, die andere Luisa MacGregor. Cas griff nach der Zeitschrift und blickte auf Luisas strahlendes Gesicht, das ihn sofort zum Lächeln brachte.

Sie hatten sich lange nicht mehr gesehen. Seit Luisa umgezogen war und ihre neue Stelle angetreten hatte, war sie pausenlos beschäftigt gewesen. Sie waren in Kontakt, nicht zuletzt wegen Cas' Rolle im Vorstand der Wohltätigkeitsorganisation, aber auch Cas hatte in den letzten Jahren alle Hände voll zu tun gehabt. Die Ereignisse der unheilvollen Nacht hatten ihm eine gewisse Berühmtheit eingebracht, aufgrund derer es ihm gelungen war, Gelder für die Boxschule zu gewinnen, die er zum Ausbau genutzt hatte. Cas war inzwischen nicht mehr der einzige Trainer, und es wurden noch weitere Sportarten angeboten. Außerdem arbeiteten sie darauf hin, künftig auch Trainer ausbilden zu dürfen.

Irgendwie war es Cas gelungen, das alles neben seinem Lehrberuf zu bewältigen, aber seit wieder einmal Lehrplan- und Gehaltskürzungen verkündet worden waren, spielte er mit dem Gedanken, seinen Beruf ganz aufzugeben. Durch seinen Bekanntheitsgrad würde er vielleicht auch als Trainer genügend verdienen, und dann könnte er weiter in den

Süden ziehen, um näher bei Luisa zu sein, mit der er sich eine gemeinsame Zukunft noch immer vorstellen konnte. Doch bislang hatte Luisa ihm keinerlei Hinweis darauf gegeben, dass sie Interesse daran hatte. Und Cas hatte nicht die Absicht, sie von ihrem geliebten Beruf abzulenken. Die Zeitschrift, die er gerade in Händen hielt, war wohl der eindeutige Beweis dafür, dass es für Luisa die richtige Entscheidung gewesen war, wieder als Gartenarchitektin zu arbeiten. Ganz abgesehen davon konnte Cas Collaton schon allein wegen seiner Schützlinge nicht verlassen.

»Luisa sieht richtig glücklich aus, oder?«, sagte Kath, während sie beide auf das Bild ihrer gemeinsamen Freundin blickten. »Sie wollte heute Abend eigentlich hier sein, schafft es aber nicht.«

Cas schaute auf. »Ach?«

»Ja«, sagte Harper, die jetzt neben ihm auftauchte. »Sie hat stattdessen ein kleines Video geschickt. Kann ja nicht angehen, dass sie gar keinen Anteil an der Präsentation hat.«

»Darfst du behalten«, sagte Kath, als Cas erneut auf die Zeitschrift blickte. »Ich hab noch eine zweite.«

»Danke.« Cas rollte sie auf und steckte sie in seine Gesäßtasche. Den Bericht wollte er später lesen, wenn er allein war.

Das Event zur Präsentation der ersten Wassergewinnungsanlage Marke Collaton begann auf die Minute pünktlich. Das Gerät war nur einen halben Kilometer entfernt produziert worden, in einer kleinen Fabrik, die auf dem einstigen Schrottplatz gebaut worden war. Darauf hatte Harper bestanden: Die ersten Anlagen sollten in Collaton entstehen, wo die Idee gekeimt und gewachsen war, um Investitionen und neue Arbeitsplätze in die Region zu bringen.

»Ich weiß«, hatte Harper Cas anvertraut, »ich wollte jahrelang nichts als weg von hier. Aber jetzt nicht mehr. Zumindest noch nicht. Ich möchte schon reisen und andere Orte sehen, und vielleicht lebe ich auch irgendwann anderswo. Aber davor will ich erst mal was für Collaton tun.«

Cas lächelte sie warmherzig an. »Das freut mich sehr«, sagte er. »Hier leben gute Menschen, Harper.«

Sie grinste ihn an. »Genau. Und Sie sind der Beste von allen, Mr P.«

Nach ihrem Schulabschluss hätte Harper eigentlich zu einer weniger förmlichen Anrede übergehen können, schließlich waren die beiden jetzt befreundet. Aber Cas vermutete, dass er für Harper Dixon wohl immer »Mr P« bleiben würde, und hatte keinerlei Problem damit.

Wenig später stand Harper vor einem großen Publikum, das sich aus Lokalreportern, Firmenchefs und Presseleuten des ganzen Landes zusammensetzte.

»Wie Sie sehen«, sagte Harper auf der Bühne, »gedeiht und entfaltet sich der Gemeinschaftsgarten ebenso wie die Gemeinde Collaton. All das wäre nicht möglich gewesen ohne das Engagement einer ganz bestimmten Frau: Luisa MacGregor. Leider kann sie heute nicht hier sein, aber sie hat uns eine Videobotschaft geschickt.«

Harper trat zur Seite, und Luisas Gesicht erschien auf der Leinwand. Die Club-Kids jubelten, und alle anderen applaudierten.

»Hallo allerseits«, hörte man Luisa. »Ich bedaure sehr, dass ich heute nicht vor Ort sein kann, um mit Ihnen die Einweihung von Harper Dixons großartiger Erfindung zu feiern. Aber ich möchte Ihnen auf diesem Wege den herzlichsten Dank dafür aussprechen, dass Sie Harpers innovative Ideen unterstützen und fördern – und damit auch den Gemeinschaftsgarten von Collaton. Daran kann man sehen …«

Luisa sprach etwa zwei Minuten, in denen Cas es sich erlaubte, den Schmerz über ihre Abwesenheit zu spüren. Dabei dachte er darüber nach, ob es überhaupt möglich war, eine Person zu vermissen, die man gar nicht richtig kannte. Er hatte in den letzten zwei Jahren einige Gelegenheitsbeziehungen gehabt, die aber nie zu etwas Festerem wurden. Sein Freund Chris fand das vollkommen inakzeptabel, aber Cas hatte nicht die Absicht, erneut in eine Beziehung wie mit Annika zu geraten. Sie hatten beide gewusst, dass es nicht funktionieren würde, und viel zu lange gezögert. Cas fand, dass er zu alt war für so etwas. Außerdem hatte er ohnehin viel zu viel zu tun.

Die Präsentation ging weiter und kam schließlich zum feierlichen Höhepunkt, der Enthüllung der Wassergewinnungsanlage. Unter Beifallsrufen entfernte Harper die grüne Plane und begann, die nächste Phase der Entwicklung zu erklären.

»Das Ziel war immer, dass diese Anlage in jedem Haushalt so ein Standardelement wie eine Spüle, ein Herd oder ein Kühlschrank ist«, erklärte Harper. »Deshalb freue ich mich ganz besonders, Ihnen heute von meiner Zusammenarbeit mit dem Bauunternehmen von Mr Owen Lawrence berichten zu können. Noch in diesem Monat werden die Instandsetzungsarbeiten an den fünf leeren Häusern hier am Platz beginnen.« Sie deutete auf die Häuserreihe gegenüber des Boxclubs. »In jede Küche wird dabei die Wassergewinnungsanlage eingebaut werden. Gleichzeitig starten wir damit ein Ausbildungsprojekt mit den Universitäten in Barrow-in-Furness und Carlisle, das von Owen Lawrence ins Leben gerufen wurde, um Bildungsangebote und Arbeitsplätze für die nächsten Generationen zu schaffen. Ein weiterer Schwerpunkt unseres Engagements ist es, junge Menschen aus Oberschulen in der größeren Region zu gewinnen, die Interesse an solchen Themen, aber keine Gelegenheit haben, ihre Begabung weiterzuentwickeln.«

Ohrenbetäubender Applaus brandete auf, während Harper sich für ihr Schlusswort bereitmachte.

»Vor zwei Jahren«, sagte sie, nachdem der Beifall verklungen war, »war dieser Garten und alles, was daraus hervorgegangen ist, nur der winzige Samen einer Idee, und es schien äußerst unwahrscheinlich, dass jemals mehr daraus werden könnte. Doch heute sehen Sie, was buchstäblich alles daraus erwachsen ist. Ich hoffe sehr, dass wir alle solche Samen säen und nähren können. Jeder von uns trägt das Potenzial in sich, die Zukunft zu verändern. Deshalb rufen wir als weiteren Teil dieses Projekts die Reuben-MacGregor-Stiftung ins Leben, die Forschungsstipendien an Menschen unter fünfundzwanzig Jahren vergibt. Damit wollen wir die Entwicklung von Methoden und Technologien fördern, mit denen wir die Zukunft positiv gestalten können.«

Nach der Präsentation kam Partystimmung auf. Die Sonne ging langsam unter, und Musik ertönte aus einer Anlage im Unterdeck des Busses. Die Solarlichterketten, die Cas zwischen den Bäumen aufgehängt hatte, begannen nach und nach den Garten zu erhellen. Kath hatte mit einer Gruppe Freiwilliger Canapés aus dem Gartengemüse zubereitet. Sie wurden auf Holzplatten serviert, die Teilnehmende aus Arthurs Holzwerkstattkursen angefertigt hatten. Dazu gab es Sekt; der stammte natürlich nicht aus dem Garten.

Cas schweifte durch die Menge und sprach mit vielen Menschen, die er durch sein Engagement in Garten und Boxclub kannte. Einige Presseleute nahmen die Gelegenheit wahr, ihn zu der Nacht zu befragen, als er hier beinahe sein Leben eingebüßt hätte.

»Ich glaube daran, dass der Mensch eigentlich gut ist«, sagte Cas, wie er es jedes Mal getan hatte. »Und am Beispiel von Collaton kann man sehen, was eine Gemeinschaft erreichen kann, wenn sie zusammenhält.«

Der Abend war eine angemessene Würdigung all dessen, was hier erreicht worden war, vor allem von Harper. Cas versuchte sich einzureden, dass absolut nichts fehlte. Dennoch spürte er eine unleugbare Leere in sich.

Nach und nach löste sich die Party auf, viele Gäste hatten einen weiten Weg zurückgelegt, um an diesem Event teilzunehmen. Am Ende waren nur noch die Leute aus Collaton übrig, die am Garten beteiligt waren: Harper und Mo, Kath und Arthur und viele andere, die zur Verwirklichung des Projekts beigetragen hatten.

Und dann sah Cas Luisa. Sie lehnte neben dem Tor am

Zaun, ein Lächeln auf dem Gesicht, während sie das fröhliche Grüppchen beobachtete. Einen Moment lang war Cas nicht sicher, ob dieser Anblick vielleicht eine Einbildung war, entstanden aus seinem intensiven Wunsch. Doch als Luisa sah, dass er sie bemerkt hatte, veränderte sich ihr Lächeln. Es galt jetzt ihm und nur ihm allein. Langsam ging sie auf ihn zu. Sie war es, wirklich und wahrhaftig.

»Hi«, sagte Luisa und strahlte ihn an, als sie vor ihm stand. Sie trug ein weißes wehendes Seidenkleid, und Cas kam es plötzlich vor, als sei sie direkt der Zeitschrift entsprungen, die in seiner Hosentasche steckte.

»Luisa MacGregor«, sagte er. »Ich dachte, du könntest heute nicht hier sein.«

Sie warf einen Blick über seine Schulter auf die Freunde, die sie noch nicht entdeckt hatten. »Ja, ich wusste nicht, ob ich es schaffen würde, und wollte den Ablauf nicht stören. Aber dank Mala konnte ich aus dem ersten Stock vom Pub zuschauen.«

Die bunten Lichter der Ketten schimmerten auf ihrem Haar, als sie zu ihm aufschaute. Es hätte viele Dinge gegeben, die Cas an dieser Stelle hätte sagen können. Doch was dann aus seinem Mund kam, war ganz einfach das, was er den ganzen Abend lang empfunden hatte.

»Ich hab dich vermisst.«

Der Blick, mit dem sie ihn jetzt ansah, war so gefühlvoll, dass Cas ein Schauer über den Rücken lief. »Ich hab dich auch vermisst«, sagte Luisa.

Ein Ausruf war plötzlich zu hören. Kath hatte gemerkt, mit wem Cas sich unterhielt, und im Nu waren sie umringt von Freunden. Cas trat zur Seite, während alle sich auf Luisa stürzten, sie umarmten und mit tausend Fragen bestürmten.

»Ihr Lieben«, sagte sie schließlich. »Können wir das große Erzählen vielleicht auf morgen vertagen? Ich habe heute Abend noch etwas vor.«

Plötzlich sahen alle Cas an, und er fragte verwundert: »Was denn?«

»Ich hatte gehofft, dich zum Essen ausführen zu können, Mr P«, antwortete Luisa. »Es gäbe einiges zu besprechen. Wäre es okay für euch alle, wenn ich ihn für heute entführe?«

Ein Schweigen entstand, und es kam Cas beinahe vor, als würden alle Anwesenden die Luft anhalten. Er sah Luisa an.

»Wenn du schon etwas vorhast, ist das nicht schlimm«, fügte sie schnell hinzu. »Wir können uns auch morgen in Kaths Café treffen, oder …«

»Nein, nein. Abendessen wäre toll.«

Alle schienen erleichtert auszuatmen, und Cas fragte sich, ob wohl schon länger darüber spekuliert worden war, was sich zwischen ihm und Luisa abspielte. Nachdem sie sich von den Freunden verabschiedet hatten, verließen sie den Garten und steuerten auf den Land Rover zu. Cas warf einen Blick auf seine Uhr.

»Ich fürchte allerdings, dass in Collaton um diese Uhrzeit nichts mehr offen hat«, sagte er. »Es ist schon nach neun.«

»Ah«, sagte Luisa unbekümmert. »Dann werden wir wohl etwas anderes machen müssen.«

Cas sah sie mit großen Augen an. »Was denn zum Beispiel?«

»Na ja«, ihr Lächeln war so hinreißend, dass ihm der Atem stockte, »es soll da so einen Salsaclub in Carlisle geben. Und ich hätte große Lust, tanzen zu gehen.«

Danksagung

Die Idee zu *Forgotten Garden* schwirrte mir schon seit Langem in unterschiedlichen Formen im Kopf herum. Dass sie in diesem Buch nun Gestalt annehmen konnte, verdanke ich nicht zuletzt einem großen Team engagierter und talentierter Menschen.

Herzlichen Dank an meine Lektorinnen Louise Davies und Clare Hey von Simon & Schuster – beiden gefiel die Idee von Anfang an, und sie haben den Entstehungsprozess des Romans mit großartigen Tipps und Hinweisen begleitet. Pip Watkins danke ich sehr für das wunderschöne und ansprechende Cover der Originalausgabe; Sara-Jade Virtue für ihre geniale Markenstrategie; Sabah Khan und Laurie McShea fürs Marketing; Tamsin Shelton für die Redaktion; Maddie Allan und Kat Scott für ihren Einsatz beim Vertrieb und Francesca Sironi von der Herstellung für das perfekte Timing. Wie immer gilt mein ganz großer Dank meiner Agentin Ella Kahn von DKW, für ihren Glauben an mich und ihre Fähigkeit, mich immer durch die unweigerlich auf halber Strecke auftauchende Zweifelskrise zu geleiten.

Lieben Dank auch an Polly MacGregor, die diese Geschichte bereits in ihrer frühesten Form kannte und mir erlaubt hat, ihren Nachnamen zu benutzen!

Ein Buch ist nichts ohne Menschen, die es lesen – und sie finden Bücher durch Buchhandlungen, Bibliotheken und Blogs. Ich danke all den wunderbaren Buchläden und Bibliotheken, die meine Bücher vorrätig haben und fördern, darunter meine beiden örtlichen Buchhandlungen Sam Read Bookseller in Grasmere und The Hedgehog Bookshop in Penrith. Ich freue mich auch sehr über all die aktiven Buchblogger*innen und bin euch so dankbar dafür, dass ihr meine Bücher lest und online besprecht!

Die Küste von West Cumbria ist eine wunderschöne Landschaft, aber von meinem Wohnort aus ist es ein weiter Weg dorthin, auch wenn ich hier im County Cumbria lebe. Ganz großer Dank gilt meinem wundervollen und geduldigen Mann, Adam Newell, der mich bei allen Recherchetouren begleitet hat, während ich nach dem richtigen Ort für diesen Roman gesucht habe. Wer die Berichterstattung über das geplante neue Kohlebergwerk in Cumbria verfolgt hat – ziemlich genau dort habe ich mich entschlossen, die fiktive Ortschaft Collaton anzusiedeln.

Leseprobe

352 Seiten / Auch als E-Book

1

Der Frühlingshimmel über dem Meer war strahlend blau, nur hie und da segelten ein paar Wölkchen, als schwebe Zuckerwatte im Wind über der Nordsee. Anna fuhr bis an den Rand der Klippe, hinter der die Straße abrupt zu enden schien, und dann an dem Schild vorbei, das nur Anwohnern die Zufahrt gestattete.

Rundum erstreckten sich grüne Weideflächen, bis die Abhänge so steil wurden, dass sie für Vieh nicht mehr begehbar waren. Die schmale abschüssige Straße tauchte zwischen grasbewachsenen Felsen ab, auf denen Wildblumen von Böen gezaust wurden. Linker Hand zeigte ein hölzerner Wegweiser den Fußweg zum Dorf an, während sich die Straße in einer Haarnadelkurve weiterschlängelte. Sie war so eng, dass Anna sogar in ihrer winzigen Blechbüchse von einem Auto fürchtete, die Biegung nicht zu schaffen. Dahinter kam Crovie in Sicht, ein Dorf, das aus einer Reihe bunter Häuser bestand, die wie farbenfrohe Napfschnecken an dem schmalen Uferstreifen unterhalb der Klippen hafteten.

Weiter unten wurde die Straße etwas breiter, gesäumt von ein paar Holzhütten, bevor sie schließlich an einem steinigen Strand endete, der sich im Bogen bis zu einer hohen grasbewachsenen Klippe erstreckte. Von hier aus konnte man über das Meer bis zum Horizont blicken, vorbei an den welligen grünen Klippen oberhalb der Häuser. Es war Ebbe, und an dem schmalen Strandstreifen glänzten nasse schwarze Felsen und kleineres Gestein in der Sonne. Anna hielt an und schaltete den Motor aus. Sie blickte in die endlose blaue Weite und versuchte, ihre Gedanken zu sortieren – was ihr nur etwa zwei Minuten gelang, denn dann fiel ein Schatten über das Auto, und jemand klopfte energisch an die Scheibe. Ein alter Mann starrte aufgebracht herein, und Anna öffnete das Fenster.

»Hal…«, begann sie.

»Parken ist hier nicht erlaubt«, raunzte der Mann. »Nur für Anwohner.« Vorwurfsvoll wies er mit seinem Stock auf die Rückseite eines Schilds, das Anna übersehen hatte. »Touristen müssen oben parken und den Fußweg nehmen.«

»Ich bin aber Anwohnerin«, erklärte Anna. »Ich …«

»Ferienwohnungen gelten nicht«, fiel der Alte ihr ins Wort. »Touristen parken oben.«

Anna beschloss, sich aus ihrer unterlegenen Position zu befreien, löste den Gurt und öffnete die Tür. Als sie ausgestiegen war, überragte sie den Alten zwar um einiges, aber er wirkte deshalb nicht weniger angriffslustig. Die krummen Schultern waren immer noch wuchtig, früher war er bestimmt ein kraftvoller Mann gewesen, und sein runzliges, wettergegerbtes Gesicht ließ auf ein Leben in der Natur schließen.

»Ich bin keine Touristin, sondern Anwohnerin«, begann Anna erneut. »Die neue Besitzerin vom Haus Fishergirl's

Luck.« Sie setzte ein Lächeln auf und streckte dem Mann die Hand hin. »Schön, Sie kennenzulernen, Mr …«

Er wich zurück, als hätte sie ihm etwas Ekelhaftes hingehalten, und musterte Anna mit angewidertem Blick von Kopf bis Fuß. »Sie?«, knurrte er. »Sie sind das?«

»Ich … Ja. Mein Name ist Anna Campbell. Ich …«

Zu ihrer Bestürzung wandte der Mann sich ab und spuckte auf den Boden. »Diese elende Bude«, wetterte er. »Der alte Robbie hätte sie dem verfluchten Meer überlassen sollen.« Und damit humpelte er davon, schneller, als Anna es angesichts seines Alters für möglich gehalten hätte.

»Warten Sie«, rief sie ihm nach. »Bitte, ich möchte hier keinen schlechten Start. Können wir uns nicht noch kurz unterhalten?«

Doch der Alte blieb nicht stehen. Anna blickte ihm betroffen nach und lehnte sich ans Auto. Sie fühlte sich schwächlich. Keine fünf Minuten war sie hier, und schon hatten sich ihre schlimmsten Befürchtungen bestätigt. Crovie war kein paradiesischer Zufluchtsort, im Gegenteil: Sie war hier unerwünscht. Ihr wurde flau im Magen, und sie atmete in tiefen Zügen die feuchte salzige Luft ein. Über ihr segelten kreischende Möwen, und Anna kam es vor, als würden die Vögel sie auslachen.

Und sie haben recht, dachte sie. *Was hast du dir nur dabei gedacht? Wieso bist du nicht ins Ausland gezogen, wie Cathy dir geraten hat? Du hättest in Italien oder Spanien, irgendwo im warmen Süden, ein Haus mieten können. Wieso hier, um alles in der Welt? Und weshalb warst du auch noch so blöd, das Haus zu kaufen? Warum nur?*

Schließlich richtete Anna sich auf und betrachtete das Dorf. Es bestand aus einer einzigen Reihe von Häusern auf einem leicht gebogenen Uferstreifen unterhalb der mit Gras bewachsenen Klippen. Vor den Häusern gab es keine Straße, nur einen schmalen Betonweg. Bei Sturm wurden unvorsichtige Fußgänger schon mal von Brechern ins Meer geschwemmt, hatte Anna gelesen, und bei Flut war dieser Weg oft unpassierbar. Das war Anna außergewöhnlich und romantisch vorgekommen, doch jetzt wurde ihr klar, dass nur Ersteres zutraf. Die Fassade der meisten Häuser befand sich seitlich, nicht Richtung Ozean. Schutz vor den Elementen war hier wichtiger als eine spektakuläre Aussicht.

Anna hatte sich das kleinste Haus von ganz Crovie gekauft. Sie konnte es von ihrem Standpunkt aus sehen. Es kehrte dem Meer den Rücken zu, schien kaum mehr als ein Steinschuppen zu sein. Der Eingang war den hinteren Häusern und den Klippen zugewandt, und die furchterregende Straße war der einzige Weg zu ihrem neuen Zuhause, das sie sich, ohne es jemals besichtigt zu haben, zugelegt hatte – weil sie es nicht einmal einen Tag länger in Geoffs Luxuspenthouse in Kensington ausgehalten hätte.

»Du bist so was von blöd, Anna«, murmelte sie vor sich hin. »So unfassbar dumm.«

Aber es half alles nichts, jetzt konnte sie nur losgehen und sich die Schlüssel zu ihrem neuen Domizil abholen. Anna schloss den Wagen ab, atmete noch einmal tief durch und marschierte los.

Das letzte, der Straße am nächsten gelegene Gebäude war gar kein Wohnhaus, stellte sie verwundert fest. An der weiß gestrichenen Giebelseite, die schon etwas schmuddelig wirkte, war in großen grauen Buchstaben die Aufschrift *Crovie Inn* zu lesen. In den Fenstern hingen noch Speisekarten, doch das Gasthaus schien schon länger geschlossen zu sein. Anna fragte sich, wo der nächste Pub sein mochte. Vermutlich in Gardenstown, dem benachbarten Küstendorf in der großen Bucht des Moray Firth, an der auch Crovie lag. Als Anna sich jetzt umdrehte, konnte sie Gardenstown am anderen Ende des steinigen Strandes erkennen. Die Häuser der Ortschaft waren zahlreicher als in Crovie und schmiegten sich in die Nischen zwischen den Klippen. Der Hafen war zwar nicht groß, konnte aber immerhin als solcher bezeichnet werden. In Crovie gab es nur eine Mole mit Anlegestellen für ein paar Boote. Im Moment lag dort lediglich eine betagte Holzjolle vertäut, die auf Felsen hockend die Rückkehr der Flut erwartete.

Kein Wunder, dass die meisten Gebäude Ferienhäuser sind, dachte Anna. *Wer ist denn schon so verrückt, freiwillig hier zu leben?* Selbst jetzt, bei strahlendem Sonnenschein und Ebbe, wirkte das Dorf nicht gerade einladend; faszinierend schon, aber nur für einen Ferienaufenthalt, nicht auf Dauer. Anna hatte auch gelesen, dass die Ansiedlung während der sogenannten Clearances entstanden war, als im achtzehnten Jahrhundert die Bewohner der Highlands zugunsten der Schafzucht von Gutsherren vertrieben worden waren. Die ersten Menschen, die sich in Crovie niedergelassen hatten, waren also notgedrungen hierhergekommen. Es war einer der wenigen Orte, für den die Engländer keine Verwendung gehabt hatten. Aus der Ferne hatte Anna sich eingebildet, der Ort sei eine Art Symbol für die Widerstandskraft der Unterdrückten. Aber für welche Haltung genau, wusste sie selbst nicht ganz. Schlauheit? Kühnheit? Hoffnung? Oder war es ihr nur so vorgekommen, weil sie in diesem Moment einfach keine Alternative gehabt hatte?

Nur blöd, dachte sie erneut. *Einfach idiotisch.*

Und dann fand sie sich auf einmal vor ihrem Haus wieder. Genau wie die kleine Ortschaft hatte sie der Name anfänglich in Begeisterung versetzt. Er stand auf dem Briefkasten unter einem kleinen Fenster links von der Eingangstür: *The Fishergirl's Luck.* Die Tür war in einer heiteren himmelblauen Farbe gestrichen, die aber in der salzigen Meeresluft abzublättern begann.

Anna starrte auf den Eingang zu ihrem neuen Zuhause. Auf der Website des Maklers hatte sie Bilder der Innenräume gesehen, konnte sich aber nur noch an eine schmale Holztreppe zu einem Raum unterm Dach erinnern, in dem höchstens ein Bett für eine Person Platz fand. Und an ein Flair von Gemütlichkeit, das aber vielleicht durch raffinierte Fotos erzeugt worden war. Angesichts der Größe des Hauses konnte sich im Erdgeschoss nur ein einziger Raum befinden. Fishergirl's Luck war wirklich kaum mehr als ein Schuppen, hatte wahrscheinlich früher als Lager oder Ähnliches gedient.

Sie rief sich zur Vernunft. Das Haus hatte fließend Wasser, Strom und eine Dusche, um Himmels willen, es war schließlich keine Bruchbude. Von außen wirkte es dürftig, konnte aber innen ganz anders sein. Und die abblätternde Farbe an der Tür war nun wirklich unwichtig. Anna sagte sich, dass sie vermutlich viel zu lange in Vorzeigeräumen gelebt hatte, in teuren und stilvollen, aber charakterlosen Apartments.

Anna holte tief Luft und klopfte dann energisch an die Tür. Die Post vom Makler hatte einen Brief vom Hausbesitzer enthalten, in dem er schrieb, er werde ihr den Schlüssel persönlich aushändigen. So etwas wäre in London nicht passiert, aber erstens war sie hier nicht in London, und zweitens hatte Anna keinerlei Erfahrungen mit Immobilienkäufen. Das war Geoffs Domäne gewesen. Während er stetig berühmter wurde, war Anna mit ihm über zwanzig Jahre lang in immer luxuriösere Domizile umgezogen, in denen ihr dennoch nur ein Teil vom Schrank und eine Hälfte vom Waschbecken zur Verfügung gestanden hatte.

Der Wind zerrte an Annas Haaren, während sie wartete. Ihr fiel auf, dass es neben dem Haus einen Streifen Land gab, vom Weg durch einen schiefen Zaun mit einem Törchen abgegrenzt. Eine Art Garten, der aber betoniert war, vermutlich weil er bei Flut immer unter Wasser stand.

Ein paar Minuten vergingen, ohne dass sich im Haus etwas rührte. Vielleicht war Robert MacKenzie furchtbar schwerhörig. Der feindselige Alte hatte ihn wahrscheinlich nicht umsonst »der alte Robbie« genannt. Der Hausbesitzer musste ein Greis sein.

Nachdem Anna noch einmal geklopft hatte, hörte sie hinter sich ein lautes Knarren. Sie fuhr herum und sah eine Frau mit kurz geschnittenem silberweißem Haar und Lachfältchen um die Augen in der Tür des Hauses gegenüber.

»Suchen Sie jemanden?«, erkundigte sich die Frau. Im

Gegensatz zu dem alten Griesgram hatte sie keinerlei schottischen Akzent.

»Ich sollte hier eigentlich jemanden treffen«, erklärte Anna mit erhobener Stimme, um den heulenden Wind zu übertönen. »Robert MacKenzie, kennen Sie den?«

»Er wohnt gar nicht in Crovie«, antwortete die Frau verwundert. »Ist er wirklich hier mit Ihnen verabredet?«

»Ich ... Ja«, sagte Anna, die sich nach den anstrengenden letzten Wochen plötzlich furchtbar erschöpft fühlte. »Also, ich habe das Haus gegenüber gekauft. Er muss mir den Schlüssel übergeben ...«

»Ach so!«, rief die Frau aus. »Sie sind Anna Campbell!«

»Ja«, sagte Anna verdutzt.

»Robbie hat Sie angekündigt, aber ich dachte, Sie würden erst nächste Woche kommen. Verspätung sieht ihm eigentlich nicht ähnlich, vielleicht hat er einen Einsatz mit dem Boot.«

Anna sah sie verständnislos an.

»Er gehört zur Crew des Rettungsboots von Macduff«, erklärte die Nachbarin lächelnd. »Vielleicht gab es einen Notfall, und er hatte keine Zeit, sich bei Ihnen zu melden. Ich rufe gleich mal Barbara an, sie wird das wissen. Wollen Sie nicht auf eine Tasse Tee reinkommen? Sie sehen aus, als könnten Sie eine gebrauchen.«

Einen kurzen Moment lang fürchtete Anna, in Tränen auszubrechen.

»Oh«, sagte sie. »Ja. Ja, gern. Das wäre sehr nett.«

»Ich bin übrigens Pat«, erklärte die Frau, als sie beiseitetrat, um Anna einzulassen. »Pat Thorpe.«

2

Pat Thorpes Heim hieß »Die Weberkate«, Weaver's Nook. Es war dreistöckig, und wer immer es entworfen hatte, musste sehr erfinderisch gewesen sein, um so dicht an den Klippen ein so geräumiges Haus zu gestalten. Die Haustür war seitlich über eine Treppe zu erreichen, neben der ein kleiner Sitzplatz mit Rattanmöbeln eingerichtet war.

»Gäste führen wir durch diese offizielle Tür«, erklärte Pat und wies in Richtung Treppe, »aber wir selbst nehmen den ›Handwerkereingang‹, wie mein Mann das nennt.«

Sie öffnete eine Seitentür und ging einen schmalen Flur entlang, Anna folgte ihr. Am Ende befand sich wiederum eine Tür, durch die man in eine geräumige, behaglich warme Küche mit grauem Fliesenboden kam. Die Steinwände waren weiß getüncht, und in einem großen offenen Kamin stand ein Holzofen. Die Küchenschränke waren in einem sonnigen Gelb gestrichen, rustikale Stühle umgaben einen langen Eichentisch. Pat bat Anna, Platz zu nehmen, füllte den Wasserkocher, schaltete ihn ein und ging nach oben, um zu telefonieren. Anna sah sich in der Küche um und betrachtete bewundernd eine Anrichte voller Keramik in leuchtend bunten Farben.

Als Pat wieder herunterkam, berichtete sie, dass Robert MacKenzie tatsächlich bei einem Rettungseinsatz war. Ein Ausflugsboot aus Lossiemouth war im regen Schiffsverkehr des Firth in Probleme geraten.

»Scheint aber nicht so dramatisch zu sein«, bemerkte Pat, während sie sich mit dem Tee beschäftigte. Der köstliche Duft von frisch gebackenem Shortbread, das auf einem Teller neben dem großen Herd abkühlte, erfüllte die Küche. »Mit etwas Glück ist Robbie bald hier. Obwohl … Ich kann mir vorstellen, dass du an deinem Umzugstag nicht gleich ewig mit den neuen Nachbarn plaudern willst. Du bist doch bestimmt müde, oder?«

»Ein bisschen«, gab Anna lächelnd zu. »Und mein erstes Gespräch hier ist auch ordentlich schiefgelaufen.«

»Wie das denn?«

»Ich war gerade zwei Minuten hier«, berichtete Anna, »als ein älterer Mann mir klarmachen wollte, dass ich mein Auto auf dem Touristenparkplatz abstellen muss.«

»Ach herrje. Hatte er einen Stock? Und sah aus, als hätte er es früher mit Mike Tyson aufnehmen können?«

»So in etwa, ja.«

»Das war Douglas McKean«, erklärte Pat seufzend. »Oje, nimm es nicht so schwer. Der hat nichts gegen dich persönlich, es geht ihm um dein Haus. Da gab es irgendwelche Streitigkeiten, die Jahrzehnte zurückliegen. Bren hat er deshalb auch schon gehasst. Obwohl, ehrlich gesagt: Ich wüsste nicht, wen dieser Mann überhaupt mag. Außer den alten Robbie vielleicht. Douglas ist der letzte Ureinwohner von Crovie sozusagen. Er ist hier geboren und aufgewachsen, und mit Neuankömmlingen kommt er gar nicht zurecht. Ich sollte wohl Mitgefühl mit ihm haben, aber das fällt mir schwer, offen gestanden. Er ist einfach zu unausstehlich.«

Anna lächelte, erleichtert, offenbar nicht die einzige Person zu sein, die den Alten in Rage brachte. »Seit wann lebst du hier?«

»Frank und ich haben das Unternehmen vor fünfzehn Jahren gegründet, als Altersvorsorge. Vielleicht nicht eine unserer allerbesten Ideen, aber inzwischen kann ich mir gar nicht mehr vorstellen, anderswo zu leben.«

»Was für ein Unternehmen ist das denn?«

Pat bot Anna den Teller mit Shortbread an. »In der Hochsaison bieten wir hier in unserem Haus Bed and Breakfast an, und wir haben noch ein zweites, das wir als Ferienunterkunft vermieten. Frank ist gerade dort, um ein paar Reparaturen zu machen. Die Buchungen lassen von Jahr zu Jahr nach, aber da wir auch nicht jünger werden, passt das schon. Und wir leben sehr gern hier. Aber du, Anna – was führt dich nach Crovie?«

»Tja.« Anna blickte in ihren Teebecher. »Lange Geschichte. Oder nein … eigentlich eher kurz, nur nicht so interessant. Mein Vater ist gestorben und hat mir ein bisschen Geld etwa zu dem Zeitpunkt hinterlassen, als meine langjährige Beziehung in die Brüche ging. Da ist mir klar geworden, dass ich bald vierzig werde und abgesehen von ein paar Sachen, die in das alte Auto meines Dads passen, nichts mein Eigen nennen kann. Als ich mein Elternhaus ausgeräumt habe, fielen mir Fotoalben in die Hände. Meine Eltern hatten ihre Hochzeitsreise nach Schottland gemacht, und es gab ein

Foto von ihnen in Crovie. Das sah so toll aus, dass ich es gegoogelt habe. Dabei bin ich auf Fishergirl's Luck gestoßen«, sie hielt einen Moment inne, »und habe es spontan gekauft, weil ich es nach dem Verkauf meines Elternhauses ohne Hypothek bezahlen konnte und eine Unterkunft brauchte. Ich dachte mir, ein kompletter Neuanfang wäre vielleicht gut …« Anna sah Pat mit schiefem Lächeln an und fügte hinzu: »Was vielleicht auch nicht meine allerbeste Idee war.«

»Ach, sag das nicht«, erwiderte Pat. »Du hast das Haus doch noch gar nicht von innen gesehen. Bren hat es sehr geliebt. Und ich freue mich auf jeden Fall riesig, dass wieder jemand darin wohnen wird.«

»War Bren die vorherige Besitzerin?«, fragte Anna.

»Ja. Bis heute hat niemand anders dort gewohnt. Sie hat es vor vielen Jahrzehnten umgebaut. Hat das Gebäude ihrem Vater abgekauft, von dem Geld, das sie in der Heringsfischerei angespart hatte. Das hat sie jedenfalls erzählt. Aber Douglas McKean behauptet, sie hätte ihren Vater irgendwie übers Ohr gehauen. Bren war auf jeden Fall eine echt eindrucksvolle Frau. Hat ihr Leben lang hier allein gewohnt, bis sie vor, na, fünf Jahre wird es her sein, gestorben ist. Fünfundneunzig ist sie geworden und ohne Hilfe zurechtgekommen, bis sie einschlief und nicht mehr aufstand. Seither war das Haus unbewohnt. Offen gestanden, glaube ich, dass der alte Robbie sich nicht davon trennen konnte. Die beiden waren sich sehr nah.«

Anna hörte, wie die Handwerkertür auf- und wieder zuging.

»Ah, da kommt Frank«, sagte Pat und stand auf, als jemand in der Küchentür erschien.

Frank Thorpe war ein großer kräftiger Mann etwa Mitte Sechzig, mit einem freundlichen Gesicht, das aussah, als lache er viel und gern. In einer Hand hielt er eine Vorhangstange, in der anderen einen Maschinenkoffer. Als Frank seine Frau erblickte, strahlte er, als habe er das Wiedersehen seit Wochen herbeigesehnt. Anna erhob sich, angesteckt von dem sonnigen Lächeln.

»Aha!«, rief Frank aus. »Der Besuch ist also für uns! Ich habe mich schon gefragt, wem wohl das Auto gehört.«

»Das ist Anna, Frank. Sie ist die neue Besitzerin vom Fishergirl's Luck«, erklärte Pat.

Frank stellte den Koffer ab und lehnte die Stange an einen Küchenschrank. Dann schüttelte er Anna die Hand und sagte herzlich: »Prächtig, prächtig. Willkommen in Crovie, junge Frau.« Er hielt den Maschinenkoffer hoch. »Wenn du Hilfe brauchst in deinem Häuschen, sag Bescheid, ja?«

»Die Arme ist gerade angekommen, als Robbie zu einem Einsatz gerufen wurde, und nun hat sie keinen Hausschlüssel«, berichtete Pat, während sie ihrem Mann Tee eingoss.

»Hm, ich kann dir das Türschloss knacken, wenn du willst«, verkündete Frank zwinkernd, setzte sich und griff nach seinem Becher.

Anna blinzelte verblüfft. »Ähm, also …«

»Ach Frank, benimm dich«, schalt Pat. »Willst du dich der neuen Nachbarin als Erstes mit solchen Fähigkeiten präsentieren?«

»Ist nur ein Hobby, ich versprech's dir«, bemerkte Frank

grinsend. »Ich habe das für Bren auch schon gemacht, weißt du. Vor Jahren hat sie mal ihren Schlüssel im Sturm fallen lassen, und schwups war er im Meer verschwunden. Und einen Schlosser kriegst du hier nicht, da kannst du warten bis zum Sankt-Nimmerleins-Tag. Deshalb habe ich ihr erst mal Zutritt zum Haus verschafft, bis Robbie mit einem Ersatzschlüssel kommen konnte.«

»Von Robert MacKenzie«, begann Anna, um ein weniger heikles Thema anzuschneiden, »habe ich das Haus gekauft. Er war wohl mit Bren verwandt, wenn er das Haus nach ihrem Tod geerbt hat?«

»Neffe zweiten Grades oder so«, antwortete Pat. »Die Verwandtschaftsbeziehungen hier sind äußerst verworren und rätselhaft. Jeder ist auf irgendeine Art mit allen anderen verwandt.«

»Na ja, ich warte lieber, bis er selbst hier ist«, sagte Anna. »Ich möchte nicht gleich mit noch jemandem aneinandergeraten.«

»Douglas McKean«, erklärte Pat, als Frank sie fragend ansah.

»Ach herrje, dieses alte Schandmaul«, sagte Frank. »Beachte den am besten gar nicht. Aber wegen Robbie brauchst du dir keine Sorgen zu machen, das ist einer von den Guten. Der ist immer für jeden da, deshalb fährt er auch noch mit dem Rettungsboot aus, obwohl er damit eigentlich schon mal aufgehört hatte. Robbie würde sich nie beklagen, wenn ich dir die Tür schon mal öffne. Und außerdem ist Fishergirl's Luck jetzt dein Haus, oder? Du kannst doch damit machen, was du willst.«